seven rue

Traduzido por Mariel Westphal

1ª Edição

2023

Direção Editorial:
Anastacia Cabo
Tradução:
Mariel Westphal
Preparação de texto:
Ligia Rabay

Revisão Final:
Equipe The Gift Box
Arte de Capa:
Bianca Santana
Diagramação:
Carol Dias

Copyright © Seven Rue, 2020
Copyright © The Gift Box, 2023

Todos os direitos reservados.
Nenhuma parte do conteúdo desse livro poderá ser reproduzida em qualquer meio ou forma – impresso, digital, áudio ou visual – sem a expressa autorização da editora sob penas criminais e ações civis.
Esta é uma obra de ficção. Nomes, personagens, lugares e acontecimentos descritos são produtos da imaginação da autora. Qualquer semelhança com nomes, datas ou acontecimentos reais é mera coincidência.

Este livro segue as regras da Nova Ortografia da Língua Portuguesa.

CIP-BRASIL. CATALOGAÇÃO NA PUBLICAÇÃO

R862

Rue, Seven
　　Desejo Latente / Seven Rue ; tradução Mariel Westphal. - 1. ed. - Rio de Janeiro : The Gift Box, 2023.
　　300 p.

Tradução de: Undisclosed Desire
ISBN 978-65-5636-243-4

1. Romance americano. I. Westphal, Mariel. II. Título.

　　　CDD: 813
　　　CDU: 82-31(73)

DEDICATÓRIA

Para meu pai.
Eu amo você e sinto sua falta.

Capítulo 1

ROONEY

Términos de namoro significavam corações partidos, lágrimas e muitas, muitas brigas.

Felizmente, essas não eram as palavras que eu usaria para descrever meu primeiro término.

Eu diria que o meu foi… calmo, revelador e um alívio.

Felizmente, AJ facilitou para nós dois.

Nós nos conhecemos há dois anos no meu primeiro dia de faculdade e, a princípio, pensei que ele seria aquele tipo de cara que eu poderia chamar de amigo e sair sempre que minha melhor amiga, Evie, não tivesse tempo para mim. Mas, quanto mais tempo eu passava com AJ, mais próximos ficávamos, e percebi que talvez ele fosse aquele tipo de amigo com quem eu poderia me divertir sempre que precisasse.

Acontece que nunca chegamos à parte boa.

Em vez disso, a gente passava muito tempo juntos, até nos beijávamos sempre que tínhamos vontade, mas nunca o deixei ir além disso. E manter meu coração fechado enquanto eu o deixava chegar perto de mim não foi uma boa ideia, já que ele estava começando a sentir algo por mim.

Nós nunca conversamos sobre isso.

Sobre o que éramos e o que queríamos ser num futuro próximo.

Sempre ficou claro para mim que AJ era alguém em quem eu poderia confiar e passar o tempo quando estava entediada, e depois mandá-lo para casa sempre que precisasse ficar sozinha.

Ele, por outro lado, pensou que estávamos namorando, e que eu estava apenas me fazendo de difícil. Não tenho certeza de como ele chegou a essa conclusão, mas eu não chamaria isso de namoro.

De alguma forma, as coisas acabaram me levando a esse relacionamento estranho com ele, em que nos beijávamos sempre que nos víamos no campus, ou dávamos as mãos e dançávamos juntos em festas, mas nunca dizíamos o que sentíamos um pelo outro.

Eu o amava.

Eu realmente o amava... mas não *dessa* maneira.

AJ é um cara legal, talvez até legal demais. Especialmente para uma garota como eu que não sabe nada sobre o amor.

Aos vinte anos, eu não precisava ter a vida toda planejada e estar em um relacionamento estável, certo? Eu deveria estar me divertindo – o que eu fiz –, e não pensando em casamento e filhos.

Enfim, voltando ao relacionamento que tive com AJ.

Esta manhã, sentamos e conversamos.

Finalmente conversamos.

E, embora nós dois estivéssemos quietos no começo, logo começamos uma conversa agradável e descontraída. Era óbvio que tínhamos ideias diferentes de onde isso iria dar, mas, no final, concordamos em continuar amigos, já que ainda frequentávamos a mesma faculdade e nos encontrávamos todos os dias. Isso sem contar todos os amigos que tínhamos em comum.

E depois de concordar em continuarmos amigos e nunca mais voltar ao que tínhamos antes, saí feliz da fraternidade em que ele morava para voltar para o meu dormitório.

Eu estava me mudando.

Evie, cujos pais eram donos de um edifício residencial perto do campus, ficou com um quarto vago depois que sua colega de quarto se mudou.

Em vez de procurar alguém, ela me ofereceu o quarto sem hesitar.

Não achei que seria uma boa ideia morar com minha melhor amiga, mas não pude dizer não, pois meu dormitório era insanamente pequeno e difícil de ficar. Era escuro e o sol nunca brilhava na janela, o que era deprimente.

O edifício de apartamentos de Evie tinha uma bela vista dos campos de Riverton, Wyoming.

Nós duas crescemos por aqui e decidimos que o *Central College* era para onde queríamos ir depois do ensino médio. Aqui é a nossa casa e nenhuma de nós queria sair da cidade.

Eu adorava estar perto da minha família, mesmo que agora eles tenham se mudado para o interior, a algumas horas de Riverton. Eu ainda os via pelo menos duas vezes por mês, mas era bom ter um pouco de distância entre nós para não irritarmos uns aos outros.

Quando cheguei ao meu dormitório, peguei o celular e verifiquei as mensagens, mas não vi nada além das chamadas perdidas de Evie. Toquei na tela e apoiei o aparelho entre o ombro e a orelha para continuar fazendo minhas malas.

— Como ele reagiu? — Evie perguntou logo depois de atender.

— Bem, eu acho. Somos amigos agora — eu disse a ela, apertando meus lábios.

— Vamos ver quanto tempo isso vai durar. — Eu podia ouvi-la revirar os olhos. — Que horas você vai chegar? Peguei algumas coisas para fazer pizza esta noite. E também coloquei alguns filmes na minha lista para assistirmos.

— Preciso de mais algumas horas. Eu tenho que limpar o dormitório assim que terminar de fazer as malas — expliquei.

— Quer ajuda com as coisas? — Ela perguntou.

— Uhm, não, eu consigo colocar tudo no meu carro. A propósito, tem certeza de que posso estacionar em frente ao edifício?

— Sim. Um dos meus vizinhos se mudou e a vaga de estacionamento é gratuita. Não se preocupe com isso. Meu Deus, parece que você está com medo de vir pra cá!

Eu ri.

— Um pouco. Mas só porque sei que ficaremos acordadas até tarde e nunca faremos nada. Minhas notas vão cair por sua causa.

— Ei, você concordou em se mudar. Não me culpe se eu for a melhor colega de quarto que você já teve.

— Ok, tudo bem. Vou mandar uma mensagem para você quando terminar.

Desligamos e, antes de colocar o celular na cama, recebi uma mensagem de AJ.

> Ainda bem que conversamos sobre as coisas. Me avise se precisar de alguma coisa. Boa sorte vivendo com Evie.

AJ e Evie tiveram uma relação de amor e ódio.

Eles agiam como irmãos e, muitas vezes, era um pé no saco sair com eles. Era óbvio que ambos sabiam como funcionava a vida universitária, enquanto eu gostaria de já ter me formado.

> Eu também. Obrigada por compreender. E acho que vou sobreviver, de alguma forma.

Graças a AJ, percebi que namoro não era realmente a minha praia. Não tenho certeza se ele era a razão pela qual eu não queria um relacionamento ou se eu simplesmente não era capaz de estar em um.

De qualquer forma, eu adorava ser solteira.

Eu não era uma grande paqueradora, mas, se um cara chamasse minha atenção, eu certamente não ficaria parada esperando até que ele me notasse.

Eu estava aberta para o que quer que surgisse em meu caminho.

Qualquer coisa que não fosse um relacionamento real.

— Finalmente! — Ouvi a voz de Evie gritar do último andar do prédio.

Era um belo edifício de aparência industrial e eu sabia que o interior era igualmente bonito. Evie já tinha dado algumas festas em seu apartamento e eu também dormia lá sempre que estava muito cansada para voltar para o meu dormitório.

— Já vou aí! — ela gritou.

Fiz sinal de positivo para ela quando saí do carro e, enquanto ela descia as escadas, peguei todas as minhas malas e bolsas. Olhei ao redor do estacionamento e notei três outros carros, um deles de Evie.

Seu porsche não combinava com essa parte da cidade. Ela cresceu em um condomínio fechado do outro lado de Riverton, onde seus pais não eram apenas donos do clube de campo, mas também de algumas concessionárias de automóveis do estado.

Por mais ricos que seus pais fossem, ela não era muito mimada. Ela tinha seus momentos, mas eu a conhecia desde os quatro anos e ela nunca agiu mal perto de mim.

Eu lembro de a ter conhecido pela primeira vez no jardim de infância. Ela me fez chorar porque disse que o cachorro da minha camisa era feio, que eu nunca teria meu próprio cachorro e que o chihuahua dela era muito mais bonito. Por mais estranho que pareça, nos tornamos amigas depois de perceber que tínhamos uma coisa em comum: nós duas adorávamos desenhar. E éramos muito boas nisso também.

É por isso que tínhamos as mesmas aulas e a arte era uma grande parte de nossas vidas. Se tudo desse certo, abriríamos nossa própria galeria para vender nossas pinturas, mas nenhuma de nós estava pronta para isso. Ainda tínhamos que nos formar e criar um plano de como faríamos um negócio em torno de nossa arte.

— Estou tão animada! Faremos uma festa esta noite. Só nós duas, com muitos petiscos e vinho. — Ela me abraçou forte.

— Vinho? Tem certeza de que quer beber esta noite?

Depois que me soltou, ela arqueou as sobrancelhas para mim.

— É sábado. Nós sempre vamos a uma festa aos sábados — ela ressaltou.

— Certo. Mas você saiu ontem à noite e eu ainda consigo sentir o cheiro de vodca no seu hálito, Evie.

Ela revirou os olhos para mim e pegou uma das malas.

— Pare de agir como se fosse minha mãe ou vou expulsá-la antes mesmo de você subir as escadas — Evie avisou, mas sem querer dizer nada daquilo.

— Você não ousaria — murmurei. — Você precisa de mim.

— Sim, provavelmente. Eu só não sei ainda —disse, dando de ombros.

Quando subimos com todas as minhas coisas, entramos no apartamento e colocamos tudo no meu novo quarto.

— Podemos guardar suas coisas amanhã. Vamos comer, estou muito cansada para fazer qualquer coisa esta noite.

O apartamento de Evie ocupava todo o último andar, o que era um pouco demais, considerando que as outras seis pessoas que viviam neste edifício tinham apartamentos muito menores.

Eu fiquei sabendo de uma família que morou aqui uma vez. Seus três filhos tiveram que dividir um quarto enquanto Evie estava aqui dando festas e vivendo sua melhor vida sem se preocupar com mais ninguém.

Eu culpei os pais dela. Eles eram podres de ricos e arrogantes. Ridiculamente arrogantes. Mas… eu não tinha que lidar com eles.

Tive sorte com meus pais. Eles me apoiaram em tudo que fiz, mas me deram espaço suficiente para respirar e explorar o mundo sozinha. Minha mãe ainda me mandava dinheiro todos os meses para comida e outras necessidades, e meu pai gostava de manter contato e perguntar quando eu iria visitá-los. Eu os amava, mas a faculdade era ótima e eu me divertia fazendo o que queria sem eles monitorando tudo o que eu fazia.

— Que tal um pouco de música? — Evie perguntou, segurando a caixinha de som em uma mão e o celular na outra.

— Ok.

Eu não me importava de não fazer nada durante a noite. Depois de todos aqueles fins de semana que passamos em fraternidades e bares, nós duas poderíamos tirar um tempinho de folga.

WELLS

— Muito alto! — Ira choramingou.

Eu estava tentando fazê-lo dormir há quase uma hora, e, aos poucos, estava perdendo a cabeça.

Eu não era um homem impaciente, mas, se aquela garota lá de cima continuasse com aquela música alta por mais um minuto, eu mesmo subiria e diria a ela para desligar.

Ira não era o único que precisava dormir. Eu tinha que levantar cedo para prepará-lo, alimentá-lo e depois levá-lo para minha mãe para que eu pudesse ir para o trabalho.

Merda.

Por que este era o único apartamento com preço acessível e perto o suficiente da casa da minha mãe e do trabalho? Os donos deste prédio eram arrogantes e sua filha agia como se fosse a princesa desta cidade.

Se não fosse pelo trabalho, eu nunca teria me mudado para cá. Nunca, nem em um milhão de anos.

Minha vida era perfeita antes de vir para cá, e não foi fácil me adaptar a uma nova cidade com uma criança de três anos.

E essa garota não estava sendo uma boa vizinha.

Não tenho certeza se mais alguém neste prédio tinha problemas com ela ser tão barulhenta quase todas as noites, mas eu não podia deixá-la continuar com essa merda.

— Papai! — O choro de Ira era o que eu precisava para pegá-lo e sair direto do meu apartamento.

— Vamos desligar a música — eu disse a ele com um suspiro pesado.

Eu amava meu filho. Ele era o que restava da minha vida passada, e eu faria qualquer coisa para fazê-lo feliz. Para mantê-lo seguro e criá-lo para ser o melhor homem de todos os tempos.

Ele era como uma cópia de mim quando eu tinha sua idade. O mesmo cabelo loiro escuro e ondulado, olhos verdes escuros e a mesma estrutura facial.

Ira é o meu mundo, e eu faria qualquer coisa por ele.

— *Painha?* — Ira perguntou quando paramos na frente da campainha da porta que dava para a cobertura.

Esse era o único nome apropriado para o que havia lá em cima. Por que uma estudante universitária precisaria de um apartamento tão grande?

— Sim, toque a campainha, amigão — eu disse a ele, deixando-o se inclinar para pressioná-la com o dedinho.

Ele sorriu quando ouviu o som agudo, e então ele passou os braços em volta do meu pescoço novamente.

— Vamos ver se ela ouviu.

Eu espero que sim. Se não, eu ficaria aqui até que ela o ouvisse.

Respirei fundo e esfreguei as costas de Ira, depois beijei sua cabeça.

Surpreendentemente, a porta se abriu mais cedo do que o esperado. Mas, em vez da boneca Barbie loira abrindo a porta, uma morena natural com os mais lindos olhos castanhos apareceu na minha frente.

A música no fundo ainda tocava, mais alta agora que a porta estava aberta.

A garota olhou para mim, depois para Ira, e sorriu docemente.

— Oi, posso ajudá-lo?

Como eu poderia ficar bravo?

— Uhm, sim, na verdade. Evie está por aí? — perguntei.

Dizer o nome dela deixou um gosto ruim na minha boca. Eu não era uma pessoa raivosa em geral, mas ela nunca nos deixava dormir à noite e também não se importava com mais ninguém neste prédio.

Às vezes, Evie era tão arrogante quanto seus pais.

— Ela está tomando banho. Está tudo bem? — a garota perguntou, preocupação aparecendo em seus olhos.

Ira, sociável como era, estendeu a mão para agarrar um punhado do longo cabelo da garota. Ela não pareceu se importar e deixou que ele tocasse seu cabelo o quanto quisesse.

— Eu moro no andar de baixo. A música está um pouco alta demais e não é a primeira vez que ele tem problemas para dormir...

— Ah! Eu sinto muito! — ela disse, a preocupação ficando mais forte. — Vou desligar. Se eu soubesse, teria desligado antes.

— Obrigado. Você também poderia avisá-la que eu estive aqui? Não quero ser esse tipo de vizinho, mas Ira tem três anos e precisa dormir. Eu também, pois trabalho a semana toda.

Eu também trabalhava todas as noites em casa quando Ira estava dormindo e nos fins de semana quando deveria relaxar com uma cerveja na mão, mas ela não precisava saber disso.

— Não vamos falar muito alto de agora em diante, pode ficar tranquilo. Sinto muito mais uma vez.

De agora em diante?

— Você se mudou para cá?

Eu vi a colega de quarto de Evie se mudar alguns dias atrás, o que a princípio pensei que a faria parar com todas as festas que ela dava semanalmente, mas acho que ela já encontrou uma nova amiga.

A garota assentiu, mas, antes de responder, ergueu o dedo.

— Deixa eu desligar a música.

Fiz Ira soltar o cabelo dela e, depois de um momento rápido, ela estava de volta, sem a música tocando ao fundo.

— Evie é minha melhor amiga. Eu sei que ela pode ser um pouco... irritante às vezes. Não vai acontecer de novo, eu prometo. Você precisa visitar a terra dos sonhos, hein? — ela perguntou, cutucando o peito de Ira gentilmente.

Ele torceu o nariz e riu.

Bem, *merda*.

Ela é exatamente quem eu precisava neste prédio.

Sorri para ela, depois estendi a mão enquanto mantinha o outro braço em volta de Ira.

— Sou Wells, este é Ira — apresentei.

— Rooney — ela respondeu com um lindo sorriso. — Prazer em conhecê-los.

— Igualmente. Adoraria ficar e conversar, mas preciso levá-lo para a cama. Obrigado novamente, Rooney.

— Claro! Se precisar de alguma coisa, é só me avisar. — Ela olhou para mim com um olhar de desculpas, depois se virou para Ira e sorriu novamente. — Boa noite, Ira. Durma bem — Rooney disse a ele docemente.

— Boa noite! — Ira respondeu alegremente, acenando para ela.

— Boa noite — falei, e, depois de olhar em seus olhos por muito tempo como um idiota, desci as escadas para finalmente ir para a cama.

Rooney, talvez a vida fique mais fácil de agora em diante por sua causa.

Capítulo 2

ROONEY

— Você é uma vizinha horrível — eu disse a Evie quando ela saiu de seu quarto com o cabelo ainda úmido.

Ela arqueou uma sobrancelha, esperando que eu me explicasse.

— Wells subiu para perguntar se poderíamos abaixar a música porque seu filho não conseguia dormir. Eu só posso imaginar quantas vezes ele subiu para pedir para você abaixar — eu disse com um suspiro.

Embora eu entendesse Wells, não me ocorreu baixar o volume enquanto esperava Evie sair do banho. Que idiota eu era.

Evie revirou os olhos.

— Ele reclama o tempo todo. O problema é meu? Existe uma coisa chamada fones de ouvido.

— Evie, ele tem um filho de três anos. Ele vai colocar fones de ouvido no menino também? — perguntei erguendo as sobrancelhas.

Ela deu de ombros.

— A música nem estava tão alta. Ele está apenas procurando motivos para ser irritante.

Era impossível ter uma conversa normal com ela quando se tratava de coisas assim. Evie estava sempre certa, e, quem quer que tivesse um problema com isso, tinha que viver com aquilo.

Era melhor deixar para lá, mas eu me certificaria de que não faríamos muito barulho de agora em diante.

Pobre Ira.

Já passava das oito e garotos da idade dele não deveriam ir dormir tão tarde.

— É sábado. A noite acabou de começar, Rooney. Pegue as comidas e o vinho enquanto eu me visto.

Evie desapareceu em seu quarto novamente e, depois de soltar um suspiro pesado, voltei para a cozinha.

Viver com ela ia ser um pesadelo, mas ainda era melhor do que viver naquele dormitório triste e deprimente. Teríamos aulas quase todos os dias de qualquer maneira, e agora eu podia controlar o nível de volume neste apartamento para não incomodar nenhum dos vizinhos. Eu não entendia como alguém poderia ser tão egocêntrico e descuidado com as pessoas que vivem ao seu redor, mas Evie era difícil, e dizer a ela para não incomodar as pessoas não iria ajudar.

Levei o vinho e as comidas para a sala e me sentei no sofá. Enquanto Evie secava o cabelo e se vestia, peguei meu celular para verificar as mensagens que recebi enquanto comíamos nossas pizzas caseiras.

O nome de AJ iluminou a tela e toquei na mensagem para ler o que ele havia escrito.

> Nada de festa esta noite?

Eu sabia que eles estavam dando uma festa na casa da fraternidade, mas, mesmo se não tivesse que me mudar para cá e limpar meu dormitório, eu não teria ido de qualquer maneira.

> Estou exausta. Vejo você na segunda-feira.

Sua resposta rápida foi um simples emoji de polegar para cima, e tive sorte de tudo o que conversamos esta manhã ter ficado para trás tão rapidamente. Agora que pensei no que tínhamos, parecia estranho e quase assustador.

Nós nos beijamos muito, demos as mãos e agimos como um casal. Mas eu nunca o deixei tirar minha roupa, e aquela vez que dormi na sua cama foi a noite mais estranha da minha vida. Ele queria me abraçar, mas, assim que senti sua ereção, eu o empurrei e lhe disse que não gostava de ser abraçada.

Era mentira, claro, e ele sabia. E eu não deveria ter continuado com qualquer coisa que houvesse entre nós.

— Eu escolhi cinco filmes. Qual você quer assistir primeiro? — Evie perguntou enquanto saía do quarto.

— Você escolhe — respondi, pegando a garrafa de vinho e enchendo minha taça, depois a dela.

Eu não bebia muito e ficava longe do álcool nas festas, mas uma taça de vinho para fazer minha cabeça parar de doer e relaxar não era tão ruim.

— Vamos com "Simplesmente Amor".

Antes que ela desaparecesse em seu mundinho enquanto assistia a um filme, tentei falar mais uma vez para ver se ela concordaria com algumas coisas, agora que eu também moraria aqui.

— Evie, não teremos festas toda semana aqui, certo?

Ela franziu a testa enquanto abria a lista com todos os filmes que havia salvo.

— Por que não? Finalmente moramos juntas. Não é isso que sempre quisemos?

Dei de ombros.

— Claro, mas ainda temos que estudar e não posso fazer isso se continuarmos dando festas.

— Isso é por causa do Wells? Meu Deus, Rooney... ele é um adulto. Provavelmente tem uns quarenta anos. Ele praticamente reclama de tudo. Não deixe isso te abalar.

— Não é só por causa dele, Evie. Preciso de alguns fins de semana de folga para estudar. De todo jeito, você deveria ter um pouco mais de respeito pelas pessoas que moram aqui.

Ela revirou os olhos para mim, mas, por algum motivo, parecia que realmente estava pensando nas coisas que eu tinha dito.

— Tudo bem. Dois fins de semana de festa, dois fins de semana de folga. Ok?

Eu pensei sobre isso por um tempo, então concordei.

— Ok. Mas a música não pode ser muito alta. Não como hoje.

— Você é literalmente a pior melhor amiga de todos os tempos. Lembre-me novamente por que decidimos virar amigas no jardim de infância?

Eu ri.

— Porque você foi rude com todas as outras crianças e eu fui gentil o suficiente para voluntariamente ser sua amiga.

Desejei que fosse só uma piada. Felizmente, ela não ficou magoada com isso.

WELLS

— Papai?

A voz baixa de Ira me fez mover meu olhar do computador para ele e, com um suspiro suave, estendi minhas mãos para meu filho.

— Não consegue dormir? — perguntei, puxando-o para o meu colo quando ele me alcançou.

Ira balançou a cabeça e esfregou os olhos com os dois punhos, então se encostou no meu peito e enfiou o polegar na boca enquanto a outra mão se movia em seu cabelo para enrolá-lo no dedo.

Essa era sua maneira de se acalmar.

Esfreguei suas costas e beijei sua cabeça.

Ele estava na cama há apenas duas horas, mas acordar era normal, mesmo sem Evie com a música alta no meio da noite.

Olhei de volta para a tela e salvei os documentos abertos, depois desliguei o computador e levantei com Ira em meus braços.

— Quer dormir na minha cama esta noite?

Isso acontecia cerca de uma vez por mês. Não queria que ele se acostumasse a dormir comigo na cama, mas, de vez em quando, saber que ele dormiria bem comigo ao seu lado me ajudava a relaxar.

Ele assentiu com a cabeça e fui direto para o meu quarto para colocá-lo debaixo das cobertas.

— Já venho, ok? Você quer que eu pegue o Hulk?

Ele assentiu de novo com a cabeça.

Meu filho amava todos os super-heróis que existiam, mas Hulk era definitivamente o seu favorito. Ele tinha alguns pôsteres, dois pijamas e mais de dez bonecos do Hulk em seu quarto. Eu o mimava quando se tratava de brinquedos, mas tudo bem, porque eu sabia que ele brincava com cada coisa que dava para ele.

Felizmente, meu filho ainda não era viciado em um tablet ou no meu celular como outras crianças de sua idade já eram. Claro, eu o deixava assistir desenhos animados na televisão algumas manhãs enquanto eu me vestia e me arrumava para o trabalho, mas esse era todo o tempo de tela que ele tinha.

De qualquer forma, Ira nunca pediu por mais e, enquanto tivesse seu Hulk, ele seria o garoto mais feliz e satisfeito do planeta.

Eu me inclinei para beijar sua testa e, depois de pegar o boneco de pelúcia em seu quarto, coloquei-o ao lado dele sob as cobertas.

— Tente dormir. Eu já volto — assegurei.

Saí do quarto e deixei a porta aberta e a luz acesa enquanto fui escovar os dentes e me preparar para dormir.

Se não fosse por Ira, eu ficaria sentado na frente do meu computador até o sol voltar a nascer pela manhã. Eu estava trabalhando demais, me esforçando bastante, embora não fosse muito reconhecido. Era a mesma empresa onde tinha trabalhado como engenheiro civil, mas, desde que me mudei para cá, a filial em que eu estava nunca me acolheu muito bem. Não que isso importasse, porque eu tinha meu próprio escritório e não interagia muito com os outros, mas seria bom pelo menos ter conversas normais e ninguém me olhando com as sobrancelhas arqueadas se eu estivesse apresentando meus projetos mais recentes.

Era um pé no saco fazer essas coisas, mas, de alguma forma, consegui e, no final, foi por Ira que voltei para casa. Tive a sorte de ter minha mãe por perto, e ela cuidou dele todos os dias que eu não pude. Desde que meu pai foi embora, Ira era sua felicidade e motivação. Além disso, Ira amava a avó e eu sabia que ele estava seguro com ela.

Assim que terminei, voltei para o meu quarto e apaguei a luz, depois fui para a cama e deixei Ira ficar confortável em cima de mim. Ele não era mais tão pequeno, mas eu tinha mais de um metro e oitenta e, quando ele era bebê, costumava dormir no meu peito quase todas as noites. Foi uma dor tirá-lo e esperar que não chorasse, mas ele não dormia em nenhum outro lugar além do meu peito.

Desta vez, aos três anos de idade, apenas metade de seu corpo estava sobre mim e suas pernas ficavam estendidas ao meu lado no colchão. Fiz questão de cobri-lo totalmente para que não sentisse frio à noite. Quando estávamos ambos confortáveis, um suspiro de alívio escapou de mim.

— Boa noite, Ira. Papai ama você.

— Ok — foi sua resposta.

O conceito de amor não era o que uma criança de três anos deveria saber, e tomei sua resposta como uma confirmação de que ele pelo menos ouviu o que eu tinha dito.

Ele tinha acabado de completar três anos, mas, para sua idade, tinha um vocabulário amplo que usava diariamente. Não quando ele estava cansado, mas, do contrário, eu poderia ter conversas completas com ele, mesmo que nem tudo fosse compreensível para ambos os lados.

Pelo menos ele falava.

Capítulo 3

ROONEY

Acordei muito cedo na manhã seguinte.

Normalmente, eu tentava dormir até tarde para ter energia para estudar o dia todo, mas algo me dizia para levantar e ir até a padaria mais próxima e comprar para Wells e Ira alguns croissants recém-assados como um pedido de desculpas pela noite passada.

Eu ainda estava me sentindo mal e queria mostrar a ele que eu não era como Evie. Não que eu quisesse deixá-la ainda mais irritante do que já era, mas uma de nós tinha que ser a vizinha legal, certo?

Além disso, não conseguia parar de pensar em Wells ontem à noite.

Por mais cansado que parecesse, ele ainda era incrivelmente bonito, e o fato de ser pai solteiro o tornava mais atraente.

Não apenas sua aparência, mas seu caráter também era ótimo.

Depois de tomar um banho rápido, me vestir e dirigir até a padaria mais próxima para comprar alguns assados, subi as escadas para o apartamento dele exatamente às oito da manhã.

Eu podia ouvir passos vindo de dentro, e esperava que não fosse tarde demais para pegar o café da manhã.

Bati na porta para o caso de algum deles ainda estar dormindo e, depois de esperar alguns segundos, a porta se abriu. Wells estava na minha frente de calça de moletom, mas sem camisa, e tive que dar uma boa conferida em seu torso, porque eu ainda era apenas uma estudante universitária de vinte anos que gostava de olhar para os homens.

Me processe.

— Rooney — disse, surpreso ao me ver tão cedo pela manhã.

— Oi! Espero que ainda não tenha tomado café da manhã. Comprei algo para você e Ira na padaria. Eu queria pedir desculpas mais uma vez por ontem à noite — disse a ele, dando-lhe um sorriso de desculpas.

Ele olhou para a caixa em minhas mãos, sorriu e balançou a cabeça.

— Não precisava. É muita gentileza da sua parte. Obrigado, Rooney.

Eu o deixei pegar a caixa mesmo que Wells estivesse um pouco hesitante no começo, mas, assim que ele pegou meu presentinho, inclinou a cabeça para o lado e indicou para dentro.

— Você gostaria de entrar? Tenho certeza que você também não tomou café da manhã — ele ofereceu.

— Ah, na verdade...

Sim. Você deveria entrar, Rooney. É só café da manhã, e ele é um cara legal.

Meu subconsciente estava decidindo por mim, e eu não poderiar contrariar o que ele dizia.

— Claro, tudo bem.

Eu sorri quando ele se afastou para me deixar entrar. Quando vi seu apartamento pela primeira vez, ficou claro que uma criança morava aqui.

— Desculpe pelos brinquedos. Ira gosta de acordar cedo e brincar com cada um deles nos fins de semana.

— Não se preocupe, eu faria o mesmo se tivesse a idade dele —afirmei, sorrindo.

— A cozinha fica à direita no corredor — ele me disse, apontando naquela direção.

Como no nosso apartamento no andar de cima, havia paredes de tijolos à vista e pisos de madeira velhos e rangentes, mas, graças à reforma feita há três anos, a cozinha e os banheiros eram modernos. Ainda assim, o apartamento de Wells parecia muito mais animado graças às poucas plantas ao redor e às pinturas nas paredes desenhadas por Ira.

Eu gostei.

— Ira, venha dizer oi para Rooney — Wells disse quando chegamos à cozinha.

A configuração era um pouco confusa, mas a cozinha dava para a sala, e do outro lado ficavam os quartos e o banheiro. Não tenho certeza de quem projetou este edifício, mas os apartamentos não foram planejados como de costume.

Observei Ira virar sua cabeça coberta de cachos loiros para mim e, quando me reconheceu, ele se levantou do chão onde estava brincando com bonecos de ação e caminhou até nós. Ira parou ao lado das pernas de Wells, passando um braço em volta de uma delas e enfiando o polegar na boca.

Eu me agachei para ficar no nível dele.

— Bom dia, Ira. Eu trouxe algo gostoso para você — sorri.

Seus olhos se arregalaram, mas, segundos depois, ele franziu a testa para mim.

— O que é isso? — perguntou com o polegar ainda na boca.

— Um donut com confeitos por cima. Você já comeu um?

Ele assentiu com a cabeça, mas, para um menino de três anos que deveria ser obcecado por doces, ele não pareceu muito animado com o que eu trouxe.

Ira virou a cabeça para olhar para o pai e parecia que estava questionando alguma coisa. Para uma criança, Ira com certeza sabia como se expressar.

— Você pode comer um pouco do donut — Wells respondeu.

Olhei para ele e, quando me levantei, torci o nariz.

— Não gosta muito de açúcar?

— Ahn, não muito. Ira é diabético.

Ah, merda.

Agora eu me sentia uma idiota.

— Sinto muito... se eu soubesse, teria escolhido algo...

— Você não poderia saber, Rooney. Está tudo bem. — Ele sorriu para mim, então acenou com a cabeça para a mesa.

— Sente-se. Vou arrumar tudo.

— Quer ver meu Hulk? — Ira perguntou, inclinando a cabeça para trás para olhar para mim com enormes olhos verdes.

— É claro! Vejo que você tem tantos bonecos — eu disse a ele.

Em vez de me sentar como Wells tinha dito para fazer, deixei Ira me puxar para a sala de estar.

— O Hulk é o meu favorito — o menino falou, pegando o boneco e estendendo-o para mim.

Para sua idade, sua fala era clara e compreensível, o que era surpreendente. Ele tinha uma leve hesitação, mas isso não o impediu de falar muito.

— Você fica com ele — Ira disse, e peguei o Hulk de sua mãozinha.

Então ele alcançou os outros bonecos e segurou o Flash e a Mulher Maravilha. Depois de se virar para mim, ele olhou para o Hulk, e para os dois bonecos que segurava em suas mãos com o cenho franzido.

— Não, eu quero o Hulk — ele falou.

Troquei com ele, mas não tivemos tempo de brincar.

— Ira, vem lavar as mãos — Wells gritou e, sem fazer barulho, Ira correu para o pai.

Depois de colocar os bonecos na mesa de centro, eu o segui e, quando cheguei à cozinha, Wells acenou com a cabeça para a mesa agora posta.

— Sente-se. Esses croissants parecem incríveis. Nunca fui a essa padaria — disse, enquanto ajudava Ira a lavar as mãos.

Desejo LATENTE 21

— É ótima! Eles também fazem sanduíches para o almoço. Agora que moro perto, com certeza irei lá todos os dias.

Enquanto eles se sentavam à mesa, olhei para a caixa.

— Sinto-me mal por trazer todas essas coisas — disse a Wells.

Mas, mesmo que eu soubesse que Ira era diabético, não teria a menor ideia do que poderia comprar para ele comer.

— Não se sinta — Wells respondeu. — Não é que ele não possa comer nada disso. Mas pode ser que sobre.

Observei-o cortar o donut em três partes e, como não era grande, o pedaço que Ira ganhou era pequeno. Então Wells pegou o copo ao lado do prato de Ira e colocou um canudo dentro.

— Suco do Hulk? — Ira perguntou, olhando para o suco verde e grosso em seu copo vermelho.

— Isso mesmo, amigão. Beba para ficar tão forte quanto ele — Wells respondeu.

E assim Ira começou a beber.

— É brócolis misturado com cenoura, abacate e espinafre — Wells me disse ao notar meu olhar intrigado.

— É difícil? Quero dizer, monitorar o que ele come?

— Não mais. Aprendi muito e, felizmente, Ira nunca notou uma mudança em sua dieta.

— Quando você soube que ele era diabético? — perguntei.

— Um ano atrás. Foi mais difícil vê-lo se ajustar à bomba de insulina do que à comida.

Eu não sabia o que era, mas ele rapidamente continuou a explicar.

— É um pequeno dispositivo que fornece pequenas doses de insulina continuamente em seu corpo, graças a um sensor em sua barriga. Ele também verifica automaticamente o açúcar no sangue, para que não tenhamos que furar o dedo dele sempre para verificar. É um bom dispositivo e torna a vida um pouco mais fácil.

Concordei com a cabeça, sorrindo para Ira, que agora estava pegando um dos croissants. Wells cortou ao meio para ele não comer tudo, depois passou um pouco de manteiga, que pareceu ser suficiente para Ira.

— Existe alguma desvantagem nesse dispositivo? — perguntei.

Wells era muito atencioso e calmo, o que me fez odiar Evie e a mim mesma ainda mais por perturbá-lo na noite passada.

— Para Ira, a desvantagem é o próprio aparelho, porque ele tem que carregar o tempo todo. Está preso na bainha da calça agora, mas quando saímos, ele pode pendurar no pescoço, se quiser. Para mim, é o custo. Mas prefiro que ele carregue esse dispositivo todos os dias, em vez de ter que injetar a insulina eu mesmo.

Concordei com a cabeça, compreendendo seu ponto de vista. Enquanto eu o observava ajudar Ira a tomar seu leite, fiz uma anotação mental para algum dia fazer uma boa refeição para os dois.

Eu me perguntei há quanto tempo ele era pai solteiro, ou desde quando Ira morava com ele, mas isso não era da minha conta e não queria ser muito intrusiva. Pelo menos ainda não.

— Você está na faculdade? — Wells apontou, mudando de assunto.

— Sim, primeiro ano — disse a ele. — Evie e eu estamos cursando Arte e História da Arte.

— Ah, então você desenha e pinta? Se Ira não estivesse tão focado no croissant, ele pediria para você desenhar com ele. Você não tem ideia de quantos gizes de cera e lápis de cor usamos todos os meses — Wells falou com uma risada.

— Eu vi as pinturas no corredor. Elas são muito boas para um garoto da idade dele.

— Ira é bom em tudo. Às vezes ele me sobrecarrega com tudo o que faz e não consigo nem começar a apreciar uma coisa antes que ele faça outra e me impressione.

Wells parecia ser um pai incrível. Ira era calmo e gentil, mas estava claro que ele sabia muitas coisas e que fazia bom uso disso.

— O que você faz? — perguntei, pegando a xícara de café e tomando alguns goles.

— Sou engenheiro civil. Sou responsável pelo meio ambiente, edifícios e ruas da cidade.

— Você sempre quis fazer isso?

Wells era um homem interessante e, embora ainda não tivéssemos falado muito sobre isso, gostei de conhecê-lo. Afinal, éramos vizinhos e eu gostava de fazer novos amigos.

— Ficou claro para mim desde muito novo que eu queria ser uma das pessoas a decidir o que vai e o que não vai em uma cidade. Política nunca foi minha praia, então o mais próximo de ser alguém que comanda uma cidade era me tornar aquele cara que a mudava e melhorava.

— Existe algum projeto que eu possa conhecer? — perguntei.

Nós dois passamos manteiga e depois mel em nossos croissants enquanto a conversa fluía.

— Quando me mudei para cá, recebi carta branca para mudar o parque ao lado das duas lagoas. Não era um grande projeto, mas acrescentei algumas árvores e cercas vivas para mais privacidade, troquei os caminhos de cascalho por pavimento e acrescentei um grande *playground* e um parque para cães.

— Ah, sim! Eu me lembro quando começaram a trabalhar nisso. Parece ótimo. Se algum dia eu tiver um cachorro, prometi a mim mesma que iria àquele parque para cães todos os dias — disse a ele com uma risada.

— Você já teve um?

— Um cachorro? Não, infelizmente. Mas ainda não estou pronta para ter um. Talvez algum dia, quando eu tiver meu próprio apartamento.

Ele assentiu com um leve sorriso nos lábios.

— Ira adora lá. Eu tento levá-lo sempre que posso, mas é a avó dele que o leva na maioria das vezes.

Isso estava indo muito bem.

Nossa conversa estava fluindo e, embora fôssemos praticamente estranhos, ele confiava em mim em seu apartamento e, o mais importante, perto de Ira.

— A vovó está vindo? — Ira perguntou, olhando para Wells com olhos esperançosos.

— Hoje não, amigão. Passaremos algum tempo juntos hoje e amanhã.

— Posso comer o donut agora? — Ira foi rápido em mudar de assunto. Ele havia comido metade do croissant. O leite e o suco também haviam sumido.

— Sim, você pode.

Wells colocou um terço de donut em seu prato e, depois de um doce agradecimento, observamos quando o menino começou a mordiscar a cobertura.

— Ira é adorável. Ele se parece com você — comentei, percebendo rapidamente que elogiei Wells também.

A risada suave o deixou e um sorriso presunçoso apareceu em seu rosto.

— Você acreditaria em mim se eu te dissesse que as mulheres da minha idade gostam mais dele do que de mim?

— Sim. Cem por cento. Ele parece um pequeno príncipe encantado.

— Mal posso esperar até que ele tenha idade suficiente para namorar. Espero que não se transforme em um daqueles adolescentes que dormem com todas as garotas que olham para ele.

Franzi os lábios e peguei minha xícara de café novamente.

— Talvez você tenha sido um desses meninos? — desafiei.

Ele riu, cruzando os braços sobre o peito nu.

Palmas para mim por não olhar para baixo enquanto estávamos sentados à mesa. Seu rosto bonito era o suficiente para me distrair de seu peito esculpido.

— Tive meus momentos no ensino médio, mas, depois disso, eu fui um verdadeiro cavalheiro.

Assenti com a cabeça lentamente, estudando seu rosto de perto com os olhos semicerrados. Mas não importa o quão paquerador ele era anos atrás, ele definitivamente não era agora.

Não tenho certeza de quantos anos Wells tinha, mas, com uma criança pequena e um emprego em tempo integral, eu tinha certeza de que não sobrava muito tempo para namorar.

Capítulo 4

WELLS

— Deixe-me verificar o seu nível de açúcar, então você está livre para ir brincar — disse a Ira depois de ajudá-lo a descer da cadeira em que ele estava para lavar as mãos.

Ajoelhei na frente dele e levantei seu pequeno suéter para chegar à bomba.

— Ok, está tudo pronto. Depois que eu limpar a cozinha, vamos nos preparar para ir ao parque — afirmei, e, depois de beijar sua testa, deixei-o correr para a sala.

Quando me levantei, Rooney já estava empilhando nossos pratos e levando-os para a pia.

— Deixa que eu cuido disso — eu disse, mas ela não ouviu.

— É o mínimo que posso fazer. Além disso, estou com medo de subir para estudar — ela respondeu, rindo.

— Você deveria vir conosco para o parque então. Está gostoso lá fora.

Era muito cedo para pedir que ela viesse conosco. Mas, pensando bem... acabamos de tomar café da manhã juntos.

— Por mais que eu fosse adorar, não posso. Ainda tenho alguns trabalhos para terminar. Mas depois da próxima semana terei um pouco mais de tempo livre.

— Vamos encontrar um jeito de passarmos um tempo juntos — acrescentei, sorrindo para ela.

Embora tivéssemos alguns anos de diferença entre nós, ela não pareceu surpresa com minha oferta. Eu gostava dela e Ira também. Rooney era a primeira pessoa que tentou falar conosco, e, nesta maldita cidade, eu precisava de amizades. Mesmo que eu pudesse facilmente ser o pai dela.

— Quantos anos você tem, Rooney?

Fiquei ao lado da pia e comecei a lavar a louça enquanto ela guardava as sobras de frutas e os potes de mel e geleia.

— Vinte. Meu aniversário é em alguns meses.

Seu sorriso cresceu quando ela percebeu todas as coisas que poderia fazer ao se tornar uma adulta. Porém, ela certamente já quebrou algumas regras antes.

— E você?

Eu franzi meus lábios.

Eu poderia ter mentido. Poderia ter dito a ela que eu era dez ou até quinze anos mais jovem do que realmente era.

Meu cabelo loiro escuro e a barba não mostravam nenhum sinal da minha idade, mas, se eu quisesse que ela fosse minha amiga, precisava ser honesto.

— Quarenta e dois.

— Não parece — ela disse, com um sorriso gentil.

— Obrigado. Difícil de acreditar que minha vida tem sido estressante, hein? — ri.

— Por que estressante?

Ela não parecia estar com pressa e eu não me importava em tê-la por perto por mais um tempo.

— Porque sempre trabalhei muito. Mesmo antes de Ira, não havia muito tempo para eu fazer as coisas que gostava. Logo após a faculdade, coloquei o trabalho em primeiro lugar, o que foi um erro. Eu não deveria ter dito sim a cada coisinha que meus colegas me pediam para fazer, mesmo que não fosse meu trabalho.

— Por que você fez isso então?

Boa pergunta. Dei de ombros, franzindo os lábios e estudando o prato em minhas mãos.

— Acho que queria impressionar os outros.

— E as coisas mudaram um pouco em relação a sempre dizer sim?

— Sim. Só que assim que isso mudou, Ira entrou na minha vida. Mas ele tornou as coisas muito melhores — respondi para ela com um sorriso.

— Isso é ótimo! Posso garantir que você o criou direito. — Rooney ficou quieta por um tempo e, depois de pensar intensamente sobre o que dizer a seguir, ela finalmente falou novamente: — Você se importa que eu pergunte onde está a mãe dele?

Não me importei que ela perguntasse, mas não gostava de falar sobre isso.

— Essa é uma história para outra hora. É um pouco longa.

Felizmente, ela não ficou ofendida por eu não ter lhe contado.

— Sem problemas. Eu não queria... — disse, sem terminar a frase.

— Está tudo bem, Rooney. É uma pergunta legítima a se fazer, mas não falo sobre isso há algum tempo.

— Eu entendo — ela falou, sorrindo novamente. — Por mais que eu não queira, eu realmente deveria voltar lá para cima.

Assenti com a cabeça e coloquei o último prato na máquina de lavar, então sequei minhas mãos e olhei para a sala de estar.

— Ira, vem se despedir de Rooney — chamei.

Quando ele caminhou em nossa direção, ela se agachou na frente dele para ficar na sua altura e colocou as mãos em ambos os lados.

— Vejo você em breve, ok? Tenho certeza de que teremos muito tempo para brincar com seus bonecos outro dia — ela prometeu a ele.

— Tudo bem — Ira respondeu. — Obrigado pela comida gostosa — ele acrescentou, surpreendendo tanto a mim quanto a Rooney.

Ira era um menino doce, mas às vezes até eu ficava fascinado com sua bondade. Será que ele realmente aprendeu isso comigo?

— De nada! Obrigada por me mostrar seus brinquedos. Ei, seu pai me disse que você gosta de desenhar. Talvez da próxima vez eu possa trazer alguns pincéis e tintas para pintarmos juntos. Isso seria divertido?

Os olhos de Ira se arregalaram.

— Sim! — gritou.

Para tornar toda essa interação ainda mais doce, Ira envolveu Rooney com os braços e, após um abraço rápido, mas apertado, voltou correndo para a sala.

— Acho que ele é minha nova pessoa favorita — Rooney falou enquanto se levantava, colocando a mão sobre o coração e fazendo beicinho para mostrar sua adoração.

Eu ri e concordei.

— Ele é incrível. Então… vejo você em breve? — perguntei, caminhando para a porta da frente com ela.

— Claro. Tenho certeza de que vamos nos cruzar por aqui e, se precisar de alguma coisa, é só bater na minha porta.

— Digo o mesmo. Obrigado pelo café da manhã.

— O prazer foi meu. Tenham um bom dia no parque. Vejo você por aí, Wells.

A voz dela ficou mais suave no final da frase. Depois de olhar nos meus olhos por alguns segundos, ela ergueu a mão para acenar, e, como um idiota, eu a deixei ir sem nem mesmo dar um abraço de despedida.

Que. Idiota.

ROONEY

— Você tomou café da manhã com ele? — Evie perguntou com as sobrancelhas arqueadas até o teto.

— Sim, e foi legal. Na verdade, foi tão bom que queria ter aceitado ir ao parque com ele e Ira em vez de estudar.

Eu estava me servindo de uma xícara de café para passar a primeira metade do dia enquanto Evie estava ali, vestida com suas roupas de ginástica com os braços cruzados sobre o peito.

— Ele tem o que, quarenta e cinco anos?

— Quarenta e dois — eu a corrigi. — E o que isso importa, afinal? Ele é um cara legal e Ira é um garoto doce. Eu preciso me distrair um pouco com tudo que está acontecendo na minha vida.

— Há algo acontecendo? — As sobrancelhas de Evie se arquearam ainda mais.

— Não, mas esse é que é o problema. Não quero sair com caras da minha idade agora. Aquela coisa entre AJ e eu me fez perceber que universitários são todos iguais. Claro, conseguia ter conversas com AJ, mas não como a que tive com Wells esta manhã. Ele é inteligente e, embora seja um pouco introvertido, é ótimo.

— Ele tem quarenta e dois anos — Evie ressaltou.

Ela provavelmente nem ouviu o que eu disse.

— Eu não me importo — respondi. Então peguei minha xícara de café, passei por ela e entrei no meu quarto. — Não é como se eu fosse sair com ele ou algo assim. Gosto de passar meu tempo com ele e, se é isso que me faz feliz, ninguém pode me impedir.

Evie me seguiu até o quarto e se sentou na minha cama enquanto eu pegava meu notebook.

— Então agora você é amiga de um cara mais velho e uma criança. Tem mais alguma coisa que você quer que eu saiba? Já não sou mais suficiente?

Evie não estava levando isso muito a sério, e era muito engraçado como ela tentava agir toda magoada e confusa.

— Você é demais para mim, Evie. É por isso que preciso de alguém que possa me acalmar. Wells é bom nisso. Quando me sentei à mesa com ele e Ira, percebi que todas as minhas preocupações com os trabalhos e tarefas da faculdade tinham desaparecido e, assim que entrei em nosso apartamento, as preocupações voltaram.

— Acho que você só precisa transar com um cara qualquer da faculdade cheio de tesão. Talvez seja disso que você está sentindo falta.

— Não posso sentir falta de nada que eu nunca tive, Evie.

Ou eu poderia?

De qualquer maneira, sexo não era o que eu precisava.

Ou queria.

Pelo menos ainda não.

— Não importa. Vou sair para correr. Não morra de tédio enquanto eu estiver fora — ela disse, já saindo do meu quarto.

— Vou tentar.

Seis horas estudando e escrevendo meu primeiro trabalho e finalmente chegou a hora de comer alguma coisa. Muitas vezes eu estava muito concentrada para me levantar e comer, mas, desta vez, meu estômago não parava de roncar.

Na cozinha, abri o freezer para ver se havia alguma coisa que eu pudesse colocar rapidamente no forno e, para minha sorte, havia uma pizza congelada, que eu sabia que Evie não comeria a menos que estivesse bêbada. Como as festas aconteciam apenas duas vezes por mês, optei por comer a pizza eu mesma.

Enquanto esperava o forno pré-aquecer, cheguei meu celular em busca de mensagens. Ativei o modo silencioso para não ser incomodada enquanto estudava, então perdi todas as mensagens que AJ me enviou horas atrás. Depois de lê-las, suspirei e decidi ligar para ele em vez de digitar uma resposta.

Menos de cinco segundos depois, ele atendeu.

— *Estudando?* — AJ perguntou sem me cumprimentar.

— Sim, e pretendo continuar até tarde da noite — eu disse a ele, respondendo à pergunta que ele me fez por mensagem.

— *Que merda. E a Evie?*

Ele não estava pedindo por si mesmo, mas mais por todos os seus amigos de fraternidade que gostavam da bagunça que Evie fazia. AJ, cujo nome verdadeiro era Aiden James, não gostava de garotas como Evie. Não por causa de sua aparência, porque Evie era definitivamente uma das garotas mais bonitas do campus.

AJ era descontraído e calmo, tinha um estranho senso de humor, mas eu me dava bem com isso. Ainda assim, ele precisava de uma garota que não dormisse com todo o time de futebol.

— Ela saiu para correr, mas vou avisá-la de que vocês estão dando uma festa. Tenho certeza de que ela vai.

— *Tudo bem.*

Depois de uma pausa rápida, ele suspirou.

— *Você está bem, Rooney? Tenho a sensação de que ainda há algumas coisas sobre as quais precisamos conversar.*

Eu fiz uma careta.

— Eu não acho. Nós conversamos e concordamos em nunca mais falar sobre isso. Não vamos cutucar as feridas que queremos que sejam fechadas.

— *Você está certa, me desculpe. Acho que esperava que fosse um pouco diferente* — ele disse com um sorriso audível em sua voz.

— Acho que sim — sussurrei. — Vejo você por aí, AJ. Tenha um bom final de semana.

— *Você também. Tchau.*

Uma respiração aliviada deixou meu peito.

AJ era realmente um cara legal, mas nem assim conseguiu fazer com que eu me apaixonasse por ele.

Eu sabia que era eu que tinha problemas para me abrir sobre meus sentimentos ou deixar alguém entrar, e é por isso que nunca me imaginei em um relacionamento. Talvez fosse porque nunca estive em um ou porque nunca encontrei um homem que valesse a pena, mas ainda tinha tempo.

Aos vinte anos, eu não precisava encontrar o amor.

Capítulo 5

WELLS

— Espere um segundo, Ira — eu disse a ele quando entramos no apartamento depois de um longo dia no parque.

Ajoelhei na frente dele e levantei sua camisa, depois verifiquei o número em sua bomba de insulina. Ele já fez seu lanche da tarde, mas seu nível de insulina precisava ser aumentado novamente, mesmo depois de um dia ativo no parquinho.

— Eu não vou cozinhar até mais tarde. Você gostaria de comer outra maçã ou um pêssego? — perguntei, endireitando sua camisa novamente e tirando os sapatos.

— Pêssego, por favor! Com pasta de amendoim!

Um pouco aleatório, mas ele poderia comer um pouco disso também.

— Tudo bem. E o que você acha de convidarmos Rooney para jantar?

Eu não estava indo rápido demais. Ela era minha vizinha e, como era a única pessoa com quem tive uma conversa real e normal em anos, queria ter certeza de mostrar a ela meu apreço.

Rooney era uma nova amiga, mas eu não poderia ser muito insistente e intrusivo.

— Ok! — Ira respondeu, levantando o polegar. — Posso brincar agora?

Eu me inclinei para beijar sua testa e assenti com a cabeça indicando o corredor.

— Vá pegar seus brinquedos e traga-os para o meu escritório. Papai tem que trabalhar um pouco.

Observei meu filho correr para a sala e, enquanto ele transferia todos os seus brinquedos para o meu escritório, preparei seu lanche e enchi sua garrafa de água.

— Tudo pronto! — ele gritou. Levei o prato e a água e coloquei na mesinha que ficava em meu escritório para situações como essa.

Ira se sentou em sua cadeira e começou a comer o pêssego, mergulhando as fatias na pasta de amendoim.

— É bom? — perguntei.

Isso é algo que ele nunca pediu, mas parecia gostar.

— É bom — Ira respondeu.

Perfeito.

Sentei na cadeira e liguei o computador para verificar se tinha recebido e-mail de algum dos meus colegas de trabalho que gostava de me enviar alguma merda mesmo quando era meu dia de folga. Mas se eu atendesse seus pedidos agora, poderia sair mais cedo durante a semana e passar mais tempo com Ira. Esse era sempre o objetivo.

Estranhamente, não havia tantos e-mails quanto pensei que haveria, então eu rapidamente trabalhei neles e passei mais uma hora no novo projeto enquanto Ira brincava com seus brinquedos depois de comer seu lanche.

Estava escurecendo lá fora. Quando Ira se aproximou de mim com a mão cobrindo a barriga, percebi que era hora de parar de trabalhar e ir para a cozinha.

— Você está com fome de novo, hein?

Depois de me levantar da cadeira, eu o peguei no colo e fui até a cozinha para verificar o que tínhamos na geladeira.

— Que tal se eu fizer tacos esta noite? Você acha que Rooney gostaria disso?

Ira assentiu e apontou para o peito de frango na geladeira.

— Com frango dentro?

— Frango, abacate, tomate. O que você quiser colocar nele. Parece bom?

— Sim!

— Excelente. Vamos ver se ela quer descer para comer conosco.

Saímos e subimos as escadas para chegar à porta dela e, assim que Ira tocou a campainha, esperamos alguns segundos antes que a porta se abrisse.

Não era quem eu queria ver, mas, se eu queria chegar até Rooney, tinha que falar com ela.

— Oi, Evie — cumprimentei.

Por mais irritado que eu estivesse por causa dela na maior parte do tempo, eu não era um idiota.

— Você está de saída? — perguntei, olhando para seu vestido justo e salto alto.

— Sim. Precisa de algo?

Suas sobrancelhas estavam arqueadas, e com toda aquela maquiagem, ela estava assustando Ira um pouco, tanto que ele deu um passo atrás de mim com o braço em volta da minha perna.

— Rooney está em casa?

Evie suspirou e se virou para o apartamento.

Olhei para Ira e penteei seus cachos, depois olhei para cima quando ela voltou.

— Ela já vem.

Evie pegou sua bolsa e passou por nós, e, com um tchau rápido, desceu as escadas para sair.

Perfeito.

Nada de música alta ou pessoas dançando esta noite.

— Oi! — Ira gritou e acenou quando viu Rooney aparecer no corredor, e eu sorri para ela depois de ver a confortável roupa de dormir que ela usava.

— Oi, Ira. Você teve um bom dia no parque? — ela perguntou, estendendo a mão para acariciar gentilmente sua bochecha.

— Foi divertido! Eu brinquei com Benny — ele explicou.

— Isso é incrível! Eu gostaria de ter tempo para brincar com meus amigos — Rooney disse com um suspiro, então olhou para mim com um sorriso. — Oi.

— Oi, Rooney. Ira e eu queríamos convidá-la para jantar. Estamos fazendo tacos. Quer se juntar a nós?

— Por favor? — Ira pediu.

— Bem, eu não posso dizer não para você — ela riu, olhando para Ira. — Tudo bem! Mas terei que vestir algo mais apropriado — ela acrescentou.

— Ah, não se preocupe. Vamos vestir nossos pijamas antes do jantar de qualquer maneira. Você está ótima — eu disse a ela, dando outra olhada em seu corpo.

Mesmo em um moletom e com o cabelo preso em um coque bagunçado, ela parecia bonita. Eu preferiria ela a qualquer outra mulher, sem nem pensar duas vezes.

— Tudo bem, mas me dê um momento para guardar minhas coisas e já desço.

Assenti com a cabeça e levantei Ira, depois apontei para a escada.

— Nos vemos em alguns minutos então.

Ela sorriu e acenou rapidamente para Ira antes de voltar para o apartamento, e eu desci as escadas para começar a preparar o jantar.

Tive a sensação de que seria uma ótima noite e, pela primeira vez na vida, fiquei empolgado em colocar Ira na cama e esperar que ele dormisse a noite toda.

ROONEY

Eu estaria mentindo se dissesse que não estava nervosa para comer na casa dele mais uma vez. Eu gostei do café da manhã e, após um longo dia de estudos, tarefas e trabalhos de redação, um bom jantar com Wells e Ira era o que eu precisava.

Guardei minhas coisas e fui até a cozinha para pegar a garrafa de vinho que Evie nunca abriu e pensei que seria uma boa sobremesa para Wells e para mim. Não tenho certeza do que ele planejou exatamente, mas não me importaria de passar mais do que apenas o jantar com ele.

Não, sexo não era o que eu queria, mas gostei do nosso papo esta manhã e gostava de pessoas que fossem capazes de manter uma conversa. De qualquer forma, eu não tinha nada melhor para fazer.

Ao chegar em seu apartamento, notei que a porta estava aberta e, após empurrá-la, olhei para dentro.

— Olá? — chamei.

— Ah, sim, entre! Estamos na cozinha! — Ouvi Wells dizer.

Fechei a porta atrás de mim e atravessei o corredor até a cozinha, onde ele estava ao lado da geladeira e Ira em uma cadeira à mesa.

— Oi — eu cumprimentei, sorrindo para os dois.

— Oi! — Ira disse com um aceno. Então ele ergueu metade de um abacate: — Eu faço guacamole! — o menino anunciou antes de continuar amassando o abacate em uma tigela com um garfo de criança.

— Oi. Você come carne, certo? — Wells perguntou.

Assenti com a cabeça, então estendi a garrafa de vinho para ele.

— Trouxe algo para você. Talvez possamos tomar um pouco mais tarde esta noite?

Flertando.

Não.

Não, eu não estava flertando, estava?

A maneira como Wells sorriu para mim contou toda uma outra história.

Ele parecia satisfeito, mas surpreso.

— Ótima ideia. — Ele pegou a garrafa e a colocou no balcão, então acenou para a mesa. — Quer ajudar Ira a cortar os legumes? Estou cozinhando um pouco de frango.

— Sim, claro.

— Olha! — Ira falou, sua doce voz cheia de alegria enquanto apontava para a tigela. — É a cor do Hulk!

Sentei ao lado dele e peguei uma faca segura para crianças para começar a cortar o pimentão.

Wells definitivamente sabia como cozinhar de forma saudável e foi bom que ele me convidou ou então eu simplesmente colocaria outra pizza no forno.

— Verde é a sua cor favorita? — perguntei a Ira e, como havia imaginado, ele confirmou.

— E eu gosto de azul porque é a cor favorita do papai — explicou.

— Entendi. São duas cores bonitas. E qual é a sua comida favorita? — perguntei, mantendo a conversa enquanto Wells ouvia.

— Todas — Ira respondeu.

— Essa é uma resposta muito boa. Eu também gosto de tudo.

— Sorte a minha — ouvi Wells murmurar.

Eu ri e me virei para olhar para ele.

— É mais fácil cozinhar assim, certo?

— Ah, muito mais fácil. Ele gosta até de comida picante. Não o deixo comer muito porque pode causar dores de estômago, mas ele gosta de algumas gotas de molho picante nas refeições.

Isso era surpreendente.

Eu não gostava de coisas picantes até os dezesseis anos, e esse garoto já comia refeições completas com molho picante.

— Isso é incrível — ri.

Continuamos a preparar todos os legumes enquanto Wells cozinhava o frango e, assim que terminamos, ele veio até a mesa e se sentou ao lado de Ira.

— Quer montar seu próprio taco, amigão? — ele perguntou.

— Sim, por favor!

Nós o vimos pegar uma das massas macias de taco e colocá-la em seu prato, depois ele colocou o guacamole que fez, alguns vegetais e, no final, tentou enrolá-lo.

— Você faz isso, papai.

Wells ajudou e, assim que ele terminou e Ira estava pronto para comer, montamos nossos próprios tacos.

— A propósito, obrigada novamente por me convidar. Estou começando a gostar de passar um tempo com vocês dois. É uma boa distração de tudo que está acontecendo lá em cima.

— Você quer dizer Evie e suas travessuras? Ainda não tenho certeza por que você iria morar com ela em primeiro lugar. Onde você vivia antes? — Wells perguntou.

— No campus. Eu tinha um dormitório, mas era muito pior do que ter um apartamento de verdade. Além disso, não haverá muito barulho no futuro graças a mim. Você pode contar com isso.

Ele soltou uma risada suave.

— Você foi enviada do céu. E pode vir sempre que quiser. Estamos aqui todas as noites de qualquer maneira, e você prometeu desenhar com Ira algum dia. As crianças nunca esquecem as promessas. Ele vai usar isso contra você se não vier com seus pincéis e tintas logo — falou com um sorriso presunçoso.

— Eu sempre cumpro minhas promessas — respondi com um sorriso.

— Que bom. Porque acho que também gostaria de ter você por perto com mais frequência.

Senti minhas bochechas esquentarem.

Merda.

E eu que pensei que Wells não estava interessado em mim desse jeito?

Não que eu fosse negar minha atração por ele, mas não estava realmente procurando um cara para namorar. Muito menos alguém tão gentil e atraente quanto ele.

Eu também tinha que considerar nossa diferença de idade.

Fiquei animada em passar um tempo com um homem com o dobro da minha idade, que por acaso era pai. Mas, no segundo em que pensei que estava tudo bem, lembrei da reação de Evie sobre a diferença de idade. As pessoas tinham algo a dizer sobre esse assunto e, embora eu não considerasse isso uma coisa ruim, ele tinha muito mais experiência em muitos campos do que eu.

A maior é a parte do sexo.

Eu já estava indo longe demais.

Estávamos apenas jantando.

Nunca houve uma menção a isso ser um encontro, e eu não queria pensar demais no assunto, porque só iria me decepcionar ou arruinar as coisas. Ele estava apenas sendo legal, e eu, com apenas vinte anos e nunca realmente conversei com adultos de verdade além de meus pais e professores, nunca tinha me envolvido em conversas de adultos.

— Então... você disse que sua mãe mora perto?
— Sim. A apenas algumas ruas de distância — Wells respondeu.
— Ela mora sozinha?
— Ocasionalmente. Ela conheceu um cara em um bar há alguns meses. Bom homem, e Ira também gosta dele. Meu pai se mudou para Las Vegas há alguns anos. Ele adora jogar e seu vício crescente foi o que fez minha mãe se divorciar. Não o vemos com muita frequência, mas mantemos contato por telefone. E seus pais?

Franzi os lábios e me perguntei se deveria contar a história real ou apenas encontrar uma maneira de pular as partes estranhas. Mas como ele estava sendo honesto comigo, decidi seguir esse caminho também.

— Meus pais cresceram montando cavalos e touros. Então, logo depois que fui para a faculdade, eles voltaram para o interior. Eles compraram um rancho e, como ainda são apaixonados por montar em touro, decidiram fazer disso um negócio.

— Parece ótimo! Por que você está usando esse tom de voz hesitante?
— Ele definitivamente era um bom ouvinte.
— Porque eles não praticam a tradicional montaria em touro. Bem, a cavalgada é a mesma, mas, em vez de usar as roupas normais que outros cavaleiros usam, eles se vestem de palhaços para dar à multidão, especialmente às crianças, algum entretenimento antes do início das competições reais.

Não é algo que uma universitária iria exibir com orgulho.
Era estranho, mas eu ainda amava minha mãe e meu pai.
— Preciso conhecer seus pais — Wells riu.
— Vai com calma aí, *cowboy* — eu disse com uma risada.
Ele sorriu e piscou para mim, então nossa conversa continuou até que estivéssemos todos cheios e satisfeitos.

De uma coisa eu tinha certeza: queria passar mais tempo com ele esta noite.

Capítulo 6

WELLS

Sua risada iluminou toda a sala, e eu me perguntei como nenhum cara jamais notou isso.

Ela era solteira, isso eu sabia.

Mas algum cara já tentou fazê-la sua?

Rooney era uma garota interessante que adorava ter conversas honestas e profundas. Ela era ótima com Ira, o que começou a me preocupar, porque eu sabia que Ira já estava começando a se apegar a ela. Ele sabia reconhecer uma boa pessoa quando encontrava uma, e Rooney definitivamente era uma delas.

Mas pior do que isso era o fato de que eu estava começando a gostar dela um pouco demais também, vendo a mulher doce e carinhosa que ela era. Nunca tive muito tempo para namorar e, depois de tudo que aconteceu com Ira e sua mãe, ele era o único a quem eu queria dar meu amor.

— Você pode brincar comigo agora? — Ira perguntou a Rooney depois que o ajudei a descer da cadeira que ele empurrou para a pia para lavar as mãos.

— Essa é uma ótima ideia, amigão. Mostre a ela seu quarto. Vou começar a limpar aqui — falei para ele, olhando para Rooney.

— Tem certeza de que você não quer que eu ajude? — ela perguntou.

— Eu me viro. Você pode me fazer companhia quando ele estiver na cama — eu disse a ela.

Você poderia dizer que eu definitivamente estava flertando, mas não fiz de propósito.

De jeito nenhum.

— Ok. — Ela colocou a mão no meu braço e deixou Ira levá-la para o quarto dele, puxando-a pela mão.

— Eu tenho mais Hulks! — ele anunciou alegremente.

— Estou vendo! Gostei daquele grande na sua cama — ouvi Rooney dizer.

Por razões como essas é que não me importava de não ter paredes à prova de som. Escutar a conversa do meu filho com nossa nova vizinha praticamente fez valer minha noite inteira. Eles eram adoráveis juntos e eu estava feliz por agora haver mais uma pessoa com quem Ira poderia compartilhar todas as suas coisas favoritas.

Lavei a louça e coloquei as sobras na geladeira para comer no dia seguinte. Depois que a mesa estava limpa, fui até o quarto de Ira e encontrei os dois sentados no chão com bonecos de ação nas mãos.

— Vem brincar também, papai! — Ira insistiu.

— Eu diria que é hora de você ir para a cama, amigão. Já passou da sua hora de dormir.

Ele franziu a testa por um segundo, então olhou para seus brinquedos e tentou descobrir o que pensar disso.

— Se o seu pai concordar, posso trazer meus pincéis e tintas comigo amanhã para que possamos desenhar e pintar juntos. O que você acha? — Rooney perguntou a ele, acariciando gentilmente sua bochecha com os dedos.

Os olhos de Ira se iluminaram e olharam para mim.

— Parece uma boa ideia. Agora, vamos escovar os dentes e lavar o rosto.

Eu estendi minha mão e ele rapidamente se levantou para agarrá-la.

— Diga boa noite a Rooney — eu disse a ele.

— Boa noite! — Ira disse, acenando para Rooney.

— Durma bem, rapazinho. Vejo você amanhã — ela respondeu, sorrindo.

— Fique à vontade. Já volto — falei para ela e acenei em direção à sala de estar.

Fui até o banheiro para ajudar meu filho a escovar os dentes e, assim que terminamos, carreguei-o de volta para o quarto e o coloquei na cama.

— Quem vai dormir com você e o Hulk esta noite? — perguntei, já pegando mais alguns de seus bichinhos de pelúcia.

— Teddy — Ira respondeu, pegando o ursinho de pelúcia com o qual eu costumava dormir quando criança.

Estranho quanto tempo animais de pelúcia vivem.

— Alguém mais?

— Woody — ele respondeu, apontando para sua pequena mesa.

Levantei e o peguei para colocá-lo ao lado de Ira debaixo das cobertas.

— Está ficando lotado aqui — eu disse, sorrindo para ele.

— Papai?

— Sim, amigão?

— Posso ter uma festa do pijama também com Benny?

Eu franzi meus lábios.

As crianças eram espertas e ele sabia que Rooney ficaria um pouco mais. Mas o que ele não sabia era que ela não passaria a noite ali.

— Vou perguntar à mãe dele na próxima vez que o virmos no parque, ok? Uma festa do pijama parece uma ideia divertida.

Acho que era hora de começar a convidar seus amiguinhos para que ele não tivesse que brincar com seu pai o tempo todo. Deve estar ficando chato.

— Boa noite, Ira. Vejo você pela manhã — eu disse a ele. Antes de me inclinar para beijar sua testa, levantei seu pijama para verificar seu nível de insulina. — Eu amo você — sussurrei, e, depois de me dar um beijo na bochecha, me levantei e saí do quarto, deixando a porta entreaberta.

Quando cheguei à cozinha e peguei a garrafa de vinho que Rooney trouxe, olhei para ela e a observei parada ao lado das grandes estantes, admirando os livros que eu tinha.

— Você lê muito? — perguntei enquanto caminhava até o sofá.

Ela se virou e sorriu.

— Ocasionalmente. Tenho alguns livros no meu quarto, mas não tantos quanto você. Você tem uma bela coleção.

— Bem, eu adorava ler quando criança, e ainda leio sempre que tenho um momento para mim. Espero poder fazer com que Ira também comece a ler em breve.

— Tenho certeza que ele vai adorar. Eu posso ver muitas semelhanças entre vocês.

Ela se aproximou de mim e se sentou no sofá enquanto eu servia uma taça de vinho para nós dois.

— Você não deveria estar bebendo — eu comentei, mas continuei servindo o vinho.

— Sabe, eu sempre pensei que seria aquela garota que tomaria sua primeira bebida alcoólica em seu vigésimo primeiro aniversário, mas é impossível evitar isso com uma amiga como Evie — ela explicou com uma risada.

— Contanto que você não beba até desmaiar, uma taça de vinho de vez em quando está tudo bem — eu disse, soando como um daqueles pais que querem parecer legais na frente dos amigos de seus filhos.

— Sei... — ela disse, sorrindo. — Ira sempre vai para a cama com tanta facilidade?

— Sim, mas ele gosta de acordar no meio da noite e ir para a minha cama muitas vezes.

Estendi uma taça para ela e, assim que a pegou, levantei a minha para fazer um brinde que achei necessário para a noite.

— À você. Por trazer um pouco de tranquilidade a este prédio e nos fazer dormir.

— O prazer é meu. Obrigada pelo jantar. Estava fantástico.

Nossas taças tilintaram e tomamos um gole antes de eu me inclinar para trás e esticar meu braço no encosto do sofá.

— Eu estive pensando sobre isso a noite toda, mas você não precisa responder à pergunta. Como é que você não tem namorado?

Direto ao ponto.

E se ela entendesse, eu pelo menos saberia como devo agir perto dela no futuro.

Ela não reagiu muito ao meu flerte, mas também não pareceu muito surpresa com isso.

— Não tenho certeza se quero um. Quer dizer, tem um cara com quem eu tive… uma *coisa*. Mas não acho que fui feita para relacionamentos. Pelo menos não agora. — Seus olhos se moveram da sua taça para a minha. — Acho que estou deixando tudo acontecer naturalmente. Não estou procurando por amor. Não sei se isso é algo que as pessoas possam fazer sem se machucar muitas vezes, mas também não estou dizendo que não deixaria o amor entrar.

Suas palavras faziam sentido. Tanto que um sorriso se espalhou pelo meu rosto.

— Estou com você nisso. Você é muito reflexiva, hein? Estou surpreso que você possa falar sobre essas coisas com tanta facilidade, usando as palavras certas.

Eu deveria ter parado de elogiá-la, mas pelo menos não estava mais flertando. Sinceramente, eu também não achava que um relacionamento era o que eu precisava. Não agora.

— Acho que reflito sobre as coisas antes de falar. Certa vez, uma das minhas professoras me disse que via em mim sua avó de noventa e oito anos. Pela maneira como falo ou me expresso. Não tenho certeza se deveria considerar isso um elogio — ela disse com uma risada.

— Eu diria que é definitivamente uma boa característica. Lembro de quando estava na faculdade e via todas aquelas garotas se esforçando para chamar a atenção dos rapazes. Não estou dizendo que não funcionou, mas, na maioria das vezes, eu as deixei se aproximarem só para pararem de falar.

— Compreensível. — Rooney sorriu e tomou outro gole de vinho.

— Era diferente naquela época — falei, encolhendo os ombros. — Não consigo imaginar como essa coisa toda de namoro online e tudo isso funciona. Parece muita pressão de sempre ter que ter uma boa aparência, sempre ter fotos legais prontas para postar em qualquer plataforma de rede social que exista. Não suporto essas crianças com os olhos grudados nessas telas.

Os lábios franzidos e o brilho divertido em seus olhos me diziam que ela estava gostando da conversa.

— Você definitivamente é algumas gerações mais velho do que eu — ela disse. — O que não é uma coisa ruim. Acho ótimo como você está criando Ira e ele não fica pedindo celular ou televisão o tempo todo.

— E vou tentar manter assim por mais algum tempo. Ele ama seus brinquedos e não quero estragar sua infância. Quero que ele veja como a vida pode ser ótima mesmo sem todos esses eletrônicos. Claro, um dia será impossível evitar, mas, por enquanto, quero que ele veja como pode ser divertido brincar com as coisas com as quais eu brincava quando tinha a idade dele.

ROONEY

— Acho isso incrível — eu disse a ele com um sorriso. — Dá para ver que ele está feliz. Isso é tudo que importa.

Puxei minhas pernas para cima e fiquei mais confortável no sofá ao lado dele. Eu não planejava ir embora tão cedo.

— Achei que seria difícil criá-lo sozinho, mas ele sabe que é amado — Wells falou.

Isso me fez pensar imediatamente na mãe de Ira.

Eu sabia que não deveria ser tão intrometida, mas, como estávamos sendo honestos e abertos um com o outro, não pude deixar de perguntar.

— Ele alguma vez vê a mãe?

Um leve sorriso apareceu em seu rosto, mas, ao contrário de sua expressão positiva, ele balançou a cabeça.

— Ira nunca conheceu sua mãe. É uma história um pouco complicada. — Ele fez uma pausa e olhou para a taça, então tomou alguns goles antes de continuar a falar. — Sua mãe, Leah, e eu namoramos alguns anos atrás, mas não se transformou em algo sério. Ela era uma grande mulher, amorosa e doce, mas paramos de nos ver depois que ela conheceu outro homem. Não pensei muito nisso, pois não sentia que algum dia nos tornaríamos algo mais do que apenas duas pessoas que gostavam de se divertir juntas. Mas, pouco mais de um ano depois que paramos de nos falar, o novo namorado dela parou na frente da minha porta com Ira em um bebê conforto.

Eu não tinha ideia de para onde essa história estava indo, mas, por algum motivo, o pensamento de Ira não ser seu filho verdadeiro passou pela minha cabeça.

— Ela nunca me disse que estava grávida, mas naquele dia ele ficou na minha frente com um bebê de seis meses, me dizendo que não era dele. Eu sabia que tinha que assumir a responsabilidade naquele momento. Leah faleceu dando à luz a Ira; ela nunca chegou a ser mãe.

Suas palavras eram como uma faca afiada enterrada no fundo do meu peito.

— Eu sinto muito. Não consigo imaginar quantos pensamentos e sentimentos você teve — eu disse baixinho.

— Era muito para absorver, mas fiquei feliz por ele ter trazido Ira para mim. Ele era exatamente quem eu precisava em minha vida e, desde que assinei os papéis para reivindicá-lo como meu, meu mundo nunca mais foi o mesmo. — Havia lágrimas nos olhos de Wells e, quando ele percebeu, riu baixinho e balançou a cabeça. — Me desculpe. Nunca falei sobre isso a não ser com meus pais.

Estendi a mão para tocar seu braço, esfregando meu polegar ao longo dele para mostrar a Wells meu afeto.

— Não se desculpe. Você é forte e posso ver que Ira é o seu mundo. Obrigada por me contar sua história.

— Às vezes eu gostaria que ela ainda estivesse conosco. Por Ira. Ele nunca perguntou sobre sua mãe, mas é porque eu nunca falei com ele sobre ela. Não tenho certeza se ele sabe que tem mãe.

Isso foi de partir o coração, mas não era culpa dele. Falar sobre um pai ou mãe que não estava mais por perto era difícil, e se era difícil para Wells lidar com isso, definitivamente seria difícil para Ira compreender.

— Talvez quando ele for um pouco mais velho você possa contar a ele sobre ela. Não tenho filhos e não quero intervir em algo do qual não tenho lugar de fala, mas sei que você fará grandes coisas.

Minha mão ainda estava em seu braço, mas eu a movi para cima para cobrir o lado de seu pescoço e passar meu polegar ao longo de sua mandíbula com a barba por fazer.

— Você está realmente tornando difícil não gostar de você — ele disse baixinho e com um pequeno sorriso nos lábios.

Eu pressionei meus lábios em uma linha fina e puxei minha mão para colocar um pouco de distância entre nós, mas ele rapidamente estendeu a mão para pegar minha e colocá-la em seu colo.

— Eu vou ser bom, prometo. É bom ter um ombro amigo, e você parece ser perfeita.

Amigo.

Caramba, Rooney. Não tente manipular sua própria mente.

Respirei fundo e assenti.

— Eu posso ser sua amiga.

Talvez fosse meu jeito de ser carinhosa e delicada quando se tratava de situações como essa, mas, mesmo que meu toque não fosse para provocar nada em nenhum de nós, no fundo eu sabia muito bem que gostava de tocá-lo. Não vou negar isso.

Wells apertou minha mão e depois envolveu seus dedos em torno dela para continuar segurando-a em seu colo.

— Então você vai vir amanhã? Não quero usar você para tomar conta de Ira, mas seria uma grande ajuda para que eu possa trabalhar no meu projeto por algumas horas antes do início da semana.

— Estarei aqui. Vai ser divertido. Além disso, eu poderia fazer uma pausa nos estudos.

— Você também acorda cedo nos fins de semana? — ele perguntou.

— Na maioria das vezes. Levantei às sete esta manhã. Farei o mesmo amanhã e, se quiser, posso passar aqui depois do almoço.

Ele assentiu e sorriu.

— Parece ótimo.

Minha empolgação aumentou.

Wells era um cara incrivelmente legal com quem eu com certeza queria passar mais tempo, além de Ira, é claro.

Capítulo 7

WELLS

— Tem certeza que não quer outra taça? — perguntei, servindo-me de uma.

— Ah, não, estou bem. Acho que não consigo tomar outra sem cair no sono bem aqui no sofá.

Eu não me importaria.

— Está ficando tarde de qualquer maneira. Eu preciso subir e ir para a cama — ela disse, com a voz baixa e rouca.

Rooney estava cansada e eu não queria segurá-la por mais tempo.

— Tudo bem. Deixe-me acompanhá-la até a porta.

Abaixei minha taça e me levantei do sofá, então estendi a mão para ela.

— Obrigada — ela disse enquanto se levantava com a ajuda da minha mão.

Passamos pela cozinha e pelo corredor para chegar à porta da frente e, quando chegamos lá, eu a abri e dei um passo para o lado.

A luz da escada se acendeu, tornando mais fácil nos vermos.

— Eu me diverti muito esta noite. Obrigada por me convidar — Rooney agradeceu.

Eu sorri para ela e assenti.

— Eu também me diverti muito. Vejo você amanhã à tarde, então? — perguntei, encostando no batente da porta e cruzando os braços.

Eu não estava pronto para deixá-la ir ainda, mas, se essa amizade ia funcionar sem que coisas estranhas acontecessem entre nós, eu precisava deixar. A essa altura, já tínhamos passado metade do fim de semana juntos, o que era mais do que suficiente sendo amigos.

— Sim, estarei aqui amanhã à tarde. Mal posso esperar.

Ela mexeu com os dedos na frente da barriga e, por um segundo, vi insegurança passando por seus olhos. Pude perceber que Rooney queria dar um passo à frente, e, como eu era o mais velho aqui, era meu papel dizer boa noite primeiro.

Afrouxei meus braços sobre meu peito novamente e estendi a mão para colocá-la em sua cintura, então me inclinei para beijar sua bochecha e puxá-la para mais perto em um abraço rápido, mas apertado. Seus braços me enlaçaram e suas mãos se moveram para os meus ombros antes de recuar novamente para colocar distância entre nós.

— Boa noite, Rooney.

— Boa noite — ela sussurrou, então rapidamente se virou para subir as escadas.

Respirei fundo e esperei até que a porta dela se fechasse, então voltei para dentro e tranquei a porta.

Uma brisa refrescante.

Era assim que eu descreveria Rooney.

Depois de me recompor, voltei para a sala para guardar o vinho e as duas taças, depois fui até o quarto de Ira para verificar se ele ainda estava dormindo.

Eu sorri ao ver seus olhos fechados e lábios entreabertos, e o som de sua respiração suave adicionado à fofura. Por mais que eu quisesse que ele aprendesse a dormir na própria cama à noite, tinha momentos em que queria apenas pegá-lo no colo e levá-lo para o meu quarto para abraçá-lo.

Muitas vezes eu me sentia como se fosse a criança, e ele quem me protegia. De certa forma era assim, porque, sem ele, eu não fazia ideia de onde estaria. Provavelmente perdido, trabalhando o dia todo sem saber o que minha vida se tornaria.

Ira era meu propósito, agora e para sempre.

— É a Rooney! — Ira gritou quando a campainha tocou.

Era muito cedo para ser Rooney.

Não era nem oito da manhã, e ainda nem tínhamos começado o café da manhã.

— Não acho que seja Rooney, amigão. Vamos ver quem é.

Ele agarrou minha mão e me puxou para fora do sofá em que estávamos sentados enquanto folheávamos uma revista em quadrinhos.

Quando chegamos à porta, levantei-o para deixá-lo olhar pelo olho mágico.

— É a vovó!

Eu fiz uma careta, então recuei um pouco para abrir a porta.

— Você acordou cedo — falei para minha mãe.

— Eu sabia que vocês estariam acordados, então pensei em vir visitar os dois. Ah, olhe só! Você já cresceu desde a última vez que o vi! — ela disse, estendendo as mãos para Ira.

Deixei que ele se agarrasse à minha mãe e voltei para dentro.

— Ainda não tomamos café da manhã. Quer se juntar a nós?

— É claro! Rob não vai acordar até mais tarde e parou de tomar café da manhã há um tempo. Não sei como isso pode ajudar sua saúde.

— Eu sou saudável — Ira gritou, apontando para o peito.

— Eu sei que você é, querido. — Ela o deixou descer para que meu filho pudesse correr de volta para o sofá e continuar folheando o gibi enquanto eu começava a preparar um pouco de café.

— Como você está? — minha mãe perguntou, sentando-se à mesa.

— Bem. Tivemos uma semana estressante no trabalho, mas o fim de semana está sendo bom.

— Entendo. E você recebeu visita? — ela perguntou.

Arqueei uma sobrancelha, estranhando, e me virei para olhar para ela., Quando segui seu olhar, suspirei ao ver a garrafa de vinho no balcão.

— Ahn, sim, tive. Noite passada.

— Ela ainda está aqui?

— Mãe! — murmurei, virando-me para ela novamente. — Nenhuma mulher dormiu aqui ontem à noite. Ela é nossa nova vizinha. Uma garota doce, mas nada aconteceu entre nós.

— Que pena. Eu esperava que você finalmente encontrasse uma mulher.

Revirei os olhos e voltei para o fogão.

— Mãe, por favor, não vamos falar sobre isso.

— Por que não? Faz anos desde que você teve um encontro e não acho que apenas receber alguém sem querer mais é o que você precisa agora.

— Você não sabe o que eu preciso. Ela é uma amiga e Ira também gosta dela. Além disso, ela tem vinte anos. Não pense que poderia haver algo mais do que uma amizade entre nós.

— Ah, não fale da idade, Wells.

Eu não iria brigar com ela sobre isso. Que inferno! Eu não precisava de um relacionamento para ser feliz. Eu *era* feliz.

Felizmente, Ira veio me salvar e mudou o assunto de Rooney para história em quadrinhos.

— Você pode ler isso para mim, vovó? — ele perguntou enquanto caminhava até ela com o gibi nas mãos.

— Claro, querido. Venha aqui.

Enquanto ela lia para ele algumas páginas do livro, arrumei a mesa e peguei tudo o que precisávamos para o café da manhã. Também preparei um pouco mais do suco de Hulk para o Ira e, depois de colocar em um copo, sentei para finalmente começar o café da manhã.

— Beba, amigão — disse a ele, empurrando o copo em sua direção e enfiando seu canudo favorito dentro.

— Obrigado! — ele agradeceu, fazendo meu coração derreter toda vez que ele era educado sem eu ter que pedir.

Eu estava criando um verdadeiro cavalheiro, disso eu sabia.

— Se você quiser, posso pegar Ira amanhã de manhã, já que minhas aulas de yoga foram canceladas nas próximas semanas.

— Sim, isso seria ótimo. Estou tentando chegar ao trabalho mais cedo do que de costume a partir de agora, para poder sair antes das cinco. De qualquer maneira, Ira acorda às seis da manhã e, em vez de ele só não me deixar dormir, prefiro já levantar e ir trabalhar.

Minha mãe assentiu e preparou uma tigela de cereal.

— Então você pode tomar café da manhã na casa da vovó amanhã. O que você acha, Ira?

— Parece bom! — Ira respondeu, levantando o polegar e continuando a beber seu suco de Hulk.

Bom.

Ir para o trabalho cedo significava não ter colegas de trabalho me incomodando por algumas horas, e eu teria metade da tarde para passar mais tempo com Ira.

ROONEY

— Não me diga que vai voltar lá pra baixo, para ele — Evie disse franzindo o cenho.

— Você já acordou? Essa é nova.

Ela revirou os olhos e pegou uma xícara do armário para se servir do café que fiz.

— A festa ontem à noite foi chata. Ainda bem que você não foi. AJ ficou com uma caloura. Não foi divertido de se ver.

Por que eu me importaria?

Parece que ele seguiu em frente, exatamente o que eu esperava que acontecesse depois da nossa conversa.

— Prometi a Ira que pintaria com ele esta tarde enquanto Wells trabalha. Estarei em casa mais tarde esta noite para que possamos jantar juntas — sugeri.

— Então você está cuidando dele agora? — ela perguntou. — Pelo menos ele está te pagando?

— Evie, por mais que eu a ame, você pode, por favor, não implicar com cada coisinha que estou fazendo na minha vida? Wells é um cara legal e Ira é um garoto doce. Eles são uma ótima distração dos estudos, o que você deveria fazer hoje, aliás. Aquele trabalho que tínhamos de história da arte não é fácil e precisa entregar até quarta-feira.

— Eu sei, eu sei. Vou começar a fazer isso hoje, não se preocupe. E talvez eu esteja criticando tudo o que você faz porque eu também gostaria de ter um amigo mais velho. Menos a criança.

Arqueei uma sobrancelha para ela e ri.

— Amigo mais velho ou amante? Eu conheço você, Evie. Você experimentaria o homem, teria uma opinião sobre ele e depois o jogaria fora, como faz com todos os outros caras com quem já transou.

— Não, estou falando sério. Você não é a única com problemas com a figura paterna, sabia? O meu pai realmente não me ama — ela disse com um encolher de ombros.

— Eu não tenho nenhum problema com figura paterna. Mas eu gosto muito da companhia de Wells. Ele é fácil de conversar e não me pressiona a fazer coisas que não quero fazer.

Evie franziu os lábios e encostou-se ao balcão com os braços cruzados sobre o peito.

— Se você realmente quer continuar a vê-lo, posso simplesmente descer com você e pedir desculpas a ele pessoalmente por ser uma idota.

— Você pode se desculpar, mas não vai ficar. Eu realmente gosto dele e acho que vocês dois deveriam se dar bem. Ele é um homem trabalhador e não consigo nem imaginar como foi difícil para ele ter problemas para dormir com você tocando música alta aqui em cima.

— Tudo bem! Eu vou pedir desculpas. Mas se ele alguma vez der em cima de mim porque notou como sou bonita, não vou me conter.

Eu duvidava que ele fosse tentar chamar a atenção de Evie, mas eles se darem bem já era um começo. Eu não gostava de pessoas que não gostavam umas das outras pelas razões mais ridículas, embora Wells tivesse uma boa.

— Quer vir se desculpar agora mesmo, para terminar com isso de uma vez? — perguntei.

— Claro, por que não.

Surpresa, peguei os materiais de que precisaríamos para desenhar e pintar e descemos as escadas para bater na porta de Wells.

Deixei Evie ficar na minha frente e, assim que a porta se abriu, sorri para Wells e acenei para Evie para que ele a ouvisse.

— Olá, vizinho. Eu fiquei sabendo que minha melhor amiga aqui está realmente começando a gostar de passar o tempo com você e seu filho. Então, para fazer um favor a ela, estou aqui para pedir desculpas pelo barulho na maioria das noites. Sinto muito por não ter deixado você ou seu filho dormir, mas prometo que, de agora em diante, e como minha melhor amiga é literalmente uma assassina de *good vibes*, não vou aumentar o volume em festas futuras.

Wells não sabia o que responder por um segundo, mas, depois de entender tudo o que Evie tinha acabado de dizer, ele sorriu para ela e assentiu com a cabeça.

— Desculpas aceitas. Isso é muito gentil da sua parte, Evie.

— Excelente! Vou deixar vocês dois começarem a flertar agora. Tenham um bom dia! — ela gritou enquanto começava a caminhar de volta para as escadas.

Uma risada baixa escapou de Wells, e eu apertei meus lábios para me impedir de sorrir como uma idiota.

— Oi — ele cumprimentou, afastando-se para que eu pudesse entrar.

— Oi — eu disse de volta, entrando em seu apartamento e me virando para olhar para ele. — Não pensei que ela realmente se desculparia tão facilmente.

— Honestamente? Eu também não. Mas estou feliz que ela tenha feito isso. Você tem uma coleção e tanto — ele disse, apontando para os pincéis que eu trazia em uma xícara de café.

— Ah, bem… nós, estudantes de arte, temos muitos desses. Meus pais me deram um suprimento vitalício quando comecei a faculdade — comentei, rindo.

— Eu não diria que isso é uma coisa ruim.

— Definitivamente não é. Como foi sua manhã? — perguntei.

— Tranquila. Minha mãe veio e levou Ira para um pequeno passeio, então eu limpei o apartamento e lavei algumas roupas. Ele está na sala. Montei uma pequena estação de pintura para vocês. Ele está muito animado e perguntou por você a manhã toda.

Aquele garotinho estava lentamente derretendo meu coração.

Chegamos à sala de estar e, assim que me viu, Ira deu um pulo e correu até mim para ver o que eu tinha trazido.

— Tinta! — ele gritou, alcançando um dos tubos.

— E muita! — Wells acrescentou, colocando a mão na parte inferior das minhas costas. — Vou deixar vocês dois aí. E Rooney?

— Sim?

— Obrigado por fazer isso. Eu prometo a você que não vai se tornar uma coisa semanal. Eu sei que você tem muita coisa para fazer para a faculdade.

— Não se preocupe, Wells. Na verdade, tenho que pintar uma coisinha para uma das minhas aulas, então esta é uma ótima oportunidade para fazer isso. E tenho certeza de que Ira pode me ajudar a escolher as cores e os pincéis de que preciso, certo?

— Eu sou bom com cores — Ira afirmou com um grande aceno de cabeça.

— Viu? Eu tenho o meu pequeno ajudante. Faça o que você tem que fazer e nós estaremos aqui nos divertindo com a pintura.

Wells sorriu para mim e, depois de passar rapidamente a mão pelo cabelo de Ira, inclinou-se para mais perto de mim.

— Eu lhe devo uma — ele sussurrou, e, depois de um olhar longo e profundo em meus olhos, ele saiu.

Precisei respirar fundo antes de voltar ao normal para me concentrar em Ira e em nossa tarde divertida.

— Você pode desenhar o Hulk para que eu possa colorir? — Ira perguntou com olhos esperançosos.

— Eu definitivamente posso tentar!

Sentamos na toalha de mesa já manchada estendida no chão e arrumei tudo para começarmos a pintar.

Esta seria uma tarde agradável e, por mais que tentasse, não conseguia superar a maneira como Wells olhou para mim antes de ir para seu escritório.

Minha nossa.

Capítulo 8

ROONEY

— Olha, papai!

Ira ergueu sua pintura de Hulk, que pintou melhor do que qualquer outra criança de sua idade. Ele me fascinava com suas habilidades motoras finas e como ficou calmo e concentrado durante toda a tarde.

— Uau! Isso é incrível, cara! Vamos pendurar este no seu quarto, o que você acha?

Ira concordou com a cabeça e voltou a colorir outro desenho. Eu me sentei direito para olhar para Wells.

— Terminou o trabalho? — perguntei, sorrindo para ele.

— Sim, acho que já fiz o suficiente por hoje. Vocês dois se divertiram, hein? — Ele moveu seu olhar para todas as pinturas que colocamos no chão para secar.

— Havia tantas coisas que ele queria desenhar e acho que todas ficaram perfeitas — comentei.

— Elas estão ótimas. E qual é a da sua aula?

Peguei a pequena tela retangular e a estendi para ele.

— O trabalho era pintar uma cena que contasse uma história e, como agora sei por que aquele parque da cidade foi reformado há alguns anos, decidi usá-lo como minha inspiração.

Ele olhou para a pintura e sorriu ao notar todos os pequenos detalhes que pintei para recriar o parque que ele havia construído.

— Isto é incrível! E você fez isso em quatro horas?

Eu sorri e dei de ombros.

— Não deu muito trabalho. Assim que eu entregá-lo para que seja avaliado, quero que fique com você.

Wells sorriu de volta para mim.

— Isso é muito gentil. Obrigado, Rooney.

— Papai?

— Sim, amigão?

— Podemos comer?

— Vou começar a fazer o jantar em alguns minutos. Quer ficar? — ele me perguntou depois de responder à pergunta de Ira.

— Ah, eu adoraria, mas prometi a Evie que jantaríamos juntas. Mas outro dia, com certeza — respondi. Eu não poderia passar todas as horas do dia com eles, mesmo que adorasse. — Eu tenho que voltar a estudar de qualquer maneira — acrescentei.

— Tudo bem. Você está saindo agora? — ele perguntou.

Apertei os lábios e pensei na minha resposta por um tempo. Então confirmei com a cabeça e pensei que seria melhor se eu estudasse um pouco antes de jantar com Evie.

— Sim. Eu me diverti muito com você hoje, Ira. Adorei todas as suas obras de arte — eu disse a ele.

Ele sorriu para mim e rapidamente voltou para sua décima sexta pintura.

— Se você não se importar, ele pode ficar com essas tintas e pincéis. Eu tenho o suficiente lá em cima — falei para Wells.

— Isso é muito legal da sua parte, obrigado. Diga tchau a Rooney, Ira.

Assim que me levantei, Ira acenou para mim, concentrado demais em sua pintura para dizer uma palavra.

— Tchau, Ira — eu disse com um sorriso, depois segui Wells pelo corredor.

— Que tal jantar na semana que vem? — ele perguntou quando paramos na porta.

— Eu definitivamente tenho tempo no fim de semana. Apenas me avise o dia e a hora — respondi.

— Tudo bem. Vejo você por aí então.

Eu sorri e acenei com a cabeça, então me inclinei para lhe dar um abraço rápido antes de abrir a porta e sair.

— Tenha uma boa noite — eu disse, sorrindo.

— Você também. Boa noite.

Seus olhos estavam tão intensos quanto antes, e eu desejei que ele não tivesse tanto efeito sobre mim.

— Boa noite — sussurrei, finalmente encontrando forças para mover minhas pernas escada acima.

Por mais que eu adorasse passar tempo com eles, sabia que alguns dias separados me deixariam pensar com mais clareza.

Passei a maior parte do fim de semana com Wells e Ira, e foi uma boa distração da faculdade, mas sabia que logo sentiria falta dos dois.

Eles iluminaram algo em mim que eu nunca soube que existia e, embora não tivesse ideia do que fosse, sabia que era algo especial.

— Como foi a tarde brincando com o seu amiguinho? — Evie perguntou quando entrei no apartamento.

Eu ri baixinho.

Foi praticamente isso mesmo.

— Foi divertido. Você estudou hoje?

Ela revirou os olhos para mim e suspirou.

— Sim, *mãe*. Eu estou com fome. Quer pedir comida? Não temos nada na geladeira.

— Peça o que quiser. Vou tomar um banho rápido.

— Ok. A propósito, convidei Jonathan.

— Quem é Jonathan? — perguntei, franzindo a testa.

— Um veterano que conheci ontem à noite. Nunca o vi no campus antes, mas ele é gostoso — ela explicou.

Certo.

— Ele está vindo como um caso de uma noite? Ou para realmente sair com você?

— Veremos. Não conversamos muito ontem à noite, mas ele conseguiu meu número e trocamos mensagens o dia todo. Ele pode trazer um amigo.

Não é necessário.

— Vou me trancar no quarto e estudar mais um pouco, depois vou para a cama. Diga a Jonathan para não trazer um amigo. Ele só vai ficar desapontado.

— Posso cuidar dos dois — Evie disse com um sorriso presunçoso no rosto.

Eu sabia que ela podia, e, antes que Evie pudesse dizer mais alguma coisa, fui direto para o meu banheiro.

Por alguma razão, os caras da faculdade realmente não me atraíam mais. Eles eram novos e muito ansiosos.

Era muito... confuso.

Ou confusos.

Fosse o que fosse, eu não estava querendo namorar ninguém de qualquer maneira, mas já estava animada para ver Wells novamente em breve.

A semana estava passando rápido, o que definitivamente era uma coisa boa.

Eu tinha terminado todos os meu trabalhos, tirei uma boa nota na pintura que fiz no domingo e passei com sucesso em ambas as provas, uma das quais foi surpresa. O trabalho árduo valeu a pena, mas a faculdade não deu muito tempo para relaxar.

As noites de sexta-feira eram ótimas para sentar no café do campus sem ser incomodada por mais ninguém, já que todo mundo estava em um bar ou se embebedando em uma festa de fraternidade. Aqui estava quieto e eles ficavam abertos até tarde da noite. Eu poderia ter ido para casa, mas fui sugada por um dos livros de história e esqueci o tempo.

O café que sobrou na minha xícara estava frio, mas não quis pegar outro. Já estava ficando tarde e eu ainda tinha que jantar.

Arrumei todas as minhas coisas na mochila e peguei o copo para levá-lo para o balcão quando alguém se aproximou da mesa, parando no meu caminho.

— Já vai embora?

Quando olhei para cima, era AJ quem estava bloqueando meu caminho.

— Oi. Sim, ainda não comi. Preciso ir para casa — expliquei.

Seu sorriso gentil e a inclinação de sua cabeça me fizeram olhar para ele um pouco demais. Mas uma vez que eu superei seu rosto bonito, pigarreei e dei um passo à frente para que ele se movesse.

Se eu fosse Evie, definitivamente teria mentido para mim mesma sobre o que eu realmente sentia por AJ só por causa de sua aparência. Ele era alto, musculoso e seus olhos castanhos brilhantes eram impressionantes e contrastavam com sua pele morena.

Infelizmente, a aparência não me abalava.

Claro, seria bom olhar para ele se fosse meu namorado, e as garotas definitivamente ficariam com inveja, mas quem realmente quer uma coisa dessas?

— Também não jantei ainda. Quer pegar alguma coisa no caminho para casa? — ele perguntou.

Estudei seu rosto por um tempo, depois balancei a cabeça.

— Na verdade, fui no mercado ontem e comprei algumas coisas que queria cozinhar. Mas… você é bem-vindo para participar.

Por quê?

Meu Deus, Rooney, você não está ajudando a si mesma se convidar seu ex – seja lá o que ele fosse – para ir ao seu apartamento.

— Eu adoraria. Deixe-me cuidar disso aqui para você.

Ele pegou o copo da minha mão e o carregou até o balcão, depois voltou e pegou minha mochila.

— Você não precisa fazer isso, AJ — eu disse, suspirando.

— Eu quero. Agora, pare de reclamar e vamos para o seu apartamento.

Começamos a atravessar o campus para chegar à rua principal que nos levaria ao edifício de apartamentos. Eu não estava com vontade de conversar, mas, como éramos amigos, não podia simplesmente ignorá-lo e deixar Evie assumir o controle assim que chegássemos em casa.

— Como vão as aulas? — perguntei.

— Ahn, muito bem. Vou poder descansar um pouco na próxima semana, pois precisamos treinar para o nosso primeiro jogo da temporada.

AJ era um jogador de futebol, mas, embora a maioria de seus amigos gostasse de se gabar disso, AJ na maioria das vezes parecia não gostar de estar no time. Não tenho certeza se ele estava apenas tentando impressionar os outros ou sua família, já que eles estavam bastante focados em ter filhos atléticos.

O irmão de AJ ainda estava no ensino médio e era considerado um dos melhores jovens atletas da história. E sua irmã mais velha competiu nas Olimpíadas alguns anos atrás, ganhando uma medalha de prata por tudo o que ela fez como ginasta.

É claro que eu não sabia nada sobre esportes, e eles também não me atraíam. Eu estava feliz segurando um pincel na mão e com tinta sobre toda a minha roupa.

— Não vi muito você no campus na semana passada e também sentimos sua falta na noite de jogos — ele comentou, olhando para mim com preocupação em seus olhos.

— Eu estava ocupada, só isso. Talvez na próxima semana eu tenha um pouco mais de tempo livre.

— Você tem tempo. Acho que apenas programou sua semana errado.

Eu franzi o nariz e balancei a cabeça.

— Não acho que seja isso. Tenho que estudar, fazer lição de casa, trabalhos, lavar roupa, cozinhar, fazer a limpeza e preciso dormir para, de alguma forma, e tudo isso em apenas uma semana. Não é tão fácil quanto você pensa, garoto de fraternidade. Nem todo mundo tem a sorte de ter pessoas ao seu redor que agendam a semana para você.

— Ei, não é minha culpa se essas calouras pagam para serem nossas assistentes pessoais — ele disse com uma risada.

— Tenho certeza que isso é ilegal — eu respondi com um sorriso.

— Não, não é ilegal. Apenas um pouco degradante quando você olha como os outros caras as tratam. Eu estava pensando em dispensar Marie. É uma garota doce, mas ela só faz isso por causa das festas para as quais é convidada, já que planeja a maioria delas com as outras garotas.

Eu balancei a cabeça uma vez, embora eu também não entendesse por que elas desistiriam de seu tempo livre, já que nem tinham muito, apenas para serem vistas por aqueles caras.

— Elas vão cair de cara no chão mais cedo ou mais tarde, e então vão perceber que estão melhores sem esses garotos que só desperdiçam seu tempo.

— Uau! Você está dizendo que perdeu seu tempo comigo? — AJ perguntou, cobrindo o peito com uma mão para me mostrar o quão magoado estava com minhas palavras.

Revirei os olhos e ri.

— Eu não era sua assistente pessoal, Aiden.

— Não, você era muito mais do que isso. Me ajuda a lembrar por que não deu certo mesmo?

— Porque não sei o que quero quando se trata de garotos e porque não estou pronta para um relacionamento sério. O mesmo que você.

— Não me lembro de dizer que não estava pronto.

— Mas você não está. Ou então teríamos conversado muito antes.

Chegamos ao prédio. Eu me virei para ele e coloquei minha mão em seu peito.

— Nós somos amigos. E eu gostaria de manter as coisas assim.

Ele ergueu as duas mãos para se defender de minhas palavras.

— Amigos — ele disse com um sorriso.

Entramos para subir as escadas e, quando passamos pela porta de Wells, ele teve que sair bem na hora que passei com AJ.

— Olá, Rooney — ele cumprimentou, com uma voz não muito feliz, mas também não parecia muito incomodado com AJ.

— Oi. Ahn, Wells, este aqui é AJ.

— Prazer em conhecê-lo — Wells cumprimentou, dando um aceno rápido.

— Igualmente.

Wells olhou para mim, então apertou os lábios.

— Eu estava prestes a subir e perguntar se você gostaria de comer a sobremesa comigo e com Ira. Mas vejo que você tem planos.

Droga!
Eu não podia expulsar Aiden depois de convidá-lo para jantar.

— Nós só vamos jantar. Passei a maior parte da noite na cafeteria, estudando.

— Isso é bom. Outra hora então. Tenham uma boa noite — ele nos disse, dando uma rápida olhada em Aiden e então olhando para mim com um leve desapontamento em seus olhos.

— Você também — eu disse baixinho, esperando que ele não pensasse que eu estava namorando AJ novamente.

Depois que Wells fechou a porta, suspirei e subi as escadas para chegar ao meu apartamento.

— Sobremesa, hein? Ele não é um pouco velho demais para você?

— Ele tem quarenta e dois anos. Ele não é velho e é meu amigo. O filho dele é adorável.

— Então você dá uma de babá?

Revirei os olhos para ele e desejei poder fazê-lo desaparecer para poder descer as escadas e comer qualquer sobremesa que Wells fizesse. Meu coração doía como nunca antes, e me senti péssima por ter que dizer não a ele e ao doce Ira. Meu objetivo era terminar o jantar e, em seguida, descer as escadas e torcer para que os dois ainda estivessem acordados.

— Oi, bonitão — Evie disse com um sorriso quando entramos na cozinha.

— Oi, Evie.

— Vocês dois estão de rolo de novo? — ela perguntou.

— Ele vai apenas jantar conosco, depois vai embora.

— Como está a *zona de amizade*, AJ? — A risada de Evie encheu toda a cozinha.

— Honestamente? Bem aconchegante.

Que bom.

Porque é lá que ele vai ficar para sempre.

Capítulo 9

WELLS

Pela primeira noite em muito tempo, Ira e eu estávamos aconchegados no sofá assistindo "As Tartarugas Ninja" e relaxando sem nos preocuparmos com nada. Não era tarde, mas, como eu precisava passar um tempo com Ira, não me importei que ele adormecesse algumas horas mais tarde do que o normal.

Ver Rooney com AJ provocou algo em mim que eu, em primeiro lugar, não estava muito orgulhoso e, em segundo, me incomodava sempre que pensava nisso. Ela disse que não estava mais namorando com ele. De toda forma, não havia problema nenhum em ela sair com o cara. Ainda assim, vê-la com ele me incomodava.

Ela não falou muito sobre ele na semana passada, mas era óbvio que não queria namorar ninguém.

Eu sou um adulto, porra. Não deveria estar me preocupando com merdas como essa.

Acariciei o cabelo de Ira e mantive meus olhos na tela enquanto as tartarugas lutavam contra alguns bandidos. Honestamente, eu não estava prestando muita atenção ao enredo, mas Ira estava se divertindo muito assistindo ao filme.

— Quer um pouco mais de água, amigão? — perguntei, sempre tentando mantê-lo hidratado até ele dormir.

Ira assentiu com a cabeça e endireitou-se para pegar sua garrafa. Enquanto tomava alguns goles, verifiquei sua bomba de insulina. O número não era muito baixo nem muito alto, mas ainda assim tivemos que trocá-la, pois ele estava com ela há quase uma semana.

Quando Ira era mais novo, eu trocava a bomba todos os dias, mas a versão mais recente nos permitia ficar com a bomba por quase seis dias. Tornou a vida um pouco mais fácil, e eu sabia que quando Ira tivesse idade suficiente para mudar sozinho, ele não se incomodaria em fazer isso.

Meu filho já adorava me ajudar a trocá-la, e a agulha por onde era injetada a insulina em seu corpo não o machucava mais. Ele se acostumou rápido, mas, para uma criança de três anos, era mais difícil do que para a maioria dos adolescentes ou mesmo alguns adultos.

— Eles estão ganhando? — Ira perguntou quando a luta na tela ficou mais intensa.

Felizmente, não havia sangue aparecendo no filme, afinal, foi feito para pessoas de todas as idades. Eu até ri algumas vezes.

— Claro que estão. Ele são as Tartarugas Ninja! Sabe, papai costumava assistir a versão dos desenhos animados quando tinha sua idade.

— Mesmo? — Ira perguntou, seus olhos arregalados de surpresa.

— Sim. E o azul sempre foi o meu preferido. O nome dele é Leonardo — expliquei.

— Porque azul é sua cor favorita? — Ira perguntou, olhando para mim.

— Sim — respondi com uma risada. — Qual é o seu favorito?

— O azul — ele respondeu.

— Ótima escolha.

Mesmo que algumas características se parecessem bastante com as de Leah, Ira era exatamente como eu.

Ele se recostou contra o meu lado para me abraçar novamente, mas não conseguiu ficar tão confortável quando ouvimos uma batida na porta da frente.

— Rooney! — Ira gritou, e, desta vez eu pensei que ele poderia estar certo.

Pausei o filme e me levantei do sofá, deixei que ele pegasse minha mão e caminhei até a porta com ele. Olhei pelo olho mágico, para o caso de não ser Rooney, mas lá estava ela com uma expressão de preocupação e uma pitada de tristeza em seus olhos.

Abri a porta e, assim que ela nos viu, sorriu.

— Oi — ela cumprimentou, passando os dedos pelo cabelo de Ira antes de mover seu olhar para o meu. — Espero que não seja muito tarde — ela perguntou com a voz cheia de esperança.

— Estamos assistindo a um filme! — Ira disse alegremente.

— Ah, sério? Parece que vocês estão tendo uma noite divertida.

— Nós estamos. Entre — falei, dando um passo para o lado para deixá-la entrar. — Nós ainda temos um pouco de sobremesa sobrando. Eu realmente esperava que você pudesse se juntar a nós mais cedo. Não sabia que você teria visita.

E estava tudo bem, nada que eu tivesse que sentir ciúmes.

— AJ estava na cafeteria quando eu estava saindo, então o convidei

Desejo LATENTE 61

para jantar. Ele foi para casa um tempo atrás. Me desculpe se isso foi estranho. Se eu soubesse, não o teria convidado.

— Não se desculpe, Rooney. Tenho que admitir que não reagi da maneira que deveria. Mas estou feliz que você esteja aqui agora.

Ira correu de volta para a sala para se sentar no sofá e apertar o *play*, e eu abri a geladeira para pegar a tigela com mousse de chocolate.

— Isso parece delicioso — ela disse, com os olhos arregalados e os lábios sorrindo.

— Ira e eu que fizemos. É chocolate amargo com um pouco de raspas de laranja por cima. Prove.

Ela pegou a colher da minha mão e experimentou o mousse. Então seus olhos se arregalaram de alegria.

— É incrível! Você tem que me dar a receita!

— Não posso fazer isso. É um segredo meu e de Ira — eu disse a ela com um sorriso.

— Acho que tenho que vir mais vezes quando vocês fizerem sobremesa — ela disse, encolhendo os ombros.

Eu sorri, pensando que não seria uma má ideia.

Enquanto caminhávamos para o sofá, peguei Ira e sentei para colocá-lo no meu colo, para que Rooney pudesse se sentar ao nosso lado. Meu sofá não era grande o suficiente para dois e uma criança.

— O azul é o meu favorito — Ira disse a Rooney com orgulho. — E do papai também!

— Qual é mesmo o nome dele? — ela perguntou.

Rooney provavelmente sabia, mas estava interrogando Ira, e eu achei isso a coisa mais fofa do mundo.

— Leonardo!

— Ah, sim! Leonardo é ótimo — ela disse, sorrindo e olhando para a televisão.

O filme de repente não era mais tão interessante, e eu não conseguia tirar os olhos de Rooney. Estranho como alguém pode mudar a maneira como você pensa sobre as coisas em apenas alguns dias. Ou horas, para sermos exatos.

Eu não a conhecia há muito tempo, mas já sentia que passar um tempo com ela mudaria minha maneira de pensar sobre relacionamentos e sobre querer tentar namorar novamente.

Quão ruim poderia ser?

Rooney era uma garota doce, mas deixou mais do que claro que não estava procurando nada além de amizade.

Ela deve ter sentido que eu a encarava, mas, ao invés de questionar por que eu não conseguia parar de olhar para ela, apenas sorriu docemente, depois continuou a comer o mousse e assistir ao filme, sem se incomodar.

Talvez ela gostasse de ser observada.

Não de uma forma assustadora, claro.

Mentalmente, eu me dei um tapa na cabeça para finalmente desviar meu olhar dela.

O filme estava quase acabando, e, pela maneira como Ira se recostou em mim com uma das mãos torcendo o cabelo e o outro polegar na boca, eu sabia que ele logo adormeceria.

— Ainda temos que trocar sua bomba, amigão — sussurrei.

— Agora? — ele perguntou, sua voz sonolenta.

— Sim.

Enquanto os créditos subiam, levantei com ele em meus braços e olhei para Rooney.

— Se importa de esperar aqui um pouco? Eu volto já.

Ela assentiu com a cabeça e estendeu a mão para acariciar o braço de Ira.

— Durma bem, Ira. Bons sonhos — ela disse a ele.

— Boa noite! — Foi sua resposta usual, e eu sorri com sua pequena interação fofa antes de caminhar até o banheiro para escovar os dentes e trocar a bomba.

— Quer levantar sua camisa?

Eu o coloquei no assento fechado do vaso sanitário e ele puxou a camisa sem hesitar.

— Estou saudável? — ele perguntou.

— Claro que você está saudável, amigão. Você bebe seu suco do Hulk todas as manhãs e come muitas frutas e vegetais em todas as refeições.

— E eu ganho doces quando sou bom.

— Você é sempre bom, Ira.

Às vezes eu me perguntava como seria vê-lo reclamando e chorando por causa das coisas, mas Ira nunca fez isso. A princípio, foi perturbador, porque todos os outros garotos de sua idade tinham coisas das quais não gostavam. Mas então eu disse a mim mesmo que não deveria pensar assim e apenas deixá-lo ser assim para sempre. As coisas ainda podem mudar.

— Você quer tirar a agulha? — perguntei, puxando cuidadosamente a fita ao redor, para que fosse mais fácil para ele removê-la.

Ira assentiu com a cabeça, então pegou a parte de plástico onde a agulha estava para puxá-la suavemente por baixo de sua pele. O médico sugeriu conectar a bomba ali para não incomodá-lo muito.

Depois que a agulha velha saiu, joguei no lixo e tirei um pano desinfetante para limpar o local onde sempre inseríamos a agulha. Depois de limpar a área, Ira beliscou a pele com dois dedos. A inserção da agulha eu ainda tinha que fazer, mas assim que ele estivesse pronto, eu o deixaria tentar sozinho.

— Um, dois, três — contei, e a nova agulha, ou cânula, já estava inserida em sua pele.

Preparar sua nova bomba foi um processo fácil e, depois de verificar se o tubo que injetava a insulina estava conectado à bomba, Ira abaixou a camisa e passou os braços em volta de mim para me fazer carregá-lo para a cama.

— Quem vai dormir na cama com você esta noite? — perguntei depois de aconchegá-lo.

Demorou um pouco para ele decidir quem poderia dormir com ele.

— Agora, tenha uma boa noite, tudo bem? Vovó virá buscá-lo amanhã de manhã cedo. Você está animado?

Ele assentiu, cansado demais para me responder com palavras.

Eu me inclinei para beijar sua testa.

— Amo você, amigão — sussurrei.

Outro aceno de cabeça e me levantei da cama para sair do quarto.

Quando cheguei à cozinha, peguei a garrafa de vinho que Rooney trouxe na semana passada e duas taças para ir até ela, que ainda estava sentada no sofá. Ela estava com as pernas dobradas para baixo e rencostada de lado no encosto do sofá, segurando a cabeça com a mão. Seu sorriso cresceu ao me ver e, assim que me sentei ao seu lado, ela tirou as duas taças da minha mão e as levantou perto de mim para que eu pudesse enchê-las de vinho.

— Acho que nunca ouvi um pai falar com o filho do jeito que você fala. Ira é um garoto de sorte — ela disse, com a voz suave.

O que eu deveria dizer sobre isso?

Eu sabia que tinha feito um bom trabalho ao criá-lo, mas não queria parecer arrogante. Mas, pensando bem, quão ruim realmente era ter orgulho da maneira como o crio?

— Ele tem todo o meu amor e quero que ele saiba disso.

Coloquei a garrafa na mesa e peguei uma taça de sua mão, então sorri para Rooney e toquei a minha taça na dela.

— Estou feliz que você veio — disse a ela, olhando profundamente em seus olhos.

— Estou feliz que você ainda me deixou entrar. Se eu soubesse, não teria convidado AJ.

Balancei minha cabeça.

— Você não tem que afastar seus amigos por minha causa. Isso é o que ele é... certo? — perguntei, só para ter certeza.

— Sim. — Seu sorriso era gentil, e, depois de tomar um gole do vinho, ela olhou para o colo com um vinco entre as sobrancelhas.

— O que foi?

Mantive meus olhos em seu rosto para ter certeza de não perder nada do que passou por eles. Rooney era muito expressiva, e eu acho que sou bom em ler as pessoas.

— Você acha que é possível mudar de ideia sobre algo que você já teve tanta certeza? — Seu olhar levantou e seus olhos encontraram os meus, a preocupação se instalando nela.

— Se isso acontecer, acho que é o seu coração dizendo que sua mente estava errada sobre alguma coisa.

Ela me estudou por um momento e deixou seus olhos vagarem por todo o meu rosto antes de seu olhar baixar novamente.

— E você acha que é possível tentar esconder o que seu coração quer sentir porque você está com medo de se machucar?

— Não.

Minha resposta veio rápida, mas foi honesta.

— Isso é tortura. Se você mantiver tudo trancado dentro de si e nunca deixar seu coração sentir o que quer sentir, você se machucará mais do que qualquer outra pessoa jamais poderia. Não sei muito sobre o amor, além do que tenho pelo meu filho, mas sei que o que você está me perguntando não é algo que alguém deva fazer.

Eu vi um sorriso aparecer em seu rosto, e quando ela olhou para mim, eu sorri de volta para ela.

— Este é o melhor conselho que posso lhe dar. Não use isso contra mim se não funcionar — eu disse a ela, rindo.

Rooney riu baixinho e balançou a cabeça.

— Acho que esse é o melhor conselho que já recebi. Obrigada, Wells.

Sua mão foi para o meu ombro e ela a colocou bem na curva do meu pescoço do jeito que tinha feito antes. Eu não queria interpretar nada de forma errada, mas estava claro que algo estava acontecendo entre nós.

Apesar da diferença de idade, estávamos mentalmente no mesmo nível. Ela era inteligente e bonita.

Nós nos olhávamos olho no olho, o que era raro hoje em dia, já que ela cresceu de forma muito diferente de mim.

— Como estão as coisas no trabalho? — ela perguntou, mudando de assunto e me fazendo parar de olhar para ela.

— Melhorando. Decidi começar a trabalhar mais cedo do que de costume para ter mais tempo para ficar com Ira. Comecei um novo projeto e, para minha sorte, pela primeira vez, não estou sendo incomodado por nenhum dos meus colegas de trabalho.

— Que tipo de projeto?

Seus dedos se moveram ao longo do meu pescoço, acariciando minha barba e depois se escondendo nos cachos na parte de trás da minha cabeça. Se ela continuasse fazendo isso, eu não tinha certeza se poderia deixá-la ir embora esta noite. Também parecia que ela não estava fazendo de propósito, mas com mais naturalidade, porque tocar era sua forma de demonstrar afeto.

Eu gostei daquilo.

Muito.

— Tem uma lanchonete na periferia e uma estrada de terra atrás dela que leva de volta à cidade. Preciso descobrir uma maneira de fechar aquela rua e construir uma nova onde possa colocar postes de iluminação sem interferir na vida animal de lá. De qualquer maneira, é uma estrada perigosa, pois muitos cervos já foram atropelados por carros. Mas estou criando estratégias e tenho uma reunião com o prefeito da cidade para ter certeza de que ele concorda com meu plano.

— Eu nunca imaginei que um trabalho como o seu existia. Eu gosto disso. É diferente — ela disse com um sorriso.

— Sim, não é algo que eu imaginei fazer, para ser honesto. Mas estou feliz que é o que eu faço. Pode ser um pouco complicado às vezes, mas eu não trocaria isso por nada.

Tomei outro gole do meu vinho, apoiei a taça na mesa de centro e coloquei uma mão em sua coxa para que ambos tivéssemos algo para tocar.

— Qual é o seu plano depois da faculdade? — perguntei.

— Ainda não tenho certeza, mas, se as coisas derem certo, Evie e eu adoraríamos abrir nossa própria galeria um dia, onde pintaríamos e venderíamos nosso trabalho. Ser artista é definitivamente o meu sonho, mas é difícil encontrar pessoas que realmente queiram comprar pinturas. Há tantos artistas incríveis por aí.

— Eu vi como você é boa só por causa daquela pequena pintura do parque que você fez na semana passada. É realista. Detalhado. Muito melhor do que todas aquelas pinturas abstratas que têm linhas e respingos de tinta por toda parte. De verdade, não vejo o que há de tão especial naquilo...

Ela riu e assentiu.

— Falamos o tempo todo sobre pinturas abstratas, e posso garantir que mais da metade da turma também não entende. Claro, você pode interpretar as coisas em cada uma dessas obras, mas, no final, nem mesmo o artista tinha ideia do que estava fazendo.

— Que bom que você concorda comigo nisso. Eu estava com medo de começarmos uma discussão sobre isso.

Rooney torceu o nariz e balançou a cabeça.

— O abstrato não é o meu mundo. Adoro passar horas em uma pintura e aperfeiçoar cada pequeno detalhe que existe. É o que me faz feliz. Saber que criei algo tão... único.

Apertei sua coxa e acariciei com meu polegar enquanto sua mão se fechava na parte de trás da minha cabeça.

— Você é apaixonada por isso. Isso é o mais importante.

E se não parássemos de nos tocar logo, eu iria mostrar a ela o quão apaixonado eu poderia ser por ela.

Porra.

Capítulo 10

ROONEY

Conversamos até tarde da noite e, como estávamos ficando mais próximos um do outro, eu deitei minha cabeça em seu colo e vi sua mão acariciando meu cabelo enquanto ele olhava para mim com olhos carinhosos.

Eu gostava de estar assim perto de Wells, mas sabia que diria não se ele me pedisse para passar a noite com ele. Eu ainda não estava pronta, e todos aqueles pensamentos que passavam pela minha mente estavam me atrapalhando.

Ficamos em silêncio por alguns minutos, apenas olhando nos olhos um do outro e tentando descobrir o que estava acontecendo entre nós. Não nos conhecíamos há muito tempo, e a maior dúvida que eu tinha era se as coisas estavam indo rápido demais. Até porque, prometi a mim mesma não focar em nada relacionado a homens ou sentimentos.

Mas como não poderia quando se tratava de Wells?

Ele estava lentamente entrando em meu coração, e eu esperava não me arrepender mais cedo ou mais tarde. Não por causa dele, mas por causa da mesma coisa que perguntei a ele antes.

Se meu coração queria algo, então por que diabos eu negaria isso a ele?

Por que eu me faria sofrer?

Mas e se eu estiver errada?

— Cansada? — Wells perguntou, seus dedos enrolados em volta do meu cabelo.

— Um pouco — respondi.

— Talvez seja hora de irmos para a cama.

Franzi meus lábios.

— Você está me expulsando?

— A não ser que você queira ficar aqui — ele disse.

E ali estava.

A frase que eu sabia que seria dita.

Pensei sobre isso, mesmo que já tivesse minha resposta na ponta da língua. Mas, antes de responder, sentei e me virei para olhá-lo.

— Você quer que eu fique? — perguntei.

Talvez ouvir sua opinião sobre isso mudaria minha opinião sobre minha rejeição.

Ele me estudou por um tempo, então segurou minha bochecha com uma mão e sorriu.

— É você quem está tendo problemas para descobrir o que somos, Rooney. Se dependesse de mim, eu manteria você aqui comigo esta noite. Mas a decisão é sua.

Puta merda.

Baixei o olhar e estendi a mão para pegar sua camisa e, depois de respirar fundo, olhei de volta em seus olhos.

— Outra hora. Acho que tenho que colocar meus pensamentos em ordem primeiro.

Eu estava sendo honesta, que era o que eu precisava ser se quisesse ser capaz de me abrir mais. Mostrar e falar sobre meus sentimentos nunca foi fácil, e Wells sabia disso depois que contei a ele o que aconteceu entre AJ e eu.

É por isso que ele não ficou magoado quando eu respondi.

Ele aceitou porque sabia que eu estava sendo honesta.

— Outra hora — ele repetiu com um sorriso gentil.

Assenti com a cabeça e me levantei do sofá enquanto ele fazia o mesmo, e, com os dedos entrelaçados, caminhamos pelo corredor até a porta da frente.

— Esta noite foi ótima. Obrigado por ter vindo — ele disse, ainda segurando minha mão.

Eu sorri para ele.

— Obrigada por me deixar vir.

— Quando quiser. Eu sei que você precisa de um pouco de tempo, mas que tal tomarmos café da manhã juntos com Ira amanhã de manhã?

Parecia uma boa ideia.

— Eu adoraria.

— Perfeito. Vejo você pela manhã — ele disse, sua voz baixa e rouca.

Assim que a porta se abriu, ele se inclinou e me deu um beijo na bochecha, perto do canto da minha boca.

— Boa noite, Rooney — Wells sussurrou, causando arrepios na minha pele.

— Boa noite, Wells — sussurrei de volta.

Minhas bochechas estavam esquentando, e, quando ele se afastou novamente para me deixar passar, mantive a cabeça baixa para não deixá-lo ver que tipo de efeito ele tinha sobre mim fazendo as coisas mais simples.

Meu coração estava batendo rápido, mas, como sempre, meu cérebro estava tentando desligar qualquer possível sentimento que crescia dentro de mim.

— Não seja muito dura consigo mesma — ele me disse quando comecei a subir as escadas.

Ah, como eu gostaria que fosse fácil assim.

— Você acordou cedo — eu disse quando Evie entrou na cozinha na manhã seguinte.

— Vou passar o dia no clube de campo com meus pais. Eles querem falar sobre finanças — ela respondeu revirando os olhos.

— Parece importante.

— Eles querem construir outro edifício residencial ao lado deste. Não tenho certeza de quanta ajuda posso dar, mas talvez meu pai me dê outro cheque para comprar mais materiais de arte.

A maneira como ela sorriu quando disse as últimas palavras me disse que ela provavelmente iria gastar aquele dinheiro em roupas e álcool.

— Por que você está acordada? Outro encontro com o vizinho?

— Ahn, sim. Vamos tomar café da manhã com Ira.

— Então... você gosta dele?

— Acho que sim.

Ela arqueou uma sobrancelha para mim.

— Você *acha* que sim? Rooney, acho que nenhuma garota de vinte anos sairia com um cara mais velho e seu filho se não gostasse dele. Claramente você tem tesão pelo cara.

— Está bem, está bem. Eu gosto dele. Talvez um pouco demais por conhecê-lo há apenas uma semana.

— Então o que está fazendo você agir tão insegura?

Algumas coisas. Mas principalmente o medo do compromisso. Eu não sabia o que me segurava. Claro, eu tinha meus motivos, mas havia pequenos fragmentos que eu ainda precisava encontrar e colocar no lugar. Coisas que me impediram de colocar tudo em uma única peça que me ajudaria a perceber que me sentir atraída por alguém e me apaixonar não era uma coisa tão ruim assim.

— Eu mesma — respondi, encolhendo os ombros.

— Você vai resolver isso algum dia. Mas se essa coisa entre vocês for séria, não deixe que ele foda você antes de ter certeza do que quer.

Eu não costumava ouvir os conselhos de Evie, mas, desta vez... talvez ela tenha razão.

— Vejo você hoje à noite — ela gritou, já saindo da cozinha.

— Tchau — respondi, e, assim que ela se foi, soltei um suspiro pesado e me convenci a ficar mais relaxada.

O café da manhã com Wells e Ira seria divertido e, mesmo com todas as minhas preocupações, eu estava animada para vê-lo novamente. Seu beijo ainda permanecia em minha bochecha, e eu ainda podia sentir seus dedos deslizando pelo meu cabelo, acariciando minha cabeça.

— O que você está fazendo comigo... —sussurrei, me pegando sorrindo como uma idiota.

WELLS

Realmente, não tinha sido uma boa ideia deixá-lo ficar acordado até tarde.

Ira ainda estava dormindo e eu detestava acordá-lo quando ele precisava dormir. Mas ainda tínhamos tempo, e Rooney ainda não tinha chegado.

Eu me inclinei para beijar a cabeça de Ira antes de deixá-lo dormir um pouco mais, então saí de seu quarto e fui para a cozinha.

Mas quando eu estava prestes a virar o corredor, ouvi uma batida na porta da frente.

Era ela.

Abri a porta e encontrei Rooney parada ali com uma roupa linda, perfeita para o outono. Seu suéter de malha verde escuro estava enfiado dentro do macacão preto, e seu cabelo caía sobre os ombros, quase chegando aos quadris.

— Oi, linda — cumprimentei, sorrindo para ela.

— Oi. Pronto para o café da manhã? — ela perguntou docemente.

Estendi minha mão para ela e esperei até que colocasse a mão dela na minha, então a puxei para mais perto e coloquei minha outra mão em sua cintura.

— Talvez a gente tenha que esperar até o almoço. Ira ainda está dormindo e eu odiaria acordá-lo.

— Ah, tudo bem. Acho que ficou muito tarde ontem à noite — ela disse.

— Sim, um pouco. Quer um café? Acho que não vai demorar muito para ele acordar.

Ela assentiu e manteve aquele doce sorriso. Depois que fechei a porta, caminhei com ela até a cozinha.

— Sente-se. Tenho algumas frutas que você pode comer para não passar fome até o almoço — comentei, apontando para a cesta de frutas na mesa.

— Ah, não, tudo bem. Café está ótimo.

Virei-me para o balcão e comecei a preparar o café. Depois de encher duas xícaras, sentei à mesa ao lado dela e lhe passei uma.

— Voce dormiu bem? — perguntei, tomando um gole do café enquanto mantinha meus olhos nos dela.

— Sim. Não consegui dormir por um tempo, mas assim que tirei você da cabeça, ficou tudo bem.

Eu sorri com suas palavras.

— O mesmo comigo. Ontem à noite foi bom.

Rooney mordeu o lábio inferior antes de tomar um gole de café, depois pousou a xícara e suspirou.

— Talvez eu devesse ter ficado — ela sussurrou.

— Não, você não deveria. Por mais que eu quisesse você na minha cama, acho que devemos deixar o que quer que seja crescer do jeito que tiver que ser. Naturalmente, sem forçarmos as coisas.

— Tudo bem — ela concordou.

Poderíamos fazer isso funcionar se realmente quiséssemos. E eu podia ver em seus olhos que ela estava tentando abrir seu coração e me deixar entrar, mesmo que eu mesmo estivesse descobrindo meu próprio coração.

Continuamos bebendo nosso café olhando profundamente nos olhos um do outro, sem dizer uma palavra, apenas observando a presença um do outro. Não muito tempo depois, ouvi Ira me chamar e rapidamente me levantei para ir até ele.

— Já volto.

Quando cheguei ao seu quarto, ele já estava sentado na cama com seus bichinhos de pelúcia ao seu redor.

— Oi, amigão. Você teve uma boa noite? — perguntei, agachando ao lado de sua cama.

Ele assentiu, esfregando os olhos com os dois punhos e bocejando.

— Rooney está aqui. Vamos lavar o rosto e vestir você, ok?

— Você teve uma festa do pijama com ela? — ele perguntou.

Esse garoto ia fazer eu me arrepender de ter contado a ele sobre festas do pijama. Felizmente, Ira não tinha ideia do que os adultos faziam nas festas do pijama.

— Não, ela foi embora depois que você dormiu — expliquei, ajudando-o a sair da cama e caminhando até o banheiro com ele.

— E agora ela voltou?

— Exatamente. Perdemos o café da manhã porque você dormiu muito, mas vamos almoçar juntos, ok?

Ele assentiu com a cabeça e subiu no banquinho que o ajudava a alcançar a pia. Assim que puxei suas mangas, ele colocou as mãos embaixo da torneira e jogou água no rosto.

— O que você quer vestir hoje? — perguntei, deixando-o secar o rosto e as mãos.

— O suéter de urso.

— Ótima escolha.

Voltamos para o quarto dele e, depois que peguei seu suéter com orelhas de urso no capuz e uma calça jeans lisa de sua cômoda, ajudei-o a se vestir.

— Tudo pronto? — perguntei, puxando o material fofo de seu suéter e prendendo a bomba em sua calça para garantir que ele estaria confortável para o dia.

— Eu quero ver a Rooney! — Ira anunciou alegremente, pulando para cima e para baixo.

— Ela está na cozinha. Vá dizer oi — eu disse a ele.

Eu o segui e, quando ele a alcançou, se jogou sobre ela com alegria. Seus braços envolveram seu pescoço e ela o puxou para seu colo para abraçá-lo apertado.

— Olá, rapazinho. Eu gosto da sua roupa — Rooney disse a ele.

— É um urso! Viu? — Ele se recostou e puxou o capuz, então fez um som de rosnado para imitar um urso.

— Isso é incrível! Eu gostaria de ter um desses. Dormiu bem? Você dormiu mais do que o normal, hein?

Ira concordou com a cabeça e eu os observei tendo a conversa mais adorável de todas, enquanto sorria abertamente.

Eles eram muito fofos.

— Vamos almoçar juntos — Ira apontou.

— Isso mesmo, e estou muito animada.

— O que você quer comer, Ira? — perguntei, observando enquanto ele saía do colo de Rooney.

— Ahn... — Eu o deixei pensar por um momento, então ele ergueu o dedo mindinho para nos avisar que teve uma ideia — Macarrão!

— Parece bom para mim. Gosta de comida italiana? — perguntei a Rooney.

— Eu amo comida italiana — ela respondeu, ainda sorrindo.

Meu Deus, se eu continuasse olhando para ela, poderia mudar de ideia sobre tudo a seu respeito.

— Podemos sair agora e brincar um pouco no parque antes de ir para o restaurante. Acho que eles não abrem antes das onze.

Pegamos nossas coisas e saímos do apartamento.

— Você gosta de balanço? — Ira perguntou a Rooney enquanto desciam as escadas de mãos dadas.

— Claro que sim. É a minha coisa favorita no parque — ela respondeu.

— Você sabe balançar alto? Papai sempre me empurra até eu tocar o céu!

Eu ri de sua declaração.

— Alto assim? Uau! Talvez seu pai também possa me empurrar tão alto. O que você acha? — Rooney disse, sorrindo de volta para mim.

O que quer que ela quisesse que eu fizesse, eu faria.

Capítulo 11

ROONEY

Brincamos no parquinho, almoçamos e depois voltamos para casa, porque começou a chover. De toda forma, Ira estava cansado, e Wells sugeriu que ele passasse algum tempo em silêncio com seus livros e brinquedos.

— Não ficaria surpreso se ele adormecesse ali mesmo no chão — Wells disse, sentando-se ao meu lado em seu sofá.

Olhei para Ira, que estava folheando um livro com seus bichinhos de pelúcia, sussurrando coisas para eles e apontando para as fotos.

— Ele tem muita energia — admiti.

Eu nunca tinha visto uma criança da idade dele correr tanto e, embora Ira tenha se divertido muito no parquinho, não reclamou quando Wells lhe disse que voltaríamos para casa.

— Ele tem. Tenho conversado com ele sobre que tipo de esporte ele gostaria de praticar quando tiver idade suficiente para ingressar em um clube. Ele me disse que gostava de tudo que tivesse a ver com correr. Acho que vou ter que deixá-lo participar de alguns dias de treinamento para ver qual esporte ele gosta mais.

— Você praticou algum esporte quando era mais novo? — perguntei.

Apoiei a cabeça na mão, com o cotovelo no encosto do sofá.

— Fiz competi na natação e joguei futebol por alguns anos. Descobri que não gostava muito de trabalhar em equipe, então comecei a correr sozinho.

— Você ainda corre?

Ele balançou sua cabeça.

— Desde Ira, não tive muito tempo para isso. Eu faço alguns exercícios em casa sempre que posso, mas, fora isso, carregar Ira e mantimentos algumas vezes ao dia é o que me mantém em forma — ele explicou com um sorriso.

Eu ri baixinho e deixei meus olhos vagarem até seu peito, então os movi ainda mais para baixo, para seu abdômen coberto pela camisa.

— Você parece ótimo. Eu gostei de tomar o nosso primeiro café da manhã juntos com você sem camisa — admiti, fazendo seu sorriso crescer ainda mais.

— Imaginei. Você não conseguia tirar os olhos de mim.

Revirei os olhos para ele e bati em seu peito suavemente, e, antes que eu percebesse, ele me puxou para mais perto com uma mão na minha coxa e a outra em volta dos meus ombros. Colocando minha mão em seu peito gentilmente desta vez, deixei que ele me mantivesse perto de seu corpo enquanto nossos rostos estavam mais próximos do que nunca.

Nossos olhos se encontraram, mas, por mais intenso que fosse, nenhum de nós fez qualquer movimento. Era como se estivéssemos indecisos sobre alguma coisa. Eu sabia que estava, mas, se o beijasse agora, as coisas poderiam não sair do jeito que eu esperava. Estar perto dele era o suficiente para mim no momento.

Além disso, Ira estava bem ali, provavelmente nos espiando sorrateiramente, por cima do livro. Ele ficou quieto no segundo em que Wells me puxou para si.

— Acho que estamos sendo observados — ele sussurrou, com um pequeno sorriso nos lábios, confirmando minha teoria sobre Ira.

Eu ri baixinho.

— Talvez devêssemos nos distanciar um pouco — sugeri.

Sua mão apertou minha coxa, o que tomei como um não. Wells moveu seu olhar para Ira, e eu fiz o mesmo apenas para encontrá-lo olhando para nós com enormes olhos verdes, tão parecidos com os de seu pai.

Não conseguimos conter o riso ao vê-lo, e, quando ele percebeu que o havíamos pegado no flagra, seu rosto ficou vermelho e seus olhos rapidamente desapareceram atrás do livro novamente.

— Ele nunca me viu com uma mulher antes. Isso tudo é novo para ele — Wells explicou.

Eu sorri, olhando para ele e colocando minha mão direita em sua nuca para enrolar seus cachos em meus dedos.

— Você está preocupado que ele não vai ficar de boa com... isso?

Ele olhou para os meus lábios e então olhou de volta para os meus olhos.

— Não. Ele gosta de você. Acho que Ira ficaria chateado se você parasse de aparecer — ele disse com honestidade em sua voz.

— E você? Você ficaria chateado se eu não aparecesse mais na sua porta? — perguntei, com a voz suave.

Ele estudou meu rosto por um tempo, e seu silêncio estava começando a me deixar nervosa. Mas, em vez de responder com palavras, ele ergueu a mão e segurou minha bochecha gentilmente. Então se inclinou e virou minha cabeça para o lado para colocar seus lábios no meu queixo.

Fechei os olhos para absorver esse doce gesto e, assim que ele se inclinou para trás novamente, seus olhos imediatamente encontraram os meus.

— Eu ficaria mais do que chateado, Rooney.

Pressionei meus lábios em uma linha fina.

Por mais que eu quisesse, não conseguia manter contato visual com ele, então evitei seus olhos olhando para o meu colo, onde sua mão ainda tocava minha coxa. Estendi a mão para pegá-la e deixei meus dedos se moverem suavemente pelos dele até que se entrelaçassem, e apertei sua mão suavemente antes de finalmente poder falar.

— Não acho que posso ficar longe de você — sussurrei.

Ele sorriu e afastou algumas mechas do meu cabelo, colocando-as atrás da minha orelha enquanto seus olhos continuavam vagando pelo meu rosto.

As palavras não vinham facilmente em situações como essa, mas isso era bom.

— Ótimo — foi sua resposta. Quando ele se inclinou novamente, colocou seus lábios na minha bochecha enquanto seu polegar roçava o meu.

Quão ruim isso realmente poderia ser?

Claro, a diferença de idade era algo que nós — não, *os outros* — teríamos que superar, mas, fora isso, parecia que Wells e eu estávamos indo na direção certa. Ainda assim, eu não tinha ideia do que queria que acontecesse entre nós, só sabia que parecia certo e que não queria que isso acabasse tão cedo.

Minha mente estava confusa, mas tudo bem.

Pelo menos por enquanto.

Seus lábios se moveram para o meu pescoço, mordiscando e sugando suavemente minha pele. Fechei os olhos e apertei seu cabelo para mantê-lo ali perto de mim, e, mesmo que parecesse uma eternidade, seus lábios se afastaram novamente, e como se tivesse sido planejado, meu celular começou a tocar.

Dei um olhar de desculpas a Wells antes de pegar meu telefone na mesa de centro e, quando olhei para a tela para ver quem estava ligando, soltei um suspiro.

— É a Evie.

— Atenda. Vou preparar um lanche para Ira — Wells disse, apertando minha mão mais uma vez antes de se levantar do sofá.

Evie sabia como estragar um momento perfeito e intenso.

Deslizei o dedo sobre a tela para atender, mas não fui eu quem falou primeiro.

— Você tem que vir para o clube. Meus pais convidaram amigos de todo o país e você sabe o que significa uma festa no clube — ela disse, com a voz empolgada.

Isso significava bebidas grátis até que ela não pudesse mais ficar de pé.

— Não estou muito a fim de sair esta noite, Evie — eu disse a ela, olhando para Wells, que estava cortando alguns morangos.

— Ah, vamos! Já faz um tempo desde a última vez que você veio aqui, e só agora estou percebendo que ainda não contei a melhor parte sobre esta noite.

Arqueei uma sobrancelha e esperei que ela continuasse falando.

Meu palpite era *strippers* masculinos, mas eu não podia dizer isso em voz alta. Não com Ira me observando de perto.

Meu Deus, ele era adorável.

— Lembra que eu contei sobre os Kristoff? Aquele casal loucamente rico que ama arte? Bem, eles estarão aqui hoje à noite, e acho que seria uma ótima oportunidade para tentar convencê-los a investir em nosso sonho de abrir nossa própria galeria algum dia. Você não pode perder essa oportunidade, Rooney.

Ela estava certa.

Eu não poderia perder uma oportunidade como essa.

Olhei para Wells, que estava enchendo o copo de Ira com seu suco de Hulk, e, por mais que eu quisesse passar mais tempo com ele, não pude dizer não para conhecer os Kristoffs.

— Ok, eu vou. Preciso usar vestido?

— E salto alto. E uma maquiagem caprichada. Vejo você mais tarde.

Evie desligou e eu sorri para Wells, que agora estava voltando para a sala.

— Não pode ficar? — ele perguntou.

— Os pais de Evie estão dando uma festinha no clube de campo. Eles convidaram um casal que já se interessou por alguns trabalhos meus e de Evie, mas isso foi há dois anos. Eles podem ser investidores em potencial, e não posso deixar Evie falar com eles sozinha porque é o meu sonho também.

Ele não parecia muito chateado por eu ter que ir.

— Parece ótimo! Investir em um lugar para vocês duas trabalharem depois da faculdade? — ele perguntou.

Wells estava interessado, o que me fez relaxar um pouco por ter que sair.

— Sim. Naquela vez em que conversamos, há dois anos, eles disseram que, se fôssemos bem-sucedidas, eles nos ajudariam a construir algo. Eles são pessoas legais, imigraram da Rússia há apenas cinco anos, mas são muito gentis. Eu preciso subir e me preparar.

Ele me deu um aceno rápido e sorriu para mim.

— Deixe-me acompanhá-la até a porta. Ira, Rooney está indo embora.

— Por quê?

— Porque ela tem que ir a uma festa importante — Wells explicou.

Festa era a palavra certa, mas eu não festejaria muito.

— Vejo você em breve, Ira. Eu me diverti com você hoje — eu disse a ele, me agachando para encontrar seus olhos.

— Eu também — ele respondeu, passando os braços em volta do meu pescoço para se despedir.

Assim que me levantei, Wells me acompanhou até a porta da frente com a mão na parte inferior das minhas costas e, quando chegamos ao nosso destino, virei-me para ele e sorri.

— Hoje foi perfeito.

— Não poderia estar mais de acordo — ele respondeu, com um leve sorriso nos lábios. — Vejo você em breve. Ira e eu passaremos o dia com minha mãe e o namorado dela amanhã.

Assenti com a cabeça.

— Vejo você por aí. Estarei lá em cima se precisar de alguma coisa — eu disse a ele, esperando que precisasse de algo.

Wells me puxou para mais perto com as mãos na minha cintura, e eu passei os braços em volta do seu pescoço para abraçá-lo apertado. Eu ainda podia sentir seus beijos em meu pescoço, e, para não ser a única a receber esse tipo de carinho, virei minha cabeça para beijar sua bochecha antes de dar um passo para trás.

— Divirta-se esta noite — ele disse calmamente.

— Obrigada.

Com suas mãos apertando minha cintura e depois me soltando, abri a porta e saí, sem olhar mais para trás, senão já ia começar a sentir muita falta dele. E, enquanto conversava com potenciais investidores, não queria que minha mente se desviasse e sonhasse com Wells. Embora, eu definitivamente fosse sonhar com ele esta noite depois de seus toques e beijos gentis.

— Finalmente!

Evie caminhou em minha direção com os saltos batendo no chão de mármore, fazendo muito barulho. Seu vestido era branco e reluzente, parecendo quase um vestido de noiva.

— Quando foi a última vez que você se arrumou? — ela perguntou com um sorriso enquanto olhava para baixo para ver meu vestido azul claro e saltos pretos.

— Faz algum tempo. Mas isso só me lembrou o quanto eu amo calças e camisas largas e suéteres — eu disse, rindo.

— Você está maravilhosa. Vamos, meus pais já estão esperando.

Descemos o grande corredor para chegar ao salão de baile localizado na ala oeste do clube e, quando entramos, imediatamente tive vontade de voltar.

Muita gente, muita beleza.

Não é o meu mundo, mas, se eu quisesse garantir meu futuro como artista, essa era uma maneira de fazer exatamente isso. Então respirei fundo e deixei Evie me levar até seus pais, que estavam sentados em uma grande mesa com os Kristoffs.

Sorri. A mãe de Evie se levantou para me cumprimentar com um abraço.

— Rooney, é tão bom ver você de novo. Você já se instalou no apartamento? — ela perguntou.

— Olá, Fleur. Sim, o apartamento é ótimo — eu disse a ela, sabendo que isso a deixaria feliz.

Ela amava cada prédio que eles possuíam e elogiá-los só me daria mais pontos.

— Rooney — o pai de Evie disse, estendendo a mão para eu apertar.

— Olá, Dan. Bom ver você de novo — eu o cumprimentei sorrindo.

— Igualmente. Você se lembra de Morgana e Michail?

— É claro. É muito bom ver vocês de novo — eu disse ao casal, sorrindo docemente.

— Estávamos esperando você chegar. Você estudou hoje? — Michail perguntou com um forte sotaque russo.

Eu gostei do som, mas eu sempre adorava qualquer sotaque que uma pessoa pudesse ter.

— Fiz uma pequena pausa nos estudos hoje, mas retomarei amanhã — respondi.

Por alguma razão, senti vontade de provar meu valor para eles. No final, eles decidiriam se queriam apoiar Evie e eu ou não.

— Se ao menos Evie estudasse tanto quanto essa garota... seus pais devem estar muito orgulhosos de você, Rooney — Fleur disse.

Não é que eles não estivessem orgulhosos de Evie, e ela também não parecia magoada com as palavras de sua mãe, mas eles eram muito mais rígidos do que meus pais, e muitas vezes eu me sentia mal por Evie.

— Evie está indo bem nos estudos. Sentem-se, garotas. Temos muito o que conversar esta noite — Dan falou.

Eu me preparei para o que estava por vir, mas estava animada para descobrir que tipo de planos Morgana e Michail tinham em mente.

O que quer que eles oferecessem, eu sabia que seria uma boa oportunidade para Evie e para mim e, olhando para seus rostos felizes, sabia que as coisas tomariam um rumo positivo.

Capítulo 12

ROONEY

— Foi muito melhor do que o esperado — Evie sussurrou enquanto nos afastávamos da mesa.

Assenti com a cabeça, ainda em choque com o que Michail tinha nos oferecido.

Era uma mudança de vida.

Bem, a vida ainda não tinha nos levado tão longe, mas assim que nos formássemos, estavam praticamente resolvidas.

— Não acredito que ele quer comprar um prédio inteiro só para nós e nossa arte. Evie, você percebe o que isso significa? — perguntei mais para tentar colocar isso na minha cabeça.

— Claro que eu sei que isso significa, bobinha. Eles são ricos, têm dinheiro suficiente para gastar e nós somos as sortudas que conseguirão viver nossos sonhos graças a eles.

Sim, nossos sonhos de possuir uma galeria onde pudéssemos pintar e vender nossas pinturas, e, com o espaço que Michail nos prometeu, também poderíamos realizar leilões.

— Que bom que você veio. Eu teria ferrado com tudo se estivesse sozinha — ela disse quando chegamos ao bar. — Duas taças de champanhe, por favor — ela disse ao barman, mas eu rapidamente balancei minha cabeça para ele.

— Não posso beber esta noite. Eu vou tomar uma Coca-Cola — falei com um sorriso.

— Meu Deus, você é tão chata! Deveríamos estar comemorando! Não me diga que você já quer ir embora. — Evie arqueou uma sobrancelha para mim.

— Não, ainda não vou embora, só não estou com vontade de beber.

Assim que pegamos nossas bebidas, fomos em direção à grande varanda e saímos para tomar um pouco de ar fresco.

Eu ainda estava processando tudo.

Tinha que contar aos meus pais.

Eles ficariam muito animados por nós.

— Eu odeio dizer isso porque soa arrogante, mas ter pais ricos é útil. O que lhes falta em demonstrar afeto pela filha, eles definitivamente compensam e ganham pontos ao ajudar no meu futuro.

Não importa quanta ajuda recebemos de seus pais ou de seus amigos, eu sabia que, assim que nos estabelecêssemos em nossa nova galeria, teríamos que trabalhar duro para sustentá-la.

Eu não vim de uma família rica, e trabalhar duro pelos meus sonhos era importante para mim. Mas mesmo que eu tenha alguns problemas para aceitar a oferta de Michail e Morgana, fiquei muito grata por eles nos darem essa oportunidade.

— Seus pais pareciam um pouco mais relaxados esta noite. O casamento deles está melhorando?

— Eles estão indo a um terapeuta para falar sobre o que falta em seu relacionamento, mas também notei algumas mudanças. Acho que é bom que eles tenham percebido que algo estava errado antes que as coisas saíssem do controle.

Assenti com a cabeça, feliz por eles terem encontrado uma maneira de consertar isso.

Tomei um gole da minha Coca e olhei ao redor da área externa, vendo alguns rostos que conhecia da faculdade. Principalmente os que estavam nos últimos anos, que cresceram aqui e escolheram frequentar o *Central College* para não terem que se mudar para longe de suas famílias ricas.

Compreensível.

Então, com o canto do olho, vi AJ caminhar em nossa direção e me virei para olhar para ele bem na hora que ele parou na nossa frente.

— Bom ver você por aqui — eu disse a ele, recebendo uma risada em troca.

— Igualmente. Não pensei que a veria esta noite. Você está linda — ele disse, seus olhos vagando pelo meu vestido e parando em meus sapatos.

— Obrigada, Aiden — respondi. — Você também está ótimo.

Mas não era difícil para os homens ficarem bem de terno.

Eu me pergunto como Wells fica de terno e gravata.

— Obrigado. Sem champanhe esta noite? — Ele acenou com a cabeça para o meu copo, notando minha bebida não alcoólica.

— Hoje não. Eu vim dirigindo — comentei.

— Você poderia ficar e dormir em um dos quartos de hóspedes na ala leste — Evie sugeriu.

Isso era o que ela provavelmente faria, já que também tinha vindo dirigindo.

— Ah, não, tudo bem. Eu quero dormir na minha cama esta noite.

— Se importa em me levar de volta ao campus? Meus pais já foram embora e eu disse a eles que pegaria um táxi. Pegar carona com você é mais divertido.

Eu sorri para ele e assenti.

— É claro. Me avise quando estiver pronto para ir embora.

— É cedo ainda. Que tal entrarmos na pista de dança e mostrar como sabemos dançar? — ele disse com um sorriso.

Eu não queria dançar, mas também não queria parecer chata. Além disso, nas festas da faculdade, eu sempre era a última a sair da pista de dança.

— Tudo bem, mas só se Evie disser ao DJ para tocar uma música melhor.

— Deixa comigo!

Eu ri e terminei minha bebida, então coloquei em uma mesa vazia e deixei AJ me puxar para a pista de dança no meio da sala. Assim que a música mudou, começamos a nos mover e, com certeza, todos os olhos estavam em nós três.

Eu não era um boa dançarina, mas quem diabos se importava com isso?

Eu estava começando a me divertir e precisava comemorar o futuro que me foi entregue em uma bandeja de prata esta noite. Algum dia eu voltaria a entrar em contato com Michail e Morgana, apenas para ter certeza de que eles sabiam o quão incríveis eles eram.

Eu só conseguia ouvir a música, mas quanto mais tocavam, mais pessoas se juntavam à pista de dança.

Em algum momento, deixei AJ me puxar para ele com minhas costas pressionando contra seu peito e suas mãos em volta da minha cintura. Contanto que ele as mantivesse lá, eu não me importaria de dançar tão perto dele. Já fizemos isso antes, mas, toda vez que dançávamos em uma festa de fraternidade, ele tinha que mostrar que tinha uma garota com ele. Seus lábios se moviam por todo o meu pescoço, e, naquela época eu até gostava, mas se ele fizesse isso hoje, eu o afastaria rapidinho.

Para minha sorte, suas mãos e a parte superior do corpo eram as únicas coisas que me tocavam. Não importava o que tenha acontecido entre nós, AJ era um cavalheiro, não forçou nenhum limite.

Por mais que eu estivesse me divertindo, estava começando a ficar cansada e, sem precisar olhar a hora, sabia que era tarde.

Parei de dançar e me virei para olhar AJ com um sorriso cansado.

— Eu preciso de algo para beber — falei.

— Eu também.

Ele agarrou minha mão e me puxou em direção ao bar. Pediu um copo de água gelada para mim e um pouco de bebida alcoólica para ele.

— Você está pronta para ir para casa? — ele perguntou, me observando enquanto eu bebia a água. — Você parece cansada.

— E estou. Acordei cedo esta manhã. A propósito, por que você está aqui?

— Meu pai tinha uma reunião com seus parceiros de negócios e queria que eu fosse junto. Como não terei futuro praticando nenhum esporte, ele está começando a me apresentar ao seu mundo de dono de um negócio de um milhão de dólares.

Franzi os lábios, sentindo compaixão e odiando que ele não pudesse decidir seu próprio futuro.

— E como foi?

AJ deu de ombros, um sorriso presunçoso apareceu em seu rosto.

— Eu estaria mentindo se dissesse que sabia exatamente sobre o que eles conversaram. Essa merda é chata, mas acho que vou ter que agradar meu pai de alguma forma, e esse é um jeito.

— Ei, pelo menos você pode ficar aqui com outras pessoas ricas. Não é esse o sonho da maioria dos alunos da *Central*? — perguntei, brincando.

— Não posso me comparar a esses caras. Além disso, você também está aqui.

— Por causa de Evie — respondi.

Seus olhos estavam grudados nos meus, e, depois de alguns segundos, ele finalmente falou novamente:

— Você parece mais feliz — ele disse, sua voz baixa.

— Mais feliz? O que o faz pensar que eu não era tão feliz assim antes?

Ele encolheu os ombros.

— Não sei o que mudou, mas posso ver em seus olhos. Eles não brilhavam assim quando saíamos.

Por mais doces que fossem suas palavras, não queria contar a ele sobre Wells e o que estava começando a sentir por ele.

Droga, nem eu sabia exatamente o que era

— Acho que é só meu cansaço, AJ.

Esvaziei meu copo e sentei no balcão, então sorri para ele.

— Pronto para ir para casa?

Ele assentiu com a cabeça hesitante, então terminou sua bebida e colocou o copo ao lado do meu vazio.

— Vamos.

Tínhamos perdido Evie, mas eu tinha certeza de que ela estava segura com um cara aleatório que conheceu na pista de dança.

Quando chegamos ao carro, Aiden abriu minha porta como o verdadeiro cavalheiro que era, mas eu sabia que ele não estava tentando me impressionar. Ele era assim mesmo.

— Obrigada — agradeci com um sorriso e entrei no carro.

Assim que fechou minha porta, ele caminhou pela frente enquanto eu ligava o motor e esperava que ele entrasse.

A viagem até o campus foi silenciosa e, com toda a honestidade, fiquei feliz com isso. Pensamentos sobre Wells estavam passando pela minha cabeça e, quando verifiquei a hora, sabia que ele não estaria mais acordado. Eram quase duas da manhã e eu precisava dormir.

Estacionei em frente à fraternidade e olhei para AJ enquanto ele afrouxava a gravata.

— Obrigado pela carona.

— É claro. Eu me diverti esta noite — eu disse a ele.

— Verdade? Você parecia um pouco... distante. Pelo menos com sua mente. Há algo que você queira falar, Rooney?

— Não. Estou bem, AJ. Eu só... tenho muito em que pensar. Tenha uma boa noite. Vejo você por aí.

Ele me observou por um tempo, então se inclinou para beijar minha têmpora antes de sair do carro.

— Boa noite — ele disse com um sorriso gentil, depois fechou a porta e se afastou.

Deixei escapar um suspiro de alívio.

Por mais feliz que Wells me deixasse, mesmo depois de apenas alguns dias que passamos juntos, eu não queria ser muito aberta sobre isso. Eu estava com medo de que, se falasse cedo demais, ficaria decepcionada se as coisas com ele não dessem certo.

— Mas para que as coisas funcionem, você tem que falar sobre seus sentimentos — sussurrei para mim mesma.

Agora não.

Eu ainda tinha tempo, certo?

Dirigi para casa e estacionei meu carro ao lado da vaga vazia de Evie, e, depois de sair e trancar o carro, entrei no prédio e subi as escadas.

Eu senti falta da minha cama.

Senti falta de Wells.

Meu Deus, eu senti tanto a falta dele!

E é por isso que parei na frente da porta do seu apartamento e fiquei parada ali como uma completa idiota, desejando que ele de repente abrisse a porta e me deixasse entrar.

Eu me perguntei o que teria acontecido se eu tivesse ficado em vez de ir para o clube. Wells estava beijando meu pescoço e apertando minha mão com força, me mostrando o quão doce e gentil ele poderia ser. Eu queria passar mais tempo com ele, mas tive que dar alguns passos para trás e subir as escadas antes que batesse na porta dele e acordasse ele e Ira.

Eu não poderia ser tão egoísta.

Não se eu ainda quisesse manter minhas emoções intactas.

Quando cheguei ao último andar e as luzes acenderam automaticamente por causa dos sensores, me surpreendi com o bilhete no chão em frente à porta. Tinha meu nome escrito e meus pensamentos foram imediatamente para Wells.

Além de um bilhete escrito à mão ser incrivelmente romântico, achei fofo que ele deixou Ira rabiscar todo o papel branco para fazer o bilhete parecer mais divertido.

Sorrindo, desdobrei-o e fiquei surpresa com as palavras simples cuidadosamente escritas nele.

> Você estava linda naquele vestido.
> Wells

Minhas bochechas ficaram vermelhas, mas como ele sabia o que eu estava usando? A única maneira possível de ele ter me visto era pela janela quando entrei no carro. Mas, ainda que ele tenha olhado para mim, esse bilhete foi o que mais me fez sorrir.

Era fofo.

Depois de olhar para o papel por um tempo, destranquei a porta e entrei, então rapidamente fui para o meu quarto para trocar de vestido e colocar meu pijama. Deixei aquele bilhete perto da minha cama para poder olhar para ele o tempo todo e, quando estava pronta para dormir, apaguei todas as luzes e olhei para o bilhete por um tempo antes de colocá-lo na minha mesa de cabeceira e fechar os olhos.

  Eu sentia falta dele, e não importava quantas vezes eu repetisse aquelas três palavras, eu não conseguia fazer meu coração se abrir do jeito que eu queria.

  Talvez eu precisasse de tempo, e por Wells e Ira, eu passaria quantas horas fossem necessárias para descobrir meus sentimentos até ter uma visão clara do que meu coração queria.

Capítulo 13

WELLS

Ela estava presa em minha mente e eu não conseguia parar de pensar nela. Eu tenho que admitir que fiz algumas coisas idiotas quando comecei a gostar de alguém no passado, e isso não mudou com Rooney.

Ontem à noite, depois que ela saiu para se vestir para o jantar no clube de campo, escutei atentamente seus passos no corredor, só para dar uma olhada nela pela porra do olho mágico.

Quando a vi descer as escadas, ela parecia incrível.

Como uma princesa.

Mas se ela me ouvisse dizer isso, balançaria a cabeça e me diria que não era uma princesa.

Bem, para mim Rooney parecia uma, mas eu poderia dizer pelo olhar em seus olhos que ela não estava muito confortável naqueles sapatos.

De qualquer forma, tive que escrever um bilhete para ela, para que soubesse como estava linda. Então, quando Ira estava na cama, e depois que deixei que ele decorasse o bilhete com seus lápis de cor, subi as escadas para colocar o bilhete na porta dela.

No dia seguinte, por mais que eu quisesse voltar lá para vê-la, tive que fazer o caminho oposto e levar Ira para a casa de minha mãe. Ela nos convidou para almoçar e eu sabia que também nos manteria lá para o jantar.

Talvez um pouco de distância entre Rooney e eu não fosse uma coisa tão ruim, afinal. Eu não queria pressioná-la e, mesmo que ela tivesse gostado de eu beijar seu pescoço ontem, eu tinha que lhe dar um espaço para ela descobrir o que realmente queria.

Coloquei o cinto de segurança de Ira e verifiquei se ele estava seguro, depois devolvi a ele seus bonecos de ação.

— Pronto para ir para a casa da vovó?

— Sim! — ele exclamou alegremente.

Olhei para a janela do quarto de Rooney, sabendo que ela provavelmente ainda estava dormindo, pois não tinha chegado em casa antes da meia-noite.

Sim, isso eu sabia sobre ontem à noite.

— Vamos nos divertir muito e comer muita comida gostosa — eu disse a ele enquanto entrava no carro e colocava meu cinto de segurança para começar a dirigir.

— Gosto de comida gostosa — Ira disse.

— Eu sei que você gosta. E eu também.

A viagem até a casa de minha mãe foi curta, mas eu sabia que, quando chegasse a hora de voltar, Ira já estaria cansado e sem ânimo para caminhar. Ele fazia muito disso na casa da vovó, já que ela tinha um belo jardim e um balanço que comprou só para Ira.

Chegamos e eu saí do carro no momento em que minha mãe saía pela porta da frente para nos receber.

— Ah, estou tão feliz que vocês estão aqui — ela disse, me dando um rápido abraço e um beijo na bochecha antes de se virar para o mais importante entre nós.

Eu não estava ofendido.

— Oi, vovó! — Ira gritou com um aceno quando abriu a porta, e, mesmo que o cinto que o prendia na cadeirinha fosse difícil de abrir, de alguma forma ele sempre conseguia soltá-lo antes mesmo de eu ter a chance de sair do carro.

Felizmente, ele nunca fez isso quando ainda estávamos dirigindo.

— Olá, querido. Já está com fome?

Eram apenas onze da manhã, mas eu não me importava de almoçar.

— Não comemos muito no café da manhã — respondi enquanto ela pegava Ira.

Ele não se importava em ser carregado, mas agora não estava vontade. Ira se contorceu em seus braços e ela o deixou de pé. Ele correu rapidamente em direção à porta da frente.

— Ok, vamos almoçar em alguns minutos então — ela disse, sorrindo para mim. — Você não trouxe sua amiga — ela notou.

Minha mãe me disse para trazer a garota com quem eu estava saindo para que pudesse finalmente conhecê-la, mas pedir a Rooney para passar um dia inteiro na casa da minha mãe não parecia divertido. Ela faria um milhão de perguntas e eu não queria assustar Rooney.

— Não, não trouxe. Fica para uma outra vez.

— Se você está tentando escondê-la de mim, vou ficar com raiva de você pelo resto da minha vida — minha mãe murmurou.

— Não vai demorar muito então — respondi com um sorriso.

Minha mãe bateu no meu peito e murmurou uma maldição para mim, revirando os olhos. Ela sabia que eu estava apenas brincando, e tive sorte de ela não ter levado nada a sério. Sendo seu único filho, ela tentou me tornar mais um amigo do que um filho para ela – e teve sucesso, mas houve momentos em que ela não conseguia parar de me mostrar seu lado maternal.

Seguimos Ira para dentro de casa e eu o deixei correr para a cozinha, de onde vinha um cheiro delicioso.

— Como está Ira?

— Ele está bem. Temos uma consulta médica em algumas semanas, apenas para verificar como estão as coisas com a bomba.

— Ele me parece feliz e saudável — minha mãe disse, sorrindo alegremente para mim. — Eu sempre soube que você seria o melhor pai de todos. É uma pena que não haja nenhuma mulher que possa ver você em ação todos os dias — ela disse, franzindo os lábios.

Revirei os olhos.

— Não preciso provar a ninguém que sou um bom pai.

— Não, você não precisa. Mas seria bom ter alguém próximo que gostasse de você por ser quem é. Dá para perceber que você gosta daquela sua vizinha, senão seus olhos não teriam esse brilho feliz. Qual é mesmo o nome dela?

Eu não poderia fugir dessa conversa, então melhor continuar.

— Rooney — respondi.

Levantei Ira para sentá-lo no balcão ao lado da pia para que pudesse lavar as mãos.

— E você disse que ela tem vinte anos? Está na faculdade?

— Sim, ela está estudando arte. Rooney é muito talentosa.

— Eu pintei com Rooney! — Ira exclamou com um sorriso no rosto.

— Verdade? Você gosta da Rooney? — minha mãe perguntou.

Ela estava arquitetando alguma coisa.

— Eu gosto da Rooney — Ira disse, balançando a cabeça e depois apontando para mim. — Papai também gosta dela.

— Ah, ele gosta? — Ela olhou para mim com uma sobrancelha arqueada.

— Papai beijou Rooney.

Acho que ele continuou nos espionando enquanto eu me aproximava dela.

— Eu a beijei na bochecha, amigo. Isso é uma coisa diferente.

Por que diabos eu estava tentando justificar isso na frente do meu filho de três anos?

— Bochecha, lábios, qual é a diferença? — minha mãe perguntou. — Quero conhecê-la logo. Da próxima vez que eu convidá-lo, quero que você a traga com você.

Começar uma discussão com minha mãe não ia me levar a lugar nenhum, então balancei a cabeça concordando para fazê-la mudar de assunto. Para minha sorte, seu namorado entrou em casa com um jornal na mão e um agasalho suado. Eu não o considerava um cara esportivo, mas, mesmo para a idade dele, George estava em boa forma.

— Temos visita — ele disse enquanto caminhava até a cozinha.

— É bom ver você, George — eu o cumprimentei, apertando sua mão.

Seu rosto rabugento e cansado era apenas uma fachada. George era um cara legal, carinhoso e amoroso.

— É bom ver você também, Wells.

— Eu tambem estou aqui! — Ira gritou.

— Oi, garotão. Vai almoçar conosco hoje?

— E jantar. Eles vão passar o dia conosco hoje — minha mãe explicou.

— Isso é ótimo! Deixe-me tomar um banho rápido e já volto.

Quando ele saiu, olhei para mamãe enquanto ajudava Ira a descer do balcão.

— Por que ele ainda não se mudou? — perguntei.

— Porque ele gosta do espaço dele e eu gosto do meu.

Compreensível, mas não é o que eu gostaria de fazer se amasse alguém. Se as coisas dessem certo entre Rooney e eu, com certeza pediria a ela para morar comigo.

Talvez não depois de pedir que ela fosse minha, mas logo depois.

Ira adoraria ter outra pessoa no apartamento, mas tê-la como nossa vizinha era o mais próximo que conseguiríamos por enquanto.

— Estas são as nossas galerias em potencial. Michail escreveu no e-mail que poderíamos escolher a que mais gostamos, depois falar com ele, que fará o possível para entrar em contato com o proprietário do prédio.

Olhei para as fotos no celular que Evie estava segurando perto do meu rosto, mas meus olhos ainda não tinham se ajustado à luz que ela rudemente acendeu sem avisar.

Como é que ela já estava acordada e eu tinha problemas para acordar, mesmo sendo eu quem chegou em casa primeiro?

Sentei e peguei o telefone dela, então me encostei na cabeceira da cama e esfreguei os olhos antes de dar outra olhada nos dois prédios.

Reconheci os dois e sabia que um dos prédios já tinha sido um clube. Um clube de *strip*, para ser exata. O outro era um antigo prédio industrial onde costumavam ter lojas pop-up ou mercados de agricultores, e eu sabia que o interior era incrível.

— Eu prefiro este. Também é mais perto de casa — disse a ela, apontando para o prédio vermelho mogno coberto de tijolos.

— Imaginei. Eu tenderia mais para o antigo clube de *strip* na esperança de que ainda houvesse postes de pole dance, mas esse se encaixa melhor para uma galeria.

Arqueei uma sobrancelha para ela e ri.

— Você não sabe dançar pole dance — comentei.

— Eu poderia aprender — ela respondeu com um encolher de ombros. — Então, este aqui?

Concordei com a cabeça, ainda sem saber se estávamos realmente fazendo isso ou se eu estava realmente sonhando.

— Não é um pouco cedo demais para ele comprar um prédio? Ainda temos quase dois anos de faculdade pela frente.

— Se o prédio está disponível, por que esperar? Poderíamos começar a colocar nossas pinturas lá, reformar o que for necessário e fazer festas antes de transformá-lo em uma verdadeira galeria de arte. Pare de pensar demais e deixe aquele rico casal russo investir em um maldito prédio para nós, Rooney. Nosso futuro está garantido. Pare de se preocupar.

Eu tinha alguns problemas com essas duas coisas.

Em primeiro lugar, por mais que eu trabalhasse em cada uma das minhas pinturas, não parecia que eu tinha feito o suficiente para ganhar um prédio inteiro de presente e, em segundo lugar... eu me preocupava porque não tinha como ter certeza sobre encontrar compradores.

Vender minha arte era o que eu tinha que fazer para ter uma renda estável.

— Você e AJ se divertiram ontem à noite, hein? — Evie perguntou, mudando de assunto.

— Ahn, sim. Foi legal. Onde você foi?

— Lembra do Jonathan? Eu fiz ele me pegar e me levar para a fraternidade. Eles deram uma festa e achei que seria mais divertido do que o clube.

— Entendi. Você já tomou café da manhã?

— Café da manhã? Amiga, é quase uma da tarde. Estou pedindo comida chinesa. Quer um pouco também?

Merda, eu dormi tanto assim?

Eu teria que começar a estudar assim que terminasse meu almoço.

— Sim, claro. Eu vou querer o mesmo que você.

— Perfeito. — Ela saiu da cama e do meu quarto, e eu ainda tentei acordar totalmente para finalmente começar o meu dia.

Meus pensamentos foram imediatamente para Wells e para o bilhete que ele tinha escrito ontem à noite. Peguei na mesinha de cabeceira e sorri ao ler as palavras novamente. Talvez um dia eu poderia usar aquele vestido novamente para Wells, ou comprar um novo só para ele. Muitas pessoas já me viram com aquele vestido, e não seria especial se eu o usasse no meu próximo encontro com Wells.

Porque era exatamente isso que estávamos fazendo, certo?

Encontros.

Estávamos nos conhecendo melhor e nos divertindo enquanto isso.

Se ao menos eu pudesse me abrir e perguntar diretamente a ele sobre isso, em vez de manter meus pensamentos no escuro.

Capítulo 14

ROONEY

Faz uma semana desde a última vez que vi Wells e Ira e, como era sexta-feira, pensei em descer para ver se eles estavam em casa.

Ao longo da semana fiquei ocupada com aulas que fiz majoritariamente on-line desta vez e pinturas, por isso não tive muito tempo para sair do apartamento.

Deixei Evie fazer todas as compras, já que ela não estava muito interessada em se concentrar na faculdade. Além disso, ela garantiu que realmente conseguiríamos o prédio que Michail e Morgana nos prometeram. Evie trocou e-mails com eles durante toda a semana.

Ainda não tinha entrado na minha cabeça que em breve poderíamos levar todas as nossas telas e materiais para lá, porém, provavelmente eu não iria pintar ali. Evie já havia planejado festas, e eu não queria que ninguém destruísse minha arte.

Depois de colocar todas as minhas coisas na mochila, fui ao banheiro escovar o cabelo e me certificar de que não estava parecendo muito desleixada. Depois de ajustar minha roupa, fui até a porta para descer as escadas. Com sorte, eles estariam em casa.

Quando cheguei à porta deles, toquei a campainha e esperei, meu coração de repente acelerou e me deixou nervosa. Fazia apenas uma semana, mas senti falta de Wells perto de mim.

A porta se abriu e um Wells seminu surpreso apareceu na minha frente.

— Rooney, oi — ele disse, sorrindo para mim.

Eu não conseguia parar meus olhos de vagarem por seu peito e abdômen musculoso.

Ele deve ter malhado nos últimos dias.

— Oi — respondi, sentindo minhas bochechas esquentarem de repente e minha respiração falhar. — Eu, ahn... você está livre? Tipo, agora?

Seu sorriso diminuiu um pouco quando percebeu meu nervosismo, então ele se afastou e acenou com a cabeça.

— Entre. Você já jantou?

Balancei minha cabeça e passei por ele para entrar.

— Não, não estou com muita fome, na verdade.

Wells fechou a porta e se virou para olhar para mim, então colocou a mão na parte inferior das minhas costas para me conduzir pela cozinha e para a sala de estar.

— Por que não? Você almoçou tarde?

— Mais ou menos. Estou acordada desde as cinco para fazer alguns trabalhos. Evie voltou para casa há algumas horas e trouxe comida, e eu fiquei mordiscando o dia todo.

Ele fez sinal para que eu me sentasse no sofá e, antes que pudesse responder, fiz uma careta e falei de novo.

— Ira já está dormindo? — perguntei.

— Ah, não. Ira está passando o fim de semana com a avó. Na verdade, eu ia perguntar se você gostaria de passar algum tempo comigo nos próximos dois dias.

Eu sorri para ele.

— Isso é exatamente o que eu esperava fazer neste fim de semana. Eu adoraria — eu disse a ele.

Um sorriso desenhou sua boca e sua mão se moveu do meu ombro para a parte de trás da minha cabeça, e ele agarrou meu cabelo suavemente.

— Perfeito. Eu tenho algumas ideias. Se soubesse que você viria esta noite, teria preparado algo para comer. Também não estou com tanta fome, mas se você quiser posso fazer algo leve para nós um pouco mais tarde — ele sugeriu.

— Parece bom — respondi, ainda sorrindo para ele porque parecia que eu não conseguia me livrar dessa alegria quando Wells estava por perto.

— Quer algo para beber? — ele perguntou, virando-se e voltando para a cozinha.

— Sim, por favor. Qualquer coisa que tiver está bom.

Ele pegou duas taças e uma garrafa de champanhe na geladeira, depois voltou para mim e se sentou no sofá.

— Como foi sua semana? — Wells perguntou, servindo o champanhe em ambas as taças.

— Corrida. Eu tinha muito o que fazer na faculdade, mas terminei tudo o que tinha para fazer e agora estou livre o fim de semana inteiro.

— Inteligente. Queria ter feito isso quando estava na faculdade. Deixei tudo para depois até não ter outra escolha a não ser estudar nos fins de semana — ele explicou, rindo.

— Mas você ainda frequentava festas — eu adivinhei.

Ele riu e assentiu.

— É claro. Não poderia faltar nenhuma delas. Ainda não sei como consegui me formar, mas estou feliz por ter conseguido.

Ele colocou a garrafa na mesinha de centro e pegou as taças para me dar uma. Wells ainda estava sem camisa, e isso não me incomodava nem um pouco, mas eu desejava que meus olhos não fossem para seu peito o tempo todo.

— Estou feliz que você esteja aqui esta noite — ele disse, tocando sua taça na minha.

— Eu também.

Tomamos alguns goles, e, quando o gosto doce do champanhe atingiu minha língua, arrepios percorreram meu corpo. No bom sentido, claro.

— Você gosta? — perguntou quando viu a felicidade óbvia em meus olhos.

— É delicioso. Onde você conseguiu isso?

Ele olhou para a garrafa e franziu os lábios, pensando em sua resposta.

— Meus colegas de trabalho montaram uma cesta cheia de coisas assim para o meu aniversário de quarenta anos. Há dois anos que tenho essa garrafa, mas nunca tive oportunidade de abri-la — explicou.

— Estou honrada — sorri para ele.

— E deveria estar — ele sorriu, tomando outro gole e colocando a taça na mesa de café. — Falando em aniversários... o de quatro anos de Ira está chegando em algumas semanas. Ele está pedindo uma festinha do pijama há algum tempo, e eu estava pensando em deixá-lo convidar alguns de seus amigos para vir aqui. Você também está convidada, claro — ele disse.

— Eu adoraria! Ah, tenho que comprar um presente para ele e posso fazer um bolo!

— Você não precisa fazer isso, Rooney. Já é difícil encontrar um bolo sem açúcar, e não quero que você se estresse com uma receita de algo que Ira nem poderá comer muito.

Franzi os lábios e inclinei a cabeça.

— Ei, tenha um pouco de fé em mim. Você terá que se estressar com coisas suficientes nesse dia, então deixe-me tirar isso dos seus ombros. Vou descobrir o que fazer.

Às vezes, seu sorriso não encontrava seus olhos, e eu me perguntei o que realmente o incomodava. Certamente, não era o fato de eu querer fazer um bolo para Ira.

Estendi minha mão esquerda para segurar seu pescoço e, com o polegar, acariciei suavemente sua barba por fazer.

— Deixe-me cuidar do bolo — eu disse a ele com uma voz séria.

Wells me olhou por um tempo, então seu sorriso inseguro se transformou em um sorriso aberto.

— Tudo bem, tudo bem — ele respondeu, rindo. — Não precisa ficar brava. — Sua mão apertou minha coxa e então ele me puxou para mais perto de seu lado.

E agora que eu sabia que o aniversário de Ira estava chegando, já tinha uma ideia do que comprar para ele.

— Como está o trabalho? — perguntei, olhando diretamente em seus olhos e deixando suas mãos se moverem ao longo da minha perna para puxá-la sobre seu colo. Eu adorava saber que ele me queria perto e gostava de seu toque gentil, mas determinado.

— Continuei com meu plano de ir cedo e sair algumas horas mais cedo à noite, e funcionou muito bem. Passei mais tempo com Ira, o que foi ótimo. Posso continuar assim por mais algumas semanas até terminar o projeto.

Assenti com a cabeça e sorri para ele, então estudei seu rosto por um tempo antes de falar novamente.

— É difícil para você deixar Ira com sua mãe por um fim de semana inteiro?

— A despedida não é fácil, mas sei que ele vai se divertir muito com ela e não me importo de passar um tempo sozinho. Ou com uma garota bonita como você — ele disse, sua língua lambendo o lábio inferior.

Seu elogio me atingiu forte e bem no meio do peito, deixando-me sem palavras por alguns segundos. Pigarreei e movi minha mão em seu cabelo, segurando-o e puxando-o suavemente, sabendo que ele gostaria disso.

— Você disse que tinha algumas coisas planejadas neste fim de semana. Posso saber o quê?

— Bem, primeiro pensei que poderíamos ir até a cidade e encontrar um bom lugar para almoçarmos juntos, e depois disso pensei em deixar você escolher o que faremos. Eu realmente não sei muito sobre você, fora que gosta de arte, então talvez o museu seja um bom lugar para ir.

Eu não queria dizer a ele que já estive nos museus da cidade muitas vezes na minha vida, mas eles tinham exposições diferentes a cada dois meses, e eu não ia a nenhum deles há algum tempo.

— Parece bom para mim. Talvez eu possa lhe ensinar um pouco do que aprendi nas aulas — sugeri, sorrindo.

— Perfeito. Dessa forma, saberei exatamente o que você gostaria de ganhar no Natal ou no seu aniversário.

Eu ri e balancei a cabeça.

— Se você quer me fazer feliz nos feriados e aniversários, tudo o que precisa fazer é me dar comida.

— E materiais de arte?

— Desde que seja algo que eu possa realmente usar ou comer, aceito os presentes.

— Bom. — Ele pegou sua taça e tomou alguns goles, depois apertou minha coxa novamente com a outra mão e acenou para a cozinha. — Deixe-me verificar o que tenho na geladeira. Agora que você mencionou comida, estou começando a ficar com fome. Você não tem nenhuma preferência, certo?

— Não, eu como qualquer coisa. — Tirando minha perna de seu colo, deixei-o se levantar.

Eu o olhei enquanto ele caminhava para a cozinha, observando cada um de seus músculos das costas enquanto ele se movia. Wells verificou se havia algo na geladeira e, após um momento de silêncio, pegou alguns legumes e se virou para olhar para mim.

— Que tal uma massa com legumes frescos?

— Parece bom para mim. Quer que eu ajude? — Já me levantei do sofá e peguei nossas taças e o champanhe, depois fui até ele e coloquei tudo no balcão.

— Se você quiser. Deixe-me ir colocar uma camisa. Não quero que você se corte manuseando uma faca enquanto se distrai com o meu corpo — ele disse brincando.

Minhas bochechas ficaram vermelhas novamente, e eu desviei o olhar para esconder meu constrangimento. Ele percebeu que eu estava olhando, mas pelo menos sabia que eu gostava do que via.

Wells estava de volta em menos de um minuto, agora com o peito coberto por uma camisa cinza de mangas compridas que ficava ótima nele.

— Que tal comermos na varanda? Tenho uma mesinha lá fora e também uma espreguiçadeira. Eu nunca vou lá — ele explicou.

— Perfeito — respondi, sorrindo para ele e preparando os legumes para cortá-los, lavando-os na pia.

— Do que você não gosta? — ele perguntou enquanto pegava o macarrão e enchia uma panela com água.

— No geral?

Ele assentiu.

— Esta é uma boa pergunta. Bem, não há realmente muito que eu não goste. Eu evito e ignoro as coisas que não gosto, então acho que não posso citar uma coisa específica — respondi com sinceridade.

— Essa é uma maneira de lidar com isso — Wells disse, rindo. — Vou fazer a pergunta de forma diferente e mais precisa. O que você não gosta nos homens?

Ah, essa era uma pergunta que eu certamente sabia como responder.

— A arrogância é o que me faz perder o encanto. E homens que pensam e agem como se fossem superiores.

— Você não acha que esse tipo de comportamento pode ser mudado se for um obstáculo? — ele perguntou.

Fiz uma careta, balançando a cabeça e afastando o olhar do pimentão que eu estava cortando.

— Não, a menos que eles tenham uma mudança real e verdadeira. Acho que homens arrogantes não gostam de mostrar fraqueza, e, quando você diz que estão sendo arrogantes, eles respondem dizendo que estão apenas sendo honestos. A honestidade pode ser expressa de maneira diferente. Sem agir como um sabe-tudo que acha que nenhuma outra opinião importa além da sua. Mas se eu encontrar um homem assim que me mostre que é possível afastar essa arrogância, não vou mais usar isso contra ninguém.

Ele manteve os olhos nos meus por um tempo, então sorriu e assentiu com a cabeça.

— Você realmente sabe como dizer as coisas sem ofender ninguém.

— Isso é porque você não é arrogante. Se fosse, teria me parado no meio da frase e dito que eu estava exagerando ou sendo rude.

— Você provavelmente está certa. — Ele voltou seu olhar para os tomates que estava cortando. — Nunca pensei nisso dessa maneira.

— E você? O que você não gosta nas mulheres?

Ele tinha que ter muito cuidado aqui. Não porque eu me ofendesse facilmente, mas hoje em dia era difícil ser respeitoso e escolher as palavras certas. Eu tive que fazer o mesmo.

Ele pensou muito sobre isso, mas, quando tinha sua resposta pronta, focou seus olhos em mim novamente.

— Eu apreciaria um pouco mais certos tipos de mulheres se elas respeitassem os relacionamentos de outras pessoas. Claro, os homens podem ser tão ruins nisso quanto as mulheres, mas já vi muitas mulheres se jogarem sobre homens que eram casados ou felizes em relacionamentos, e, mesmo assim, elas não paravam de assediá-los. Sei que este é um assunto difícil, só acho que algumas mulheres não aceitam um não como resposta e imediatamente veem as coisas como um desafio. Não há nada que elas tenham que provar a alguém para mostrar que têm um caráter forte. As mulheres são incríveis por tudo o que passam, mas suas características lindas e intensas, podem ser mostradas de outras maneiras mais positivas às vezes.

Aceitei isso como resposta. E honestamente, eu tive que concordar com ele. Não apenas as mulheres, mas alguns homens eram iguais.

— Boa resposta — eu disse a ele, franzindo meus lábios.

Continuamos a cortar os legumes e depois cozinhamos o macarrão e, quando estava tudo pronto, levei nossos pratos para a varanda onde nos sentamos à mesa.

A lua e as estrelas brilhavam intensamente no céu, o que o tornava ainda mais romântico do que eu esperava.

— Bom apetite — Wells disse, servindo outra taça de champanhe para nós dois.

— Obrigada por me receber esta noite. Eu me diverti muito até agora.

— Eu também. Vamos ver onde esta noite nos leva.

Eu concordei com a cabeça, sem saber como esta noite terminaria.

Eu não desistiria de ficar aqui esta noite, mas também não ficaria chateada se decidíssemos não dormir mais.

Capítulo 15

WELLS

Esta noite estava indo muito bem, e eu adorei cada segundo de tê-la perto de mim.

Depois que guardei os pratos e nos servimos de mais uma taça de champanhe, nos sentamos na espreguiçadeira para ficarmos mais confortáveis. Puxei o cobertor do sofá sobre nossas pernas para nos manter um pouco aquecidos, mas o champanhe e a presença dela já fizeram isso por mim.

— Qual foi a coisa mais engraçada que Ira já disse? — Rooney perguntou, inclinando-se ao meu lado e tomando um gole de sua bebida enquanto eu colocava meu braço em volta de seus ombros.

Eu pensei sobre isso por um tempo, então sorri ao me lembrar de uma conversa que Ira teve com uma garota.

— Certo dia, estávamos no parquinho e eu estava sentado em um banco ao lado de uma adolescente. Ela devia ter uns dezesseis anos e cuidava de um menino da idade de Ira. Quando Ira correu de volta para mim com seu novo amiguinho, ele cumprimentou a garota e então inclinou a cabeça para o lado, olhando-a atentamente. Ele perguntou se ela estava com catapora, e então eu olhei para ela para ver mais de perto, pois não percebi o que Ira havia notado. Mas, quando olhei para a garota, ela ficou vermelha e disse que eram espinhas. Eu me senti mal porque sei como é difícil para os adolescentes ter acne, ou tentar escondê-la, e pedi desculpas por Ira deixá-la envergonhada e convidei ela e o menino que ela estava cuidando para tomar sorvete. Acho que isso melhorou as coisas.

— Ah, não! — Rooney exclamou. — Pobre garota. Mas é um pouco engraçado. As crianças não têm filtros quando falam, não é?

Eu ri e assenti.

— Fico feliz que ele ainda não tenha aprendido nenhum palavrão.

— Ele vai começar o jardim de infância no próximo ano?

— Sim. Ira tem perguntado muito sobre isso, sabe que pode brincar o dia todo. Não que ele já esteja fazendo outra coisa além disso — eu disse, rindo.

— Tenho certeza de que ele fará muitos amigos. Ele é adorável e doce.

Eu sabia disso, mas era sempre bom ouvir alguém que não fosse minha mãe dizer isso.

Virei minha cabeça para olhar para ela, e, depois de beijar sua testa, respirei fundo e suspirei.

— Às vezes tento imaginar como ele será quando tiver dezoito anos. Estou tentando o meu melhor para criá-lo para ser um grande homem, mas, ao mesmo tempo não quero que ele cresça.

A mão de Rooney subiu para o meu peito e permaneceu lá enquanto ela virava a cabeça para olhar para mim.

— Ver seus filhos crescerem não é a coisa mais especial de ser pai? — ela perguntou.

— Claro que sim, mas não sei se posso reviver os momentos que tive com Ira no futuro.

Nossos olhos se encontraram e, felizmente, ela não interpretou isso como uma dica de que um dia ela se tornaria a mãe dos meus futuros filhos. Não parecia tão ruim, mas estávamos apenas nos conhecendo, e falar sobre ter filhos juntos não era um assunto que eu achava que alguém deveria ter em seu primeiro encontro real.

— Você é um pai incrível, Wells. Contanto que saiba que Ira está feliz, acho que não há nada com que você tenha que se preocupar.

Eu sorri para ela e concordei.

— Você está certa. Estou feliz que ele gosta de você também. Ira nunca teve problemas com novas pessoas, mas sabe que isso é algo diferente.

— É mesmo?

— Sim, Rooney. — Movi minha mão de sua cintura até sua bochecha, roçando meu polegar ao longo de sua bochecha e lambendo meus lábios enquanto olhava para os dela.

Eu não tinha mais vontade de falar.

O que quer que estivesse acontecendo entre nós, eu precisava que ela soubesse que eu estava atraído por ela e que não podia mais manter distância.

Eu me inclinei e me certifiquei de que ela não estava se afastando de mim. Quando senti seu punho e sua mão em minha camisa, eu sabia que ela queria me beijar também. Fazia muito tempo que eu não beijava alguém, que dirá transar, mas eu não podia me apressar e tinha que deixá-la me mostrar o quão longe isso poderia ir. Eu estava aberto para o que Rooney quisesse, mas, por enquanto, queria explorar sua linda boca antes de ir mais longe.

Nossos lábios se tocaram, e o primeiro pensamento que passou pela minha mente foi: *porra... esses são os lábios mais doces que eu já provei.*

Movi meus lábios suavemente contra os dela enquanto a puxava para mais perto e aprofundei o beijo inclinando sua cabeça para o lado e me inclinando mais. Ela me deixou ter o controle do beijo, mas suas mãos garantiram que eu não faria nada que ela ainda não estivesse pronta.

Não era seu primeiro beijo, pois ela definitivamente sabia o que estava fazendo, mas eu podia sentir algum tipo de tensão em seu corpo.

Talvez ela estivesse nervosa.

Eu com certeza estava.

Enquanto Rooney se acomodava um pouco mais em mim, senti sua língua roçar meu lábio inferior para pedir permissão, e uma vez que abri mais meus lábios, comecei a explorar suavemente sua língua com a minha.

Foi apaixonado e intenso, um deixando o outro ir devagar.

Quando seu punho se abriu e soltou minha camisa, ela moveu a mão até a bainha, onde deslizou os dedos por baixo para tocar meus músculos. Acho que ela não estava se segurando tanto quanto eu pensei que faria.

— Acho que gosto mais quando você está sem camisa — Rooney sussurrou no beijo, e eu ri quando ela puxou o tecido.

E pensei que seria muito mais confortável na minha cama do que nesta espreguiçadeira.

— Quero levar você para o meu quarto — eu disse a ela, esperando não soar como um idiota.

— Tudo bem — ela sussurrou de volta, sem quebrar o beijo.

Peguei-a pela cintura e, ao me levantar, puxei-a comigo para envolver suas pernas e braços em volta de mim. Ela se agarrou a mim para ter certeza de que não cairia e, enquanto eu a carregava pelo apartamento até meu quarto, beijei seu ombro e pescoço.

Quando a deixei na cama, tirei minha camisa e coloquei na cômoda ao lado da cama, então deixei que ela me olhasse por um momento antes que estendesse a mão para mim novamente para me puxar para cima si.

— Você vai me avisar se eu estiver indo longe demais, certo? — perguntei.

Ela assentiu com a cabeça, sorrindo para mim docemente e passando as mãos pelo meu cabelo antes de me puxar para mais perto e me beijar novamente.

Desta vez, fui o primeiro a enfiar minha língua em sua boca, sentindo o gosto de sua doçura e sentindo sua língua contra a minha. Eu estava me apoiando no cotovelo enquanto me movia ao lado dela com a outra mão. Suas pernas estavam em volta de mim novamente, me mantendo perto e me fazendo empurrar minha virilha contra ela.

Meu pau já estava ficando duro, mas como não ficaria se eu não ficava tão perto de uma garota há anos?

Era bom, e pressionei meu corpo contra Rooney ainda mais, enquanto ela movia seus quadris para se ajustar debaixo de mim.

Um gemido suave escapou dela quando ela sentiu minha ereção pressionada contra sua barriga, mas pareceu gostar quando pressionou seus quadris contra mim com mais força.

Ela era virgem?

Nesse caso, eu não queria arruinar sua primeira vez depois de ficarmos em nosso primeiro encontro. Ela merecia algo especial e, francamente, não achava que poderia gostar de sexo sem saber exatamente o que estava sentindo. Eu gostava muito de Rooney e sabia que o sentimento era mútuo, mas isso não significava nada depois de sairmos apenas algumas vezes.

Porra.

Eu estava pensando muito sobre isso e provavelmente arruinaria essa coisa que tínhamos se eu continuasse tentando descobrir as coisas.

Apenas deixe acontecer, cara. Se for para ser, será.

Nosso beijo se transformou em uma sessão completa de amassos, e eu aproveitei cada segundo. Suas mãos estavam no meu cabelo, puxando e apertando com força enquanto nosso beijo ficava mais profundo e apaixonado. Os sons suaves saindo dela faziam meu pau sacudir toda vez, e, para impedir que doesse demais, porque era muito bom, eu me pressionei contra ela e movi meus quadris em círculos lentos para aliviar a tensão.

Um grunhido saiu da minha garganta, e ela não era mais a única a mostrar seu prazer. Movi minha mão de sua cintura até a lateral de sua bunda, e quando ela levantou os quadris para encontrar o movimento dos meus, segurei seu traseiro e apertei suavemente para sentir mais dela.

Seu corpo era incrível.

Quadris levemente curvilíneos, cintura fina, em suma, uma forma perfeita.

Mas eu estaria interessado nela independentemente da sua aparência.

Rooney tinha uma alma linda, e o fato de Ira gostar dela era um bônus que aumentava sua beleza.

Os amassos continuaram por um tempo, mas quando coloquei minha mão de volta em sua cintura, ela quebrou o beijo e olhou para mim, tentando recuperar o fôlego enquanto seus lábios inchavam e as bochechas ficavam vermelhas.

No começo, eu pensei que ela ia dizer alguma coisa, mas, quando continuou olhando para mim com desejo e insegurança em seus olhos, eu sabia que era hora de parar. Afastei uma mecha de seu cabelo e coloquei atrás de sua orelha, então me inclinei uma última vez para beijar seus lábios e olhar de volta em seus olhos.

— Que tal um filme e mais um pouco de champanhe? — perguntei, com a voz baixa e rouca.

Ela me observou por um momento, então assentiu e sorriu.

— Ok.

Era o suficiente para esta noite.

Ela claramente não estava confortável em ir além disso, e, para não afastá-la, eu não iria pressioná-la.

Levantei da cama e peguei minha camisa novamente e, enquanto a puxava pela cabeça, senti seus olhos em mim.

— Ou devo ficar sem? — perguntei, brincando.

Ela riu baixinho e balançou a cabeça.

— Não, você pode colocá-la agora. — ela mordeu o lábio inferior enquanto seus olhos se moviam para minha virilha, e eu sabia que o que ela estava vendo poderia ser um pouco chocante. Pelo menos era o que parecia.

Peguei meu pau e o ajustei sob a calça de moletom que estava usando, e, segundos depois, ele não se destacava mais tanto.

— É um elogio — eu disse a ela com um sorriso presunçoso no rosto. Suas bochechas ficaram vermelho vivo, e eu ri enquanto pegava sua mão. — Vem. Vamos ficar confortáveis no sofá.

Ela colocou a mão na minha e, com os dedos entrelaçados, voltamos para a sala.

— Sente. Vou pegar nossas bebidas.

Ela fez como eu disse.

— Posso tomar um copo de água também? — pla pediu.

— É claro. Aqui. Procure algo para assistirmos. — Dei a ela o controle remoto, depois saí para pegar nossas taças e a garrafa de champanhe, que estava quase vazia. Depois de colocar tudo na mesa de centro, voltei para a cozinha para pegar um copo d'água.

Rooney parecia tranquila, mas ainda havia uma insegurança em seu rosto que me incomodou um pouco. Talvez porque eu estava sentindo o mesmo, mas não percebi.

Enquanto eu voltava para o sofá, Rooney sorriu para mim e apontou para a televisão.

— Que tal?

Olhei para a tela e assenti com a cabeça quando vi o nome de um dos meus filmes favoritos.

— Não assisto isso há algum tempo. Por mim tudo bem — eu disse a ela e me sentei ao seu lado.

Rooney bebeu alguns goles de água antes de colocar o copo na mesa de centro e, em seguida, aninhou-se em mim com a cabeça no meu ombro e o braço em volta da minha barriga. Coloquei meu braço em volta dela novamente para mantê-la perto, e, quando ela apertou o *play*, ficamos quietos e curtimos a companhia um do outro sem ter que falar. Não havia constrangimento entre nós, o que me deixou grato, caso contrário, não tinha ideia de como lidar com isso, e fiquei feliz por ela estar confortável o suficiente para ficar aqui mesmo depois dos nossos amassos.

No meio do filme, olhei para o rosto dela e afastei seu cabelo para trás para encontrar seus olhos fechados. Ela moveu a cabeça para o meu colo e se enrolou no sofá da maneira mais doce possível.

Já era tarde e ir para a cama realmente parecia uma boa ideia.

— Rooney — sussurrei.

Ela franziu as sobrancelhas e fez um barulho suave para me avisar que estava acordada.

— Você gostaria de dormir aqui comigo? — perguntei.

Um aceno de cabeça foi o suficiente para eu pegar o controle remoto e desligar a televisão, então cuidadosamente a peguei no colo e a levei para o meu quarto.

Assim que ela estava na cama bem aconchegada, beijei sua testa e sussurrei:

— Já venho.

— Tudo bem — ela sussurrou, e, com mais um beijo, fui para o banheiro para me preparar para dormir.

Terminar o encontro abraçando-a na minha cama era exatamente o que eu precisava. Assim que terminei de escovar os dentes e tirar minha camisa e calça de moletom, fui para a cama com ela e apaguei as luzes.

Rooney se aproximou de mim e passou o braço em volta da minha cintura, e coloquei meus braços em volta dela, beijando sua cabeça.

— Tive uma ótima noite com você, Rooney — falei para ela suavemente.

— Eu também. Boa noite, Wells — ela respondeu, me fazendo sorrir.

— Boa noite, linda.

Capítulo 16

ROONEY

Fazia muito tempo que eu não dormia tão bem. Deitar nos braços de Wells e tê-lo me puxando para mais perto cada vez que me movia era o que eu nunca soube que precisava. Ele não apenas me deixou calma e relaxada, mas também me senti protegida. Algo que nunca senti nos braços de AJ.

O cheiro masculino de Wells encheu meu nariz quando acordei e, mantendo os olhos fechados, aproveitei sua presença antes de termos que sair da cama e começar o dia. No entanto, isso poderia demorar um pouco, pois percebi que ele ainda estava dormindo.

Mantive meus olhos fechados por mais algum tempo, mas o sol começou a brilhar através da janela e em meu rosto. Abri-os devagar e me acostumei com a luz, então olhei para Wells que ainda estava com os olhos fechados, como eu imaginei. Sua respiração era lenta e observei seu rosto relaxado enquanto seu peito subia e descia suavemente.

Como uma pessoa pode parecer tão bonita sem ao menos tentar?

A barba por fazer em sua mandíbula estava ficando mais grossa, mas eu gostava desse jeito, mesmo que ele ficasse tão bonito quanto agora quando se barbeava. Não havia uma coisa que eu não gostasse em sua aparência, o que obviamente não teria me feito não gostar dele caso não se parecesse assim.

Wells tinha uma alma gentil e amável e, por mais carinhoso que fosse, acho que ninguém jamais poderia desgostar dele.

Eu tinha sorte de estar deitada aqui ao lado dele.

Nosso encontro ontem à noite foi incrível, e eu ainda podia sentir seus lábios nos meus e sua língua se movendo contra a minha apaixonadamente. A última vez que beijei alguém assim foi quando AJ e eu ainda não tínhamos percebido que o que quer que sentíssemos ou não, não era o que eu estava sentindo com Wells.

Meu coração batia forte só de pensar nele, e, mesmo estando tão perto, eu queria me aproximar ainda mais.

Era... diferente.

Eu me *sentia* diferente.

No entanto, sabia que não tinha como falar sobre meus sentimentos.

Wells moveu sua mão para a parte inferior das minhas costas e sua outra mão puxou minha perna para cima e sobre seus quadris.

— Bom dia — sussurrou com uma voz grossa e rouca, mantendo os olhos fechados enquanto virava a cabeça para beijar minha testa.

— Bom dia — respondi, deixando minha mão se mover de seu peito até o lado de seu pescoço.

— Você ainda está aqui — ele disse, um pequeno sorriso aparecendo em seus lábios.

— Por que eu não estaria? — perguntei, rindo baixinho. — Você realmente achou que eu iria desaparecer depois daquele lindo encontro que tivemos ontem à noite?

Ele moveu a cabeça para olhar nos meus olhos enquanto seu sorriso se abria ainda mais.

— Eu torci para que você não fosse embora. Nunca se sabe o que se passa na cabeça de outra pessoa.

A menos que eles falem sobre isso.

— Nosso encontro continua hoje e não estou com vontade de sair do seu lado. Ainda não.

Pronto.

Isso deve ter sido o suficiente por um tempo, certo?

— Você é doce demais. — Sua mão se moveu para segurar meu queixo e, ao inclinar minha cabeça para trás, ele teve melhor acesso aos meus lábios.

Seu beijo foi gentil e rápido, mas foi o suficiente por enquanto.

— O que você gostaria para o café da manhã? Agora que Ira não está aqui, posso fazer o que você quiser sem que eu me sinta mal por ele não poder comer certas coisas.

— Surpreenda-me — eu disse a ele, pressionando meus lábios em seu queixo e então me apoiando em meus cotovelos, olhando para ele.

— Tudo bem. E ir para a cidade ainda está marcado para hoje? — Ele perguntou, olhando para mim e puxando meu cabelo para trás.

— É claro. Estou animada — falei enquanto minha animação crescia.

— Que tal você ir se arrumar para o dia lá em cima enquanto eu faço o mesmo e começo o café da manhã? — Wells sugeriu.

Assenti com a cabeça, pensando que era uma boa ideia, já que eu tinha que descobrir o que vestir de qualquer maneira. Não porque eu queria me vestir com a melhor roupa, mas mais porque eu não tinha roupas reais. Eu apenas juntava as peças sem nunca pensar se as roupas combinavam ou não. Mas, para um bom encontro, eu queria parecer decente.

Evie certamente poderia me ajudar.

— Ok. Então você já quer se levantar?

— Você não? — ele perguntou, sorrindo. — Você está gostando bastante disso, hein? Eu não me importaria de ter você de volta na minha cama esta noite, mas, se ficarmos aqui por mais tempo, posso voltar a dormir.

Eu não queria isso, porque sabia que faria o mesmo.

— Eu já volto — falei para ele, beijando seus lábios mais uma vez antes de sair da cama e pegar todas as minhas coisas para subir as escadas.

Uma risada baixa veio dele.

— Vejo você mais tarde — Wells disse em um rosnado sexy, e depois de lhe dar um sorriso doce, mas tímido, saí de seu apartamento para subir as escadas.

Respirei fundo ao entrar em meu apartamento e, assim como vinha fazendo ultimamente, Evie me surpreendeu por já estar acordada. O sorriso largo em seu rosto significava que havia milhares de pensamentos sobre Wells e eu passando a noite juntos em sua mente, mas eu tinha que desapontá-la.

— Nos beijamos, só isso — eu disse a ela enquanto caminhava para o meu quarto para deixar as roupas que vesti ontem à noite caírem sobre a cama.

— *Só isso?* Garota, seu rosto conta uma outra história. — Evie estava na porta com os braços cruzados e as sobrancelhas levantadas. — O que aconteceu?

— Nós nos beijamos, Evie. Demos uns amassos. Incríveis. E eu gostei muito. — Sem chance de esconder isso dela.

— Merda, e ele tem quarenta e dois anos. Talvez eu devesse tentar homens mais velhos algum dia. Você não ficou toda vermelha quando me contou sobre você e AJ *se pegarem.*

— Talvez porque eu não tenha gostado tanto quanto ontem à noite — murmurei.

— Aham — ela resmungou, mantendo o sorriso no lugar. — Então por que você está aqui tão cedo?

— Eu só vou tomar um banho e descer de novo. Vamos tomar café da manhã e depois ir para a cidade — eu disse a ela, sorrindo.

— Você está namorando com ele. E sempre pensei que seria eu quem realmente começaria a namorar primeiro...

Eu ri e balancei a cabeça.

— Acho que isso nunca vai acontecer, Evie. Você adora ser solteira e, de qualquer maneira, não quer filhos ou casamento no futuro.

Ela deu de ombros.

— Verdade. Mas acho que nunca imaginei que você namoraria alguém sério.

Eu também não.

Pelo menos não enquanto ainda estivesse na faculdade.

— Quer escolher uma roupa para mim?

Isso nem foi uma pergunta. Ela já caminhou até a minha cômoda e começou a escolher qualquer coisa que achasse boa.

Deixei Evie sozinha e fui tomar um banho rápido, e quando saí, vi as roupas que ela escolheu espalhadas na cama. Ela escolheu uma saia e uma camisa de gola alta de manga comprida. Estava bom, mas eu teria escolhido uma calça preta. Mas, como eu sempre usava isso, achei que mudar um pouco não faria mal.

— Como foi a festa ontem a noite? — perguntei a Evie enquanto ela voltava para o meu quarto e eu me vestia na frente dela.

Éramos como irmãs, e ver uma à outra nua nunca era grande coisa. Acontece que algumas garotas acharam estranho, já que Evie e eu éramos as duas únicas trocando de roupa sem tentar nos esconder das outras garotas no vestiário da escola. Talvez isso tenha mudado agora.

— Uma loucura. Eu não sabia que Cayla tinha namorado, então foi divertido de se ver. Fora isso, foram as mesmas coisas de sempre. Muito álcool e a música estava muito alta.

— Você saiu tão cedo que já acordou? — perguntei, abotoando a saia na frente. Era uma linda saia laranja de veludo que comprei um tempo atrás, mas nunca usei. Era perfeita para o outono e combinava com a gola alta cinza por cima.

— Mais ou menos. AJ e Jonathan me trouxeram de volta porque tinham que ir a algum lugar.

Balancei a cabeça, me virando e olhando no espelho para ver como eu estava.

— Gostou? — ela perguntou, deixando seus olhos passearem pelo meu corpo.

Assenti com a cabeça e puxei a saia um pouco para ajustá-la.

— Acho que ficou legal. Que sapatos devo usar?

Evie franziu os lábios e pensou por um tempo antes de sair do meu quarto. Depois de pegar a mochila que costumava usar em vez de uma bolsa, segui Evie até a porta da frente, onde guardávamos todos os nossos sapatos.

— Que tal estes? — ela perguntou, segurando um par de tênis cinza claro.

— Não uso isso há algum tempo, mas tudo bem. — Eu os coloquei e me examinei uma última vez antes de me virar para Evie e abraçá-la com força. — Obrigada. Vejo você em breve. Provavelmente amanhã — eu disse, sorrindo para ela.

— Divirta-se! E lembre-se de que você não toma pílula!

Revirei os olhos, mas tive que rir de seu comentário.

Ao chegar ao apartamento de Wells, bati na porta e entrei para ver se ele ainda estava no chuveiro ou não.

— Sou eu! — chamei, esperando na porta apenas no caso de ele não querer que eu simplesmente entrasse.

— Estou na cozinha! — Wells respondeu.

Depois de fechar a porta atrás de mim, caminhei pelo corredor até a cozinha e o vi completamente vestido com uma calça preta e um moletom cinza escuro. Wells estava ótimo, mesmo que o que estivesse vestindo fosse simples. Seu cabelo estava úmido, mas já começava a cachear nas pontas, o que o deixava ainda mais bonito.

Merda. Eu estava encarando de novo.

— Você está linda — ele disse, tirando-me dos meus pensamentos e sorrindo para mim com aquele sorriso encantador.

— Obrigada. Você também está ótimo — respondi.

Ele acenou com a cabeça para a mesa e, quando olhei para ela, notei rabanada polvilhada com canela e algumas frutas frescas por cima.

— Você fez isso? — perguntei admirada. — Parece delicioso!

— Minha especialidade. Mas eu posso cozinhar praticamente qualquer coisa que você me pedir.

Eu ri baixinho e me aproximei dele para colocar meus braços em volta de sua cintura enquanto ele fazia os ovos mexidos.

— Você é incrível. Muito obrigada por preparar o café da manhã para mim.

— Não conte a ninguém, mas estou fazendo isso para impressionar você — ele sussurrou e piscou para mim.

— Bem, você já tinha me impressionado daquela vez que fez o mousse de chocolate amargo. Mas continua me surpreendendo.

Wells sorriu, se inclinou para beijar minha bochecha e então acenou de volta para a mesa.

— Sente-se. Eu já vou.

Não pude deixar de beijar seus lábios antes de fazer o que ele me disse, mas, em vez de ser um beijo rápido nos lábios, ele aprofundou o beijo e o transformou em um longo e apaixonado.

Wells definitivamente sabia o que estava fazendo, sem dúvida.

Mas, aos poucos, comecei a pensar que não havia nada que eu pudesse fazer para impressioná-lo ou surpreendê-lo. Ou para mostrar a ele que não era o único que se esforçava. Mas eu não era tão boa cozinheira quanto ele, e com certeza não era boa em expressar meus sentimentos.

Ainda assim, eu esperava que apenas ser eu mesma e mostrar a ele algum afeto fosse o suficiente. Se não fosse, eu teria certeza de que algo não estava certo com ele.

Sentei-me à mesa e olhei para toda a comida deliciosa que Wells havia colocado nela em um curto espaço de tempo – ou talvez eu não tivesse percebido quanto tempo eu estava lá me preparando e conversando com Evie.

Quando colocou o prato com os ovos mexidos na mesa, seu telefone tocou.

— Provavelmente é Ira. Ele gosta de me avisar que está bem e se divertindo na casa da vovó — explicou, sentando-se à mesa e atendendo.

— *Oi, papai!* — A doce voz de Ira veio pelo alto-falante, e Wells colocou o celular na mesa para apoiá-lo em sua xícara de café.

Eu estava sentada em frente a ele, mas logo percebi que ele estava fazendo uma videochamada.

— Oi, amigão! Está se divertindo? — ele perguntou.

— *Sim! A vovó e eu pintamos ontem* — Ira disse, e observei Wells olhar para a tela.

— Ah, uau! E desenhou eu e você?

— *E Rooney. Veja!*

Isso me pegou de surpresa e meu peito imediatamente aqueceu.

Meu Deus, aquele garotinho já havia encontrado um lugar no meu coração.

Wells olhou para mim com uma expressão preocupada, mas, quando percebeu que eu não me importava que Ira me incluísse em seu retrato de família, ele sorriu.

— Estou vendo. Que lindo, cara! O que você está fazendo hoje? —

Wells perguntou, apontando para o meu prato para me dizer para começar a comer.

— *Não sei. A vovó quer falar com você* — Ira disse, então ouvi seus passinhos batendo no chão. — *Aqui, vovó* — ele falou, e a expressão de Wells mudou de repente.

— *Ele mostrou a você o que pintou ontem à noite?* — uma voz de mulher perguntou, e Wells visivelmente se encolheu.

Será que ele estava desconfortável com sua mãe sabendo que ele estava namorando comigo?

Provavelmente.

Eu também não iria querer meus pais ao telefone quando ele estivesse por perto, porque algo estranho e embaraçoso poderia ser dito.

— Ele mostrou, sim. Tem algo que você precisa me dizer? — ele perguntou.

— *Sim. Importa-se de trazer as botas de chuva do Ira? Eu estava pensando em levá-lo ao zoológico e não quero deixar seus tênis brancos sujos e enlameados.*

— Ahn, sim, claro. Estou tomando café da manhã, mas passarei aí logo depois.

— *Ok. Traga sua namorada com você. Não tente escondê-la de mim* — ela disse, sua voz severa.

Wells olhou para mim com um sorriso de desculpas, e eu sorri de volta para que soubesse que não havia nada pelo qual ele deveria se desculpar.

— Vejo você mais tarde, mãe. Tchau.

Eles desligaram e Wells colocou o celular de lado.

— Sua mãe parece legal — disse a ele, finalmente começando com o café da manhã.

— Ela pode ser um pouco direta às vezes. Você não se importa se formos até a casa dela antes de irmos para a cidade, não é?

— Não, tudo bem por mim. Eu adoraria conhecer sua mãe.

— Sem dúvida ela vai gostar de você. Vai ser como a primeira vez que trouxe uma garota para casa.

Eu sorri com isso, me sentindo bem com o fato de que eu era a primeira garota em muito tempo que ele apresentava para sua mãe.

Capítulo 17

WELLS

O café da manhã não foi tão longo quanto eu queria, para poder passar um pouco mais de tempo sozinho com Rooney. Mas como Ira precisava de suas botas para ir ao zoológico, não queria que ele esperasse muito.

Terminamos o café da manhã e Rooney me ajudou a limpar tudo, o que achei muito gentil da parte dela, e depois de pegar as botas de Ira, descemos as escadas para o meu carro.

Abri a porta para ela, e, com um sorriso suave Rooney, me agradeceu baixinho antes de entrar.

— Deixe-me levar isso para você — ela disse, pegando as botas das minhas mãos.

— Obrigado. Só mais uma dica para você, para facilitar a compra de um presente para Ira — eu disse, apontando para as galochas cobertas de super-heróis.

Ela riu baixinho e assentiu.

— Na verdade, já tenho algo em mente que acho que ele vai adorar.

— É mesmo? Quer me contar?

— Não. Vai ser uma surpresa e não quero arriscar que você conte a ele — ela disse com um sorriso.

— Eu nunca faria isso — falei, cobrindo meu peito com a mão como se ela tivesse acabado de ferir meus sentimentos.

Rooney riu e balançou a cabeça, então gentilmente me empurrou para longe dela.

— Entre. Ira está esperando por suas botas.

Fechei a porta e dei a volta no carro para entrar. Assim que colocamos os cintos de segurança, saí do estacionamento e fui para a rua.

— O zoológico. Já faz um tempo desde que eu o levei lá. Às vezes sinto como se não tivesse ideias sobre o que Ira e eu poderíamos fazer juntos. Há tantos lugares que eu poderia levá-lo, mas, de um jeito ou de outro, sempre acaba sendo o parque.

— Tenho certeza de que ele não está reclamando disso. Além disso, as avós são sempre mais divertidas — Rooney disse.

— Você está certa sobre isso. Mas você não gostava dos seus dias com seus pais enquanto eles montavam em touros fantasiados de palhaços? — brinquei.

Ela riu.

— Ei, eu tinha esperanças de que você não tocasse mais nesse assunto.

— Eu acho ótimo o que eles fazem. Um pouco perigoso, mas divertido. Depois que você conhecer minha mãe hoje, eu definitivamente quero conhecer seus pais em breve.

Senti seus olhos em mim e, quando virei minha cabeça para encontrar seu olhar, ela estava sorrindo.

— Você quer conhecer meus pais?

Dei de ombros.

— Acho que estamos indo nessa direção de qualquer maneira, não estamos?

— Sim, eu acho que sim. — Ela mordeu o lábio inferior e eu me virei para olhar para a rua à minha frente novamente.

— O que eles vão pensar sobre você sair com um cara que poderia facilmente ser seu pai?

Ela ficou quieta por um tempo e, quando parei em um sinal vermelho, virei-me para olhá-la novamente e vi suas sobrancelhas franzidas.

— Não tenho certeza. Eles são abertos sobre a maioria das coisas, mas isso pode ser um choque, já que meu pai é apenas um ano mais velho que você.

Eu conseguia entender como isso poderia ser um pouco perturbador para os pais dela. Mas desde que Rooney não tivesse nenhum problema com isso, não havia nada com que eu tivesse que me preocupar.

Estendi o braço para colocar minha mão em sua coxa e apertei-a suavemente para aliviar sua preocupação.

— Não é como se tivéssemos que encontrá-los agora. Quando você estiver pronta — eu disse a ela.

Ela balançou a cabeça e sorriu.

— Ok.

Alguns minutos depois, chegamos na casa da minha mãe. Antes de sair do carro, eu me virei para olhar para Rooney mais uma vez.

— Ela vai fazer muitas perguntas, e George provavelmente vai franzir a testa para você o tempo todo, mas isso é a cara dele mesmo. Ele não está julgando, apenas observando.

Ela riu e abriu a porta.

— Vai ficar tudo bem, Wells. Estou animada para conhecê-los.

Eu tinha que ter certeza que ela não iria me deixar depois de conhecer minha mãe e perceber o quão intensa ela poderia ser, então me inclinei e agarrei seu queixo com força antes de beijar seus lábios. Ela me beijou de volta, sorrindo contra meus lábios e deixando a porta fechar novamente para que pudesse colocar a mão no meu peito.

Eu fiquei pensando se estaria tão nervoso se fosse qualquer outra garota que eu estivesse trazendo para a casa da minha mãe. Parecia certo trazer Rooney aqui, e eu sabia que minha mãe iria gostar dela. Além disso, Ira também ficaria feliz em vê-la novamente depois de fazer aquele desenho com ela ao meu lado.

Eu quebrei o beijo e olhei em seus olhos para ver o brilho dentro deles ficar mais forte.

— Última chance de correr e se esconder — sussurrei.

— Vai sonhando — ela respondeu com um sorriso.

Eu a observei sair do carro e esperar que eu fizesse o mesmo, e, assim que tive forças, caminhei até ela.

Chegamos à porta e eu bati antes de abri-la.

— Sou eu! — gritei, para ter certeza de que eles não se assustariam com alguém entrando na casa.

Dava para ouvir os passos de Ira a metros de distância e, quando ele apareceu no corredor, sorriu e correu para mim com os braços abertos.

— Papai!

— Oi, amigão — disse, pegando-o no colo e beijando sua bochecha. — Como foi a sua manhã?

— Boa. Vamos ao zoológico! — ele anunciou.

— Que legal! Sorte que trouxe suas botas para que você possa se sujar hoje, hein?

Ele olhou para Rooney e só então percebeu que ela também estava ali.

— Oi, Rooney! — Ira falou um pouco alto demais e muito perto do meu ouvido, acenando para ela, embora Rooney estivesse bem ao meu lado.

— Olá, rapazinho. Gostei da sua camisa — ela disse, cutucando a barriga de Ira gentilmente.

— É o Flash. Ele é muito rápido! — Ira respondeu, e eu sorri com a pequena interação deles.

Mas a verdade é que tudo o que eles faziam juntos fazia meu coração derreter, o que – um – era um bom sinal, e – dois – me mostrava que Rooney era a garota certa para trazer na casa da minha mãe.

— Super-rápido, hein? — Rooney acrescentou, então seus olhos se moveram de Ira para minha mãe que estava caminhando em nossa direção.

— Ah, você deve ser Rooney. Vou tentar o meu melhor para não tornar isso estranho para vocês dois, mas é um prazer conhecê-la, querida. Eu sou Elsa — ela a cumprimentou, e a doce garota que era, Rooney se aproximou e abraçou minha mãe para cumprimentá-la.

— É um prazer conhecê-la, Elsa.

— Eu percebi pelo desenho que Ira fez que você era bonita, mas você é linda!

Pela primeira vez, concordei com minha mãe.

— Vocês gostariam de tomar uma xícara de café? Vocês não estão com pressa, estão?

Olhei para Rooney para deixá-la decidir se queria passar um pouco mais de tempo aqui antes de ir para a cidade, e o sorriso em seu rosto foi o suficiente para eu saber que ela estava tranquila em ficar mais um pouco.

— Claro — eu disse, deixando Ira se afastar para que pudesse voltar para o que quer que estivesse fazendo antes de chegarmos.

— Sentem-se. Já volto — minha mãe disse quando chegamos ao sofá.

Sentei-me com Rooney e sorri para ela, para garantir que estava tudo bem para mim, pois senti que transpareci algo diferente no carro.

— Papai, olha!

Ira voltou correndo para nós com um desenho em cada mão.

Ele deu um a Rooney e outro para mim.

— É o zoológico e os animais são super-heróis.

Algumas pessoas poderiam dizer que ele falava um pouco demais sobre super-heróis, mas eu amava sua admiração e obsessão por esses personagens, então por que eu o impediria de amá-los?

— Todos os animais têm capas — Rooney apontou, fazendo Ira sorrir.

— Estão incríveis, amigão. Você é um profissional — eu disse a ele.

— Como a Rooney?

— Melhor ainda! — ela respondeu, sabendo exatamente como fazer uma criança feliz. — Você tem que me ensinar a desenhar esses animais algum dia. Que tal isso?

Ira assentiu e olhou para nós com os olhos arregalados.

— Vocês também vão ao zoológico?

Olhei para Rooney com um olhar questionador, e ela sorriu para mim e deu de ombros, dizendo que não se importaria de passar o dia com minha família.

— Claro, parece divertido — eu disse a ele, passando minha mão por seu cabelo selvagem. Não adiantava tentar arrumar os cachos dele, pois nunca ficavam como eu queria

— Eba! Vovó, papai e Rooney vão ao zoológico conosco! — ele gritou, então correu de volta para a cozinha.

Eu ri e me inclinei para trás; em seguida, coloquei a mão nas costas de Rooney, movendo-a para cobrir sua nuca.

— Mudança de planos — eu disse.

Ela virou a cabeça para olhar para mim, sorrindo e aparentemente animada.

— Eu não me importo. Vai ser ótimo.

Mantive minha mão enterrada no cabelo de Rooney enquanto minha mãe voltava para a sala com uma bandeja nas mãos e xícaras sobre ela.

— Vocês vêm com a gente? — ela perguntou.

— Sim. Estávamos pensando em passar o dia na cidade, mas o zoológico parece divertido também — comentei.

Minha mãe assentiu e sentou-se no outro sofá e, enquanto nos servia com café, George entrou na sala.

— Ah, George, esta é Rooney — minha mãe apresentou.

Ele olhou para ela e acenou com a cabeça, depois sentou-se ao lado de minha mãe e deu a Rooney um sorriso rápido.

— Prazer em conhecê-la.

— Igualmente — ela respondeu, sorrindo de volta para ele.

Finalmente tirei minha mão de seu cabelo e me endireitei novamente para tomar um gole do meu café.

— Então, Rooney, você estuda arte?

— Sim, estudo. História da arte, para ser exata. Sempre adorei pintar — explicou.

— Ira me contou sobre vocês dois passando um dia juntos e desenhando. Isso foi legal da sua parte. Você é vizinha deles, certo?

Eu queria dizer isso quando falei que ela poderia ser um pouco irritante e intensa. Minha mãe estava perguntando coisas para as quais já sabia a resposta porque ou eu contei a ela ou Ira delatou, mas enquanto Rooney concordasse com isso, eu as deixaria falar.

— Sim, fui morar com minha melhor amiga há algumas semanas e foi assim que conheci Wells e Ira.

— Quantos anos você tem, Rooney? — George perguntou, mudando de assunto em um instante.

— Tenho vinte anos — ela respondeu, mantendo-se calma e amigável.

— E você já namorou um cara com o dobro da sua idade antes? — ele perguntou.

Como isso estava me deixando mais desconfortável do que ela?

— George, não faça essas perguntas — minha mãe sibilou, dando a Rooney um sorriso de desculpas. — Você não tem que responder a ele. A idade é apenas um número e posso dizer que vocês estão felizes.

— Está tudo bem. Não me importo que Wells seja mais velho. Eu realmente gosto dele — Rooney disse, olhando para mim com um sorriso gentil.

Eu sorri de volta e apertei sua coxa antes de olhar para minha mãe para mudar de assunto mais uma vez, no caso de George sentir vontade de fazer outra pergunta idiota. Ele era um cara legal, mas às vezes era um pouco cético.

— O que Ira comeu?

Eu sabia que ela tomava cuidado para não dar a ele coisas que aumentassem seus níveis de insulina, mas gostava de ter certeza, por precaução.

— Ontem à noite comemos uma salada de cuscuz com peito de frango e legumes. E esta manhã ele comeu uma fatia de pão com manteiga e um pouco de mel. Também fiz um suco verde para ele — ela disse.

— Suco do Hulk, vovó! — Ira a corrigiu, nos fazendo rir.

— E você gostou do cuscuz, Ira? Eu acho que você nunca comeu isso antes — perguntei a ele, puxando-o para mim, para ficar entre minhas pernas.

— Gostei muito — meu filho respondeu, pressionando as mãos contra meu rosto para se divertir. — Você está engraçado, papai — ele disse, rindo e pressionando mais o meu rosto.

— Estou? Vamos ver se você fica engraçado assim também.

Segurei seu queixo com uma mão e gentilmente apertei suas bochechas juntas com meu polegar e indicador.

— Você parece ainda mais engraçado — falei para ele com um sorriso.

Ira riu de novo e empurrou minha mão, então se arrastou para o meu colo e se sentou nele.

Rooney estava nos observando com um sorriso doce, e dei a ela um olhar rápido para que soubesse que eu gostava de sua presença aqui, mesmo que eu ainda não tivesse me ajustado ao fato de que ela já havia conhecido minha mãe.

Não era uma coisa ruim, só não pensei que esse momento chegaria.

— Podemos ir ao zoológico agora? — Ira perguntou.

— Você precisa calçar suas botas primeiro — eu disse a ele, beijando sua cabeça e pegando o sapato ao lado do sofá.

— Eu coloco.

Ele saiu do meu colo novamente e sentou-se no chão para colocá-las e, enquanto o fazia, Rooney e eu terminamos nossos cafés.

— Você vem conosco, George? — perguntei, mas ele balançou a cabeça.

— Vou encontrar meu irmão para almoçar mais tarde. Tenham um bom dia no zoológico.

Enquanto ele levava a bandeja de volta para a cozinha, fomos até a porta da frente, onde peguei a jaqueta de Ira.

— Podemos ir com o meu carro — disse à minha mãe, e ela assentiu enquanto calçava os sapatos.

— Você está animado para ver os animais? — Rooney perguntou, sorrindo para Ira.

Ele assentiu com os olhos arregalados.

— Qual é o seu favorito?

Demorou um pouco para ele decidir, mas então respondeu:

— O leão!

— Boa escolha! São lindos, não?

— E fortes! — Ira acrescentou.

— Isso é verdade. Tenho certeza de que veremos alguns leões hoje — Rooney disse, olhando para mim.

Sorri para ela e coloquei minha mão em suas costas para acompanhá-la para fora de casa e, enquanto descíamos as escadas para chegar ao carro, beijei sua têmpora.

— Eu mal posso esperar para ter você para mim novamente esta noite — sussurrei, pressionando mais um beijo no lado de sua cabeça.

Suas bochechas ficaram em um tom suave de rosa.

Mesmo sem se esforçar muito, ela estava me fazendo sentir todos os tipos de coisas.

Puta merda.

Capítulo 18

ROONEY

No fim, ir ao zoológico não foi uma má ideia.

Não venho aqui há anos e gosto de animais, então foi um bônus.

Ira estava todo animado e pulando depois que pegamos nossos ingressos e passamos pelo portão, e Elsa já teve que começar a persegui-lo para garantir que não se perdesse.

— É bom não ter que correr atrás dele pela primeira vez — Wells disse com um sorriso estampado no rosto.

Eu ri baixinho e olhei para ele.

— Pobre vovó — comentei.

— Ei, foi ideia dela vir aqui.

Ele pegou minha mão e entrelaçou nossos dedos, e eu me inclinei contra ele enquanto seguíamos Ira e Elsa ao longo do caminho que nos levava aos primeiros animais.

— Olha, papai! Timões! — Ira gritou, apontando para as adoráveis criaturinhas.

— Alguém viu "O Rei Leão" — eu apontei, e Wells riu.

— São suricatos, amigão — ele disse ao filho, e vimos Ira se aproximar do vidro e encostar a testa nele para ver melhor.

— Eles parecem engraçados quando se levantam — Ira nos disse.

— Parecem, não é mesmo? Eles também são muito travessos.

Ira se virou e franziu a testa para nós, então apontou para si mesmo e disse:

— Eu não sou assim. Eu sou muito bom.

Sorri com seu próprio reconhecimento e Wells assentiu com orgulho.

— Você é mesmo — ele concordou.

Eu não tinha ideia de como era sentir orgulho de seu filho, mas sabia que devia ser maravilhoso. Wells era um ótimo pai, e ter criado Ira sozinho era algo incrível. Mães e pais solteiros lidavam com tantas coisas, mas superavam qualquer obstáculo com força e grandeza.

Continuamos a andar e parar ocasionalmente em qualquer recinto em que Ira quisesse, mas, por mais fascinado que ele estivesse, nós, adultos, também estávamos.

— Você já montou em um elefante? — Wells perguntou e apertou minha mão gentilmente.

— Sim, quando eu era pequena. Foi em um zoológico diferente, mas lembro que foi incrível. Vocês?

Ele assentiu.

— Sim, eu também. Me pergunto se Ira gostaria de dar uma volta. Ele não gosta muito de altura, mas acho que se souber que estou bem atrás dele, tudo bem.

— Tenho certeza que o fato de ele estar sentado em um elefante é o suficiente para afastar sua mente da altura.

— Verdade. Ei, amigão! — Wells chamou, e Ira parou de andar e se virou para olhar para o pai.

Wells soltou minha mão e o pegou, então paramos de andar e ele apontou para um outdoor com elefantes.

— O que você acha? Devemos montar em um elefante? — Ele perguntou, e os olhos de Ira imediatamente se arregalaram.

— Em um elefante? — ele perguntou, seu fascínio crescendo.

— Sim, que tal?

Ira assentiu e apontou para os elefantes no outdoor.

— Podemos ir agora?

— Claro — Wells respondeu, sorrindo e beijando sua bochecha. — Talvez possamos levar a vovó para passear conosco.

— De jeito nenhum — Elsa disse, balançando a mão para o filho. — Vocês três vão e eu tiro algumas fotos — ela sugeriu.

— Você também vem, Rooney? — Ira perguntou.

— Eu adoraria!

Fomos para onde os elefantes andavam por uma área simulando a selva indiana com muitas árvores e chão lamacento.

— Uau!

Ira notou o tamanho dos animais e não conseguia parar de olhar para eles.

— Lindos, não é mesmo? Tenho certeza de que você poderá tocá-lo assim que estivermos lá em cima — Wells disse a ele.

— Deixe-me pegar sua mochila, querida — Elsa disse, estendendo a mão e eu dei a ela com um sorriso agradecido.

— Isso é gentil da sua parte. Obrigada, Elsa — agradeci.

— De nada — ela respondeu, sorrindo de volta para mim.

Subimos as escadas onde já havia uma fila formada e esperamos até chegar a nossa vez.

— Pronta? — Wells perguntou enquanto olhava para mim e eu assenti.

— Vai ser divertido.

Finalmente chegou a nossa vez de sentar nas costas do elefante, e um dos tratadores instruiu Wells a se sentar atrás, eu bem na frente dele e Ira na minha frente.

Ira não se importou que Wells não estivesse logo atrás dele, e fiz questão de segurá-lo com força enquanto ele segurava firmemente o cobertor em que estávamos sentados. Wells nos envolveu e nos segurou ainda mais com seus braços fortes.

Foi ótimo e adorei quanta confiança Ira – mas também Wells – tinha em mim.

— Aqui vamos nós, segure firme, amigão! — Wells disse a Ira.

Ele estava rindo quando o elefante começou a se mover lentamente e, antes de desaparecermos na selva, Elsa gritou para nós acenarmos para a câmera.

Fizemos isso e Ira logo notou o macaco correndo e subindo livremente em volta das árvores.

— Macacos!

— Ah, eles são incríveis, hein? — Wells perguntou enquanto me puxava mais apertado contra seu peito.

Eu estava confortável ali e estava me divertindo enquanto passava o dia com sua família. Ira era alegre, o que nos deixava felizes também, e o brilho de seus olhos me levava de volta à minha própria infância.

— Está vendo aqueles macacos nas árvores? — O tratador, certificando-se de que o elefante estava indo na direção certa, nos perguntou, olhando para cima.

Nós assentimos com a cabeça, então ele continuou a nos contar tudo sobre eles e a própria selva. Foi bom ter algum conhecimento enquanto nos divertíamos, e eu tinha certeza de que muitas das coisas que Ira aprendeu hoje ficariam com ele para sempre.

WELLS

 Eu queria manter meus braços em volta dela e abraçá-la com força enquanto ela segurava Ira. O passeio de elefante foi incrível e, quando voltamos ao chão, encontramos minha mãe em um banco, esperando.

 — Pareceu muito divertido, Ira! Como foi? — ela perguntou.

 — Muito legal!

 Eu ri e agarrei a mão de Rooney novamente, então balancei a cabeça em direção à placa que indicava o caminho para a floresta tropical e todos os animais que viviam lá.

 — Que tal irmos conhecer alguns sapos e cobras? — perguntei a Ira. Ele assentiu e rapidamente agarrou minha outra mão para nos puxar em direção ao prédio.

 Passamos a tarde olhando répteis e depois os grandes felinos e como eles eram alimentados. Ira ficou um pouco assustado no início, mas, quando percebeu que não havia como aqueles leões e tigres saírem de seus cercados, ele ficava bem na frente contra o vidro olhando para cada um deles e lhes dando nomes, como qualquer criança faria.

 — Papai, estou com fome — ele me disse assim que passamos pelas zebras e cangurus, e eu o peguei depois de largar a mão de Rooney.

 — Podemos comer no restaurante do zoológico onde podemos observar tartarugas e peixes. O que você acha? — perguntei a ele.

 — Ok.

 Eu me virei para olhar para minha mãe e Rooney, e ambas concordaram em jantar no zoológico. Já que estávamos aqui mesmo, queria que Ira tivesse a melhor experiência.

 Chegamos ao restaurante e fomos levados para uma mesa ao lado do grande tanque que cercava os convidados. O vidro era alto o suficiente para evitar que as crianças caíssem ou jogassem coisas dentro da água, então não tinha problema Ira ficar de pé na cadeira para ver mais de perto enquanto eu mantinha minha mão em suas costas para me certificar de que ele não cairia.

 — Foi uma boa ideia trazê-lo aqui hoje, mãe.

 — Estou feliz que vocês dois vieram conosco. Ele não poderia ter feito a maioria das coisas se viesse sozinho comigo.

 Ela quis dizer montar em um elefante e entrar na parte em que podíamos alimentar animais menores e mais amigáveis.

— Nós também nos divertimos — Rooney disse a ela.

Elas conversaram um pouco enquanto eu corria atrás de Ira ou o ajudava a descer no escorregador do parquinho. Eu as observei um pouco e percebi que já gostavam uma da outra.

— Rooney é uma garota muito doce. Estou feliz por vocês dois terem se encontrado — minha mãe disse, como se Rooney não estivesse ali ao lado dela.

Felizmente, eu não era o único a gostar de sua companhia, e muitas vezes vi Ira pegar a mão de Rooney e apenas segurá-la enquanto caminhávamos pelo zoológico.

Foi adorável.

Merda, eu mal podia esperar até tê-la só para mim novamente esta noite.

Como se tivesse lido minha mente, ela estendeu a mão para acariciar o braço de Ira para chamar sua atenção.

— Você vai passar a noite na casa da vovó de novo, querido? — ela perguntou.

Ira assentiu e olhou para mim com um olhar sério.

— Não se preocupe, papai. Volto amanhã, ok?

Nós rimos de sua preocupação comigo, e eu me inclinei para beijar sua bochecha e assegurar que estava tudo bem para mim.

— Tudo bem. Divirta-se na casa da vovó hoje à noite. Nós nos vemos amanhã.

Não tivemos que esperar muito pela comida e, como estava deliciosa, acabou tão rápido quanto chegou à nossa mesa. Estávamos todos cheios e Ira estava ficando cansado lentamente, o que era um sinal para irmos embora.

Na saída, virei-me para o zoológico e disse a Ira para se despedir dos animais, e como ele deu nomes à maioria deles, tive que ficar ali esperando até que se despedisse de pelo menos dez deles.

— Ele é muito fofo — ouvi Rooney dizer para minha mãe, que concordou alegremente.

— Wells era exatamente igual quando pequeno.

Não me lembrava de como eu era quando criança, mas pelo que minha mãe sempre me contava, eu sabia que era parecido com Ira agora. Eu fui uma criança calma, e não ter irmãos também não foi tão ruim, mas sempre me perguntei como seria se Ira tivesse um irmãozinho ou irmãzinha.

— Tchau, todo mundo! — Ele finalmente terminou de se despedir de todos os seus novos amigos e, quando me virei, Rooney estava sorrindo docemente para mim.

Minha mãe já estava passando pela saída e, quando me aproximei de Rooney, dei um beijo em sua testa antes de sair também.

Ela com certeza mexeu comigo, e sabendo que Ira também gostava dela seria difícil se eu decidisse deixá-la ir. Mas não era meu plano.

Voltamos para a casa de minha mãe e, como Ira adormeceu em sua cadeirinha, eu disse a Rooney que voltaria logo e o carreguei escada acima até seu quartinho.

— Papai — ele sussurrou, seus olhos se abrindo ligeiramente.

— Sim, amigão? — Coloquei-o na cama depois de verificar rapidamente sua bomba de insulina.

— Você vai ter uma festa do pijama com a Rooney?

Caramba, garoto.

Ele sempre soube exatamente o que estava acontecendo. Mas, felizmente, ele não tinha ideia do que os adultos faziam nas festas do pijama.

Eu sorri e assenti.

— Sim. Você se divertiu hoje no zoológico? — pedi para mudar de assunto.

— Sim, eu gostei dos leões — ele disse, sua voz quase um sussurro.

—Eles foram ótimos, hein? Durma agora. Eu venho buscá-lo quando você me ligar amanhã de manhã, ok?

Ele acenou com a cabeça e, assim que dei um beijo em sua testa, ele tinha uma última coisa a dizer.

— Eu gosto da Rooney.

Claro que sim.

Como ele não poderia não gostar? Ela era incrível.

Eu sorri e acariciei seu cabelo mais uma vez.

— Eu também. Durma bem, cara. Eu amo você.

— Eu amo você — ele respondeu, fazendo meu coração derreter.

Essa foi a primeira vez que ele realmente respondeu sem usar "ok" como resposta. Ira estava lentamente começando a entender que aquelas três palavras tinham muito significado, e eu já estava animado para dizer a ele novamente só para ouvi-lo dizer de volta.

Saí do quato e desci as escadas para ver minha mãe conversando com Rooney. Quando elas me notaram, ela colocou a mão no braço de Rooney e sorriu, sussurrando algo para ela antes de se virar e voltar para casa.

— Ira está dormindo? — ela perguntou.

— Sim, mas tenho certeza que ele vai querer um pouco de água em breve. Obrigado por hoje, mãe. Vejo você amanha.

Inclinei para beijá-la no rosto e, depois que ela se despediu de Rooney novamente, entramos no carro e partimos.

Respirei fundo e olhei para Rooney, que estava sorrindo para as mãos no colo.

— Você está feliz? — perguntei, alcançando suas mãos e apertando-as com força.

— Sim, muito feliz. Você? — Ela olhou para mim, me observando de perto enquanto eu me concentrava na estrada.

— Sim, eu estou feliz. Estou feliz que você veio hoje. Você ganhou muito mais pontos com Ira.

Ela riu baixinho e virou a mão para entrelaçar os dedos com os meus.

— Eu me diverti muito. Não me importaria de fazer tudo de novo — ela me disse.

Nem eu, e já estava secretamente planejando outro passeio divertido apenas para nós três.

Capítulo 19

ROONEY

Chegamos ao prédio e saímos do carro.

— Se importa se eu for pegar algumas coisas do meu quarto? Eu já volto — eu disse a ele quando paramos na frente de sua porta.

— Claro, não tenha pressa — Wells respondeu, colocando a mão na minha cintura e beijando minha bochecha suavemente. — Estarei esperando.

Assenti com a cabeça e subi correndo para entrar em meu próprio apartamento. Quando percebi que Evie não era a única lá dentro, parei para verificar os casacos no cabide e ver se reconhecia algum deles. Mas, assim que olhei para todos eles mais de perto, uma garota saiu do meu quarto, surpresa ao me ver.

— Ah, você é Rooney, certo? Usei seu banheiro, espero que não se importe — ela disse.

— Uhm, não, tudo bem — respondi com um sorriso, sendo muito gentil como sempre. — Sinto muito, mas qual é o seu nome?

— Eu sou Dana. Na verdade, já nos conhecemos antes em uma festa de fraternidade. Você provavelmente não se lembra de mim.

Não lembro mesmo.

— Desculpe — eu disse com um sorriso. — Quem mais está aqui? — perguntei, olhando para a sala de estar, mas não vendo muito além da grande pintura que Evie uma vez fez e nunca encontrou um lugar para pendurar.

— Evie, Jonathan e AJ.

O último nome me chamou a atenção.

— Ah, então você está com o Aiden?

Dana franziu os lábios e deu de ombros, insegura, mas obviamente feliz com a ideia de sair com ele.

— Dana, por que está demorando tanto? — Ouvi Aiden chamar da sala de estar, e logo depois ele virou o corredor, bonito como sempre. — Rooney, oi. Eu estava me perguntando por onde você tem andado — ele disse, sorrindo para mim.

Evie não disse a ele que eu estava com Wells?

Dana caminhou até ele e colocou a mão em seu peito, sorrindo para ele e inclinando a cabeça para o lado.

— Espero que vocês não tenham começado a assistir o filme sem mim — ela ronronou, rapidamente me mostrando seu outro lado.

— Não. Vá se sentar, eu já vou — ele disse, mantendo seus olhos em mim.

— Não demore muito — Dana acrescentou, me dando uma última olhada e saindo.

Eu dei a ele um sorriso rápido e entrei no meu quarto para pegar uma calcinha limpa e uma camisa limpa para dormir.

— Vocês dois estão namorando? — perguntei, me questionando por que eu estava interessada.

— Você se importa?

Eu fiz uma careta para AJ enquanto ele se inclinava contra a porta com os braços cruzados sobre o peito.

— Por que me importaria? Ela parece legal — eu disse a ele, virando-me para pegar um par de meias limpas.

— Ela é. Ela é muito legal. Mas não é nada comparada a você, Rooney.

Fiz uma expressão séria e me virei para olhar para ele novamente.

— Achei que já tínhamos deixado isso para trás, Aiden. — Minha frustração estava lentamente crescendo em mim, e eu esperava que ele não desse muita importância a isso.

— E deixamos. Estou apenas relatando fatos. Parece que nenhuma outra garota que conheço é tão fascinante quanto você, e estou tendo um pequeno problema com isso. Me incomoda saber que não conseguimos fazer as coisas darem certo.

Suas palavras fizeram algo no meu peito doer, e ainda que gostasse de sua honestidade, eu precisava que ele parasse imediatamente.

Nós tínhamos terminado.

Caramba, as coisas nunca deram certo entre nós.

— Acho que não devíamos mais falar sobre isso, Aiden. Fosse o que fosse que tínhamos... não deu certo. E não tenho certeza se algum dia daria. Estou saindo com alguém e...

— E você acha que com ele saberá exatamente o que quer? — AJ arqueou uma sobrancelha e começou a caminhar em minha direção lentamente até que eu tive que recuar contra a cômoda e esperar que não chegasse mais perto.

Ele não estava me ameaçando, eu simplesmente não me sentia confortável com o que quer que ele estivesse tentando dizer.

— Não era esse o problema que você tinha? Estar insegura sobre seus sentimentos e não ser capaz de se abrir com alguém? Como ele é diferente de mim? A menos que... você mentiu sobre nós.

Suspirei pesadamente e balancei a cabeça.

— Eu não menti sobre nós, Aiden. Não sei explicar, mas tentamos. Tentamos e não deu certo. Talvez Wells também não seja a pessoa certa para mim, mas pelo menos estou dando a ele; a *nós*; uma chance.

AJ observou meu rosto enquanto estava a apenas um passo de distância, elevando-se sobre mim e fazendo minha respiração arfar com seu olhar profundo.

— Então você me usou?

— O quê? Não! Não seja ridículo, Aiden! Conversamos sobre isso e concordamos que o que tínhamos não se tornaria algo mais profundo, mais sério. A culpa não é minha e também não é sua. Não posso forçar meu coração a amar alguém, nem você. Por favor... você não pode simplesmente deixar isso pra lá?

Ele apertou a mandíbula e manteve os olhos em mim.

— Isso vai ser difícil — ele sussurrou, estendendo a mão e segurando meu rosto.

Meu coração estava acelerado, mas não de um jeito bom.

Ele estava se inclinando para mais perto de mim, mas não estava indo na direção dos meus lábios. Em vez disso, ele se aproximou do meu ouvido.

— Ele é velho demais para você, Rooney. Deixe-me consertar as coisas. Deixe-me reconquistá-la. Estou apaixonado por você — ele sussurrou.

Suas palavras me deixaram sem ar e foram tão avassaladoras que meu corpo inteiro ficou sem ação.

— Aiden — eu sussurrei, sabendo que isso iria machucar a nós dois pra caramba. — Você não me ama. O que quer que esteja sentindo, não é amor o que sente por mim.

Ele soltou uma risada áspera e se inclinou para trás para me olhar nos olhos novamente.

— Como você sabe? Você mantém seu maldito coração trancado e não deixa ninguém entrar. Nem tente, Rooney. E lamento lhe dizer isto, mas o que quer que você esteja tentando provar com ele, não vai funcionar. Você vai enganá-lo, deixá-lo chegar perto de você e abandoná-lo, como se não significasse nada. Você precisa deixar as pessoas entrarem para serem amadas, Rooney. Essa merda que você está fazendo não vai funcionar.

Minha visão estava embaçada graças às lágrimas que ele estava causando e, por mais que eu quisesse ignorar suas palavras, sabia que havia alguma verdade nelas.

Mas o que estava acontecendo entre Wells e eu era muito diferente.

Eu sabia disso e não deixaria AJ estragar tudo.

— Talvez eu precise de algum tempo para entender as coisas. Para deixar meu coração se abrir, mas sei que você não pode me afastar dele. Me desculpe se machuquei você. Não era minha intenção e você sabe disso, mas não vou deixar você estragar as coisas para mim. Vou cometer erros no meu futuro, não posso evitá-los. Mas você cometeu um grande erro aqui, Aiden. Eu pensei que éramos amigos. — Mantive minha voz baixa, mas fui honesta e direta. Pela expressão em seus olhos, ele sabia que essa conversa não deveria ter acontecido. — Ele está me esperando — eu disse baixinho, enxugando minhas lágrimas e dando um passo para o lado para sair do meu quarto.

Sem dizer mais nada, desci as escadas e abri a porta com o ombro enquanto segurava as minhas roupas nos braços.

— Você demorou — ouvi Wells dizer, e, quando ele apareceu no corredor vindo da cozinha, provavelmente viu meus olhos vermelhos de tanto tentar não chorar mais. — O que aconteceu? — ele perguntou, preocupação aparecendo em seus olhos.

Wells se aproximou de mim e me puxou para seus braços sem hesitar, e eu larguei tudo para colocar meus braços em volta dele e me encostar em seu peito.

— O que foi, Rooney? — ele perguntou, acariciando minhas costas e colocando a outra mão em meu cabelo.

Levei um momento para recuperar o fôlego, mas, assim que o fiz, suspirei e agarrei sua camisa.

— AJ está lá em cima e...

Se recomponha, Rooney.

— Ele tocou em você? — Wells perguntou, seu corpo tenso.

— Não. Não, ele não me tocou. AJ apenas... disse coisas que me chatearam.

Ele continuou me segurando com minhas roupas cobrindo nossos pés, e eu abri meus olhos quando ele segurou meu rosto com as duas mãos e virou minha cabeça para olhar para ele.

— O que ele disse? — perguntou, estudando meu rosto de perto.

— Que eu o usei e que vou usar você também, porque não deixo ninguém chegar muito perto. — Eu tinha que ser honesta com ele, e precisava que soubesse que isso entre nós não era apenas um jogo para mim. — Gosto muito de você, Wells. Não estou usando você e não quero machucá-lo. — Minhas palavras não faziam muito sentido para meus próprios ouvidos, mas Wells estava olhando para mim com os olhos mais compreensivos de todos.

— Estamos indo devagar, Rooney. Nós dois estamos descobrindo as coisas, e eu sei que você não está me usando. Eu teria sentido se você estivesse. — Seus polegares roçaram minhas bochechas e seus olhos se moveram para baixo para minha boca enquanto ele lambia os lábios. — Esqueça o que ele disse, ok? Isso é sobre nós e mais ninguém. Estamos vendo onde tudo nos levará, eu e você, Rooney.

Eu assenti com a cabeça.

É sobre isso que eu queria que fosse.

Apenas Wells e eu.

Um sorriso gentil apareceu em seu rosto, e ele se inclinou para beijar minha testa.

— Por mais que eu odeie vê-la chorar, você fica adorável quando chora.

Eu ri baixinho e olhei de volta em seus olhos.

— Você é esquisito — sussurrei.

Fiquei feliz por ele não ter exagerado ou sentido a necessidade de ir falar com AJ, algo que AJ teria feito se eles estivessem em posições opostas. Mas Wells não estava mais na faculdade e não tinha necessidade de mostrar que era ele quem me abraçava em vez de AJ.

Por mais que eu odiasse o que ele disse, fiquei triste que as coisas terminassem assim com Aiden. Ele era um amigo, mas foi longe demais.

— Que tal um chá e um bom filme para encerrar a noite? — Wells sugeriu.

Concordei com a cabeça, mas, antes que ele pudesse me puxar para a sala, levantei na ponta dos pés e o beijei suavemente nos lábios, segurando seus ombros com força. Suas mãos ainda estavam segurando meu rosto, mas quando ele aprofundou o beijo, ele as moveu até minha cintura, então mais abaixo para segurar minha bunda. Ele as manteve lá, mas moveu a mão esquerda para cima para me puxar para mais perto, colocando-a na parte inferior das minhas costas.

Nossas línguas se encontraram, e não demorou muito para um simples beijo se transformar em um profundo e apaixonado. Wells me segurou perto de si e apertou minha bunda suavemente enquanto eu enrolava minhas mãos em seu cabelo, puxando e apertando até que um gemido fez seu peito vibrar.

Tive que pressionar minhas coxas uma na outra para parar o formigamento entre minhas pernas, mas, quanto mais ele apertava e tocava meu corpo, mais intenso o formigamento ficava.

Esta era outra razão pela qual eu sabia que as coisas entre Wells e eu eram diferentes do que com AJ. Eu não sentia essas coisas quando Aiden me tocava, e meu coração nunca bateu rápido assim no meu peito quando ele me beijou.

Wells tinha um efeito diferente em mim, e eu adorava cada momento perto dele.

Depois que sua língua roçou a minha mais uma vez, ele se afastou para olhar para mim novamente com um sorriso.

— Ou podemos pular o filme e ir direto para a cama — ele sugeriu, me fazendo rir.

Movi meus dedos contra a parte de trás de sua cabeça e coloquei um outro em seu peito, olhando para ele e apertando meus lábios.

— Por mais convidativo que pareça, eu adoraria me aconchegar no sofá com você — eu disse a ele em um sussurro.

— Ok. Fique confortável. Já vou. — Ele deu um beijo na minha testa, então pegou minhas roupas e foi para seu quarto para colocá-las na cama.

Eu sorri, observando-o por um momento antes de caminhar para a sala e sentar no sofá, puxando o cobertor sobre minhas pernas.

— Que tipo de chá você quer? — Wells perguntou.

Virei a cabeça para olhar para ele e, depois de pensar por um segundo, respondi:

— O que você for tomar.

Esperei que ele escolhesse um filme para assistir esta noite e, assim que se sentou ao meu lado no sofá, colocou os dois copos na mesa de centro.

— A propósito, o que Aiden está fazendo lá em cima? — ele perguntou por curiosidade.

— Não sei. Acho que Evie o convidou e mais dois amigos para assistir um filme. Ele trouxe uma garota, então não tenho ideia do que deu nele.

Eu não contei a Wells sobre AJ me contando que tinha se apaixonado por mim, porque, por algum motivo, eu não acreditava que ele realmente tivesse se apaixonado. Talvez ele estivesse para baixo, se sentindo mal ou odiando a ideia de não conseguir uma namorada, então tinha que mostrar seu lado alfa.

AJ era um cara legal, mas esta noite ele me mostrou um lado que eu nunca soube que existia.

— Ele está inseguro. É o que eu acho. Eu não o conheço, mas, quando os homens começam a agir como idiotas, eles ficam infelizes consigo mesmos — Wells disse.

Dei a ele um sorriso tenso e assenti.

Acho que sim.

— Então... se você começar a agir como um idiota, eu saberei que não é por minha causa, mas por sua causa? — perguntei, zombando dele.

— Basicamente, sim. Use qualquer coisa contra mim se isso acontecer, mas prometo que você nunca terá que ver esse meu lado.

Eu me inclinei contra ele e respirei fundo.

— Eu me sinto bem quando estou perto de você — sussurrei.

— Que bom, porque pretendo manter você bem aqui, perto de mim.

Capítulo 20

WELLS

Não demorou muito para Rooney adormecer em meus braços ontem à noite e, assim que ela o fez, eu a carreguei para o meu quarto para colocá-la na cama, que era muito mais confortável do que o sofá.

Eu tinha tirado a calça que ela tinha usado no zoológico, só para ficar mais confortável enquanto dormia. Ela não acordou, e eu tentei o meu melhor para não chegar muito perto de uma parte de seu corpo que ela não queria que eu chegasse perto. Era óbvio que ela confiava em mim mesmo durante o sono, porque, se um estranho tentasse me despir, eu definitivamente acordaria.

Seus olhos ainda estavam fechados e sua respiração plena e calma, mas ainda era cedo e eu não tinha intenção de acordá-la. Não havia razão para isso, e vê-la dormir era relaxante.

Rooney parecia tão tranquila, mesmo depois do que aconteceu com ela e AJ antes de descer. Eu não tinha nada contra AJ, mas se ele a fizesse chorar ou se aproximasse demais de Rooney mais uma vez, eu o faria saber como me sinto sobre isso.

Enterrei minha mão em seu longo cabelo e acariciei sua cabeça suavemente. Seu perfume doce encheu meu nariz e me lembrou de flores e pêssegos. Era um perfume suave e avassalador, mas eu tinha medo de inalar muito e ficar viciado.

Rooney se encaixou na minha vida e as coisas não ficavam mais difíceis quando ela estava por perto. Não, as coisas eram muito mais fáceis, pareciam muito mais fáceis, e eu sabia que, se fosse qualquer outra garota, não seria a mesma coisa.

Uma coisa em que sempre confiei foi a intuição de Ira. Ele não afastou Rooney nem hesitou em confiar nela. Em vez disso, ele estava tão fascinado e feliz por ela estar por perto quanto eu. Rooney era perfeita para nós sem nunca ter que se esforçar muito ou me convencer de que era uma pessoa incrível.

Beijei sua testa e suas bochechas, e, quando meus lábios alcançaram seu queixo, comecei a mordiscar sua pele. Eu odiava a ideia de ela acordar, mas não consegui me conter.

Sua mão estava espalmada no meu peito nu, e, quando eu a puxei para mais perto com minha mão na parte inferior das costas, ela moveu a dela para agarrar meu cabelo, me mostrando que estava acordando lentamente.

Um doce murmúrio escapou de seus lábios; o que me fez acreditar que ela estava gostando.

Continuei a beijar sua pele até encontrar o lado de seu pescoço e chupei suavemente, sem deixar marca. Não éramos mais adolescentes, e, por mais que eu quisesse mostrar a todos que ela estava comigo e não estava disponível, eu não achava que chupões eram apropriados.

Lambi sua pele com minha língua e então me levantei para me inclinar sobre ela e ter um melhor acesso ao outro lado de seu pescoço. Agora ambas as mãos dela estavam enterradas no meu cabelo, e eu tinha que ter cuidado para não pressionar minha ereção contra ela e assustá-la.

Porém, nem dois segundos depois que eu tive esse pensamento, ela moveu seus quadris para encontrar os meus, deixando-me saber que estava tranquila com isso.

— Bom dia — ela sussurrou, sua voz rouca de sono.

— Bom dia — respondi, movendo meus lábios até seu queixo e de volta em sua bochecha novamente antes de olhar em seus grandes olhos castanhos preguiçosos.

Rooney estava com uma perna em volta de mim e fiquei inclinado sobre ela enquanto meu braço esquerdo estava apoiado ao lado de sua cabeça.

— Teve uma boa noite? — perguntei, olhando-a com cuidado.

— Sim, e você? — Sua mão esquerda moveu-se para minha bochecha, onde seu polegar acariciou minha pele da maneira mais doce possível.

Assenti com a cabeça, lambendo meus lábios e me inclinando para colocar um beijo no canto de sua boca.

— Está com fome? — perguntei, ficando perto de seus lábios com os meus.

— Um pouco. Ainda estou cansada — ela sussurrou, fechando os olhos e segurando a parte de trás da minha cabeça com uma mão.

Eu também não estava pronto para sair da cama, e o jeito que ela me puxou não me deixou me afastar dela. Então, a única coisa que tínhamos a fazer era aproveitar o tempo que ainda tínhamos para nós mesmos antes que eu tivesse que pegar Ira.

Foi ela quem iniciou o beijo, mas fui eu quem o aprofundei pouco depois. Beijá-la era outra razão pela qual ela era perfeita para mim.

Era fácil e parecia tão certo.

Como se seus lábios fossem feitos para mim.

Nosso beijo se transformou em explorar os desejos e necessidades um do outro, e, como se o beijo não pudesse ficar mais apaixonado, ela assumiu o controle e me empurrou para trás para montar em meus quadris, mantendo seus lábios nos meus. Eu não me importei que ela assumisse o controle por um tempo, mas, para lidar com meu pau e suas vontades próprias, eu tinha que ter certeza de que estaria no topo novamente em breve.

Por enquanto, era bom sentir seu calor cobrindo meu eixo, e eu tinha acesso fácil à sua bunda, o que era um bônus. Eu adorava tocá-la e sabia que Rooney também gostava de ser tocada.

Enquanto nossas línguas se moviam uma com a outra, ela começou a circular os quadris em cima de mim para criar ainda mais faíscas entre nossos corpos e os ruídos suaves que ela fazia não tornavam as coisas muito mais fáceis para mim e meu amigo lá embaixo. Ela estava me deixando louco com aquele simples movimento de seus quadris, mas isso mexeu muito comigo.

Apertei sua bunda perfeitamente redonda e a apertei contra mim, para fazê-la sentir mais enquanto ela me mostrava o quão bem beijava. Era interessante ver sua personalidade mudar de doce e amorosa para apaixonada e sexy em apenas alguns segundos.

— Se continuarmos, talvez eu não consiga me segurar, Rooney — murmurei durante o beijo e, depois de alguns segundos, ela se afastou para olhar em meus olhos. Havia desejo nela, mas eu também podia perceber uma leve vergonha neles. — O que foi? — perguntei, me endireitando para sentar e encostar na cabeceira da cama enquanto ela deslizava para o meu colo.

Segurei seu rosto e a fiz olhar para mim quando baixou seu olhar. Quando ela finalmente encontrou meus olhos, suspirou.

— Sou virgem. Eu não saberia o que fazer — ela sussurrou.

Algo nela me fazia desconfiar que ela não tinha transado antes, mas a maneira como ela movia os quadris em cima de mim me fizeram acreditar que eu poderia estar muito errado. De qualquer maneira, ela era perfeita e sua inexperiência me mostrou que confiava em mim com sua inocência.

— Eu não faria nada que você não quisesse, Rooney. Mas temos que parar porque posso explodir a qualquer momento.

Ela ainda estava pressionada contra mim, mas, contanto que não se mexesse, estava tudo bem.

— Vamos levar as coisas devagar. Eu lhe disse antes, linda. Não vou pressionar você a fazer coisas para as quais não esteja preparada. Incluindo sexo.

— Tudo bem — Rooney disse, sorrindo. — Então você quer que eu saia de cima de você?

Eu ri e beijei sua bochecha antes de concordar.

— Melhor se você fizer isso, a menos que queira que eu me envergonhe.

ROONEY

Passamos a manhã juntos até que Ira ligou para Wells para dizer que queria que o pai o buscasse na casa da vovó. Eram quase onze horas quando isso aconteceu, então me despedi dele e decidi deixá-lo passar o resto da tarde com Ira para ficar um tempo sozinha enquanto eu começava a trabalhar no presente de aniversário de Ira.

Não contei a Wells sobre a ideia que tive e, como Ira faria quatro anos em breve, queria surpreendê-lo com algo que ele definitivamente adoraria.

Além disso, ele teria algo único.

Eu tinha uma tela enorme embaixo da cama que nunca usei desde o início da faculdade, então decidi retirá-la de lá e fazer uma pintura enorme com todos os super-heróis favoritos de Ira. Comecei o esboço com um lápis e pensei que ficaria bom se o Hulk estivesse quebrando uma parede bem no centro da tela e todos os outros super-heróis o cercando.

Ele vai adorar.

Sentei no chão do meu quarto enquanto desenhava o que havia imaginado e gostei de como estava ficando até agora.

Depois do almoço, coloquei uma música para me animar a pintar e rapidamente passei a tarde inteira pintando a primeira camada. Isso geralmente não demorava muito, mesmo em uma tela maior, pois eu repassava mais algumas vezes com mais cores e detalhes, então não havia necessidade de gastar muito tempo na primeira camada.

Em algum momento da noite, Evie voltou para casa depois de um dia no clube de campo com seus pais e, por mais irritada que estivesse, eu sabia que ela passaria a noite no sofá com alguma comida de delivery e um filme que já tivesse assistido algumas vezes.

Eu me juntei a ela quando terminei o que ia pintar por hoje, mas, por mais que tentasse liberar minha mente e apenas relaxar, Wells aparecia na minha cabeça de vez em quando, fazendo meu coração doer e desejar poder ir até lá para vê-lo e a Ira novamente. Mas eu não queria ser muito intrusiva. Até porque, nós dois tínhamos que ter certeza de que não apressaríamos as coisas.

— AJ estava no clube hoje. Dana ficou agarrada ao braço dele o dia todo e, surpreendentemente, ele parecia bem com isso.

Virei a cabeça para olhar para Evie e, enquanto olhava para ela com uma sobrancelha arqueada, ela continuou olhando para a tela.

— Por que você está me contando isso? — perguntei, confusa.

Ela deu de ombros.

— Pensei que você gostaria de saber.

— Por quê?

— Caramba, sei lá! Vocês dois tiveram um relacionamento e depois brigaram ontem à noite. Não posso fofocar sobre ele? — ela perguntou, aparentemente irritada comigo. Por sorte, suas estranhas mudanças de humor não me incomodavam mais, então simplesmente ignorei.

— Gostaria de nunca mais falar sobre ele, a menos que seja algo muito, muito importante. Estou feliz e não quero que ele estrague essa felicidade para mim.

— Ok — Evie assentiu e ergueu as mãos para se defender.

Ótimo.

Assunto resolvido.

Agora tudo o que restava a fazer era tirar Wells da minha cabeça, a menos que eu quisesse ter um sonho picante.

Eu ainda podia sentir seu pau pressionado contra o meu centro, e, com a pouca experiência que eu tinha, não conseguia parar de pensar na primeira vez em que me aproximaria dele.

Nua dessa vez.

Capítulo 21

WELLS

Alguns dias se passaram e o trabalho voltou a ocupar a maior parte do meu tempo. Eu tinha muito o que fazer, e o único tempo livre que tinha era depois do trabalho, quando pegava Ira na casa de minha mãe para fazer o jantar e brincar com ele antes de colocá-lo na cama e voltar ao trabalho.

Eu não tinha visto Rooney nos últimos cinco dias, mas, como estávamos chegando perto do fim de semana novamente, eu esperava subir e bater em sua porta para perguntar se ela estava livre no sábado.

Que era amanhã.

Eu tinha uma coisinha planejada para ela, mas também para Ira, pois ele amava a natureza e correr onde ninguém poderia dizer a ele para não fazer. Os parques eram limitados, então pensei em levar os dois em uma pequena viagem a um campo grande e bonito no meio do nada para fazer um piquenique e desfrutar de momentos de silêncio.

Eu tinha certeza que ela diria sim, só esperava que não fosse tarde demais e ela já não tivesse planos. Mas, antes que eu pudesse ir até a casa dela e perguntar, tive que levar Ira ao hospital infantil para verificar seus níveis de insulina e saúde geral.

Chegamos e ajudei Ira a sair do carro. Como os hospitais eram um pouco assustadores para um menino, fiquei mais do que feliz em carregá-lo e acalmá-lo. Beijei sua bochecha antes de atravessar o estacionamento para chegar à entrada e, quando entramos, ele imediatamente começou a chupar o polegar e enrolar o cabelo no dedo, como costumava fazer para relaxar.

Não era muito chupar o que ele fazia, mas o fato de ter o polegar na boca provavelmente o trazia de volta a quando ele era ainda mais novo e precisava de algo para se acalmar. Eu não me importava, contanto que um dia ele se livrasse do hábito e não andasse por aí como um adolescente com o polegar na boca.

O engraçado era que eu fazia a mesma coisa quando era pequeno.

Pelo menos foi o que minha mãe me disse, mas eu não conseguia me lembrar.

— Olá, em que posso ajudá-lo? — a recepcionista perguntou, sorrindo para mim e depois para Ira.

— Estamos aqui para um check-up com o doutor Cole.

— Eu sou Ira — ele se apresentou antes que eu pudesse dizer mais alguma coisa, apontando para si mesmo para se certificar de que ela sabia de quem ele estava falando.

— Ah, sim. Tenho o seu nome aqui na lista. Ele ainda está em uma consulta, mas o doutor Cole vai atendê-los em breve. Por favor, sentem-se na área de espera — ela informou.

— Obrigado — respondi, sorrindo de volta e carregando Ira para a sala de espera.

— Posso brincar? — ele perguntou, apontando para o canto com uma pequena escrivaninha e lápis de cor sobre ela e um baú com livros e brinquedos ao lado.

— É claro. Vá ver se eles têm algum brinquedo novo lá — eu disse a ele enquanto me sentava e o deixava correr livremente.

— Uau!

Observei enquanto ele pegava um livro; não era surpresa que ele quisesse ler em vez de brincar. Então ele correu de volta para mim e mostrou o que tinha encontrado.

— Sou eu! — Ira disse, com os olhos arregalados e cheios de alegria.

Na capa do livro infantil havia um garotinho loiro segurando um boneco de ação e, ao levantar a camisa, revelou que também tinha uma bomba de insulina.

— Ah, uau, Ira! É um livro sobre um menino diabético como você — eu disse a ele, sem adoçar nada, porque ele sabia a verdade.

— Você pode ler para mim, papai? — ele perguntou, fascinado com sua nova descoberta.

— É claro. Sente-se aqui ao meu lado.

Ele subiu na cadeira à minha esquerda quando virei a primeira página. Comecei a ler para Ira enquanto ele olhava as fotos e apontava para tudo o que eu estava mencionando para me mostrar que sabia exatamente do que eu estava falando.

— Ele também tem uma bomba! — Ira apontou, exibindo-se como o menino do livro.

— Isso mesmo! E você também sabe como funciona, não é?

— Esse é um ótimo livro — uma voz profunda disse. Virei minha cabeça para olhar para o doutor Cole. — Como vai você, Ira? — Ele perguntou, e com um pouco de hesitação. Ira olhou para ele e então acenou. — Estou pronto, por favor, sigam-me — ele nos disse.

Quando ele virou as costas, peguei meu celular e tirei uma foto do livro para não esquecer o título e o autor.

— Vamos comprar este livro na livraria logo depois que o doutor Cole terminar o check-up, ok, amigão?

Ira assentiu e pulou da cadeira enquanto eu guardava o livro. Segurei sua mão e caminhei com ele até a sala do doutor Cole.

— Como vão as coisas? — o médico perguntou enquanto eu me sentava na cadeira do outro lado de sua mesa com Ira em meu colo.

— Bem. Nada a reclamar. Ira se adaptou bem à bomba e nunca tivemos problemas com a dosagem. Ira está se sentindo saudável e muito ativo.

— É bom ouvir isso. Eu gostaria de fazer um exame de sangue e depois falar sobre algo novo em que estamos trabalhando. É uma outra bomba de insulina, especializada para menores de doze anos. Não é muito diferente na forma de usar, mas a tecnologia melhorou. Só vamos ver se vai ser adequada para Ira ou não.

— Ok, parece bom.

Qualquer coisa que o doutor Cole pensasse que ajudaria a saúde do meu filho. Eu quero que Ira tenha os mais novos e melhores dispositivos necessários para tratar sua diabetes.

ROONEY

Minha semana tinha sido tão corrida que nem tive a chance de pegar a minha correspondência lá baixo por três dias. Eu não saía do meu apartamento há dias e deixei Evie fazer todas as compras para me manter viva.

Eu estava ocupada estudando e pintando o presente de aniversário de Ira, que estava ficando muito bom. Só mais alguns detalhes e estaria pronto.

Eram quase seis da tarde quando finalmente decidi deixar tudo de lado e dar a semana como finalizada. Eu havia conquistado meu fim de semana e esperava passá-lo com Wells e Ira.

Eu estava descendo as escadas para pegar a correspondência que Evie nunca trazia para cima por qualquer motivo – provavelmente para evitar todas as contas que ela tinha que pagar com o dinheiro de seus pais. Quando abri a porta de entrada, vi Wells estacionando em frente ao prédio.

Eu sorri, incapaz de manter a emoção dentro de mim ao vê-lo e a Ira novamente, e, no segundo em que a porta do carro se abriu e Wells saiu, ele me deu um sorriso enorme.

— Oi, linda — ele falou, charmoso como sempre.

— Oi — eu cumprimentei de volta, mordendo meu lábio inferior.

— Estranho como vivemos tão perto, mas não nos vemos há dias, hein? — ele brincou, e eu ri de suas palavras realistas.

— Sim, é estranho.

Desci os degraus para chegar ao carro enquanto ele ajudava Ira a sair, que veio correndo em minha direção com um livro nas mãos.

— Olha, Rooney! Sou eu!

Eu me agachei para ver melhor o livro e, quando percebi do que se tratava, sorri e assenti com a cabeça.

— É realmente você! Onde encontrou este livro incrível? — perguntei.

— No hospital — ele me disse.

— Ele fez um check-up e havia este livro na sala de espera. Achei muito informativo e fofo, então fomos na livraria e compramos, não é, amigão?

— Sim! E mais livros!

Eu sorri e me levantei para passar meus braços em volta do pescoço de Wells, e, como já fazia muito tempo, eu o beijei suavemente. Ele colocou a mão na parte inferior das minhas costas enquanto a outra segurava a sacola de livros sobre os quais Ira estava falando.

— Senti sua falta — sussurrei contra seus lábios, e ele sorriu antes de quebrar o beijo para olhar em meus olhos.

— Também senti sua falta. Como foi sua semana?

— Estressante, mas terminei tudo que precisava ser feito e agora estou livre o fim de semana inteiro. Eu pensei que poderíamos ficar juntos.

Seu aceno veio rápido, e senti que ele também queria estar comigo.

— Eu tenho uma coisinha planejada, na verdade. Que tal um piquenique amanhã? Conheço um lugar legal e tranquilo — sugeriu.

— Parece bom para mim.

— Quer vir jantar conosco hoje à noite? — Wells então perguntou, tornando o início do fim de semana ainda melhor.

— Eu adoraria. Só preciso tomar um banho, depois já desço.

— Perfeito. — ele se inclinou novamente para me beijar, e, depois de um toque rápido de sua língua, ele se moveu para trás novamente. — Vejo você mais tarde então — falou, dando um passo para trás para me deixar caminhar até a porta.

— Vejo vocês em breve — eu disse a ambos, e, depois que Ira acenou para mim, peguei a correspondência e voltei para casa.

— Olha, Rooney!

Tirei os olhos do bife na frigideira e olhei para Ira sentado à mesa da cozinha com os livros abertos que Wells pegou para ele.

— É um dragão!

Ele apontou para um dragão roxo escuro de aparência bastante assustadora cobrindo duas páginas, mas estava mais fascinado por ele do que com medo. Afinal, era um livro infantil.

— Esse é grande, hein? Você gosta de dragões?

Wells estava tomando banho e eu disse a ele para relaxar e não se preocupar com o jantar pela primeira vez. Eu tinha tudo sob controle, e Ira parecia estar bem comigo observando-o enquanto seu pai estava no outro cômodo.

— Sim, mas eles não são reais. Eu não vi nenhum no zoológico — ele apontou.

Verdade.

— Eles precisariam de um recinto muito alto e grande — expliquei.

— Porque eles podem voar — acrescentou, erguendo o dedo indicador como um pequeno professor.

— Isso mesmo — respondi com uma risada.

Ele era tão encantador, assim como seu pai. Eu podia afirmar com certeza que Wells não foi o único a roubar pedaços do meu coração, porque esse carinha sabia exatamente como conquistar alguém. Eu já estava envolvida demais e sabia que, se algo acontecesse entre Wells e eu, seria difícil não ficar perto de Ira.

— Do que vocês dois estão falando? — Wells perguntou ao entrar na cozinha, interrompendo meus pensamentos profundos e me fazendo olhar novamente para a carne.

— Dragões! — Ira exclamou.

— Dragões são ótimos. Você está bem? — Ele me perguntou, parando atrás de mim e colocando as mãos na minha cintura enquanto beijava minha nuca.

— Tudo perfeito. O jantar está quase pronto — eu disse a ele, me recostando em seu peito.

— Vou pôr a mesa.

Quando se afastou de mim, disse a Ira para guardar os livros e ajudá-lo a arrumar a mesa, o que ele fez sem fazer grande alarido.

Esta noite seria perfeita, e eu mal podia esperar pelo piquenique que Wells planejara.

— Precisamos cozinhar algo para o piquenique amanhã? — perguntei, arrumando a carne e os legumes em cada um de nossos pratos.

— Há um novo lugar fora da cidade onde eles fazem refeições saudáveis e também têm muitas opções sem açúcar. Sempre quis experimentar as coisas deles e é perfeito para Ira.

— Ah, você quer dizer o *Divine*?

— Sim, acho que é assim que se chama. Você já foi lá?

Sentamos à mesa e Wells cortou a carne para Ira.

— Sim, uns meses atrás. Foi delicioso — eu disse a ele.

— Perfeito. Então acho que nosso encontro está marcado para amanhã. Eles também tinham doces?

Assenti com a cabeça, lembrando de todos os assados com cheiro incrível.

— Eles têm um bolinho de canela absurdamente bom. De baixo teor de carboidratos e sem açúcar, e acho que comi dois deles. Mas há muito mais coisas para escolher. Você vai amar.

— Mal posso esperar. Estou feliz por ter você aqui conosco novamente — Wells falou, sorrindo e pegando minha mão para apertá-la antes de começarmos a comer.

Eu sentia aquele calor no meu peito desde que o vi mais cedo no estacionamento, e eu sabia que esse sentimento não iria embora até que estivéssemos separados novamente.

Capítulo 22

WELLS

— Uau! — Ira exclamou enquanto corria em direção à bela paisagem à nossa frente.

Depois da noite passada, não conseguia parar de pensar no dia de hoje, e passar o dia com Ira e Rooney era a distração certa de que precisava depois de uma semana difícil de trabalho e de uma ainda mais difícil que teria pela frente.

— É lindo aqui — Rooney disse, com os olhos arregalados de fascínio.

— É mesmo. Perfeito para um piquenique — respondi, chamando Ira para perto de nós de novo. — Vem aqui, cara. Vamos comer primeiro, depois podemos explorar, ok?

Ele correu de volta para nós e imediatamente pegou o cobertor que eu trouxe para sentar.

Havia um campo de flores à nossa esquerda e uma grande montanha cercada por árvores de folhas vermelhas, laranjas e amarelas. O outono era realmente lindo em Wyoming, e este pequeno lugar seria um que eu manteria em mente para trazê-los aqui novamente algum dia.

— Por favor, me ajude, Rooney — Ira pediu, e ela sorriu para ele enquanto meu filho tentava esticar o cobertor sobre a grama.

Ela o ajudou e ele rapidamente se sentou para esperar que eu retirasse toda a comida que pegamos no *Divine*.

— Veja! Tem até um pequeno lago lá embaixo — Rooney disse, apontando para mostrar a Ira.

— Talvez tenha peixes!

— Sim, pode ser. Se sobrar migalhas, podemos alimentá-los — sugeri, sabendo que ele iria gostar tanto quanto no zoológico.

— Você já esteve aqui antes? — Rooney perguntou enquanto me ajudava a colocar um pouco de tudo o que tínhamos nos pratos.

— Passei por aqui algumas vezes e vi este local em mapas com os quais trabalhei em alguns projetos. Também pesquisei no Google e há mais pessoas aqui na primavera e no verão, mas achei que seria muito mais bonito no outono.

— Definitivamente é. Eu adorei — ela me disse, sorrindo docemente. Rooney não se importaria se eu a trouxesse aqui com mais frequência.

— Vamos comer! — Ira anunciou, segurando o garfo e a faca infantil que eu tinha trazido de casa.

Nós rimos e assistimos enquanto ele ia direto para a salada de macarrão sem glúten com tomates frescos. Enquanto mastigava, percebi que ele gostou, pois imediatamente ficou naquele estado ausente, onde ficava concentrado solenemente na comida à sua frente.

— Acho que agora você sabe onde pode ir se estiver com preguiça de cozinhar ou não tiver mais ideias — Rooney falou com um sorriso.

— Eu nunca tenho preguiça de cozinhar — respondi, cutucando seu lado com meu cotovelo.

Começamos a comer também e, de vez em quando, Ira olhava para nós com uma expressão questionadora, segurando o garfo com um tipo de comida que ele nunca havia comido antes. Ele tinha que ter certeza de que sabia o que era antes de colocar na boca, mas, assim que eu contava, ele comia sem hesitar.

— Você realmente não vai me dizer o que vai dar de presente de aniversário para Ira? — perguntei, querendo saber.

— Se você vai contar a ele, não. Se você pode guardar um segredo... claro.

Eu ri e me inclinei para mais perto dela para beijar sua bochecha, então sussurrei:

— Posso guardar segredos.

Ela se contorceu e gentilmente me empurrou levantando o ombro e, com um grande sorriso, sussurrou:

— Estou pintando um quadro enorme dos super-heróis favoritos de Ira, que ele pode pendurar na parede do quarto.

— É mesmo? — perguntei, surpreso que ela realmente fosse gastar seu tempo para fazer algo assim. Não, eu estava mais maravilhado do que surpreso. — Ele vai adorar, Rooney. Isso é incrível — falei com uma risada, ainda sem compreender. — Há quanto tempo você está trabalhando nisso?

Poderíamos falar abertamente sobre isso sem medo de Ira ouvir, já que ele estava focado em fazer seu boneco do Hulk comer um pouco da comida. Compartilhar é cuidar, mas fiquei feliz por Hulk não poder comer ou Ira não receberia os nutrientes necessários para o dia.

— Comecei no domingo passado, depois que você foi buscá-lo, e tenho trabalhado nisso todos os dias por cerca de três a quatro horas. Tem sido divertido. Nunca tinha pintado um quadro tão colorido.

— Você é incrível. Ele vai surtar. Isso significa que você vai passar o dia e a noite conosco no aniversário dele? Já enviei os convites para os pais dos amigos dele e alguns já me retornaram para avisar que seus filhos adorariam dormir lá em casa.

— Quantos ele convidou? — Rooney perguntou.

— Acho que dez ou onze. Seis já disseram sim.

— São muitas crianças — ela apontou. — São todas as crianças que ele conheceu no parque?

— A maioria, sim. Mas há uma mãe que organiza reuniões em sua casa apenas para que pais e filhos da cidade possam se conhecer. Também para garantir que as crianças estejam seguras e, se algo acontecer, saberemos em quem confiar ou para quem pedir ajuda.

— Quanta gentileza. Então ele não estranhará quando começar o jardim de infância, já que conhece alguns rostos — ela falou.

— Exatamente. Isso é muito importante para mim. Ira confia rapidamente em qualquer um que seja gentil com ele, alguns mais do que outros. Mas conhecer essas outras crianças e pais o ensina que não há problema em dizer oi para as pessoas que ele já conhece, mas não para estranhos que nunca viu antes.

— Eu entendo. As crianças não veem nenhum perigo ou maldade nas pessoas. É fofo, mas perigoso.

Concordei com a cabeça, terminando meu almoço e colocando o prato vazio ao meu lado.

— Mas ele nunca teria aceitado ninguém em sua vida do jeito que aceitou você. Ele sabe que você é diferente e pode sentir que é mais do que apenas uma garota com quem seu pai sai.

Ela não conseguiu conter um sorriso.

— Então não estamos apenas passando um tempo juntos para dar uns amassos e comer juntos?

Eu ri e balancei a cabeça.

— Porra, não mesmo — murmurei.

— Papai! Essa é uma palavra muito, muito feia! — Ira exclamou, olhando para mim com uma expressão séria e olhos preocupados.

Por que as crianças têm que ouvir as piores coisas que saem da boca das pessoas?

Rooney riu baixinho e assentiu com a cabeça para concordar com Ira.

— Ele tem razão. Essa é uma palavra muito feia.

— Me desculpe, cara. Não vou dizer isso de novo, prometo — eu disse a ele, acariciando seu cabelo loiro.

— Promessa de dedinho? — Ira estendeu o mindinho para mim e eu envolvi o meu em torno dele.

— Promessa de dedinho. Ah, o Hulk também?

Ele assentiu com a cabeça enquanto segurava a mão de Hulk no meu dedo mindinho, e prometi a seu amiguinho o mesmo.

— Pronto! — Ira então disse, levantando-se. — Podemos explorar agora?

— Sim, nós podemos.

Também me levantei e peguei Ira pela mão enquanto Rooney juntava todos os pratos e os colocava de volta na cesta.

— Obrigado — eu disse quando ela também se levantou, e com um sorriso doce, ela beijou minha bochecha.

— De nada. Vamos dar uma olhada no lago — ela sugeriu, e Ira saiu rapidamente, puxando-me com ele. Adorei o quão atenciosa e prestativa Rooney era e todas suas boas intenções.

— Você vê peixes aí dentro, Ira? — perguntei, parando perto da borda do lago e segurando-o perto de mim para que ele não caísse.

Ira olhou para a água com cuidado, então balançou a cabeça.

— Não vejo nenhum peixe — ele respondeu, virando a cabeça para olhar para nós.

— É, acho que não tem nenhum aí dentro — Rooney disse, franzindo os lábios.

Meu Deus, quanto mais eu olhava para ela, mais meu pau se contraía. Mas eu não conseguia focar nela, já que Ira estava bem aqui conosco e eu não queria desviar minha atenção dele.

Mas qualquer coisa que Rooney fizesse ou dissesse, mesmo que fosse o menor gesto ou movimento, me fazia querer puxá-la para mim e beijá-la mais profundamente do que nunca. Ela estava lentamente tomando conta da minha mente, mas, caramba... eu não me importava.

Passamos o resto da tarde naquele lindo lugar sem que ninguém nos incomodasse. Quando Ira me disse que estava ficando cansado, era hora de arrumarmos tudo e irmos embora.

Quando chegamos em casa, Rooney me disse que voltaria logo para pegar algumas de suas coisas para dormir na minha casa enquanto eu dava um banho rápido em Ira e colocava seu pijama.

— Opa! Agora você está molhado, papai! — Ira sorriu, apontando para minha camisa.

Eu ri e balancei a cabeça.

— É você quem precisa de um banho, amigão, não eu. Vamos, vire-se para que eu possa lavar seu cabelo.

Usei um pouco de seu shampoo e massageei seu cabelo suavemente enquanto ele deixava seus dois bonecos caírem na água, segurando-os no ar.

— Você se lembra do que o doutor Cole disse ontem sobre a nova bomba, Ira?

— Não — ele respondeu.

Eu não esperava que ele lembrasse.

— Doutor Cole disse que em breve eles terão uma nova bomba que será um pouco maior do que a que você tem agora.

— Maior? — ele perguntou, franzindo o nariz e virando a cabeça para olhar para mim.

— Sim, só um pouquinho. E, como é nova, você será um dos primeiros a experimentá-la — expliquei.

Seus lábios estavam entreabertos enquanto ele absorvia tudo o que eu dizia. Era fácil para ele entender as coisas, mas demorou um pouco para se certificar de que agora se lembraria do que eu estava dizendo a ele.

— Mas, como eu disse, é um pouco maior do que a que você tem agora, então pode ser um pouco mais pesado e você teria que se acostumar para brincar e correr — eu disse a ele.

Ira assentiu com a cabeça para deixar claro que entendeu, mas logo depois ele balançou a cabeça.

— Não quero uma bomba nova — ele disse.

— Tem certeza? O doutor Cole disse que você pode testá-la por alguns dias e então você pode decidir. Que tal experimentar e depois decidir?

Ele pensou sobre isso por um tempo, então assentiu.

— Ok.

Pelo menos ele estava pronto para testar as coisas antes de afastá-las para sempre.

— Bom, então vou ligar para o doutor Cole na segunda-feira para avisá-lo.

Lavei o shampoo de seu cabelo e depois sequei com uma toalha para fazer parar de pingar antes de envolvê-lo na toalha.

— Posso me vestir? — ele perguntou.

— Você tem se vestido todas as manhãs e todas as noites, Ira. Claro que pode — eu disse a ele com orgulho.

Meu filho estava ficando tão grande, e eu já tinha saudades dos tempos em que ele ainda era um bebê. Eu adorava abraçá-lo a noite toda, deixá-lo dormir ao meu lado ou no meu peito e assistir televisão até tarde da noite só para ter certeza de que não perderia nada.

Como sua primeira palavra.

Ira era uma daquelas crianças esquisitas que conseguia andar com nove meses, mas só começou a falar quando tinha um ano. Estranho como ele se virava e mostrava as coisas, mas não conseguia se comunicar além de apontar o dedo e tocar nas coisas. Eu gostava dele assim, mas Ira era ainda mais divertido agora que eu podia ter conversas completas com ele.

Sua primeira palavra foi "papapa", que, em meu dicionário de linguagem de bebês queria dizer papai. Acredito que ele sabia quem eu era naquela época, e eu odiava a ideia de ele crescer e começar a usar "papai" em vez de "papapa".

Merda, eu tinha que parar de pensar nisso antes de ir pegar todas as fotos dele de bebê que coloquei em um álbum.

— Deste jeito? — ele perguntou, segurando sua cueca.

— Sim, está correto, amigo.

Esperei que ele a vestisse, seguido por sua calça de pijama e camisa de manga comprida que, claro, tinha outro super-herói.

— Vamos verificar seu nível de insulina, então você pode brincar um pouco até estar pronto para dormir, ok?

— Posso assistir "As Tartarugas Ninja"?

Achei que, como ele nunca passava muito tempo na frente da televisão, não teria problema.

— É claro. Primeiro, você pode me dizer que número é esse? — Eu perguntei, virando o pequeno dispositivo para ele, para que pudesse ver a tela claramente.

Ira estudou por um tempo, então ergueu as mãos com os dedos abertos para me mostrar o número escrito no visor.

— E quantos dedos são esses? — perguntei, testando-o.

— Oito — ele respondeu.

— Isso mesmo! E o segundo? —perguntei, apontando para o número ao lado do oito.

Ele fechou o punho e eu assenti com a cabeça, sorrindo orgulhosamente novamente.

seven rue

— Correto! Isso é um zero. E juntos esse número se chama oitenta.

— Oitenta. Oitenta está bom, certo? — ele perguntou, franzindo a testa e olhando de volta para sua bomba.

— Sim, oitenta é perfeito. Se você quiser comer alguma coisa enquanto assiste televisão, posso fazer um lanche. O que acha disso?

— Tudo bem — Ira respondeu.

Fui para a sala com ele para deixá-lo aconchegado no sofá com um cobertor e liguei a televisão para colocar "As Tartarugas Ninja".

— Papai vai guardar algumas coisas, ok? Me avise quando quiser seu lanche.

Ele me deu um aceno rápido, e antes que eu começasse a limpar a cesta com todas as nossas coisas de piquenique, eu levei para ele um copo de água.

Ouvi a porta da frente abrir depois de uma batida suave e, quando estava voltando para a cozinha, vi Rooney parada ali no canto com sua roupa de dormir.

— Entre — eu disse a ela com um sorriso.

Ela trancou a porta e caminhou até mim, e, quando me alcançou, eu a puxei para mim e beijei seus lábios. Eu mal podia esperar para tê-la só para mim a noite toda, e, pelo doce perfume que usava, eu sabia que ela tinha algo em mente para esta noite.

Fosse o que fosse, eu iria devagar com Rooney, seguiria seu próprio ritmo e veria até onde ela queria levar as coisas.

Capítulo 23

ROONEY

Ira adormeceu no sofá depois de comer seu lanche enquanto assistia televisão e, quando Wells o pegou para colocá-lo na cama, eu o aguardei na cozinha, onde ainda bebia a taça de vinho tinto que ele havia me servido.

Algo sobre esta noite estava me deixando nervosa, mas não de um jeito ruim. Talvez fosse o vinho, mas eu ainda estava na minha primeira taça e normalmente só começava a sentir o álcool fazer efeito depois de duas taças.

Respirei fundo e tentei me acalmar, mas, quando Wells voltou para a cozinha, meu batimento cardíaco acelerou. Parecia que meu coração ia explodir no meu peito.

— Tudo bem? — ele perguntou quando percebeu que eu o encarava.

— Sim, está tudo perfeito. Ele está dormindo?

— Sim, acordou por um breve momento, mas não vai acordar até amanhã de manhã. Correr por aquele campo de flores esta tarde o esgotou. — Ele deu um passo na minha frente e colocou as mãos em cada lado de mim no balcão, me deixando sem saída. — Refletindo sobre algo? — ele perguntou, seus olhos vagando por todo o meu rosto e me observando de perto.

— Sim, eu… eu só estava pensando em nós — eu disse a ele baixinho, estendendo a mão para colocá-la em seu ombro.

— É mesmo? E que tipo de coisas estão passando pela sua cabeça sobre nós?

Wells pegou a taça da minha mão e a colocou no balcão, então ele colocou as duas mãos na minha cintura para me levantar e ficar entre as minhas pernas. Eu as envolvi em torno dele e coloquei as duas mãos em seus ombros, sorrindo para ele.

Mesmo comigo sentada no balcão, ele ainda era mais alto do que eu e ele teve que inclinar a cabeça para olhar nos meus olhos. Por mais que eu quisesse dizer a ele quais eram meus pensamentos, eu não podia. Não porque eu não queria.

— Por favor, não me obrigue a fazer isso — sussurrei, olhando para seus lábios e então deixando meu olhar ir até seu peito, onde meus dedos começaram a cutucar sua camisa.

— Obrigar você a fazer o quê, Rooney? — Sua voz era baixa e rouca, e é claro que tinha que soar malditamente sexy.

— Dizer o que sinto ou penso. Não sou boa nisso e não quero estragar as coisas.

Eu estava com medo de apressar as coisas.

Por mais que ele me mostrasse que também me queria, eu não poderia ser a primeira a me abrir sobre meus sentimentos. Eu estava com muito medo de me machucar, mesmo sabendo que isso fazia parte de namorar alguém. Só porque as coisas pareciam estar indo bem entre nós, não significava que acabaríamos juntos.

— Então me mostre como você se sente de uma maneira diferente — ele sugeriu.

Meus olhos estavam de volta nos dele.

Talvez se guardássemos as coisas para nós mesmos, teríamos mais tempo para pensar sobre tudo.

A quem você está querendo enganar, garota idiota?

Mas, como sempre, falar com o coração nunca foi meu forte, e eu sabia que mais cedo ou mais tarde me arrependeria de não ter me aberto com ele naquele exato momento.

Eu me inclinei para beijá-lo, segurando seu rosto em minhas mãos e deixando suas mãos vagarem por todo o meu corpo.

Um brinde aos erros e possível – não, *previsível* – coração partido.

Talvez eu já estivesse sentindo o efeito do álcool.

Sua língua roçou meu lábio inferior enquanto seus quadris pressionavam contra mim, me fazendo sentir seu eixo já endurecido. Isso era o que eu queria, embora ainda não tivesse certeza por ainda ser virgem. Mas, caramba... não é como se o sexo me assustasse.

Passei minhas mãos em seu cabelo e puxei suavemente enquanto ele aprofundava o beijo, empurrando sua língua em minha boca e deixando-a dançar com a minha sem ser muito agressivo. Eu gostava quando ele me beijava, e gostava ainda mais quando usava as mãos para percorrer pelo meu corpo do jeito que estava fazendo agora.

Uma mão parou em meus quadris enquanto a outra levantou minha camisa para tocar minha pele, me fazendo estremecer e sorrir. Eu podia dizer que ele sabia como usar cada uma das partes de seu corpo contra mim, e não importava o que esta noite traria, eu aproveitaria cada segundo dela.

Wells moveu a mão ao longo das minhas costas, me fazendo tremer de novo e apertar minhas coxas contra seus quadris. A familiar pulsação e ardência entre minhas pernas começou a se tornar mais intensa enquanto ele continuava a me beijar apaixonadamente. Minha calcinha absorveu a umidade que eu estava liberando lá embaixo, tudo graças a ele.

Um gemido suave escapou de mim quando sua mão alcançou a parte inferior do meu seio direito, fazendo minha respiração ficar arfante; arqueei minhas costas para silenciosamente dizer a ele que eu queria mais. E ele entendeu, sua mão segurou meu seio gentilmente antes de apertá-lo. AJ já havia feito isso comigo antes, mas, de novo, nada do que ele fez me fez sentir como Wells.

Era como se Wells tivesse um poder mágico para me fazer sentir muito mais.

— Porra — ele rosnou contra meus lábios antes de quebrar o beijo e olhar de volta nos meus olhos. Os olhos dele estavam cheios de desejo e eu sabia que eu estava igual.

Wells começou a beliscar meu mamilo entre seus dois dedos enquanto sua outra mão se movia para segurar meu outro seio, massageando-o enquanto mantinha os olhos em mim.

— Acho que não preciso dizer de novo que, se você quiser que eu pare, precisa me avisar...

Assenti com a cabeça, meus lábios entreabertos e quadris empurrando ainda mais contra seu pau, agora duro.

— Eu não quero que você pare — suspirei, puxando seu cabelo e então deixando minhas mãos caírem no cós de sua calça de moletom.

Um sorriso surgiu em seus lábios, então ele empurrou minha camisa ainda mais para cima para dar uma olhada melhor em meus seios.

— Você é tão linda, Rooney — ele sussurrou, mantendo as mãos ali e se inclinando para beijar o topo de um dos meus seios.

Eu não conseguia fechar os olhos.

Eu queria ver tudo o que ele fazia com o meu corpo e não queria perder nada enquanto ele me fazia sentir tão bem. Meu plano era me livrar primeiro da camisa dele, depois da calça de moletom e talvez mais tarde da cueca boxer.

Caramba, eu nem estava mais tão nervosa.

Ele beijou meu mamilo esquerdo primeiro, depois o direito, e depois de dar outra boa olhada em ambos meus seios, colocou um mamilo em sua boca e o chupou enquanto sua língua circulava ao redor do bico. Eu gemia baixinho, tentando não fazer muito barulho, pois sabia que a porta do quarto de Ira não estava totalmente fechada.

Cada movimento de sua língua contra o meu mamilo enviava faíscas diretamente para o meu clitóris, que, então, eu percebi que era de onde vinham todas as pulsações. Também queria a atenção de Wells, mas gostei dele brincando com meus seios e não queria interrompê-lo.

Eu estava me sentindo muito corajosa naquele momento quando todas aquelas faíscas explodiram na parte inferior da minha barriga, então enfiei minha mão em sua calça para segurar seu pau, sentindo o quão grande ele realmente era. Eu podia sentir a ponta entre a parte inferior da barriga e a cintura, e me perguntei se isso era confortável. Mas, em vez de perguntar, comecei a mover minha mão ao longo de seu comprimento, sentindo sua ponta espreitar toda vez que me movia ao longo dela.

Grunhidos baixos fizeram seu peito vibrar, e depois que ele terminou com meu outro mamilo, ele olhou para cima e agarrou meu pulso para impedir que minha mão continuasse esfregando seu pau.

— Tem certeza que quer isso?

Eu fiz uma careta para ele, contrariada por ele ter me impedindo de explorar seu corpo.

— Você disse que eu teria que pará-lo se você fosse longe demais. Eu não disse uma palavra desde que você começou a beijar meus seios — falei para ele, com a voz séria e minhas palavras surpreendentemente diretas.

Isso o fez rir, e, para me mostrar que entendeu que eu queria mais, ele se inclinou mais uma vez para puxar um mamilo em sua boca apenas para soltá-lo novamente e me puxar para fora do balcão para me levar para seu quarto.

Meu coração estava batendo forte de excitação, e tão rapidamente quanto ele se moveu sobre mim quando eu estava na cama, estendi a mão para continuar acariciando seu pau através de sua cueca boxer.

WELLS

Ela não estava tão tímida quanto a isso como antes.

Bem, pelo menos foi assim que interpretei quando ela me disse que era virgem e não saberia o que fazer se tivéssemos continuado naquela noite quando nos beijamos bem aqui na minha cama. Mas a maneira como sua mão esfregou meu pau foi incrível.

Uma gota de excitação já tinha pingado minha barriga. Como não transo há muito tempo, meu pau se acostumou com as mãos.

Minhas mãos, para ser específico.

Mas eu não tinha vergonha de me fazer gozar de vez em quando, já que tinha um filho de quase quatro anos para cuidar diariamente e um emprego que muitas vezes dava trabalho.

Mas como outras mulheres realmente não me atraíam, fiquei feliz por ser Rooney me tocando agora enquanto eu beijava seus lábios. Não fazia ideia do quão longe iríamos hoje à noite, mas eu sabia que não podia deixá-la parar antes de eu gozar.

Eu sempre disse a mim mesmo para nunca deixar uma garota chegar tão perto sem saber exatamente como eu me sentia sobre ela, mas eu já estava muito envolvido com Rooney, meu coração batia como louco por causa dela. Eu não estava apaixonado por ela ainda, *eu acho*, mas com certeza sabia que ela não iria se livrar de mim tão cedo.

Por mais que eu odiasse admitir, ela tinha os mesmos malditos problemas que eu, que era deixar de lado o que realmente sentíamos para evitar a dor. Eu sabia que ela não iria me contar primeiro, mas, para não me machucar, eu tinha que ser egoísta.

Vai doer pra caramba se tudo der errado.

Sua mão esquerda se moveu sob minha camisa para deixar seus dedos correrem ao longo de cada um dos meus músculos antes de pararem no cós da minha cueca boxer. Tive que tirar minhas roupas, mas assim que o fiz, estava determinado a tirar as dela também.

Eu me afastei de Rooney e fiquei ao lado da cama olhando para ela enquanto puxava minha camisa sobre a cabeça e empurrava minha calça de moletom pelos quadris. Seus olhos estavam grudados na minha barriga no começo, então ela notou a ponta do meu pau saindo da cintura da cueca e isso era tudo que ela podia ver a partir daquele momento.

Eu sorri, sabendo pela expressão em seu rosto que ela gostava do que estava vendo, então coloquei a mão sobre meu pau e esfreguei-o lentamente, ainda de cueca.

— Você está me provocando — ela sussurrou, me fazendo sorrir ainda mais.

— Estou?

— Sim, e eu acho que não gosto disso — ela me disse com uma careta e seu lábio inferior para fora.

Eu ri e peguei a mão dela para fazê-la sentar bem na minha frente e, colocando a mão no meu pau, ela continuou a esfregá-lo enquanto olhava de perto. Apesar da pouca experiência que tinha, ela definitivamente não tinha medo de mostrar seu interesse pelo corpo de um homem. Eu gostava disso, mas não podia simplesmente virá-la de barriga para baixo e fodê-la por trás do jeito que eu gostaria.

Porra.

Meu homem das cavernas interior estava tentando escapar, mas eu não podia deixá-lo solto.

Ainda não.

— Posso... — ela perguntou, olhando para mim e puxando minha cueca boxer.

Assenti com a cabeça, então deixei ela empurrá-la para baixo para liberar meu pau duro e dar mais espaço para ele. Continuei a observá-la atentamente enquanto ela colocava a mão em torno dele, movendo-a lentamente.

Os músculos do meu corpo ficaram tensos e eu a alcancei para agarrar um punhado de seu cabelo enquanto minha outra mão brincava com seus seios novamente. Eu queria que ela explorasse sem ter que lhe dizer o que fazer e, para minha surpresa, ela se inclinou e deu um beijo suave na ponta do meu pau. Em seguida, ela envolveu os lábios em torno dele com cuidado, chupando-o como se fosse um pirulito.

— Ah, porra... — murmurei, deixando-a saber que o que ela estava fazendo era bom, e para incentivá-la a continuar.

Segurei firme em seu cabelo, mas não aproximei sua cabeça para que ela não se sentisse pressionada, mas Rooney não pareceu querer parar e continuou tomando meu pau mais fundo em sua boca. Parecia que as garotas não tinham muitos problemas para descobrir do que um cara gostava, já que nós, homens, tínhamos muito mais problemas para descobrir o corpo de uma mulher.

— É tão bom — eu disse a ela.

Eu gostava de força, mas, aquela doce inocência dela me dava a sensação de que Rooney estava criando algo novo com seus lábios, enquanto uma garota mais experiente talvez estivesse chupando meu pau.. Ela estava fazendo tudo certo e eu adorava vê-la confiar em si mesma com o que estava fazendo sem pedir aprovação.

— Isso mesmo, linda. Seus lábios são incríveis ao redor do meu pau — sussurrei.

Eu deveria ter trancado a porta porque as crianças costumam se deparar com situações que não deveriam ver, mas não queria me mover ou impedi-la de fazer o que estava fazendo.

Senti um orgasmo crescer dentro de mim, mas fui capaz de segurá-lo um pouco mais antes de dar um passo para trás. Me inclinei para beijar seus lábios segurando seu queixo e inclinando sua cabeça para trás, e por mais que eu não quisesse pressioná-la, eu tinha que saber onde ela queria que isso fosse.

— Diga-me, linda. O que você quer? — Eu perguntei contra seus lábios, colocando outro beijo neles e então olhando novamente em seus olhos.

Levou um momento para ela responder, mas sua resposta não foi o que eu esperava, e fez meu maldito pau se contorcer mais de uma vez.

— Eu quero fazer você gozar. E quero que você faça o mesmo comigo.

Afinal, a doce Rooney sabia dizer o que pensava.

Capítulo 24

ROONEY

Meu corpo estava relaxado, mas minha mente nunca esteve tão tensa.

Tudo o que eu disse a Wells era o que eu realmente queria, mas, por mais estranho que pareça, era minha mente que me dizia para parar, e não meu coração, como eu acho que era para ser.

Ter meus lábios ao redor de seu pau parecia estranho no começo, mas o gosto de sua excitação não era nada ruim, e minha vontade de explorar um pouco mais de seu corpo aumentava com cada deslizar de minha boca ao longo de seu eixo.

Eu me senti bem com o que estava fazendo, e Wells mais de uma vez me disse que estava bom, o que definitivamente me levou a tentar tomar mais de seu comprimento.

Wells estava parado na minha frente com a mão em volta de seu pau, acariciando-o enquanto deixava seus olhos se moverem do meu rosto para os meus seios. Ficou claro que não iríamos nos limitar apenas às preliminares, e fiquei feliz por não termos feito isso. Eu queria mais dele.

Sua língua saiu para lamber o lábio inferior, então ele sorriu e inclinou a cabeça.

— Você está tomando pílula? — Ele perguntou.

Pergunta importante e, felizmente, eu estava.

— Estou — eu disse a ele, gostando do jeito que ele admirava meu corpo.

— Estou limpo. Fiz exames há alguns meses. E tenho que ser honesto... não gosto de transar com camisinha. Além disso, não faço sexo há anos.

Eu não saberia como era, então não me importava de qualquer maneira. Desde que ele fosse gentil.

Será que foi assim que Ira foi concebido?

Ele transando com Leah sem proteção?

Essas eram perguntas para outro dia. Eu tinha que me concentrar em nós agora.

— Quer tirar sua calça para mim, linda? — ele perguntou, mantendo sua voz baixa e seus olhos em mim.

Assenti com a cabeça e levantei minha bunda da cama para puxar minha calça e calcinha pelas minhas pernas, então me sentei para tirá-las por completo, seguidas por minhas meias.

Seus olhos vagaram para baixo, parando em meus seios mais uma vez antes de observarem aquela parte do meu corpo que nenhum homem jamais tocou com as mãos. Eu não me sentia desconfortável com ele observando meu corpo, centímetro por centímetro, mas o ar frio ao nosso redor estava tornando difícil para mim não me contorcer e juntar minhas pernas.

— Vem aqui — ele sussurrou, estendendo a mão.

Coloquei a minha na dele e deixei que Wells me levantasse para que eu ficasse na frente dele, olhando em seus olhos. Ambas as mãos pegaram meu rosto e a ponta de seu pau tocou minha barriga.

— Você parece preocupada — ele me disse, observando meu rosto atentamente.

Eu não estava preocupada ou então eu teria me sentido assim, certo?

— Não estou — respondi, minhas mãos encontrando o caminho até sua barriga musculosa e seu peito.

— Tem certeza? — Wells perguntou, passando os polegares pelas minhas maçãs do rosto. — Posso ver que você quer e prometo que farei o que for preciso para tornar sua primeira vez inesquecível. Mas se houver algo que a preocupe ou que queira falar primeiro, agora é a hora.

Olhei para ele por um momento, então sorri e balancei a cabeça.

— Estou bem. Eu quero você, mas estou ficando muito impaciente — eu disse, rindo baixinho.

Ele riu e balançou a cabeça, inclinando-se para beijar minha testa antes de dar alguns passos para me fazer voltar para a cama.

— Você gostou de chupar meu pau, hein? — Wells perguntou, provocando e sorrindo.

Eu adorava quando ele falava sem filtrar as palavras... me mostrava um lado diferente dele de quando Ira está por perto.

Concordei com o que ele disse e, para me fazer esperar ainda mais, ele se inclinou para beijar meus lábios apaixonadamente. Wells se apoiou com as duas mãos ao lado da minha cabeça enquanto abria minhas pernas para se acomodar entre elas. Sua língua se moveu contra a minha, me deixando sem fôlego.

Eu podia sentir o calor entre as minhas pernas aumentar, o que ele deve ter notado também, pois moveu a mão direita para baixo na minha boceta, cobrindo-a suavemente com a palma da mão. Dois de seus dedos se moveram ao longo das minhas dobras, sentindo a umidade e, em seguida, circulando aquele pequeno ponto sensível com o qual eu brincava antes.

Não cheguei a lugar nenhum apenas com meus dedos, mas, no meu aniversário de dezoito anos, Evie achou uma ideia divertida me deixar abrir seu presente na frente de todo mundo e me envergonhar com uma caixa cheia de brinquedos sexuais. Não que eu não tenha gostado do presente, eu só queria não ter que abri-lo com todos os nossos novos amigos da faculdade olhando para mim. Eles devem ter pensado que eu era uma viciada em sexo ou algo assim. Mas a verdade era o oposto. Daí passei a usar esses brinquedos sexuais sozinha, sem compartilhá-los com meu parceiro.

De qualquer forma, o que quero dizer é que só cheguei ao clímax com o pequeno vibrador que veio no presente de Evie, que também era o único brinquedo que eu usava com frequência.

Os dedos de Wells eram quentes e gentis, e continuaram circulando meu clitóris para estimular aquela sensação de formigamento na parte inferior da minha barriga. Ele não estava me provocando de propósito, mas com certeza parecia que sim.

Um gemido suave escapou dos meus lábios quando ele quebrou o beijo para olhar de volta nos meus olhos. Daquele momento em diante, as palavras não eram realmente necessárias.

Wells levantou a mão e colocou os dedos bem na frente dos meus lábios, e eu rapidamente entendi o que ele queria que eu fizesse. Abri a boca e tomei seus dois dedos, chupando e molhando-os do jeito que fiz com seu pau antes. Enquanto eu fazia isso, seus olhos se moveram para os meus lábios para não perder nada, e a maneira como seus próprios lábios se separaram me disse que ele estava gostando disso tanto quanto de tudo o que tínhamos feito até agora esta noite.

— Você é maravilhosa — ele sussurrou com a voz rouca e baixa.

Antes de afastar os dedos, ele empurrou minha língua para baixo para pegar a saliva que havia se acumulado nela, molhando seus dedos ainda mais.

Então, para não deixar a saliva pingar em mim, ele rapidamente colocou os dedos de volta no meu clitóris e começou a circulá-lo novamente.

— Vou fazer você gozar primeiro — ele me disse, colocando um beijo em meus lábios e olhando de volta em meus olhos logo depois.

Minha boca estava entreaberta e, quando a ardência em volta do meu clitóris ficou mais intensa, perguntei:

— E você?

Um sorriso presunçoso apareceu no canto de sua boca.

— Vou gozar dentro desta bocetinha. Meu Deus, Rooney, posso sentir seu cheiro daqui de cima e juro que nunca senti um cheiro tão doce antes.

Suas palavras não apenas aqueceram meu coração, mas também o fizeram bater forte. Gostava de vê-lo assim, mas também adorava o seu lado pai.

Para não me sentir inútil ou egoísta, estendi a mão entre nós para envolver seu eixo novamente, mas, quando notei que estava seco novamente depois do meu boquete, pensei em molhar minha mão também antes de esfregá-lo.

Provavelmente seria melhor, certo?

Levantei minha mão novamente, e com seus olhos nos meus, lambi a palma da minha mão e os dedos antes de descer e esfregar ao longo de seu comprimento.

— Tem certeza de que nunca fez nada disso antes? — ele perguntou, rindo.

Assenti com a cabeça e sorri.

Belo elogio.

— Apenas continue fazendo o que você está fazendo. É tão bom — ele murmurou, enquanto eu roçava meu polegar sobre sua ponta, o ponto mais sensível.

Eu estava tentando o meu melhor para não fechar os olhos porque não queria perder nada do que estava acontecendo, mas, quando ele moveu os dedos mais rápido, a tensão dentro de mim aumentou.

— Relaxe, Rooney. Não posso fazer você gozar se estiver toda tensa — ele me disse.

Isso era fácil para ele dizer, mas eu sabia que, uma vez que relaxasse, conseguiria meu alívio necessário muito mais rápido. Minha respiração ficou arfante quando ele parou de mover os dedos, e olhei para ele com uma careta, me perguntando por que ele pararia naquele exato momento.

— Por favor, não pare, Wells — implorei, rebolando meus quadris e tentando colocar seu dedo em meu clitóris novamente.

Mas, ao invés de fazer o que eu pedi, ele tirou a mão da minha boceta.

Um gemido escapou de mim.

— Mudei de ideia. Eu quero provar sua doçura quando você gozar — ele rosnou, movendo-se para baixo e entre minhas pernas, abrindo-as mais e imediatamente deixando sua língua passar por minhas dobras.

— Ah! Oh, Meu Deus! — gemi, agarrando punhados de seu cabelo em minhas mãos e puxando-o para mais perto daquele ponto sensível.

Eu podia senti-lo sorrir por um segundo, então ele continuou a me dar prazer, mas desta vez com a língua. Aquilo era *muito* melhor e ele com certeza sabia como fazer isso bem.

— Wells — suspirei, mantendo meus olhos nele antes que se forçassem a fechar.

A escuridão me cercou, mas, quanto mais perto ele me levava daquele clímax, mais faíscas eram visíveis. Meus quadris começaram a se mover novamente, direcionando-o para o ponto exato em meu clitóris, o que me deixaria fora de controle.

Eu ainda estava tentando segurar o sentimento intenso dentro de mim, começando pelos dedos dos pés, que tantas vezes sentia quando me fazia gozar, e, logo depois, fogos de artifício explodiram ao meu redor.

WELLS

O gosto de sua boceta gozando me fez perceber o que eu perdi todos esses anos. Mas, de novo, eu tinha cem por cento de certeza de que não havia outra mulher por aí com um gosto tão doce quanto Rooney. Seus fluidos escorreram entre suas dobras misturados com minha saliva, e eu engoli o máximo possível, nada era suficiente.

Quando me aproximei para olhar seu rosto, seus olhos ainda estavam fechados e seus lábios entreabertos enquanto tentava recuperar o fôlego. Não pude evitar e, com um sorriso arrogante, disse:

— Se isso tirou seu fôlego, não consigo imaginar o que vai acontecer quando eu foder você.

Quando seus olhos se abriram, suas bochechas ficaram vermelhas imediatamente.

— Esta foi a primeira vez que um homem...

— Eu sei — eu disse, beijando a ponta de seu nariz. — E estou feliz por ser o seu primeiro.

Esfreguei meu pau enquanto me ajustava entre suas pernas abertas, mas, antes que pudesse colocar minha ponta em sua entrada, decidi que seria mais fácil se ela se mudasse de posição.

— Vire-se de lado, linda — eu disse a ela, levantando sua perna direita e puxando-a para o outro lado, para que seus quadris ficassem de lado, mas suas costas ainda encostadas no colchão.

Ela não precisou perguntar o motivo, porque seus olhos fizeram isso por ela.

— Vai ser mais fácil para mim, e provavelmente menos desconfortável para você desta forma — falei, acariciando ao longo de sua cintura e quadril, e movendo minha mão mais para baixo para cobrir sua bunda. — Você é linda, Rooney.

Seus olhos estavam cheios com o tipo de desejo que simplesmente não podia ser ignorada, e eu faria de tudo para mostrar como poderia ser bom me ter dentro dela.

Não faço ideia de como consegui ficar sem sexo por quase quatro anos, mas não parecia certo dormir com mulheres aleatórias que eu sabia que não veria uma segunda vez.

Eu estava focado em ser pai e Ira era minha prioridade número um.

Sempre.

Mas, por mais importante que Ira fosse, eu já sabia que essa coisa entre Rooney e eu não seria passageira. Bem, eu não esperava muito a princípio, e achava que ela seria apenas minha nova vizinha, doce e gentil comigo e com Ira. Mal sabia eu que ela iria quebrar aquele muro de segurança que havia em torno da minha pequena família, aninhar-se ao lado do meu filho e de mim, e fechar o muro novamente. Eu não iria mandá-la embora, não enquanto eu continuasse sentindo esse desejo por ela dentro de mim. Eu ainda não sabia o que era aquilo que tínhamos, então "não revelado" era uma forma muito adequada de definir meu relacionamento com a Rooney.

Rocei minha ponta ao longo de suas dobras, molhando-a, para fazê-la deslizar melhor e ficar mais fácil de entrar em Rooney. Levantei o olhar para ver seus olhos semicerrados olhando para a minha mão, observando tudo de perto.

— Vou devagar. Eu quero que seja bom, então me diga para parar se precisar.

Ela me deu um aceno rápido, mas parecia que não tinha realmente ouvido o que eu disse. Sua mente estava decidida a fazer sexo comigo esta noite.

Como ela estava pronta, empurrei minha ponta contra sua entrada, e deslizei facilmente graças à sua umidade. Parei para não atingir a fina barreira dentro dela. Quando Rooney moveu os quadris para se ajustar, meu pau deslizou ainda mais, mas parou novamente quando suas paredes apertadas me impediram de ir mais fundo.

Uma pequena careta apareceu em seu rosto, e eu apertei seu quadril suavemente com uma mão enquanto ainda segurava a base do meu pau.

— Você está bem? — perguntei.

— Sim, estou bem — Rooney respondeu, sua voz insegura no início. — Continue — ela então acrescentou com mais determinação desta vez.

Olhei para baixo novamente, pensando em como era incrível ter sua boceta apertando meu pau e, com um movimento rápido, empurrei para dentro dela para romper o hímen. Um grito suave deixou seu peito, mas quando comecei a me mover para aliviar a dor ou a tensão que ela sentia por me enterrar profundamente, Rooney relaxou novamente e sorriu antes de deixar a cabeça cair no travesseiro.

— Porra... — rosnei, segurando sua bunda com uma mão novamente e colocando a outra em sua barriga plana. — Tudo bem? — perguntei para obter a afirmação de que precisava me mover um pouco mais rápido.

Ela assentiu, sorrindo para mim e finalmente relaxando completamente.

— É uma sensação incrível — ela respondeu, e isso foi o suficiente para eu mover meus quadris mais rápido e fodê-la com mais força. Não era tudo que eu tinha a oferecer, mas por enquanto era o suficiente.

Inclinando-me sobre ela, continuei mexendo meus quadris enquanto tomava seus lábios novamente, beijando-a profundamente, mas mantendo o foco em nossos corpos. Seus gemidos suaves ficaram mais altos quando ela se acostumou com meu comprimento enterrando-se profundamente dentro dela, e continuei a beijá-la, para garantir que Ira não acordasse porque seu pai e a vizinha estavam fazendo algo estranho no quarto. A última coisa que eu queria era que ele ficasse desconfortável, mas felizmente, não havia nenhum sinal de que acordaria por causa de nossos gemidos. Ele me chamaria primeiro, então a chance de ele nos pegar no flagra era baixa.

— Isso mesmo, linda. Continue me apertando com essa boceta apertadinha — eu murmurei contra seus lábios.

Não tenho certeza se ela percebeu que estava fazendo isso, mas logo depois que eu falei, ela parou de apertar por um segundo e sua boceta começou a pulsar. Eu podia sentir que Rooney estava perto de gozar, então continuei enfiando rápido e profundo.

E, a partir desse momento, não demorou muito para meu pau começar a pulsar no mesmo ritmo da boceta em torno dele.

Era isso.

Era hora de eu parar de me segurar e gozar dentro dela do jeito que eu tinha prometido.

Quebrando o beijo, mas ficando perto de seu rosto, olhei em seus olhos e envolvi meus dedos em torno de seu pescoço enquanto os músculos do meu corpo enfraqueceram pouco antes do meu gozo encher sua boceta. Foi incontrolável no começo, mas rapidamente peguei o poder do orgasmo para surfar na onda e gozar ainda mais.

Um gemido baixo vibrou em meu peito enquanto eu tentava ficar quieto pelo bem de Ira, mas era difícil controlar meu corpo enquanto a garota mais linda do mundo me encarava de volta, com os olhos arregalados e satisfeita com o que acabara de acontecer.

Para tornar as coisas ainda melhores, ela começou a rebolar seus quadris, silenciosamente tentando me fazer continuar.

Eu ri de sua necessidade entusiasmada por mais.

— Pronta para a segunda rodada já? — perguntei, sorrindo.

Ela assentiu, mas, como eu esperava, Rooney estava sem fôlego.

— Primeiro encha seus lindos pulmões com oxigênio, linda, e se você não estiver dolorida em alguns minutos, podemos ir para a segunda rodada — eu disse a ela.

Rooney não respondeu, o que era evidência suficiente de que ela estava tentando recuperar o fôlego ou já estava dolorida.

Inclinei-me para beijar seus lábios, depois a ponta do nariz e depois a testa.

— Deixe-me limpar você. Esta não será a nossa última vez.

— Promete? — ela respirou.

O fato de que ela precisava de confirmação bateu forte em mim, mas eu teria sentido o mesmo se ela já não tivesse me mostrado que queria mais.

— Eu prometo, Rooney. Não pense que poderei dizer não para uma nova chance de me enterrar profundamente dentro de você.

Capítulo 25

ROONEY

Por mais que tenha gostado da minha primeira vez com Wells, fiquei feliz por não termos ido para a segunda rodada. Quando abri meus olhos na manhã seguinte, senti a dor da qual ele falou ontem à noite, e cada movimento de minhas pernas fazia minha boceta doer.

Foi bom, mas se ele me fodesse de novo, com certeza iria doer.

Eu me espreguicei debaixo das cobertas e bocejei enquanto estendi a mão atrás de mim para descobrir se Wells ainda estava na cama comigo ou não. Ira acordou cedo, pelo menos foi o que ele me disse, e tenho certeza de que Wells acordaria sempre que ele também acordasse.

Eu não sabia que horas eram, e a chuva lá fora escondia o sol e tornava difícil para eu adivinhar quanto tempo dormi.

Wells ainda estava ao meu lado, mas estava deitado de costas para mim. Isso era incomum para nós, pois ele sempre me abraçava quando adormecíamos.

Mas não esta manhã.

Eu me virei para olhar para ele e logo descobri porque seus braços não estavam em volta de mim. Ira veio para a cama ao lado dele e, para garantir que não caísse, Wells o segurava perto do peito. Ambos estavam dormindo, então decidi deixá-los descansar enquanto eu limpava o que tínhamos deixado na cozinha ontem à noite e quem sabe até começar a fazer o café da manhã.

Saí cuidadosamente da cama e coloquei minha calça de moletom antes de caminhar ao redor da cama para chegar à porta, onde parei para olhar para os dois novamente. Ira estava deitado de costas com o rosto enterrado no peito de Wells, e Wells tinha um braço acima da cabeça de Ira enquanto o outro envolvia seu corpo. Eles estavam muito fofos assim aconchegados. Abri a porta, saí do quarto e caminhei pelo corredor até o banheiro.

Depois de me refrescar um pouco, fui para a cozinha e fiz café, depois limpei a cozinha e a sala de estar, só para que Wells não tivesse que lidar com essas coisas mais tarde. Ele já havia feito isso muitas vezes.

Eu havia deixado meu celular no balcão da cozinha ontem à noite e, quando o peguei para verificar se havia mensagens, o nome de AJ foi o único que vi. Suspirei e revirei os olhos antes mesmo de ler suas mensagens, mas, depois do que aconteceu naquela noite no meu quarto, eu sabia que não era apenas para perguntar como eu estava.

Toquei na mensagem que ele mandou primeiro e abri para ler, já sentindo um gosto ruim na minha boca sem nem precisar falar nada.

> Estou fodendo Dana porque não posso ter você.

> Pelo menos ela gosta de caras da idade dela.

> Espero que valha a pena foder aquele cara mais velho.

As mensagens foram enviadas ontem à noite às três e cinquenta e seis da manhã, e tudo que eu conseguia pensar era que ele devia estar muito, *muito* bêbado.

Suspirei de novo, dessa vez bem mais profunfamente do que antes, e, como não podia esquecer aquilo como uma pessoa normal, respondi aquelas três mensagens bem ofensivas.

> Isso não é muito legal, Aiden. Mesmo quando você está bêbado.

Guardei meu celular e me servi de uma xícara de café, depois sentei no sofá e puxei minhas pernas para perto do meu corpo para sentir um pouco de conforto depois de ler aquelas coisas horríveis.

Como ele ousava fazer uma coisa dessas?

Nós terminamos há muito tempo, ele cometeu o erro ao se aproximar de mim sem minha permissão, e agora ele estava tentando me deixar com ciúmes ou o que quer que ele estivesse fazendo me mandando merdas assim.

Inaceitável.

Tomei alguns goles de café e tentei tirar AJ da cabeça. Para minha sorte, Ira apareceu no corredor e entrou na cozinha com os pés descalços e pijama do Super-Homem.

— Bom dia, rapazinho. Você acordou cedo — eu disse, mantendo minha voz baixa.

Ele assentiu com a cabeça e esfregou os olhos com os punhos, então veio até o sofá para ficar na minha frente.

— O papai ainda está dormindo? — perguntei, passando minha mão por seu cabelo loiro para tentar arrumá-lo.

Não funcionou, mas gostei de seu visual selvagem.

Assim como o de Wells.

Ira assentiu novamente.

Ele não era muito tagarela no início da manhã, mas eu não o culpava. Ainda eram sete e meia.

Seus olhos se moveram para minha xícara de café e sorri enquanto ele os manteve lá com os lábios entreabertos.

— Quer beber alguma coisa? — perguntei, um pouco insegura de mexer com comida perto dele, porque não tinha certeza do que ele poderia ou não comer.

— Água, por favor.

— Tudo bem. Deixe-me pegar um copo para você. — Sorri para Ira e me levantei do sofá para colocar meu café na mesa e, enquanto caminhava até a cozinha, ele subiu no sofá e olhou para a tela preta da televisão.

Não tenho certeza se ele queria assistir alguma coisa, mas pensei em perguntar.

— Você gostaria de assistir algo na televisão ou brincar com seus brinquedos até o papai acordar? — Levei o copo de água para ele, que pegou de minhas mãos para beber alguns goles.

— Eu quero assistir televisão — Ira disse, sua vozinha suave e doce.

— Tem algum desenho favorito que gosta de assistir? — sentei-me ao lado dele e peguei o controle remoto para ligar a televisão enquanto ele balançava a cabeça e dava de ombros. — Ahn, vamos encontrar alguma coisa — eu prometi a ele, e, em seguida, desenhos animados que eu assistia quando tinha a idade dele apareceram na tela. — Looney Tunes! Você conhece? — perguntei, olhando para Ira e o encontrando já totalmente focado.

Ele me deu um aceno rápido, então apontou para a tela e disse:

— É o Pernalonga!

— Sim, é ele! — respondi, sorrindo e um tanto orgulhosa de que uma criança hoje em dia ainda soubesse quem era o Pernalonga.

Peguei meu café novamente e tomei alguns goles para terminar e coloquei a xícara de volta na mesa para ficar mais confortável no sofá.

Então, Ira fez a coisa mais doce que me surpreendeu ao mesmo tempo que aqueceu meu coração. Ele se aproximou de mim, enfiou o polegar na boca e colocou a cabeça no meu colo antes de enfiar a outra mão no cabelo para enrolar as mechas nos dedos. Eu já o vi fazer isso antes, mas ele estava procurando conforto enquanto se ninava, e eu achei isso a coisa mais adorável de todas.

Eu sorri e coloquei minha mão em seu lado, deixando-o se aninhar em mim sem ter que me pedir permissão. Este garotinho poderia fazer o que quisesse e eu permitiria que ele ficasse bem perto de mim. Era uma sensação maravilhosa saber que ele confiava em mim mesmo sem Wells por perto, e eu sabia que Wells também confiava na minha presença perto de Ira.

Então, sem ter que nos preocupar com nada, assistimos desenhos animados, conversando de vez em quando. Conversas com crianças nunca são forçadas, e nem deveriam ser, então estava tudo bem para Ira ficar mais em silêncio do que falar.

WELLS

Vê-los aconchegados no sofá assistindo desenhos animados um com o outro foi a visão mais adorável que já vi em muito tempo. Sempre ficou claro para mim que Ira gostava de Rooney, mas eu nunca teria imaginado que eles ficariam tão próximos tão rápido. Mais por causa de Ira, mas ele não parecia ter problemas em passar um tempo sozinho com Rooney.

Sorri ao observá-los da cozinha e, quando me aproximei, Rooney virou a cabeça para olhar para mim com um sorriso.

— Bom dia — ela me cumprimentou. — dormiu bem?

— Sim, bem demais até. Você deveria ter me acordado — eu disse a ela, inclinando-me para beijar sua testa.

Ira ainda estava focado na televisão, e eu sorri sabendo que ele estava bem e aproveitando esta manhã preguiçosa.

— Oi, amigão — eu disse enquanto me sentava ao lado de Rooney, e, quando ele finalmente desviou o olhar da tela, se levantou e engatinhou sobre o colo dela para chegar até mim.

— Estamos assistindo Looney Tunes — ele me disse, apontando para a tela e sentando no meu colo de frente para a televisão.

— Estou vendo. Você teve uma boa manhã com Rooney?

Ele assentiu e eu beijei sua nuca antes de olhar para ela com um sorriso.

— Vocês estão acordados há muito tempo?

— Cerca de uma hora. Eu levantei primeiro, depois ele veio e pediu para ver alguma coisa na TV. Espero que não seja um problema — ela disse.

— É claro que não. Sinto muito por ele ter se esgueirado para a minha cama. Ainda estou tentando encontrar uma maneira de fazê-lo dormir em sua própria cama durante a noite.

— Ah, não, não se preocupe com isso, Wells — ela disse com um sorriso, levantando o braço e colocando-o atrás de mim no encosto do sofá, então ela passou os dedos no meu cabelo gentilmente.

Ótimo. Porque eu não sei se estava pronto para levar Ira de volta para sua própria cama depois que ele rastejasse para a minha.

— Como você está se sentindo? — perguntei, olhando para suas coxas antes de encontrar seus olhos novamente.

Ela encolheu as bochechas, depois sorriu e deu de ombros. — Um pouco dolorida. A noite passada foi incrível...

— Sem arrependimentos?

— Nenhum — ela respondeu, inclinando-se e beijando meus lábios rapidamente. — Fiz café. Quer uma xícara?

— Parece bom. Vou fazer o café da manhã um pouco mais tarde. Você não está com fome ainda, certo, amigo?

Ira virou a cabeça para olhar para mim e balançou a cabeça com a minha pergunta.

— Mas posso tomar meu suco do Hulk, por favor? — ele pediu da maneira mais educada possível.

— Claro que você pode.

Eu o peguei e o sentei no sofá ao meu lado para que eu pudesse levantar com Rooney. Quando chegamos à cozinha, ela encheu duas xícaras de café enquanto eu pegava todas as frutas e legumes que sempre usava para o suco.

— Quer um pouco? Acho que vou fazer para mim também — eu disse a ela.

— Obrigado, mas vou ficar no café por enquanto. Você planejou alguma coisa para hoje? — ela perguntou, inclinando-se contra o balcão ao meu lado e me observando cortar os legumes pequenos o suficiente para caber no liquidificador.

— Eu esperava levar Ira ao parque, mas está chovendo e pensei em ir ao parquinho coberto. Você gostaria de vir? — perguntei, esperando que ela dissesse sim.

— Eu falei que queria passar o fim de semana com vocês dois. Claro que eu vou — ela respondeu com um sorriso.

— Perfeito. Posso perguntar a Ira se ele quer convidar seu amiguinho. Provavelmente vai ser mais divertido assim — eu disse.

Ela assentiu enquanto tomava um gole de seu café, e, depois que coloquei tudo no liquidificador e ela colocou a xícara no balcão, inclinei-me para beijá-la nos lábios.

Aprofundei o beijo rapidamente e coloquei minha mão em sua bochecha para puxá-la para mais perto, e ela veio de boa vontade com as mãos no meu peito nu.

Era bom vê-la ainda aqui depois da noite passada – não que eu estivesse com medo de ela ir embora pela manhã.

Ela não era um caso de uma noite e eu ia manter a promessa que fiz sobre a noite passada não ter sido a última vez que fizemos sexo.

Quando o liquidificador parou, quebrei o beijo para olhar para ela. — Eu amo ter você aqui conosco...

Eram palavras simples, mas significaram muito para mim.

Para ela também, pois seus olhos brilharam e seu sorriso ficou maior.

— Adoro estar aqui com você — ela sussurrou, acariciando meu peito com o polegar e então se afastou para me deixar pegar o liquidificador.

Eu a manteria aqui para sempre se pudesse, mas era muito cedo.

Porém, ela já havia trazido sua segunda escova de dentes para guardar ao lado da minha no banheiro, o que eu achei fofo.

— Vamos nos aconchegar um pouco mais no sofá, então podemos decidir se queremos tomar café da manhã antes de sair, ok?

Ela assentiu, pegando as duas xícaras de café enquanto eu segurava a minha vitamina de Ira até a sala de estar.

Hoje seria um dia divertido, mesmo que chovesse lá fora.

Capítulo 26

ROONEY

— Ah, aí estão eles — Wells disse enquanto um homem com seu bebê caminhava em nossa direção.

Já havíamos entrado no parquinho coberto e aguardado o amiguinho de Ira chegar na sala dos responsáveis. Wells ligou para o pai do menino para convidá-los, e ele concordou alegremente em trazer seu filho para brincar. Gostei de saber que Wells não estava completamente sozinho. Ele tinha sua mãe por perto e outros pais em quem podia confiar.

— Benny! — Ira gritou ao ver seu amigo e, como se não pudessem ficar mais fofos, correram um para o outro e se abraçaram.

Foi um pouco estranho, mas eles eram pequenos, então o que você esperaria?

— Oi, cara — Wells falou, cumprimentando o homem com um aperto de mão. — Rooney, este é Grant — ele nos apresentou, afastando-se para me deixar dizer oi para Grant.

— Oi, prazer em conhecê-lo — eu disse com um sorriso, estendendo minha mão.

Ele a apertou e acenou com a cabeça, parecendo bastante sério, mas também um pouco estressado.

— Prazer em conhecê-la também, Rooney. Imagino que você não seja a babá de Ira — ele disse com um sorriso presunçoso.

Eu ri e balancei a cabeça, mas foi Wells quem respondeu:

— Não mexa com ela — ele disse a Grant brincando, então olhou para Ira e seu amigo. — Ira, diga olá para Grant.

Ele se virou para olhar para ele e, após um aceno rápido, Benny fez o mesmo para nos cumprimentar. Dissemos olá de volta, mas ficou claro que nenhum dos dois estava disposto a conversar mais.

— Se comportem, ok? Não empurrem outras crianças e sejam sempre gentis. E fiquem juntos — Grant disse a Ira e Benny, e ambos assentiram enquanto seguravam a mão um do outro, prontos para correr juntos para o parquinho.

Havia alunos trabalhando aqui para garantir que nenhuma criança se machucasse, então podíamos nos sentar e observar de longe enquanto eles cuidavam das crianças.

Wells se abaixou na altura dos olhos de Ira e puxou a camisa para cima para verificar a bomba de insulina que ele usava em volta do pescoço, em vez de estar presa ao cós da calça, tornando mais fácil e confortável para Ira correr.

— Lembre de vir tomar um gole de água de vez em quando, ok, amigão? Estaremos bem aqui.

Wells era mais o tipo de pai protetor, enquanto Grant não conseguia esperar até que eles fugissem para que pudesse ter um pouco de silêncio.

Era divertido, mas não deixei que ele notasse.

— Ok. Podemos brincar agora? — Ira perguntou, afastando o pai, mas da maneira mais doce possível.

Ele riu, beijou sua testa e acenou com a cabeça.

— Vá se divertir.

O primeiro destino deles foi o escorregador duplo com a caixa de bolinhas no final. Ficamos lá por um segundo apenas para garantir que eles o fizessem com segurança, depois nos sentamos à mesa.

— Você ainda está na faculdade — Grant disse enquanto seus olhos escuros estudavam meu rosto.

Ele era bonito, provavelmente tinha a idade de Wells, mas era totalmente o oposto quando se tratava de sua aparência. Ele tinha cabelo preto como azeviche, assim como Benny, e sua barba era mais espessa do que a barba por fazer de Wells, o que fazia Grant parecer ainda mais misterioso.

— Sim, sou estudante de arte e estou no primeiro ano da *Central College* — eu disse a ele. — O que você faz? — Eu queria saber mais sobre ele só para provar que ele não era tão rígido e sério quanto parecia.

— Sou bombeiro — ele disse, mantendo sua resposta curta e direta.

— Isso é incrível — falei para ele com um sorriso.

Wells deve ter notado minha tentativa de manter essa conversa enquanto ele colocava a mão na minha coxa e apertava suavemente.

— Sim. Mas é estressante pra caralho. Queria poder passar um maldito dia sem me sentir assim. Ainda não sei porra nenhuma sobre como é ter uma vida calma e gratificante.

Seu mau humor era um tanto intrigante.

Eu não o culpo pelo jeito que ele era, porque todos nós tínhamos nossos próprios problemas para lidar, mas por mais que eu tentasse curtir sua presença, sua melancolia estava dificultando as coisas. Eu tinha acabado de conhecê-lo, então ainda havia tempo para eu me aproximar dele.

— Grant também é pai solteiro. A ex dele, a mãe de Benny, fica com ele todo fim de semana — Wells explicou.

— E vou te falar uma coisa... até hoje não tenho a menor ideia de como ele faz isso, trabalhando e sendo pai vinte e quatro horas por dia, sete dias por semana.

Eu sorri.

Eu sabia o quanto Wells trabalhava e a maneira como ele cuidava de Ira era incrível.

— Ele é ótimo — eu disse, olhando para Wells com um sorriso.

— Grant está apenas fazendo sua vida parecer pior do que realmente é. Não acredite em cada palavra que ele diz — Wells me disse com uma piscadinha.

Grant soltou uma risada áspera e balançou a cabeça, recostando-se na cadeira e ficando mais confortável.

— Então vocês estão juntos, hein? Nunca pensei que o veria namorar novamente. Como vocês se conheceram?

— Fui morar com minha melhor amiga, que por acaso mora em um apartamento acima do de Wells — expliquei, e Grant arqueou uma sobrancelha.

— Aquela garota ainda mora lá? Achei que ela sairia de lá mais rápido com todo aquele dinheiro que os pais dela têm.

Compreensível, e também interessante que ele soubesse quem era Evie.

— Você conhece ela? — perguntei.

— Eu conheço os pais dela. Fui convidado para uma das festas de galas do clube de campo um tempo atrás, depois que conseguimos impedir que um incêndio destruísse um de seus novos edifícios residenciais. Ainda era um canteiro de obras, mas alguns adolescentes acharam engraçado acender uma fogueira uma noite.

— Entendi. Bem, as festas deles são legais, não são?

— Claro, muita bebida grátis e garotas gostosas em vestidos justos, mas ainda não é um local em que eu gostaria de ficar por mais de uma noite — ele me disse.

Uma garçonete veio até nossa mesa e sorriu com um bloco de anotações na mão, perguntando o que gostaríamos de beber. Como era um lugar para crianças, eles não serviam álcool, então os dois pediram uma

Coca-Cola e dois copos de água para as crianças, e eu pedi um chá gelado caseiro, pois todo o resto era muito açucarado.

Continuamos conversando, mas logo Wells e Grant começaram a conversar sobre trabalho e todos os tipos de coisas sobre as quais eu não sabia muito. Descobri que eles se conheceram na faculdade e se reencontraram anos depois nesta cidade, embora nenhum dos dois tenha morado aqui antes. Foi uma coincidência e, embora eles não saíssem muito, Ira e Benny os aproximaram novamente.

— Chastity lhe enviou o convite para seu próximo encontro? — Grant perguntou.

A mão de Wells ainda estava na minha coxa e eu coloquei a minha sobre a dele, acariciando-a para demonstrar afeto. Algo que eu fazia de melhor.

— Sim, recebi a mensagem dela. Ainda não tenho certeza se Ira e eu iremos. Ele receberá uma nova bomba em breve e quero que ele se ajuste a ela antes que enlouqueça.

— Me avise se você decidir ir — Grant falou, tomando um gole de sua Coca-Cola e movendo seus olhos para os meus. — Você sempre gostou de caras mais velhos?

Ele era direto, o que não era um problema, mas senti minhas bochechas esquentarem um pouco graças à sua atitude de macho-alfa.

— Ahn, eu nunca tive um tipo, então acho que a idade nunca foi algo que importou — respondi.

Ele assentiu, sorrindo para Wells e balançando a cabeça.

— Sortudo do caramba.

— Sim, eu definitivamente sou — Wells disse, sorrindo para mim.

Eu ri baixinho e apertei sua mão, pensando que tive a mesma sorte.

— Papai! — Benny estava correndo em nossa direção com um grande sorriso no rosto, muito parecido com o de seu pai.

— O que foi? — Grant perguntou quando Benny o alcançou.

— Eu fui no grande escorregador e foi assim! — ele exclamou, levantando a mão e gesticulando o quão íngreme o escorregador era.

— Não acredito — Grant disse sarcasticamente, sorrindo para seu filho. — Tão inclinado assim?

Benny olhou para ele com os olhos arregalados.

— Sim! Ira também foi!

Wells franziu a testa com isso, parecendo saber que Ira normalmente não iria em um escorregador assim. Ele olhou em volta para ver se conseguia ver Ira em algum lugar, então se virou para olhar para Benny.

— Onde está o Ira?

— Eu não sei — Benny deu de ombros.

— Dissemos para vocês ficarem juntos e não se separarem um do outro, Benny — Grant disse, suspirando e lançando a Wells um olhar de desculpas.

Com certeza Benny era o maluquinho na amizade.

Wells se levantou e soltou minha mão.

— Vou ver se consigo encontrá-lo — ele disse, e eu imediatamente me levantei para ir junto e ajudar, enquanto Grant continuava a explicar as regras para Benny novamente.

— Tenho certeza de que ele está bem — falei, mantendo minha voz suave e calma.

— Sim, mas eu odeio saber que ele está vagando por aí sozinho.

Totalmente compreensível.

Passamos pelos escorregadores e trepa-trepa, verificando cada canto até que paramos em um arco com adesivos de todos os tipos de personagens fictícios ao redor.

Lá dentro, havia uma sala com mesas e cadeiras para as crianças se sentarem e brincarem com Legos e massinha, e, no canto esquerdo, estava Ira sentado sozinho, de costas para nós.

Um suspiro de alívio escapou de Wells e, depois de sorrir para ele, caminhamos até Ira para ver como ele estava.

— Ei, amigão. O que você está fazendo aqui sozinho? — Wells perguntou, agachando-se para ficar mais perto dele.

Ira virou a cabeça e, depois de dar uma olhada nele, ficou claro que estava chorando.

— Ah, amigão. O que aconteceu?

Wells o puxou em seus braços e Ira soltou as dois pequenos bonecos de Lego para abraçar o pai. Observei Wells esfregar as costas de Ira para confortá-lo e, embora ele ainda parecesse triste, não chorou de novo.

— Benny disse que você foi no escorregador grande. É por isso que você está triste? Você ficou assustado? — Wells perguntou.

Ira assentiu e fez beicinho, cutucando o moletom de Wells com os dedinhos.

— Você sabe que não precisa fazer coisas das quais não tem certeza. — Ele colocou as duas mãos na cintura de Ira para fazê-lo recuar e olhar em seus olhos. — Mas estou orgulhoso de você por tentar e descer no escorregador. Isso é muito corajoso da sua parte, Ira.

Adorei a maneira como Wells falou com ele. Tão gentil e amável, não muito duro, mas ainda de uma forma que faria Ira ouvir.

— Foi o escorregador verde — Ira contou para ele.

— Quer me mostrar qual é? E depois podemos ir beber e comer alguma coisa. — Wells sugeriu.

— Sim, por favor!

— Tudo bem, vem aqui. — Ele o pegou no colo e, antes de começarmos a andar, Ira sorriu docemente para mim.

— É um lugar divertido, hein? Há tanto para ver aqui — eu disse, esfregando seu braço.

— Eu vi um dinossauro! — Ira anunciou, a tristeza em seus olhos não estava mais presente.

— Você viu? Era grande? — perguntei com entusiasmo.

— Muito grande! — Ele ergueu a mão acima da cabeça de Wells para mostrar a altura do dinossauro, e nós rimos de sua expressão com os olhos arregalados.

Saímos da área de Lego, passamos pelo dinossauro e depois pelo escorregador verde em que ele desceu.

— Você deve estar tão orgulhoso de si mesmo por escorregar até lá, Ira. Você foi muito corajoso — Wells disse a ele, beijando sua bochecha.

— Mas eu fiquei triste — Ira respondeu, fazendo beicinho novamente e olhando para o pai.

— E tudo bem. Mas, depois de se sentir triste, você pode se sentir feliz pelo que fez. Da próxima vez, não chore, mas sorria e diga *"consegui!"* para si mesmo.

Ira pensou por um tempo, então assentiu e deu um soco no ar.

— Eu consegui!

Wells sorriu e assentiu.

— Sim, você conseguiu! Você pode fazer qualquer coisa! Não deixe ninguém lhe dizer o contrário, ok? E lembre-se de que não há problema em dizer não às coisas se você não tiver certeza sobre elas.

— Ok.

Satisfeitos com a resposta de Ira, voltamos para a mesa para nos sentarmos novamente com Grant e Benny. Enquanto Ira bebia sua água, examinamos o cardápio para ver se havia algo que parecesse bom.

Wells verificou a bomba de Ira para ver se ele poderia comer algo açucarado. Como ele estava correndo há uma hora, eu tinha certeza de que cairia bem um pouco da energia dos doces.

— Ira, você gostaria de bolo de cenoura ou torta de maçã? — Wells perguntou.

Essa foi uma decisão muito difícil para ele tomar, pois nem sempre comia a sobremesa. Depois de um tempo, ele ainda não conseguiu decidir, então Wells sugeriu uma fatia dos dois para dividir.

Essa era uma ótima idéia.

— O que você gostaria? — Wells me perguntou, colocando a mão na minha coxa novamente.

— Acho que vou comer um pouco de torta de maçã também — respondi.

Ele me deu um aceno rápido e se inclinou para beijar minha têmpora antes de levantar a mão para chamar a atenção da garçonete.

Enquanto ele fazia nosso pedido, olhei para Grant, que estava me observando atentamente, e sorri para ele na esperança de fazê-lo parar. Não estava me incomodando, mas estava começando a ficar tão intenso para mim que tive que desviar o olhar.

Não tenho certeza do que ele queria de mim, mas estava claro que tinha uma queda por garotas da minha idade, pois também deu uma boa olhada na garçonete enquanto ela se afastava.

Bem, eu não estava mais disponível, mas, mesmo assim, não achava que Grant e eu éramos compatíveis.

Capítulo 27

WELLS

Eu não perdi os olhares que Grant lançou na direção de Rooney, como se estivesse pronto para despi-la e se divertir com ela do jeito que fazia com outras mulheres que ele mal conhecia. No dicionário, sob a palavra "mulherengo", você encontraria uma foto do rosto de Grant.

Mas ficou claro que Rooney não deu a ele um segundo de seu tempo depois de notar sua aparência, e ela continuou sorrindo para mim, para me garantir que não iria se apaixonar por Grant, não importava o que ele estivesse fazendo.

Era fim de tarde e Ira já estava cansado, pronto para voltar para casa. Embora fosse uma criança com muita energia, Benny era muito mais ativo, então Grant decidiu ficar mais um pouco até que seu filho estivesse exausto.

Nós nos despedimos deles e, enquanto Grant abraçava Rooney, mantive meus olhos em suas mãos para ter certeza de que ele não as moveria mais para baixo de onde estavam na parte inferior das costas dela. Felizmente, ele não tentou fazer nenhum movimento e a soltou rapidamente. Grant encontraria sua próxima garota para foder e a mandaria para casa na manhã seguinte.

Eu tinha certeza disso.

Na volta de carro para casa, Ira adormeceu em sua cadeirinha e eu o carreguei para cima enquanto Rooney caminhava atrás de mim segurando os bonecos do Hulk que Ira levou com ele no passeio de carro.

— Vou ter que acordá-lo logo para o jantar. Você vai comer conosco, certo? — perguntei a ela quando paramos na frente da minha porta.

Rooney assentiu e pegou as chaves da minha mão para destrancar a porta para mim.

— Vou me trocar lá em cima e já volto.

Ela ficou na ponta dos pés para beijar minha bochecha, então abriu a porta para facilitar minha entrada e, quando entrei, sorri para ela.

— Não demore muito — eu disse antes que ela subisse as escadas.

Fui para o quarto de Ira e o coloquei na cama com cuidado. Olhei sua bomba de insulina para verificar que tipo de comida ele precisava, então fui para a cozinha.

Os fins de semana com Rooney estavam começando a se tornar um hábito, algo que eu não conseguia mais negar, mesmo que fossem os dias em que Ira e eu poderíamos passar um tempo juntos. Mas como eu poderia não deixar Rooney entrar se ela ocupava a maior parte dos meus pensamentos todos os dias? Eu estava começando a realmente gostar dela, e, depois da noite passada, não havia como afastá-la de mim.

No entanto, a ideia de estar em um relacionamento estava me assustando para caralho. Eu não queria me comprometer com nada se houvesse a possibilidade de perdê-la ou machucá-la, e também tinha que ter Ira em mente. Se ele se apegasse ainda mais e as coisas não saíssem do jeito que eu queria, não seria fácil para ele deixar Rooney. Seu coração precisava de proteção, especialmente porque ele nunca teve uma figura materna em sua vida.

A outra coisa que estava começando a surgir na minha cabeça com mais frequência era o dia em que ele finalmente me perguntaria sobre sua mãe. Até agora, ele nunca questionou por que seus amigos tinham mães, mas ele não.

Quanto mais velho ele ficava, mais difícil seria fazê-lo entender o que aconteceu em seu nascimento. Mas dizer a uma criança de quase quatro anos que sua mãe morreu depois de dar à luz não parecia algo que qualquer um naquela idade aceitaria. Inventar uma história também não era uma opção. Eu encontraria uma maneira de explicar tudo para Ira, assim que ele estivesse pronto e perguntasse sobre isso.

Comecei a preparar o jantar e apenas meia hora depois, Rooney entrou no apartamento.

— Minha mãe me ligou. Ela perguntou se eu queria ir visitá-los no rancho daqui a duas semanas, no fim de semana — ela me disse, inclinando-se ao meu lado contra o balcão.

— Parece divertido — comentei, sorrindo para ela.

— Sim, então eu disse a ela que levaria alguém para conhecê-los. — Ela apertou os lábios em uma linha fina para evitar que um sorriso se espalhasse em seu rosto, e arqueei uma sobrancelha antes de perceber onde ela queria chegar com isso.

— Você quer me apresentar aos seus pais? — perguntei.

— Sim. Agora que conheci sua mãe, acho justo deixar você conhecer a minha. Se você concordar — ela falou, franzindo os lábios. — É uma má ideia?

— Não, eu acho fofo você querer que eu conheça seus pais. Eu adoraria ir — respondi para ela, sorrindo.

— Mesmo?

— Você parece surpresa — eu ri.

— Bem, não achei que você concordaria tão rápido — Rooney comentou com um encolher de ombros. — Pensei que você teria que pensar sobre isso primeiro.

Larguei a colher de pau que estava usando para mexer o molho de tomate do macarrão e me virei para olhar para ela.

— Rooney, não deixei claro ontem à noite que quero você? — perguntei, incapaz de me impedir de sorrir.

— Sim, deixou. A dor entre minhas pernas me lembra disso toda vez que dou um passo.

— Então você não deveria se surpreender ao descobrir que eu quero conhecer sua família. Além disso, Ira adora animais, então sei que ele vai adorar o rancho.

Ela sorriu e colocou os dois braços em volta do meu pescoço para se aproximar, e eu a segurei com força contra o meu corpo com minhas mãos na parte inferior das costas.

— Vocês dois vão adorar. Não sou uma garota do campo, mas gosto da natureza, e o rancho tem muito a oferecer. Meus pais contrataram duas pessoas para fazer passeios e mostrar todos os animais que eles têm. Tenho certeza de que eles farão um quando estivermos lá.

— Mal posso esperar — sussurrei, inclinando-me para beijar seus lábios.

Suas mãos se moveram para o meu cabelo, segurando-o gentilmente e aprofundando o beijo enquanto eu me abria para ela. Sua língua roçou a minha e a deixei explorar minha boca até que tive que voltar minha atenção para a panela, para que nada começasse a queimar.

— Teremos muito tempo para nos beijar depois do jantar. Economize sua energia para mais tarde — eu disse a ela com um sorriso.

Rooney riu baixinho e se afastou de mim.

— Ok.

— Que bom. Não pense que vou me segurar esta noite — eu prometi com uma piscadinha.

Suas bochechas ficaram vermelhas e ela rapidamente se virou para começar a arrumar a mesa. Rooney não era mais virgem, mas a forma como eu falava a fazia se contorcer e estremecer toda vez. Era a coisa mais doce de todas, e eu tinha esperança de que isso não ia desaparecer depois que transássemos mais vezes.

Senti meu pau estremecer na calça enquanto fazia a simples tarefa de cozinhar o macarrão, mas a presença Rooney era o que me provocava sem que ela dissesse uma palavra sequer. Eu precisava fazer uma pausa rápida antes de começarmos a comer e disse a ela que iria acordar Ira para jantar conosco.

Quando entrei em seu quarto, ele já estava acordado, mas ainda deitado na cama com os braços cobrindo o rosto.

— Oi, amigão. Você teve uma boa soneca? — perguntei, sentando na beira da cama dele.

Ele moveu os braços e olhou para mim, então assentiu e estendeu as duas mãos. Puxei Ira, fazendo-o se sentar e passar seus braços em volta do meu pescoço, e coloquei meus braços em volta dele também para abraçá-lo e beijar sua cabeça.

— Papai fez o jantar. Quer vir comer comigo e com a Rooney? — perguntei.

— Ok.

Levantei com ele ainda em meus braços e ele me envolvia com as pernas para se sustentar. Enquanto caminhávamos em direção à cozinha, comecei a contar a ele sobre o fim de semana que passaríamos em um rancho.

— A mãe e o pai de Rooney têm um rancho com muitos animais, e vamos vê-los em breve. O que você acha? — perguntei, beijando sua bochecha antes de entrar na cozinha.

— Eu gosto de animais — ele respondeu, ainda sonolento por causa da curta soneca.

— Olá, garotinho — Rooney o cumprimentou com um sorriso e Ira olhou para ela e acenou.

— Eu gosto de animais — Ira repetiu para se certificar de que Rooney tinha ouvido, então começou a beber sua água quando estava sentado em sua cadeira.

— Ah, eu sei que sim. O zoológico foi divertido, hein? Temos animais diferentes no rancho, como vacas e cavalos — Rooney comentou.

Os olhos de Ira se arregalaram.

— Podemos montar nos cavalos?

— Claro! E você também pode alimentá-los e escová-los. Vai ser muito divertido — ela prometeu.

Sorri para ela e enchi nossos pratos com macarrão e molho, depois me sentei para começar a comer.

Sim, Rooney definitivamente não sairia do meu lado por muito tempo.

ROONEY

Ontem à noite, depois que Ira voltou para a cama, não houve muita conversa entre Wells e eu.

Depois de lavar a louça e ir direto para a cama, nossa segunda vez fazendo sexo foi ainda mais quente do que a primeira, mas a ardência na minha boceta quando ele ia para dentro e para fora de mim machucou mais do que na primeira vez.

Não foi doloroso, mas eu tive que me acostumar com a sensação de queimação antes que eu pudesse desfrutar totalmente de seu jeito forte de foder. Ele realmente não mostrava misericórdia na cama, e tudo bem, obviamente. Eu estava começando a gostar de transar e fiquei animada para a próxima vez que nos veríamos.

Saí do apartamento dele há alguns minutos porque tinha que terminar a pintura de Ira e ter certeza de que estava tudo pronto para minhas aulas na próxima semana. Então, depois de dizer oi para Evie, fui para o meu quarto para terminar meu trabalho.

Eram oito da noite e, como jantei no Wells, pude me concentrar nas minhas coisas pelo resto da noite.

Isso se AJ não tivesse interrompido meus planos.

— Oi, Rooney — ele me assustou.

Ele não disse nada sobre vir aqui, e Evie também não mencionou, então, quando me virei, olhei para ele irritada.

— Por quê você está aqui? — perguntei, minhas sobrancelhas arqueadas.

Ele encolheu os ombros.

— Queria visitar Evie. E quis ter certeza de que você soubesse que estou aqui — ele disse, soando mais arrogante do que o normal.

Eu não gostava desse lado dele e ainda não sabia o que ele estava fazendo.

— Ok, obrigada.

Eu me virei para continuar desenhando o presente de aniversário de Ira, que estava incrível, mas faltavam alguns detalhes.

— Fã da Marvel agora? — AJ perguntou, aproximando-se e basicamente invadindo minha privacidade.

— É um presente — murmurei, tentando me manter calma e gentil. — E não é só a Marvel — apontei, pois havia super-heróis de diferentes universos.

— Certo. Acho que mereço o jeito que você está falando comigo depois daquelas mensagens que enviei para você.

Jura?

— Elas foram desnecessárias. Mas você estava bêbado, então acho que você pode culpar o álcool — retruquei, revirando os olhos, mas sem olhar para ele.

— Nunca culpei o álcool. Foi idiota e eu admito. Mas ainda acho que isso entre nós poderia ter sido diferente. Já que você ainda está namorando aquele cara... — Suas palavras foram aos poucos me fazendo perder a paciência, que preferia manter ou não conseguiria terminar esse detalhamento na pintura.

Coloquei meu pincel no plástico embaixo da pintura para garantir que meu tapete não manchasse. Então me virei para olhar para AJ com uma carranca.

— Você realmente quer continuar discutindo esse assunto? Porque não tenho tempo e nem motivação para isso. Já conversamos sobre tudo, Aiden. Mais de uma vez. Então, se você pudesse me deixar em paz, eu ficaria muito grata.

Ele ficou lá com os braços cruzados sobre o peito e os olhos fixos nos meus.

— E se eu achar que não conversamos sobre tudo?

— Então você não ouviu da primeira vez e concordou em sermos amigos sem querer. Além disso, parece que você se afastou de mim, já que tem saído com Dana nas últimas semanas. Ou você está apenas a usando para me deixar com ciúmes?

Ele riu e balançou a cabeça.

— Eu não preciso deixar você com ciúmes.

— Então por que está esfregando seu relacionamento ou o que quer que você tenha com ela na minha cara? Eu não me importo, mas você obviamente sente que precisa continuar me assediando com seu comportamento tóxico. — Posso ter sido um pouco dura, mas era assim que me sentia e não queria gastar mais tempo com ele se não melhorasse.

— Você já gostou de mim, Rooney? — AJ perguntou, sua voz mais baixa e suave agora.

Meu Deus, será que ele estava louco?

— Se você não consegue responder a essa pergunta sozinho, então talvez queira repensar sobre tudo o que está fazendo, seja lá o que for. Você não estaria aqui se soubesse a resposta.

— Então por que você está ficando brava por eu querer falar com você sobre nós?

— Porque não vejo sentido em falar sobre isso, AJ! Nós terminamos, eu segui em frente e então conheci alguém novo. Por que você não pode aceitar que nunca mais ficaremos? Nós tentamos, não sentimos que as coisas estavam indo a algum lugar, e ainda é assim que me sinto.

Ficamos em silêncio por um tempo, mas ele ainda não parecia ter terminado. Então, antes que ele falasse, levantei do chão e me aproximei dele para colocar minha mão em seu braço.

— Você é um cara muito legal, Aiden. Você é gentil e inteligente, e isso aqui, agora, não é você. Eu já disse antes, mas se você precisa ouvir mais uma vez, eu digo de novo — falei, deixando escapar um suspiro pesado. — Não podemos ser nada mais do que amigos.

Ele observou meu rosto enquanto eu esperava finalmente colocar em sua mente que teríamos nada além de amizade. Afinal, eu gostava muito dele e seria uma pena perdê-lo.

— Meu Deus, por que vocês dois não podem simplesmente parar de brigar? Eu disse para não entrar aí — Evie disse, com voz aborrecida.

Olhei além de AJ para vê-la parada na porta, então dei um passo para trás e olhei para Aiden novamente.

— Não estamos brigando. Apenas conversando sobre as coisas — ele disse.

Espera, será que ele finalmente percebeu o quão ridículas eram suas mensagens e palavras?

— Somos amigos — ele acrescentou.

Eu sorri para AJ e um grande peso saiu de meus ombros.

— Eu não me importo com o que vocês sejam, desde que parem de discutir. É chato, e eu chamei você aqui para me ajudar com a luminária do meu quarto, não para incomodar a Rooney.

— Amigos — eu repeti e ele assentiu com um sorriso.

Embora ele concordasse, eu sabia que ainda o incomodava não conseguir nada além disso.

Mas meu coração estava se abrindo aos poucos para alguém, e eu tinha que tomar cuidado para não me machucar.

Homens.

Eles sempre complicam as coisas.

Capítulo 28

WELLS

Festas de aniversário infantis eram insanamente loucas, e nem mesmo os alunos nas festas da faculdade conseguiam chegar ao nível de emoção que essas crianças estavam sentindo agora.

Ira tinha quatro anos e estava se divertindo muito com quase todos os amigos naquela noite. Das onze crianças convidadas, apenas uma não pôde ir por estar gripada. Mas fora isso, todos os seis meninos e cinco meninas estavam brincando juntos, dividindo brinquedos, dançando e rindo uns com os outros.

Fui vê-los na sala. Eu tinha empurrado o sofá contra a parede para dar mais espaço e trazido todos os brinquedos com os quais Ira queria brincar de seu quarto para o meio da sala, para que todos pudessem aproveitar. Eu me agachei ao lado de Ira, que estava brincando com Sia e Waylon, e dei um tapinha em seu ombro para chamar sua atenção.

— Você está se divertindo com seus amigos, amigão? — perguntei, acariciando seu cabelo loiro.

Ele sorriu para mim e assentiu com a cabeça.

— Que bom! Que tal você dizer a todos para se sentarem à mesa? Seu bolo de aniversário está pronto. Você pode soprar as velas — eu disse a ele, quase incapaz de conter minhas emoções porque meu filho estava ficando tão grande.

— Bolo! — ele exclamou, então disse a Sia e Waylon primeiro antes de se levantar e correr para seus próximos amigos.

Eu ri e deixei Sia pegar minha mão. Ela era um pouco tímida, porque sua família havia se mudado para cá há apenas algumas semanas e ela ainda precisava conhecer todo mundo, mas estava determinada a brincar como os outros.

— Você gosta de bolo de cenoura, Sia? — perguntei enquanto a ajudava a subir em uma cadeira.

Eu tinha expandido a mesa da cozinha para que todas as onze crianças coubessem. Eles já haviam almoçado juntos, o que foi tranquilo também graças a Rooney conversando e ajudando as crianças.

— Sim — ela respondeu calmamente.

— Então você vai ganhar uma fatia grande — Rooney disse a ela, virando a cabeça para olhar para a menina e sorrir.

Observei que mais e mais crianças vinham à mesa e, quando todos estavam sentados, diminuí as luzes e comecei a cantar "Parabéns" para Ira.

Rooney e todas as crianças começaram a cantar comigo, e eu fiquei atrás de Ira enquanto Rooney colocava o bolo com quatro velas na frente dele. Ela havia encontrado uma receita sem açúcar, mas ainda assim ficou doce para as crianças se divertirem.

Foi escolha de Ira o bolo de cenoura para seu aniversário. Mas como tínhamos onze crianças querendo chocolate e outros doces, fui ao *Divine* comprar alguns muffins e brownies. Eles também não continham açúcar, mas eu precisava garantir que Ira não comesse demais.

Pobre garoto. Nem poderia desfrutar de toda a comida que desejava no aniversário. Mas Ira não se incomodou com isso.

— Muitos anos de vida! — Cantamos em uníssono, beijei a têmpora de Ira e sussurrei: — Faça um pedido, amigão!

Ele torceu o nariz e pensou em seu desejo antes de soprar as velas.

— Que bolo lindo — ouvi uma das meninas dizer.

Levantei o olhar para ver Bethy, a mais velha do grupo que já tinha seis anos, olhando para o bolo com os olhos arregalados.

— É, né? — Rooney concordou.

Bethy olhou para Rooney com entusiasmo dançando em seus olhos.

— Você pode dar a receita para minha mãe? — ela perguntou, nos fazendo rir. Ela já parecia uma adolescente, mas era muito doce com as crianças mais novas.

— É claro! Vou anotar e entregar a ela amanhã de manhã — Rooney respondeu.

Depois que cada criança comeu uma fatia, elas comeram e continuaram falando sobre vários assuntos e fazendo planos sobre do que iriam brincar a seguir.

— As crianças estão adorando — comentei quando me aproximei de Rooney e me encostei no balcão.

— Estou feliz que estejam! Eles são adoráveis. Achei que tantas crianças seriam um problema, mas todos estão brincando bem uns com os outros.

Felizmente.

— Eles estão todos se divertindo. Obrigado por me ajudar — agradeci.

— Por nada! É divertido, e eu não poderia deixar você fazer isso sozinho. Você merece uma pausa em algum momento, sabia?

Eu ri e peguei a mão dela para puxá-la e beijá-la antes de entrelaçar nossos dedos.

— Sim, eu sei. Mas é difícil desviar o olhar quando Ira experimenta coisas novas. Adoro ver a alegria nos olhos dele.

Rooney assentiu e se encostou em mim por um momento antes de soltar minha mão e se virar para cortar outra fatia de bolo.

— Você tem que experimentar também.

Peguei o prato dela e dei uma mordida.

— Está delicioso, Rooney. Obrigado por reservar um tempo para fazer o bolo e tudo mais. Eu sei o quão ocupada você esteve na semana passada.

— Está tudo bem, de verdade. Terminei todos os meus trabalhos e não tenho provas na semana que vem.

Assenti com a cabeça e dei outra mordida.

— Que bom. Ira está tão animado quanto eu para ir ao rancho. Ainda está de pé, certo? — perguntei.

— É claro! Se você sair do trabalho mais cedo, podemos ir para lá na sexta à tarde. É uma hora de carro até o rancho — ela me disse.

— Estarei em casa às quatro em ponto!

— Wells? — Sia estava vindo até nós com o prato vazio nas mãos.

— Sim, querida? — Abaixei para ouvi-la mais claramente por cima do som das outras crianças e tirei o prato de suas mãos.

— Eu preciso fazer xixi — ela disse, sua voz calma e suave.

Eu sorri, então apontei para Rooney, pois pensei que ela seria mais adequada para isso, caso não se sentisse muito confortável comigo ajudando-a a ir ao banheiro.

— Rooney vai lhe mostrar onde fica o banheiro, ok?

Sia assentiu e pegou a mão de Rooney, e só de vê-la segurando a mão de uma garotinha meu coração derreteu novamente.

Eu podia vê-la sendo mãe.

Isso era natural para ela, mas tive que parar de pensar tão à frente. Eu ainda não conhecia os pais dela e, embora não tivesse passado muito tempo desde que nos conhecemos, percebi que este fim de semana no rancho só nos aproximaria.

— Alguém quer mais chá gelado? — perguntei às crianças enquanto me aproximava da mesa, e algumas delas me pediram mais.

Enchi seus copos e fui até Ira para ver como ele estava.

— Você gostou do bolo?

— Sim, estava bom — ele respondeu, olhando para mim com olhos alegres. — Quando posso abrir meus presentes, papai?

— Vamos esperar até Sia voltar do banheiro e então vocês podem começar a abrir seus presentes, ok?

Ele assentiu e desceu da cadeira antes de correr de volta para a sala. Seus amigos o seguiram e, enquanto esperávamos que Rooney voltasse com Sia, comecei a colocar todos os presentes na mesinha de centro em frente ao sofá.

— Ira poderia se sentar no trono — Bethy sugeriu enquanto me ajudava a pegar todos os presentes sem que eu tivesse que pedir ajuda.

— Isso mesmo! Abrir presentes é divertido, né?

— Sim, eu já abri os meus, porque meu aniversário foi em abril.

Eu sabia disso, pois Ira tinha sido convidado para o aniversário dela este ano.

— Ira, você pode sentar aqui! — ela chamou, apontando para o sofá.

Ele veio correndo em nossa direção e se arrastou para o sofá, depois sorriu para mim e disse:

— Posso abrir o da Rooney primeiro? É o maior!

— Não, você tem que deixar esse para o final, Ira! Vai ser mais divertido assim! — Bethy sugeriu, fazendo Ira mudar de ideia rapidamente.

Eu ri e entreguei a ele o primeiro enquanto Rooney voltava para a sala com Sia.

ROONEY

Ira abria seus presentes enquanto todas as crianças estavam sentadas à sua frente, observando animadamente o que ele ganhara. Cada brinquedo era divertido e diferente, fazendo Ira sorrir para cada um deles, mas eu tinha certeza de que nenhum era tão bom quanto o presente que Wells lhe deu para abrir esta manhã.

Uma fantasia do Hulk.

Uma de corpo inteiro, devo acrescentar.

Ira a havia usado a manhã toda, mas, antes que seus amigos começassem a chegar, ele a tirou, porque estava ficando muito quente por dentro.

Depois que todos os presentes estavam abertos, Wells me ajudou a colocar a pintura que fiz no chão e todas as crianças sentaram-se ao redor enquanto Ira rasgava o papel de embrulho em pedaços.

— Uau! — um garoto disse enquanto os outros admiravam a obra de arte colorida na frente deles.

— Puta merda — Wells sussurrou, deixando escapar uma risada depois. — Você realmente pintou isso?

— Sim, ficou bom, né?

Fiquei orgulhosa de mim mesma ao passar horas aperfeiçoando-o para Ira, e Wells assentiu com os olhos grudados na tela.

— É incrível, linda! Olhe para Ira, está hipnotizado — ele disse com uma risada.

Os lábios de Ira estavam entreabertos e seu dedo passou cuidadosamente pela superfície pintada.

— Você gostou, amigão? — Wells perguntou, e ele rapidamente assentiu com a cabeça, ainda incapaz de falar.

— Você que pintou? — Bethy perguntou, já que ela era a criança mais falante por aqui.

— Sim. Você gosta de desenhar e pintar?

— Na verdade não, mas minha mãe gosta. Talvez você possa ser amiga dela — ela sugeriu.

Eu ri baixinho e esfreguei suas costas.

— Parece ótimo, Bethy.

Ira se levantou enquanto algumas crianças já se viravam para brincar com outra coisa e outras ficavam admirando meu trabalho e apontando os super-heróis que reconheciam.

Sentei no sofá e deixei que Ira me abraçasse com força.

— Obrigado, Rooney — ele agradeceu, sempre educado.

— De nada, Ira. Podemos pendurá-lo no seu quarto amanhã, ok?

Ele olhou para mim e assentiu, então virou a cabeça para olhar para Wells e apontou para a pintura.

— Eu tenho todos os super-heróis! — exclamou.

— É incrível, né? Rooney é uma grande artista — Wells disse, passando a mão na minha nuca.

Meu Deus, esses dois tomaram conta do meu coração.

Como eu poderia ficar longe deles?

O resto da tarde e da noite foram gastos assistindo a um filme da escolha de Ira, jantando e depois ouvindo uma história que li para eles adormecerem.

Wells e eu estávamos sentados na cama de Ira, Wells abraçando-o enquanto todas as outras crianças estavam embrulhadas nos sacos de dormir que trouxeram para esta noite. O tapete era macio o suficiente, mas demos a eles mais travesseiros da sala de estar para garantir que estivessem confortáveis o suficiente. Mas ninguém parecia se incomodar com o chão, afinal, era uma festa do pijama. Foi divertido e eles gostaram da história que eu estava lendo.

Alguns já haviam adormecido, inclusive Ira, e os demais tentavam manter os olhos abertos enquanto eu terminava as últimas páginas do livro.

— Agora, durmam bem, e amanhã de manhã teremos um delicioso café da manhã esperando por vocês — eu disse a eles baixinho.

Alguns deles desejaram boa noite, e, assim que Wells colocou Ira na cama e beijou sua cabeça, saímos do quarto, deixando a porta entreaberta.

— Espero que nenhum deles chegue em casa doente. Mas todos pareciam felizes e relaxados.

Assenti com a cabeça, envolvendo minhas mãos em torno do braço de Wells e me inclinando contra ele.

— Hoje foi realmente divertido e todas as crianças foram ótimas. Acho que elas vão ficar bem. Até a Sia.

Ela tinha sido a primeira a adormecer e foi bom ver Bethy segurando sua mão, para que ela soubesse que não estava sozinha.

Entramos na cozinha e olhamos em volta e na sala, pensando a mesma coisa. Isso tinha que estar limpo antes que todos acordassem de manhã para que pudéssemos tomar um bom café da manhã. As crianças iriam na hora do almoço.

Então, sem precisar dizer nada, começamos a limpar e guardar tudo e, depois que a máquina de lavar louça estava ligada, finalmente estávamos prontos para ir para a cama.

Eu bocejei, deixando Wells me puxar para ele e colocar as mãos na parte inferior das minhas costas.

— Não pense que já vou te deixar dormir. Não agora que eu finalmente tenho você só para mim — ele sussurrou perto do meu ouvido antes de beijar o ponto macio embaixo dele.

Sorri e movi minhas mãos para cima de seus braços para envolvê-los em seu pescoço.

— Tem certeza de que não está muito cansado para isso? — perguntei, já sabendo sua resposta.

— Nunca estou cansado demais para transar com você — ele murmurou.

Arrepios surgiram em minha pele, me fazendo pressionar minhas coxas uma na outra e aliviar a dor entre elas. Não houve tempo para eu impedi-lo quando ele me pegou e me carregou para o quarto, trancando a porta atrás de nós, para o caso de uma das onze crianças no quarto de Ira — que era grande o suficiente para eles, a propósito — decidisse entrar.

Wells se sentou na cama e me fez sentar em seu colo enquanto suas mãos se moviam da minha bunda para os meus quadris, puxando minha camisa para cima e quebrando o beijo para puxá-la sobre minha cabeça.

Palavras não eram necessárias, e eu abri meu sutiã na parte de trás para deixá-lo segurar meus seios e puxar um mamilo em sua boca. Comecei a me mover em cima dele, rebolando meus quadris contra os dele e esfregando minha virilha contra seu eixo endurecido. Minhas mãos estavam de volta em seu cabelo, onde costumavam estar, porque eu não conseguia ter o suficiente dele, e agarrei e puxei suavemente, sabendo que ele gostava quando eu fazia isso.

Wells chupou meu mamilo e passou a língua em volta dele, depois fez a mesma coisa com o outro, querendo dar a eles a mesma atenção. Eu queria tocá-lo também, então desci uma mão pelo seu peito até a barriga, e puxei sua camisa para cima, para me livrar dela. Quando soltou meus seios, ele puxou a camisa sobre a cabeça e jogou-a no chão.

Seus lábios estavam de volta nos meus, e suas mãos apertaram e puxaram meus mamilos, fazendo minha boceta apertar do jeito que sempre fazia quando ele estava dentro de mim. Eu não podia esperar para senti-lo novamente, mas já fazia um tempo desde que eu tinha sentido seu gosto, então quebrei o beijo e saí de seu colo para me ajoelhar entre suas pernas.

Olhei para ele, sorrindo como uma idiota e abrindo sua calça. A peça de roupa foi tirada tão rápido quanto nossas camisas. Quando sua cueca também se foi, envolvi as duas mãos em torno de seu eixo e esfreguei-o antes de colocar minha boca sobre ele.

Sua mão se moveu em meu cabelo, agarrando-o com força e empurrando minha cabeça contra ele, para que eu fosse mais fundo. Eu gostei disso mais do que eu esperava, mas a maneira como Wells olhava para mim e os ruídos baixos e ásperos que ele fazia enquanto eu chupava seu pau deixavam minha boceta cada vez mais molhada.

— Você é linda pra caralho. Isso, assim... — ele ofegou, movendo minha cabeça com a mão, mas me deixando ter controle sobre ela.

Fui com tudo até que sua ponta tocou o fundo da minha garganta. A primeira vez que o chupei, não pensei que meu reflexo de engasgo seria tão indiferente ao tamanho dele. Acho que isso era uma coisa boa, porque ele tentou me manter lá por alguns segundos antes de me deixar recuperar o fôlego novamente.

— Não pare, linda. Porra, continue circulando essa língua em volta da minha ponta — ele disse com a voz rouca e baixa.

Tentei sorrir. Saber que eu o estava deixando feliz também me deixava feliz.

Continuei, movendo uma mão ao longo da base de seu pau enquanto colocava a outra em suas bolas. Eu sabia que ele gostava quando eu brincava com elas, mas isso o fazia gozar muito mais rápido, e não era o que eu queria antes que ele me fodesse. Então eu o provoquei um pouco, certificando-me de que ele não gozaria dentro da minha boca e continuei chupando seu pau enquanto ele me dizia coisas que eu gostaria de poder ter gravado para ouvir sempre que eu quisesse e que ele não estivesse por perto.

— Você realmente quer que eu goze nessa sua boquinha, linda? — Wells perguntou, seus músculos na parte superior do corpo todos tensos e sexy.

Soltei seu pau da minha boca e balancei a cabeça, mas para continuar provocando-o, empurrei seu eixo contra sua barriga para tomar uma de suas bolas em minha boca.

— Ah, porra! — ele rosnou, agarrando meu cabelo com mais força e então jogando minha cabeça para trás. — Eu não vou foder você esta noite se não parar de me provocar — ele disse em tom de advertência.

Wells estava falando sério, e caramba... ele poderia ficar mais gostoso? Ele já era bonito pra caramba, mas agindo assim, todo mandão?

Puta merda.

Mordi meu lábio inferior e limpei a gota de excitação misturada com minha saliva que escorria pelo meu queixo, então lambi meu polegar e balancei minha cabeça.

— Eu quero que você me foda — falei para ele com uma voz doce.

Um sorriso apareceu em seu rosto sério. Ele acenou com a cabeça ao lado dele na cama.

— Deite-se de bruços — ele exigiu, levantando-se e esfregando o pau enquanto eu me deitava na cama do jeito que ele queria.

Quando eu estava confortável, ele se colocou entre minhas pernas, puxou minha calça para baixo e então abriu minhas pernas. Sua ponta roçou minhas dobras por trás enquanto ele agarrava uma nádega e a empurrava para ter melhor acesso à minha entrada.

— Você vai me provocar de novo na próxima vez? — ele perguntou, apertando minha bunda com força.

Eu queria dizer que não estava preocupada no começo, mas sabia que era uma má ideia. Então balancei minha cabeça e virei-a o máximo que pude para olhar para ele.

Wells estava olhando para mim com uma sobrancelha arqueada, e eu balancei minha cabeça novamente com um sorriso.

— Eu não vou, prometo.

Talvez.

Eu provavelmente o provocaria de novo.

— Boa garota — ele rosnou. Em um movimento rápido, ele estava dentro de mim, esticando minhas paredes e tirando meu fôlego.

Fechei os olhos e abri a boca, gemendo, mas tentando não soar muito alto.

— Eu disse que não seria bonzinho esta noite.

Mas suas palavras só me excitaram.

Eu amava esse lado dele, e, quanto mais forte ele apertava minha bunda, agora com as duas mãos, mais calor subia da minha boceta.

— Wells, por favor — implorei, querendo que ele se movesse, rebolando minha bunda.

Uma risada veio dele. Agora Wells era o único a me provocar.

Mas não demorou muito para ele finalmente enfiar dentro de mim, rápido e com força, sem piedade.

— Tão apertadinha — ele murmurou, seu pau pulsando dentro de mim.

Eu já podia sentir meu corpo tenso, e, quanto mais rápido ele me fodia, mais intensas aquelas sensações ficavam, prontas para explodir dentro de mim. Aquilo parecia muito diferente, e a maneira como ele assumiu o controle do meu corpo era deliciosa.

Com cada estocada, ele empurrou mais fundo dentro de mim, enquanto nos aproximávamos da luz que esperava no final desta foda alucinante.

Uma de suas mãos foi para o meu cabelo para agarrá-lo com força e empurrar minha cabeça contra o colchão com força. Wells não estava me machucando, e eu estava, aos poucos, mas com certeza me tornando uma viciada em sexo selvagem.

Wells sabia exatamente como tinha que se mover para me fazer gozar, e, embora eu só tenha estado perto de gozar sem que ele tocasse meu clítóris, senti como se desta vez fosse acontecer. Relaxei meu corpo e o deixei continuar me fodendo do jeito que ele gostava e não pensei muito em chegar ao meu clímax, porque eu sabia que isso só iria atrapalhar as coisas.

— Eu vou gozar fundo nessa sua bocetinha molhada. Porra, você é gostosa pra caralho, linda — ele sibilou, sem fôlego.

Mantive meus olhos fechados e senti o orgasmo crescendo dentro da minha barriga, lentamente subindo em mim.

— Goze comigo, Rooney. Eu quero que você aperte essa boceta e me ordenhe enquanto eu gozo — ele rosnou.

Como eu poderia dizer não a isso?

E, com mais algumas estocadas, ele parou quando estava enterrado profundamente dentro de mim, liberando seu gozo e gemendo quando fui enviada em uma espiral fora de controle.

Isso.

Isso era o que eu queria de agora em diante e para sempre.

E eu tinha certeza de que havia ainda mais dentro de Wells que ele não podia deixar escapar por causa de todas as crianças dormindo no quarto ao lado.

Capítulo 29

WELLS

Rooney não conseguia parar de sorrir para mim na manhã seguinte, enquanto as crianças tomavam o café da manhã. Algumas ainda estavam com sono, mas estavam acordadas e já vestidas, prontas para serem apanhadas pelos pais em algumas horas.

Nossa noite foi diferente, mas não de um jeito ruim. Nunca imaginei que a doce e inocente Rooney gostasse de ser fodida de forma selvagem, mas fiquei feliz por isso.

Estávamos comendo em pé, já que todas as crianças ocupavam a mesa inteira. De vez em quando, Rooney se encostava em mim e eu dei um beijo em sua cabeça para também lhe mostrar um pouco de carinho.

As coisas iam muito bem entre nós, mesmo sem nunca falarmos sobre o que éramos ou o que queríamos ser. Acho que não era o momento certo para falar sobre isso, mas eu sabia que queria mantê-la por perto.

Talvez não precisássemos falar sobre isso. Era perfeito do jeito que estava.

Eu estava feliz, Rooney estava feliz e, mais do que isso, Ira também.

— Wells?— Bethy chamou com a mão levantada como se estivesse na escola e tivesse que pedir permissão para falar.

Eu olhei para ela, mas, quando movi meu olhar para sai, sentada ao seu lado, eu sabia o que ela queria me dizer.

— Ah, querida — Rooney disse, colocando o prato no balcão e caminhando até ela.

Eu a observei pegar Sia enquanto ela chorava silenciosamente.

— Ela disse que sente falta da mãe — Bethy falou para Rooney.

— Mamãe vem buscar você em apenas uma hora, querida, ok? — ela disse, esfregando as costas de Sia e tentando animá-la.

Sia soluçou enquanto tentava conter o choro por dentro, mas quando percebeu que não havia problema em chorar, ela abraçou Rooney com força e deixou todas as suas emoções correrem livremente.

Quando ela parou ao meu lado, acariciei a nuca de Sia para acalmá-la, sem conseguir parar de pensar em como Rooney seria uma ótima mãe.

Merda.

Agora não, cara. Você é muito velho para ter outro filho, e ela é muito jovem para ter o primeiro.

— Quer ligar para sua mãe e ver se ela pode vir buscá-la mais cedo? — perguntei, recebendo um aceno rápido dela. — Tudo bem. Vamos ligar para ela juntos.

Rooney me deixou levá-la para que pudesse cuidar das outras crianças e, por uma fração de segundo, parecia que tínhamos uma creche.

— Sente-se aqui — eu disse a Sia enquanto a sentava no balcão e pegava meu celular para ligar para Frieda, sua mãe. — Você quer falar com ela? — perguntei, afastando uma mecha de seu cabelo loiro.

Ela balançou a cabeça, mas manteve os olhos no meu telefone.

Apenas alguns segundos depois de tocar, Frieda atendeu.

— Está tudo bem? — Foram suas primeiras palavras.

— Oi, sim. Sia tem perguntado por você. Acho que ela está com um pouco de saudades de casa — eu disse a ela, olhando para o rosto triste de Sia.

Um suspiro escapou de Frieda, mas não de irritação.

— Bem, pelo menos ela conseguiu passar a noite. Vou buscá-la em dez minutos — ela disse.

— Tudo bem. Vejo você daqui a pouco.

Desligamos e eu sorri para Sia.

— Sua mamãe vem em dez minutos. Quer brincar um pouco até ela chegar? — perguntei.

— Posso brincar com ela. — Por mais doce que Bethy fosse, ela tinha que parar de se aproximar de mim assim.

— Pode ser? — perguntei a Sia, e ela assentiu, confiando em Bethy.

Eu a levantei do balcão e as deixei caminhar juntas até a sala. Elas se sentaram à mesinha de Ira, onde ele frequentemente desenhava e pintava.

Mudei meu olhar para Rooney, que estava olhando para mim com um sorriso, e dei a ela um aceno rápido para que soubesse que estava tudo bem. Por mais que eu adorasse ver Ira feliz e gostando de estar com seus amigos, eu estava pronto para vê-los partir, então teria tempo para meu filho e Rooney novamente.

seven rue

No final da tarde, minha mãe e George decidiram passar e dar a Ira seu presente de aniversário. Eu disse a eles para não virem no aniversário, pois receberíamos todas as crianças e não haveria muito tempo para sentar e tomar uma xícara de café.

— Olha, Ira. George e eu trouxemos uma coisinha para você — minha mãe disse, estendendo um presente para ele pegar.

— O que é isso? — Ira perguntou, soando como se tivesse o suficiente de presentes desde ontem. Ele foi mimado com tantos presentes incríveis, mas eu poderia dizer com orgulho que a fantasia do Hulk que ele estava usando de novo era definitivamente a sua favorita. Bem, isso e a pintura de Rooney já pendurada no quarto dele.

— Bem, abra e descubra — minha mãe falou.

Observamos Ira rasgar o papel de embrulho e eu já tinha uma ideia do que poderia ser.

— É um gibi! — Ira gritou.

Eu sabia que ele logo pediria para começar a aprender a ler, e os gibis eram uma ótima maneira de fazer isso. Eu adorava gibis quando era criança, então me divertia lendo para ele até que pudesse ler sozinho.

— Sim, mas tem mais alguma coisa aí — minha mãe disse, pegando o cartão preso na frente. — Esta é uma assinatura para esses gibis, e você receberá um novo pelo correio toda semana, para colecionar — ela explicou.

— Uau! — Ira exclamou, com os olhos arregalados.

— Isso é muito legal da sua parte, mãe. Obrigado — agradeci.

— Tenho que gastar meu dinheiro de alguma forma, certo? Eu falei para eles mandarem a conta todo mês pra minha casa e os gibis pra cá.

Balancei a cabeça, sorrindo quando Ira já começava a olhar para o gibi.

— Então, Rooney — minha mãe começou, fazendo Rooney olhar para ela —, você o ajudou a cuidar das crianças e da festa de aniversário?

— Sim foi divertido. Elas foram incríveis e Ira se divertiu muito. Ainda temos um pouco de bolo de cenoura, se você quiser experimentar — ela ofereceu.

Minha mãe ficou tão intrigada com Rooney que tudo o que ela dizia ou fazia era fascinante.

— Excelente ideia, Rooney. George, você gostaria de um pouco também?

Ele assentiu e Rooney rapidamente se levantou, mas parou para passar a mão na parte de trás do meu cabelo.

— Quer uma fatia também?

— Sim, claro. Espere, eu ajudo você.

Eu sabia que, se ficasse sentado lá, seria bombardeado com as perguntas de minha mãe sobre Rooney e eu, e não estava pronto para contar a ela o que ainda não havia dito a Rooney antes.

— Você parece tenso — Rooney disse quando chegamos à cozinha.

— Eu mal posso esperar para ficar sozinho com você e Ira de novo — eu disse a ela, beijando sua bochecha e depois pegando alguns pratos do armário.

— Teremos muito tempo quando eles forem embora — ela falou com um sorriso.

Rooney cortou o bolo e colocou uma fatia em cada prato. Pedi que ela fizesse o de Ira um pouco menor, pois planejava fazer o jantar mais tarde.

Quando voltamos para a sala de estar, minha mãe pareceu preocupada de repente, e eu arqueei uma sobrancelha para perguntar silenciosamente o que havia de errado.

— Liguei para o seu pai para perguntar se ele voltaria a Riverton para ver o neto em seu aniversário de quatro anos, mas ele não se interessou. Eu gostaria que ele levasse mais a sério ser avô do que dormir com garotas aleatórias em Las Vegas.

Revirei os olhos.

Eu não esperava muito mais do meu pai, por isso nem o convidei para começar. Ele também nunca ligou nos meus aniversários depois que deixou minha mãe.

— Está tudo bem. Ira teve um aniversário divertido com seus amigos e vocês estão aqui.

— Mas não é difícil pegar o telefone, ligar e dar parabéns — ela disse, suspirando pesadamente.

Eu não queria falar sobre meu pai, então mudei de assunto.

— Rooney vai levar Ira e eu para o rancho dos pais dela no próximo fim de semana. Eles têm muitos bichos e o Ira já está muito animado, não é, amigão?

Ele assentiu e deu uma mordida no bolo.

— Eu posso andar a cavalo! — Ira anunciou.

Minha mãe não gostou de eu ter mudado de assunto, mas, pelo bem de Ira, ela sorriu e fez mais perguntas.

Eu precisava que esta tarde acabasse rápido para finalmente ficar sozinho com as duas pessoas que mais significavam para mim.

Claro, eu amava minha mãe, mas isso era diferente.

Muito diferente.

Capítulo 30

ROONEY

A semana não poderia ter passado mais rápido, e já estávamos no rancho dos meus pais. Tínhamos vindo com o carro de Wells por causa da cadeirinha de Ira e por ter um espaço maior atrás para nossas malas. Passaríamos um final de semana inteiro aqui, e nos sujaríamos andando por aí, então tínhamos que ter roupas pra trocar.

— Olha, cavalos! — Ira gritou quando Wells parou o carro próximo ao do meu pai na frente da casa.

Era uma típica casa de campo e preenchia todos os clichês sobre morar em um rancho ou fazenda.

— Eles são bonitos, hein? Podemos ir vê-los de perto mais tarde — sugeri e saí do carro.

Assim que Wells tirou Ira de lá, meus pais saíram de casa para nos cumprimentar. Felizmente, eles não estavam usando fantasias de palhaço hoje. Abracei minha mãe primeiro, depois meu pai, e depois me virei para apresentá-los a Wells e Ira.

— É tão bom conhecer vocês dois. Rooney nos falou muito sobre vocês — minha mãe falou, e me perguntei se isso era verdade. Tudo o que eu disse foi que estava saindo com alguém e que ele tinha um filho.

— Prazer em conhecê-la também, Louise — Wells a cumprimentou, depois estendeu a mão para meu pai.

— Devon — ele disse, e Wells assentiu.

— Prazer em conhecê-lo. Este é Ira.

Ira ficou um pouco inseguro no começo, mais porque meu pai parecia um pouco assustador. Ele tinha uma barba cheia cobrindo metade do rosto, mas, assim que sorriu, Ira acenou para eles e disse oi.

— Vejo que você já calçou as botas! Tudo que você precisa é um chapéu de cowboy e está pronto para cavalgar! — meu pai disse a Ira, fazendo-o sorrir.

— Você é engraçado — ele disse, fazendo todos nós rirmos.

— Entrem! Preparei dois quartos para vocês. Não importa quem dorme em qual quarto, mas todo o segundo andar é de vocês no fim de semana.

Concordei com a cabeça, deixando Ira pegar minha mão enquanto Wells e meu pai tiravam nossas malas do carro.

— Eu vi cavalos! — Ira contou para minha mãe e eu sorri, sabendo que o coração dela já estava derretido pelo menino mais doce de todos.

— Você já esteve perto de um antes? Se quiser, podemos andar em um mais tarde — ela sugeriu.

— Sim, por favor!

A empolgação de Ira crescia a cada minuto que passava e, assim que entramos em casa, seus olhos se arregalaram ao ver todas as decorações ocidentais que meus pais tinham. Era como se você entrasse em um pub, com madeira e couro por toda parte.

— Este lugar é incrível, hein, amigão? — Wells perguntou.

— É uma vaca na parede! — Ira exclamou, apontando para a cabeça empalhada acima da lareira.

— Isso é um bisão — minha mãe explicou. — Temos alguns desses também, e eles são muito, muito grandes!

— Maiores que uma vaca? — Ira perguntou, maravilhado com o ambiente.

— Muito maiores! Quer tocar neste?

Ira assentiu e Wells o levantou para deixá-lo acariciar o pelo macio do bisão.

— É um pouco assustador — Ira falou, mas bravamente continuou tocando e admirando o animal.

— Eles são muito queridos, sabia? Você pode até alimentar um, se quiser — minha mãe disse.

Este fim de semana era definitivamente para Ira, mas adorei ver o amor e a mesma empolgação nos olhos de Wells enquanto seu filho explorava coisas novas.

— Rooney, seu pai e eu temos que ir até a cidade para pegar algumas coisas, mas Alexis e Kira estão lá fora com um grupo de visitantes dando a eles um tour pelo rancho. Por que vocês não vão junto e jantaremos mais tarde?

— Sim, parece bom — Olhei para Wells, que assentiu.

— Parece bom para mim também. Obrigado por nos receber neste fim de semana — ele acrescentou.

— Ah, claro! Estamos felizes em receber vocês. Bem, nos vemos mais tarde.

Ira não conseguia tirar os olhos dos bisões pastando no grande campo atrás do galpão, e, enquanto Kira e Alexis levavam o grupo até os cavalos, paramos e ficamos olhando para eles de longe.

— Não vimos bisões no zoológico — Ira apontou e Wells o pegou para que pudesse se sentar na cerca de madeira.

— Verdade, não os vimos no zoológico — Wells disse.

Sorri para eles e deixei Wells me puxar para mais perto de si com o braço em volta dos meus ombros e o outro em volta de Ira para garantir que ele não caísse.

— Acho que eles estão vindo para dizer oi — eu disse, apontando para dois dos bisões que se aproximavam.

— Eu deveria estar preocupado? — Wells perguntou perto do meu ouvido, e eu rapidamente balancei a cabeça.

— Eles são muito calmos e gentis.

Convivi com esses animais quando era mais nova e aprendi muito sobre o comportamento deles. Contanto que você fique calmo e os alimente, eles ficariam tranquilos e deixariam você acariciá-los.

— Aqui, eu trouxe algumas maçãs. Eles comem principalmente grama, mas adoram maçãs — eu disse a eles, tirando algumas do balde que enchi com legumes e frutas antes de sairmos, e entreguei uma maçã a cada um. — Apenas estique sua mão assim e coloque a fruta sobre ela para que eles possam pegá-la facilmente — falei para Ira, ajudando-o a estender a mão quando um bisão parou na frente dele.

Ira estava um pouco hesitante no início, mas, assim que o bisão comeu a maçã, ele bateu palmas e riu alegremente.

— Eu consegui!

— Bom trabalho, amigão! — Wells disse com orgulho.

— Você pode fazer carinho enquanto ele está comendo — falei para ele, estendendo minha mão para tocar a cabeça do bisão.

Ira fez o mesmo, acariciando-o e puxando as duas mãos com força contra seu peito para mostrar sua felicidade.

— Ele é macio!

— É mesmo, né? Quer dar outra maçã para ele? — perguntei.

— Faça você, papai — Ira exigiu, e Wells riu.

— Tudo bem. Vamos ver se o outro também quer uma maçã — Wells disse, estendendo a mão para o bisão mais próximo. — Pronto — falou assim que o bisão comeu a maçã.

Eu já estava tendo o melhor dia da minha vida e mal podia esperar para que Ira e Wells vissem mais coisas incríveis no rancho dos meus pais.

Eles voltaram no final da tarde, bem na hora, depois que fizemos um tour por todo o rancho e todos os outros convidados tinham ido embora novamente. Entramos em casa para cumprimentar meus pais e, por mais nervosa que eu estivesse por eles conhecerem Wells, não foi tão estranho como eu pensava. No final, meus pais eram mais próximos da idade de Wells do que eu, mas não nos julgaram por causa de nossa diferença de idade.

— Vou começar com o jantar. Você gostaria de me ajudar, Rooney? — minha mãe perguntou, sorrindo para mim.

— Ah, sim. Você se lembrou do que eu falei para você ontem à noite, certo? Sobre Ira ter diabetes?

— Claro que me lembrei. Você gosta de legumes, certo, querido? — ela perguntou a Ira.

— Sim, e como muita fruta e às vezes posso comer algo doce.

Ira se limitava a comer certas coisas, mas hoje em dia já havia muitas empresas alimentícias vendendo alimentos com menos açúcar, feitos para diabéticos. Ainda assim, eu sabia que Wells gostava de alimentar Ira com coisas saudáveis.

— Isso é maravilhoso! Você gostaria de ajudar a cortar alguns dos legumes?

Ira olhou para Wells para pedir permissão, e ele assentiu com a cabeça com um sorriso, depois acariciou seu cabelo.

— Claro que você pode. Papai vai ao banheiro e já volto, ok?

— Tudo bem — Ira respondeu, pegando a minha mão e já me puxando em direção à cozinha.

Wells sorriu para mim quando viu como Ira estava relaxado e feliz, e eu sorri de volta para ele, para assegurar-lhe que estava tudo bem.

As coisas estavam ótimas, mas eu me perguntava quando chegaria o dia em que finalmente teríamos que falar sobre o que realmente era essa coisa entre ele e eu.

WELLS

Quando voltei do banheiro, o pai de Rooney me parou antes que eu pudesse ir para a cozinha. Ele estava sentado no sofá e apontou para a poltrona ao seu lado, para eu me sentar.

— Rooney me disse que você é engenheiro civil, certo? — ele perguntou.

Eu assenti, mas antes de me sentar, olhei para a cozinha para ter certeza de que estava tudo bem. Ira estava de pé em uma cadeira ao lado de Rooney e sua mãe, cortando cuidadosamente um pepino com uma faca cega. Parecia que elas tinham tudo sob controle e eu estava pronto para conversar com Devon.

— Sim, eu sou.

Eu tinha que admitir que era estranho sentar aqui com ele. Ainda que tivesse apenas alguns anos a menos, eu estava transando com a filha dele.

— Já pensei em estudar para me tornar um, mas acho que a vida tinha outros planos para mim. Conheci Louise e me vi comprando uma maldita fantasia de palhaço alguns meses depois — ele disse com uma risada.

Eu ri baixinho.

— Ela era definitivamente a mulher certa então — eu disse.

Era estranho.

Tínhamos mais ou menos a mesma idade e éramos pais, mas estar perto dele me fazia sentir como se eu não soubesse nada sobre ser pai. Talvez fosse o pensamento de ele ter criado a garota com quem eu estava saindo, o que estranhamente o fez parecer muito mais velho na minha cabeça do que ele realmente era.

Eu tinha que manter minha mente no lugar e não pensar demais nas coisas.

Talvez ele e eu possamos nos tornar amigos. Quem sabe?

— Definitivamente. Eu sabia desde o momento em que a vi pela primeira vez que ela mexeria com minha cabeça e roubaria meu maldito coração. E tivemos muita sorte quando Rooney nasceu.

Eu sorri, pensando que eles fizeram um bom trabalho criando uma garota tão doce e pé no chão.

— Ira é seu único filho? — Devon perguntou. — Você cuida dele o tempo todo?

Assenti com a cabeça.

— A mãe dele não está mais por perto e eu o acolhi quando ele tinha seis meses. Ele tornou minha vida muito melhor e tenho sorte de tê-lo — eu disse a Devon.

Ele me estudou por um momento e, quando pensei que ele faria outra pergunta sobre eu ser pai, ele mudou de assunto sem avisar.

— Minha Rooney tem apenas vinte anos, mas acho que você sabe disso.

— É claro. Mas a idade não tem sido um grande problema para nós.

— Por agora. Mas e daqui a alguns anos? — Sua sobrancelha estava arqueada e eu tive que pensar na resposta antes de responder.

— Tenho que ser honesto... não pensei tão à frente. Eu gosto de Rooney, e Ira também. Ainda estamos descobrindo as coisas, mas tenho certeza de não tenho a intenção de machucá-la. Ela é incrível e tem sido tão doce com Ira que acho que ele nunca iria querer deixá-la ir.

Devon me estudou de perto antes de assentir.

— Essa é a sua opinião. Mas e a dela?

Boa pergunta, porque a última vez que falamos sobre nós, ela disse que éramos amigos.

Ok, isso foi semanas atrás, e as coisas claramente mudaram entre nós. Ainda assim, não houve uma conversa sobre isso depois que começamos a nos aproximar. Talvez eu devesse falar sobre isso.

— Isso é para ela dizer. Só posso dizer como eu vejo.

Parecia ter sido o suficiente para ele, mas, antes que pudesse dizer mais, Ira me chamou.

— Olha, papai! É uma abóbora!

Eu me virei para olhar para meu filho e sorri, levantando e caminhando em direção a eles depois de dar a Devon um olhar para me desculpar.

— Você está esculpindo? — perguntei, parando atrás dele e beijando sua nuca.

— Sim, e depois comeremos o interior! — ele anunciou.

— Estamos fazendo sopa de abóbora, peito de frango e legumes. Parece delicioso, hein? — Rooney disse a Ira, então olhou para mim com um sorriso brilhante.

— Sim. Mal posso esperar para experimentar tudo. Vocês precisam de ajuda?

Eu perguntei mais para não ser bombardeado com novas perguntas por Devon e, felizmente, Rooney assentiu e apontou para a mesa.

— Vou ajudar você a pôr a mesa.

E assim fizemos enquanto Devon ficou no sofá lendo algo em seu celular enquanto Louise ajudava Ira a tirar tudo o que era comestível da abóbora.

— Meu pai fez alguma pergunta estranha? — ela perguntou, preocupação enchendo seus olhos.

— Não, na verdade não. Mas há algo que eu quero falar com você. Só não agora.

seven rue

Suas sobrancelhas franziram, e percebi que fiz aquilo soar mais sério do que eu queria. Não havia nada com que ela tivesse que se preocupar, mas teria que tentar ser honesta e aberta comigo da mesma forma que eu teria que ser.

Meu Deus, eu não estou pronto para essa conversa.

Capítulo 31

ROONEY

O jantar foi um sucesso, mas eu não queria que acabasse.

Wells parecia sério quando me disse que queria falar comigo sobre algo, e meu coração estava disparado o tempo todo enquanto comíamos a deliciosa comida que Ira nos ajudou a preparar.

Eu tinha uma ideia sobre o que ele queria falar, mas não estava pronta para isso. Eu queria aproveitar este fim de semana, me divertir no rancho e com Ira e Wells. Isso nos aproximou ainda mais e adorei o quanto Ira confiava em mim, mas também em meus pais, sempre que Wells não estava por perto por alguns minutos.

Talvez fosse isso que estava faltando.

Mais adultos ao seu redor que o tratavam como um príncipe e o adoravam tanto quanto seu pai. Não que Wells não fosse o suficiente para Ira, mas foi bom ver Ira se transformar em um garotinho ainda mais aberto e falante. Ele não parava de fazer perguntas sobre os animais do rancho, e meu pai prometeu deixá-lo ajudar a alimentá-los amanhã de manhã. Para isso, tínhamos que levantar muito cedo, então minha mãe nos disse para irmos para a cama para dormirmos o suficiente e não ficarmos cansados pela manhã.

Wells e Ira já haviam se despedido de meus pais, e eu disse a ele que já iria. Não conversamos sobre quem dormiria em qual quarto, mas eu ficaria bem com Wells dormindo comigo e com Ira no outro quarto de hóspedes.

— O que é essa carranca, querida? — meu pai perguntou ao se sentar à mesa enquanto eu ajudava minha mãe a colocar todos os pratos na máquina de lavar.

— Ah, não é nada. Eu só estava pensando — respondi, sorrindo e me virando para olhar para ele.

— Tem certeza disso? Desde o jantar você está agindo de forma estranha.

Ele me entendeu em menos de um segundo.

Suspirei e balancei a cabeça.

— Não é nada que você tenha que se preocupar, pai. Estou feliz por vocês terem recebido Wells e Ira aqui. Eles estão adorando até agora.

— Mas há algo incomodando você, querida — minha mãe comentou.

— Sim, pode haver algo, mas não é nada que eu preciso de vocês dois para me ajudar. Estou bem, ok?

Ambos olharam para mim, tentando decidir se queriam continuar me pressionando para contar a eles, ou se preferiam me deixar em paz.

Fosse o que fosse que Wells quisesse falar, não era da conta dos meus pais e, por mais que eu os amasse, eles não precisavam se preocupar com isso. Além disso, não achei que Wells fosse começar uma discussão aqui e agora.

— Eu vou para a cama — eu disse a eles com a minha voz calma enquanto eu estava perto de ficar irritada com eles. — Amo vocês. Nos vemos de manhã — acrescentei, abraçando meus pais antes de subir as escadas.

Quando cheguei ao segundo andar, Wells saiu de um dos quartos, deixando a porta entreaberta.

— Ira já está dormindo. Acho que a tarde foi cansativa — ele disse, mantendo sua voz baixa.

Eu sorri e dei a ele um aceno rápido.

— Então... você queria conversar?

Ele olhou para mim por um tempo antes de pegar minha mão e me puxar para si. Coloquei minhas mãos em seu peito, mantendo meus olhos nele para não perder uma única emoção em seus olhos.

— Vamos para a cama primeiro.

Seus olhos vagaram por todo o meu rosto enquanto suas mãos foram para a parte inferior das minhas costas, me abraçando.

Se Wells estava me segurando tão perto, ele não poderia estar com raiva de mim, certo? A menos que ele estivesse tentando me enganar.

Meu Deus, Rooney! Pare de manipular seus próprios malditos pensamentos.

— Ok — sussurrei.

Algo parecia estranho, mas ele tinha esse efeito em mim para me fazer sentir como se nada estivesse errado. Ele estava mexendo com a minha mente, e metade disso era eu fazendo isso comigo mesma.

Wells ergueu uma mão e colocou-a na minha bochecha, então se inclinou para beijar meus lábios, agora definitivamente me fazendo pensar demais em cada pequena coisa.

Ele queria falar, parecia sério ao dizer isso, e agora estava me beijando de uma forma que parecia calmante e segura.

Mas que diabos…

Agarrei sua camisa com força e aprofundei o beijo, fazendo com que ele se inclinasse mais sobre mim e me puxasse ainda mais contra seu corpo.

Eu não queria desistir agora, sabendo que se o fizesse, teria que enfrentar o que quer que estivesse vindo em minha direção quando fôssemos para a cama. Mas, em vez de deixar meu cérebro pensar em todos os motivos possíveis para ele querer conversar, me concentrei em nossos corpos e deixei claro o quanto eu o queria.

Quem sabe ele mudasse de ideia?

Nossas línguas se tocaram e sua mão se moveu para a parte de trás da minha cabeça para agarrar meu cabelo, me fazendo suspirar quando ele apertou ainda mais. Minhas mãos ainda estavam em seu peito, mas não ousei me mover, já que o beijo estava ficando mais intenso a cada segundo.

Um rosnado baixo escapou de Wells, e, assim que eu pensei que esse beijo nunca terminaria, ele se afastou e o quebrou, olhando de volta nos meus olhos. O desejo estava preenchendo o olhar dele, e eu sabia que o meu estava exatamente igual.

Ele me olhou por um momento, então sorriu e soltou meu cabelo para pegar minha mão.

— Vamos — sussurrou, levando-me para o quarto onde nos preparamos para dormir antes de irmos para debaixo das cobertas.

— É algo sério? — perguntei, precisando de algum tipo de dica sobre o que ele queria falar.

Wells se recostou contra a cabeceira da cama e me puxou para mais perto dele. Mas, ao invés de deitar, eu me levantei e me sentei ao seu lado, precisando ficar olho no olho para isso.

Ele segurou minhas mãos com força em seu colo, passando os polegares ao longo da minha pele suavemente e respirando fundo antes de assentir.

— Tão sério quanto possível.

Isso não era uma piada, e meu coração começou a acelerar novamente.

— Acho que nós dois sabemos que falta comunicação entre nós quando se trata de um determinado assunto — ele disse, mantendo os olhos nos meus enquanto eu tentava ao máximo não desviar o olhar.

Então é essa conversa.

Eu já estava desconfortável, porque falar sobre meus sentimentos nunca terminava bem.

Era sempre frustrante quando meu coração e minha mente lutavam um contra o outro, ambos vendo de forma diferente e manipulando um ao outro até que eu não aguentasse mais e começasse a chorar.

Pelo menos foi o que aconteceu quando me abri sobre o que realmente sentia por AJ, e não foi nem com ele que falei sobre isso. Não, foi com Evie. E, nervosinha como era, ela realmente não poderia me ajudar a superar isso antes que mesma superasse aquilo sozinha e finalmente falasse com AJ.

Eu não podia chorar na frente de Wells, então tentei ao máximo manter minha respiração estável e calma e, por enquanto, pensei que estava funcionando.

— Antes que isso se transformasse em algo mais, você me disse que éramos amigos. Eu sei que é difícil para você falar sobre isso, mas tudo que eu preciso que você diga é se você ainda me vê como um amigo ou uma pessoa com quem você apenas sai para se divertir.

Em geral, é exatamente por isso que eu evitava conhecer caras, mas, por alguma razão idiota, aqui estava eu de novo.

Wells não era apenas um cara com quem eu saía para conseguir o que quer que fosse. Eu gostava dele. E de Ira também.

Então diga isso a ele!

Aquilo era meu coração falando, mas, como esperado, minha mente não ficaria de fora dessa conversa.

Deixe-o dizer primeiro, para que você não pareça fraca se ele estiver apenas te usando para se divertir.

Como eu poderia saber que uma vez que eu dissesse que gostava dele, Wells não iria me quebrar dizendo que não gostava de mim dessa forma? Além disso, por que ele não mencionou nada sobre uma terceira possibilidade de nos tornarmos um casal?

Porque ele não quer um relacionamento sério, idiota.

— O que você acha que somos? — eu perguntei de volta, ouvindo minha mente em vez de meu pobre coração.

Ele arqueou uma sobrancelha para mim e riu.

— Acho que você ainda não tem certeza se precisa me responder com outra pergunta.

Eu franzi a testa. Eu odiava esse tipo de conversa, e tudo que queria fazer era me afastar dele e dormir, em vez de ter que lidar com aquilo de novo.

Se você se abrir com ele, se sentirá melhor. Não importa qual seja a resposta dele, meu coração me disse, sabendo que estava falando a verdade.

Como diabos cheguei ao ponto de começar ter conversas com meus malditos órgãos?

— Você também, se não consegue responder a minha pergunta — eu apontei, me sentindo como uma idiota.

Wells suspirou e passou a mão pelo rosto, obviamente sem vontade de discutir também.

— Como podemos falar sobre isso sem você pensar demais e questionar tudo?

Uau! Ele acabou de dizer que é minha culpa?

Não, ele está tentando encontrar razões, não está acusando você.

Minhas emoções estavam à solta, mas tentei o meu melhor para não deixá-las explodir e transparecerem. Eu tinha que me acalmar — não, minha *mente* precisava se acalmar, porque meu coração sabia exatamente o que fazer e eu preferia que ele me controlasse em vez de meu cérebro.

— Não estou pedindo muito de você, Rooney. Você está sofrendo e eu odeio ver você assim. Então por que não podemos simplesmente ter uma conversa normal sobre isso?

Olhei para nossas mãos que ainda estavam em seu colo, tentando encontrar uma resposta para sua pergunta.

Como posso não me abrir sobre meus sentimentos se sei exatamente o que sinto sobre nós?

Mas, quando eu estava prestes a reunir todas as minhas forças e respondê-lo, uma vozinha me interrompeu – e não foi minha mente que me impediu de finalmente me abrir.

WELLS

— Papai? — Ira estava parado na porta com uma das mãos no cabelo e a outra na maçaneta, parecendo inseguro e preocupado.

Apertei a mão de Rooney para deixá-la saber que vi sua determinação em falar sobre seus sentimentos, mas que teríamos que deixar essa conversa para outra hora. Eu estava sendo um idiota com ela momentos antes, tentando forçá-la a me responder enquanto tentava me proteger de tudo o que ela estava sentindo.

Eu tinha certeza de que sentíamos o mesmo, queríamos estar um com o outro e talvez dar um passo adiante e chamar o que temos feito nas últimas semanas de namoro, mas estava claro que ela ainda precisava de tempo, e eu não a forçaria, se isso a deixava chateada.

— Sim, amigão? — perguntei, estendendo minha mão para ele.

Ira caminhou rapidamente para o meu lado da cama enquanto Rooney se aproximava, sabendo que passaria a noite conosco.

— Não consegue dormir? — perguntei, e ele assentiu. Devia ser o fato de que ele estava sozinho em um quarto que nunca tinha estado antes. — Tudo bem, vem aqui — falei, ajudando-o a subir na cama e deixando-o ficar confortável em meu peito do jeito que costumava fazer quando era bebê.

Olhei para Rooney, que estava sorrindo gentilmente para Ira e, sem dizer uma palavra, puxei-a para mim e beijei o topo de sua cabeça enquanto ela se aninhava ao meu lado.

Ela estava perto de Ira com a cabeça em meu ombro e seu corpo pressionado contra o meu lado quando ele aninhou o rosto em meu pescoço.

Isso era bom... ter os dois aconchegados em mim.

Mas ainda havia algo incomodando nós dois que logo teríamos que conversar novamente.

Virei a cabeça depois de beijar a testa de Ira para olhar para Rooney e, quando ela olhou para mim, sorri para lhe assegurar que tudo daria certo.

— Ficaremos bem, Rooney. É apenas um pequeno solavanco na estrada — sussurrei.

Capítulo 32

ROONEY

A primeira coisa que vi quando acordei na manhã seguinte foi Wells e Ira aninhados ao meu lado, com Ira não em seu peito, mas entre nós dois no colchão. Percebi que minha mão nas costas de Ira estava coberta pela de Wells e, quando olhei para ele, meu coração doeu sem avisar. Algo parecia tão certo, mas, depois da noite passada, eu ainda tinha um sentimento de insegurança dentro de mim.

Ainda não havíamos conversado, mas, pelo bem de Ira, não podíamos continuar nossa discussão.

Um sorriso surgiu em meus lábios quando a mão de Wells apertou a minha e seus dedos deslizaram pelos meus, fazendo parecer que nada estava errado.

— Bom dia — ele sussurrou com uma voz rouca, me fazendo olhar para seu rosto novamente.

— Bom dia — sussurrei em resposta.

Seu outro braço estava debaixo do meu pescoço, me mantendo perto enquanto sua mão segurava minha cabeça e seus dedos empurravam meu cabelo.

— Como você está se sentindo? — ele perguntou, me observando atentamente.

— Bem, eu acho. E você?

Wells assentiu com a cabeça, olhando para Ira, que agora estava se movendo ao nosso lado. Porém, ele não acordou.

— Sinto muito por ontem à noite, Rooney. Eu não deveria ter pressionado você. Acho que nós dois ainda precisamos refletir sobre as coisas — ele disse, mantendo a voz baixa.

Eu assenti, concordando com ele.

— Mas isso não significa nada de ruim, sabe?

Não, não. Mas falar sobre nossos sentimentos era tão difícil que, quanto mais eu mencionava, mais começava a me incomodar.

— Acho que nós dois temos o mesmo problema — eu disse a ele, pressionando meus lábios em uma linha fina.

— Sim, nós temos. Mas daremos um jeito, certo? Talvez não agora, mas não podemos manter as coisas assim por muito mais tempo — Wells disse.

Eu concordava, então assenti com a cabeça e me inclinei para mais perto dele para beijar seus lábios sem atrapalhar Ira. Wells ergueu a mão da minha, colocou-a na minha bochecha e me beijou gentilmente antes olhar em meus olhos novamente.

— Vamos deixar esses pensamentos de lado e ter um ótimo fim de semana. Ira está adorando isso aqui e não quero estragar tudo para ele.

— Eu sei — respondi, sorrindo para ele e olhando para baixo para ver Ira se mover novamente.

Ele não precisava me perguntar se eu estava bem com Ira dormindo conosco porque isso era uma forma de saber que ele continuava confiando em mim perto de seu filho, e que Ira se sentia confortável o suficiente para dormir ao meu lado.

Os pensamentos da noite anterior voltaram, me fazendo pensar que, se Wells não queria nada sério, por que deixaria Ira dormir na mesma cama conosco? Algo não fazia muito sentido, mas... droga, eu tinha que parar de pensar demais.

Eu estava ficando confusa.

— Bom dia, amigo. Dormiu bem? — Wells perguntou enquanto Ira esfregava os olhos com os punhos, e eu sorri ao ver que ele parecia ainda mais bonito do que o normal.

Ira assentiu e então se espreguiçou antes de virar de costas.

— Podemos alimentar os animais? — ele perguntou com sua vozinha suave.

Wells riu e passou a mão no cabelo de Ira.

— Vamos ter que tomar café da manhã primeiro, ok?

— Ok. Oi, Rooney — ele disse enquanto virava a cabeça para olhar para mim.

Eu sorri e não pude evitar uma risada suave.

— Oi, rapazinho. Você está animado para hoje?

Era visível que ele estava confortável entre Wells e eu.

— Sim, estou. Podemos montar nos cavalos também?

— Parece uma boa ideia. Conheço um lugar legal onde os cavalos também gostam de ir — eu disse a ele. — Podemos até ver palhaços montados em touros hoje — acrescentei, sabendo que meus pais faziam um show para seus convidados todos os sábados.

Wells riu e eu fiz uma careta para ele.

— Por favor, não tire sarro disso — falei em um tom sério, mas ele sabia que eu não queria dizer isso.

Claro, ver meus pais vestidos de palhaços não era algo de que eu me orgulhasse, mas ele os conheceu e sabia como realmente eram.

Meu pai não foi tão severo quanto parecia na noite passada. Ele criou uma fachada para parecer que era um cara mau e assustar Wells. Felizmente, Wells lidou com ele melhor do que o esperado.

— Eles são bons palhaços? — Ira perguntou, a preocupação enchendo seus olhos.

— Claro que são, amigão — Wells assegurou, então olhou para mim para explicar por que Ira achava que eles seriam palhaços maus. — Ele acidentalmente viu o noticiário na casa da minha mãe uma vez onde falaram sobre aqueles... *palhaços assassinos.* — ele disse as duas últimas palavras em um sussurro, quase sem emitir nenhum som.

— Ah, certo — eu ri, olhando para Ira. — Esses palhaços são muito engraçados e travessos. Eles vão nos fazer rir — disse a ele, não querendo que tivesse uma ideia errada de palhaços montando touros.

— Podemos ir agora? Podemos tomar café da manhã? — ele perguntou, olhando para Wells e subindo em seu peito.

— Uhmmm, talvez eu durma um pouco mais — Wells disse brincando.

— Não, papai! Temos que alimentar os animais!

Eu ri e observei Wells começar a fazer cócegas em Ira, tomando cuidado para não machucá-lo onde estava sua bomba e fazê-lo rir da maneira mais doce possível.

Sim, eu tinha mil por cento de certeza de que Wells não tinha más intenções ontem à noite, mas fui eu quem estragou tudo por não ser capaz de responder a uma simples pergunta. Ele claramente me queria por perto, com ou sem Ira, e agora eu mal podia esperar para que este fim de semana acabasse para que pudéssemos conversar sobre isso.

Depois de um café da manhã rápido, meu pai nos levou até os cavalos, e nós o ajudamos a alimentá-los e prepará-los para os convidados mais tarde. Mas antes que eles chegassem, por volta de uma hora, eu disse a ele que levaria dois dos cavalos para uma pequena caminhada até o local de que falei para Ira e Wells. Ele não se importou, então continuamos a ajudar no rancho e deixamos Ira explorar um pouco mais.

De vez em quando, e sempre que não precisávamos carregar ou levantar algo, Wells segurava minha mão ou me puxava para mais perto, beijando minha cabeça e sorrindo para mim. Isso me acalmou um pouco, sabendo que ele queria me manter perto e, surpreendentemente, ajudou a me livrar de todos os pensamentos negativos que tinha tido ontem à noite.

Não tinha a menor possibilidade de ele querer que fôssemos apenas amigos.

Será que ele sentia algo a mais por mim? Do mesmo jeito que eu sentia por ele?

Eu me inclinei contra ele enquanto observávamos meu pai ajudar Ira a pegar os ovos recém-postos das galinhas, e, sendo o doce garoto que era, Ira os colocou delicadamente na cesta cheia de feno, certificando-se de que não quebrariam.

— Talvez eu devesse pegar um animal de estimação para ele — Wells disse, passando os braços em volta dos meus ombros enquanto ficava atrás de mim.

Eu sorri, colocando as duas mãos em seus braços e inclinando minha cabeça para o lado, mantendo meus olhos em Ira.

— Em que tipo de animal de estimação você está pensando? — perguntei.

— Não sei. Um cachorro dá muito trabalho e um gato pode ser bastante cansativo. Talvez... um hamster. Algo pequeno que caiba em uma gaiola.

Franzi os lábios e pensei em animais de estimação fáceis de cuidar para crianças.

— Que tal uma pequena tartaruga? — sugeri. — Ele ama as Tartarugas Ninja.

Wells pensou sobre isso por um tempo antes de beijar minha nuca e assentir.

— Pode ser um bom primeiro animal de estimação. Antes vou ter que conseguir mais informações sobre como cuidar uma tartaruga de estimação — disse.

Ainda bem que ele não iria simplesmente a uma petshop.

— Olha, papai! Temos onze ovos! — Ira anunciou, depois veio correndo em nossa direção com a cesta nas mãos.

Wells me soltou e se agachou na frente dele para deixar Ira mostrar os ovos que encontrou, e eu sorri antes de olhar para meu pai, que parecia satisfeito com o que estava vendo.

— E ele pegou todos sozinho. Acho que vou contratar você para trabalhar no rancho, Ira — meu pai comentou.

Sorri ao ver os olhos de Ira se iluminarem, embora ele pudesse não ter entendido o que meu pai quis dizer. Mas tudo bem, porque tudo o que importava era saber que Ira estava feliz, e isso estava estampado em seu rosto.

— Você pode levar para casa amanhã. Vou deixar sua mãe embalar algumas de nossas saladas e legumes caseiros também.

— Obrigada, pai — agradeci, sorrindo para ele.

— Isso é muito gentil de sua parte, Devon. Obrigado — Wells acrescentou, levantando-se.

Meu pai assentiu e olhou para Ira.

— Você pode me dar a cesta para poder andar a cavalo.

Ira imediatamente largou a cesta, então deu um pulo animado e começou a correr para os cavalos.

— Devagar, amigão! — Wells gritou, mas Ira estava muito concentrado em chegar aos cavalos e Wells teve que correr atrás dele.

Essa foi a primeira vez que Ira não ouviu, mas bem... havia cavalos esperando por ele. Eu também não ouviria.

— Divirta-se e tome cuidado — meu pai me disse.

— Farei isso. Vejo você mais tarde.

Quando cheguei ao estábulo, Wells estava carregando Ira de volta para a entrada, balançando a cabeça.

— Ele teria corrido direto para a baia de um cavalo se eu não o tivesse pegado — riu.

— Isso teria sido perigoso — eu disse a Ira, colocando minha mão em suas costas. — Da próxima vez, espere o papai, ok?

Ira olhou para mim e tentou entender o que teria sido tão perigoso, mas então assentiu.

— Ok.

— Está pronto para andar a cavalo? — perguntei, sorrindo novamente.

— Sim! — ele gritou, apontando para um deles. — Eu quero aquele.

Olhei para trás para ver um dos cavalos mais velhos. Eu sabia quais eram mais adequados para uma caminhada calma e lenta, e o que Ira escolheu era realmente adequado.

— Esse é Jigsaw. Ele é calmo e gentil — falei, querendo que eles conhecessem o cavalo antes de montá-lo, para se sentirem mais confortáveis.

Os animais já estavam selados, pois Alexis e Kira os preparavam todas as manhãs antes da chegada dos convidados.

— Você já andou a cavalo? — perguntei a Wells.

— Uhm, sim, quando eu era mais jovem. Mas não posso dizer que me lembro muito disso.

— Tudo bem. Você pode cavalgar com Ira e eu seguro as rédeas de

Jigsaw. Ele está acostumado a ter pessoas montando nele, então vocês vão ficar bem.

Wells assentiu e olhou para Jigsaw antes de abaixar Ira novamente para segurar sua mão. Ele admirou Jigsaw enquanto eu o levava para fora, onde parou e esperou. Meus pais treinaram bem esses cavalos, então não tive dúvidas de que nada aconteceria.

Depois que tirei Molly, verifiquei se as selas estavam bem apertadas e me virei para Wells para avisá-lo que Jigsaw estava pronto para ele e Ira.

— Você sobe primeiro e eu ajudo Ira depois.

Para minha surpresa, Wells montando Jigsaw era mais gracioso do que eu pensava que seria, e ele ficava bem sentado naquele cavalo preto como a noite.

Meu Deus, ele parecia o Príncipe Encantado.

Tive que afastar esse pensamento antes de pegar Ira e deixar Wells puxá-lo para sentar na sua frente.

— Está confortável, Ira? — perguntei, observando-o se ajustar na sela.

— Sim, obrigado!

Eu não aguentava com esse garoto. Wells definitivamente o criou da maneira certa.

— Tudo bem! Vamos!

Montei em Molly e estendi a mão para agarrar as rédeas de Jigsaw e, assim que os dois cavalos começaram a andar, sorri de volta para Wells e Ira, que já estavam se divertindo.

Talvez palavras não fossem necessárias neste momento, então eu me virei e conduzi os cavalos para o lugar onde sempre ficava quando vinha visitar meus pais. Já fazia um tempo, mas eu sabia que não importava a época do ano em que eu viesse, aquele lugar sempre estaria lindo.

Não demoramos muito para chegar lá e, a princípio, eu queria descer e sentar na grama com Wells e Ira, cercados pelas lindas folhas coloridas do outono e apenas observar as montanhas imponentes à nossa frente.

— É lindo aqui, hein? — ouvi Wells dizer a Ira, e sorri, apenas ouvindo a conversa deles enquanto apreciava a natureza que nos cercava.

— Podemos voltar algum dia? — Ira perguntou, me fazendo virar para olhar para ele, depois para Wells.

Se ele dissesse que sim, prometi a mim mesma parar de pensar negativamente sobre o que poderíamos nos tornar. Ou não nos tornar... para esse assunto.

— Claro que podemos. Contanto que Rooney concorde com isso — Wells disse, olhando para mim de forma intensa.

Eu sorri.

— Adoraria trazer você aqui de novo em breve — eu disse a Ira, recebendo um gritinho de alegria em resposta.

Então... isso foi confirmação suficiente, certo?

Capítulo 33

WELLS

Todas as coisas boas tinham que acabar, e este fim de semana realmente passou mais rápido do que o esperado. Passamos dois dias maravilhosos no rancho dos pais de Rooney, mas, depois de tanta diversão, até eu estava exausto. Depois de nos despedirmos de Louise e Devon e de termos uma última conversa séria a sós com ele, entramos no carro e voltamos para casa.

Ira continuou falando sobre suas coisas favoritas que havia feito no rancho e não ficou tão surpreso com os palhaços quanto as outras crianças do show. Ele disse que eles estavam tentando ser engraçados, mas simplesmente não eram, o que nos fez rir na mesa de jantar antes de nos despedirmos. Podia-se dizer que Ira era um crítico severo, mas pelo menos nenhum dos animais o desapontou.

Ele adormeceu no meio do caminho, e Rooney e eu não conversamos tanto quanto costumávamos. Culpei o cansaço e fiquei feliz quando finalmente voltamos para casa.

— Você gostaria de vir passar o resto da noite comigo antes de ir para a cama? — perguntei enquanto tirava Ira de sua cadeirinha.

Ele estava dormindo profundamente, e Rooney e eu tínhamos que terminar nossa conversa.

Ela assentiu com a cabeça depois de pegar a cesta com os ovos e a sacola com os legumes na parte de trás.

— Sim, claro — respondeu com um sorriso cansado.

Subimos as escadas e ela me ajudou a abrir a porta para que eu não lutasse com Ira em meus braços. Quando ele estava deitado na cama, saí de seu quarto e vi Rooney parada na cozinha bebendo um pouco de água.

— Vou pegar minhas malas mais tarde. Você pegou as suas coisas? — perguntei.

Ela colocou sua bolsa do lado de fora da minha porta para subir depois que terminamos de conversar.

— Sim. Eu disse à minha mãe que, se esquecermos de alguma coisa, ela pode trazer quando vier me visitar.

Eu assenti, inclinando-me contra o balcão ao lado dela e observando atentamente seu rosto antes de decidir continuar a conversa que tivemos duas noites atrás.

— Você tem pensado sobre a minha pergunta? — questionei.

Claro que sim, e gostaria de ter feito uma pergunta diferente, porque mencioná-la a fez franzir a testa para mim novamente.

— Você me perguntou se eu ainda o vejo como um amigo ou apenas alguém com quem quero me divertir, mas não havia uma terceira opção — ela disse.

Verdade.

— Foi isso que deixou você chateada?

Suas sobrancelhas franziram ainda mais, silenciosamente me dizendo o quão idiota eu era.

— Certo… desculpe — respondi, suspirando e passando a mão pelo cabelo. — Eu deveria ter sido mais claro sobre isso.

Ela assentiu, me estudando e cruzando os braços frouxamente na frente da barriga.

Talvez fosse muito cedo para falar sobre isso.

Não, eu deveria apenas reformular minha pergunta.

— Você ainda me vê como um amigo, ou há algo mais que você sente por mim?

Essa pergunta também não parecia satisfatória o suficiente, visto que seu corpo ficou tenso antes de responder.

— Se não houvesse mais, acho que não teríamos chegado a dormir juntos. Ou você teria deixado Ira dormir conosco na cama no fim de semana.

— Isso é verdade, mas não foi isso que eu perguntei, Rooney.

Meu Deus, eu estava sendo um idiota de novo, tudo porque queria proteger meu coração de ser ferido. A mesma coisa que ela provavelmente estava pensando.

— Por que você está me forçando a responder a essa pergunta quando você claramente não tem certeza? — ela perguntou, tentando manter a voz baixa para que Ira não acordasse.

— Não estou pressionando você, Rooney. Estou tentando entender onde estamos, e isso só funciona se conversarmos e nos abrirmos um para o outro.

Ela tinha grandes problemas em reprimir seus sentimentos, o que obviamente não era apenas um problema dela. Mas minha teimosia não abria mão disso.

— Por que você não se abre primeiro então?

Eu nunca a tinha visto tão determinada e frustrada ao mesmo tempo. Isso me fez sentir o mesmo, sabendo que era eu quem a fazia se sentir assim.

— Porque não tenho apenas a mim mesmo para proteger, mas também a Ira. Ele é minha vida, e, se você não está disposta a se comprometer, o que obviamente é com o que você mais luta, então eu também não estou pronto para me comprometer.

Pronto.

Isso deveria ter sido o suficiente para fazê-la falar sobre como via as coisas. Rooney olhou para mim por um tempo e balançou a cabeça antes de soltar uma risada.

— Mas você estaria pronto para me deixar ficar perto dele e me foder sempre que quiser, sem que sejamos mais do que amigos?

Boa pergunta, e eu não tinha resposta para isso.

— Certo, foi o que eu pensei — ela sussurrou após alguns segundos de silêncio. — Talvez você devesse descobrir o que quer antes de me forçar a dizer coisas que você quer ouvir. — Seus olhos estavam lacrimejantes, lágrimas prontas para rolar por suas bochechas.

Suspirei, passando a mão pelo meu cabelo novamente.

— Por que você está dizendo isso agora, Rooney?

— Porque mesmo se eu dissesse que queria ficar com você, você ainda não teria certeza sobre nós.

— Então agora eu sou o problema? — perguntei quando ela passou por mim e caminhou pelo corredor para chegar à porta da frente.

Eu a segui, esperando poder impedi-la de sair quando ainda estávamos discutindo.

— Não, Wells — ela murmurou, virando-se para mim com a mão já na maçaneta da porta. — Nós dois somos o problema, e, se não descobrirmos *isso* logo, vamos machucar a nós mesmos antes de podermos machucar um ao outro.

Suas palavras me atingiram com força, porque eu sabia muito bem que eram verdadeiras.

— E agora? — perguntei, me sentindo o homem mais fraco naquele momento.

— Vou dar um tempo para você pensar. Eu também vou precisar, e quando estivermos em paz com a gente mesmo, poderemos falar sobre nós novamente. Agora... acho que nós dois temos que trabalhar em nós mesmos, Wells.

E eu sabia que ela estava certa.

Nós juntos... nós não éramos o problema.

Mantive meus olhos nela e ainda havia esperança dentro de mim, mas eu sabia que era aqui que tínhamos que dar um passo para trás, ficar longe um do outro e nos encontrarmos, encontrarmos nossas verdades primeiro.

— Prometa que isso não é um adeus para sempre — eu sussurrei.

Meu Deus, Wells! Agora você realmente parece o maior idiota do mundo.

Rooney riu baixinho, a tristeza ainda persistindo em seus olhos.

— Não, bobo. Só por um tempo.

ROONEY

A última coisa que eu precisava era ver AJ no meu apartamento depois de dizer a Wells que precisávamos nos afastar um do outro.

Meu coração estava partido, mas eu sabia que aquilo era necessário para que eu pudesse me consertar e finalmente conseguir amar o homem que havia me ensinado tanto nas últimas semanas.

Amor.

Não é uma palavra que eu goste de usar com frequência, mas tive que parar de mentir para mim mesma e apenas ser honesta. Eu amava aquele homem, e minha maldita mente poderia ir se foder, porque eu não continuaria negando isso. Meu coração estava certo o tempo todo, e eu sabia muito bem disso. E agora era minha vez de me resolver, resolver meus problemas idiotas, antes de dizer a ele como me sentia.

Virei o corredor para a cozinha e ignorei os olhares de Evie e AJ enquanto eles se sentavam no sofá.

Eu precisava de algo forte.

Talvez uma ou duas doses de vodca. Apenas algo para me dar coragem suficiente para finalmente começar a lidar com meus próprios problemas antes que eu incomodasse mais alguém.

Eu estava esperando um comentário sarcástico saindo da boca de Evie, mas, para minha surpresa, não foi nada sarcástico.

— Quer conversar sobre isso? — ela perguntou de pé na porta, com a cabeça inclinada para o lado e os braços cruzados sobre o peito.

Se eu queria conversar sobre isso?

Caramba, eu estava me sentindo como se estivesse enlouquecendo lentamente.

— Por que AJ está aqui? — perguntei, olhando para ela e depois para Aiden, que não tirava os olhos de mim.

— Ele veio mais cedo com o Jonathan. Você quer que eu o mande embora?

Olhei para Evie, depois balancei a cabeça e suspirei.

— Preciso clarear a cabeça antes de falar sobre isso.

Peguei a garrafa de vodca e coloquei um pouco em um copo. Depois de tomar duas doses, torci o nariz e olhei para Evie novamente.

— Eu precisava disso — disse a ela.

— É claro. — Ela riu baixinho, então me puxou para um abraço apertado. — Se precisar de alguma coisa, é só me chamar, ok?

Fechei os olhos e a abracei de volta antes de assentir e me afastar dela novamente.

— Antes de ir... preciso bater nele? — ela perguntou.

Eu sorri, sabendo que ela quebraria o pescoço de um cara se ele me machucasse, mas este não era o caso.

— Ele não fez nada de errado. Nós dois temos nossos próprios demônios, só isso.

Evie estudou meu rosto para se certificar de que eu não estava inventando nada, mas, de todas as pessoas que eu conhecia, ela era a primeira a saber o quanto eu lutava para me abrir.

Ela me deu um sorriso tenso e acariciou meu braço antes de eu sair da cozinha sem dar outra olhada para AJ. Eu não tinha tempo ou vontade para lidar com ele agora.

Fui para a cama e me enrolei como uma bola debaixo das cobertas, olhando para a parede sob a luz fraca da lua.

Eu teria que começar do começo.

Houve algo que me fez ser a pessoa que sou hoje? Alguém disse algo para mim para me proteger de me machucar?

Ou era apenas eu?

Nunca pensei em ter um relacionamento e, quando chegou a adolescência, não me interessava tanto por garotos quanto Evie.

Houve um tempo em que pensei que não era capaz de namorar ou dar meu amor a outra pessoa, mas logo descobri que não era o caso. Eu tinha um amor em mim que não poderia manter trancado para sempre, e, no segundo em que percebi que Ira e Wells eram mais especiais para mim do que eu esperava, eu sabia que era para eles que eu queria dar todo meu amor.

Por que você é assim, Rooney?

Agora cabia a mim provar a mim mesma que me comprometer com algo não era uma coisa ruim.

Porém, isso levava tempo e eu não queria deixar Wells esperando muito. Eu já sentia falta dele.

Capítulo 34

WELLS

Toda vez que Ira me perguntava onde Rooney estava, eu tinha que inventar algum tipo de mentira e garantir a ele que a veríamos novamente em breve.

Não fazia nem um dia desde que ela me disse que precisávamos de espaço. Para ser honesto, foi uma boa decisão, mesmo que eu tenha demorado um pouco para perceber isso.

Assim que deixei Ira na casa de minha mãe esta manhã, fui direto para a empresa e comecei a trabalhar em meu último projeto, para tirar Rooney da cabeça.

Ela me disse para refletir sobre mim e não sobre nós, mas era difícil não pensar nela quando ela já havia roubado meu coração.

Ficou claro que eu queria que nosso relacionamento fosse sério. Bem, pelo menos ficou claro para mim.

Então, depois de perceber que Rooney era quem eu queria, tive que me esforçar para melhorar.

Ela estava certa quando me disse que nós dois estávamos causando problemas. Mas como seríamos capazes de resolvê-los se ela me afastasse para lidar com isso sozinha e me deixasse fazer o mesmo?

Minha mente estava confusa e não parecia certo ficar longe dela. Mas o que mais eu deveria fazer?

Recostei-me na cadeira e suspirei pesadamente, passando as mãos pelo cabelo e puxando as pontas enquanto olhava para o relógio.

Faltavam cinco minutos para as três e eu podia sair mais cedo hoje, para levar Ira ao hospital pegar sua nova bomba. Talvez isso me fizesse parar de pensar nela.

Eu terminei o que estava trabalhando e salvei tudo para desligar meu computador. Então peguei meu telefone e saí para chegar ao meu carro.

Comecei a ficar ansioso, desta vez não por causa de Rooney, mas por causa de Ira.

A nova bomba seria melhor, mas mais pesada, e eu esperava que ele se adaptasse rapidamente.

Quando cheguei à casa de minha mãe, Ira já estava esperando na varanda. Ela acenou para mim quando me viu entrar na garagem.

Eu sorri e acenei de volta, saindo do carro assim que o estacionei.

— Ei, amigão! — eu disse quando ele veio correndo em minha direção com os braços abertos.

Meu coração aqueceu imediatamente e eu o peguei quando ele me alcançou.

— Oi Papai!

Seus braços me abraçaram apertado em volta do pescoço e eu o pressionei contra mim enquanto beijava sua cabeça suavemente.

— Você teve um dia divertido na casa da vovó? — perguntei, deixando-o se inclinar para trás, para que ele pudesse olhar para mim.

— Sim! Brincamos, pintamos e vimos patos!.

— Tudo isso? Você foi ao parque então? — perguntei, não conseguindo parar de beijar seu doce rosto.

Deus, eu fui o cara mais sortudo do mundo por ter esse carinha como meu filho.

— Sim — ele disse, já se contorcendo em meus braços para me fazer colocá-lo de volta no chão. Olhei para minha mãe que estava sorrindo para nós, e sorri de volta para não mostrar a ela como eu realmente estava me sentindo por dentro.

— Ele não comeu nada desde o almoço, como você pediu — ela me disse.

— Isso é bom. Obrigada. Depois eu confirmo sobre amanhã. Talvez eu tenha que ficar um pouco mais — eu disse a ela, já ajudando Ira a entrar no carro.

— Ok, eu não me importo de ficar com ele para jantar se você quiser tirar um tempinho para você depois do trabalho. Ou talvez para passar com Rooney — disse.

A menção do nome dela desencadeou todas as sensações dentro de mim, fazendo-me tremer, algo que definitivamente nunca senti.

— Podemos ver Rooney? — Ira perguntou, ouvindo tudo o que estava sendo dito.

— Ah, não, amigo. Hoje nao…

— Algo aconteceu? — mamãe perguntou, já sabendo que algo estava errado.

— Está tudo bem, mãe. Ela só está ocupada com a faculdade, só isso,— menti.

— Bem, se você quiser convidá-la para jantar conosco, é só me avisar. Tenha uma boa noite — ela acenou para Ira e recebeu um aceno de volta antes que seu foco voltasse para um dos livros que compramos há algum tempo.

— Tchau, mãe — eu disse, beijando sua bochecha e entrando no carro.

— Vamos para o hospital? — perguntou Ira.

— Sim, para pegar sua nova bomba. Você está animado?

— Vai doer?

— Não, não vai. É como a bomba que você tem agora. O Dr. Cole só vai trocar o aparelho, mas o resto continua igual, ok?

— Ok. Podemos ir à livraria depois?

Caramba, por que não?

Ele foi corajoso a vida toda e, se livros fossem o que ele queria, eu o mimaria até que ele tivesse idade suficiente para comprá-los.

— Claro que nós podemos. Existe algum livro especial que você gostaria de ler? — perguntei, olhando para ele pelo espelho retrovisor.

Ele estava com os olhos no livro no colo, mas conseguiu ter essa conversa comigo.

— Acho que quero um livro sobre mamães e papais.

Isso quase me fez pisar no freio.

Merda, de onde veio isso?

Parei em um sinal vermelho e me virei para olhar para ele, mas ele não pareceu muito perturbado com sua resposta.

— A vovó falou com você sobre mamães e papais hoje? — perguntei.

Ele nunca havia mencionado sua mãe, mas nunca pensei que ele soubesse que tinha uma. Alguém que infelizmente não estava por perto para vê-lo crescer.

Ira balançou a cabeça e apontou para o livro.

— Esta menina tem uma mãe...

Olhei para a foto e balancei a cabeça, suspirando baixinho.

— Sim, ela tem

— Ela tem um pai também?

Eu tinha cem por cento de certeza de que ele não entendia o conceito de pais, já que via seus amigos principalmente com a mãe ou o pai, mas não com os dois ao mesmo tempo.

— Provavelmente, sim. — Eu estava tendo dificuldade com aquilo.

Em primeiro lugar, falar sobre isso em um carro era um pouco inconveniente e, em segundo lugar... como diabos eu contaria ao meu filho que a mãe dele morreu durante o parto?

— Eu quero um livro sobre mamães.

E foi definitivo, porque ele não disse mais uma palavra sobre isso.

Por que é que toda vez que eu tinha algo para resolver, outras coisas se acumulavam e tornavam tudo ainda mais difícil?

Acho que a sorte não estava do meu lado ultimamente. Mas com certeza eu não iria ignorar a necessidade de Ira de falar sobre mães. Eu devia isso a ele, e, quanto mais cedo ele soubesse o que aconteceu, mais fácil seria lidar. Pelo menos era o que eu esperava.

— Aqui estamos. Pronto para conhecer o Dr. Cole? — perguntei enquanto o ajudava a sair do carro.

Ira me deu um aceno rápido e estendeu a mão para me deixar pegá-lo assim que fechei a porta do carro. Juntos entramos para chegar à recepção.

— Oi, sou Ira e recebi minha nova bomba hoje! — ele disse, cheio de entusiasmo.

A mulher sentada atrás da mesa sorriu para nós e acenou com a cabeça.

— Dr. Cole está esperando por você, Ira. Você pode ir direto para o escritório dele.

— Obrigado — eu sorri e caminhei pelo corredor para chegar ao escritório do Dr. Cole. Uma vez que estávamos lá, bati na porta aberta para chamar sua atenção.

— Entre. Ouvi dizer que alguém vai ganhar uma bomba nova hoje!

— Eu! Uma maior! — Ira anunciou.

— Isso mesmo! Só um pouco maior, mas muito melhor e também nova — explicou.

Sentei Ira na maca e fiquei ao lado dele para assegurar-lhe que estava ao sei lado enquanto o Dr. Cole preparava algumas coisas.

— O que você fez hoje, Ira? — ele perguntou, iniciando uma conversa para acalmá-lo um pouco.

Ira sabia que podia confiar nele, mas ainda estava nervoso, o que era normal.

— Eu estava na casa da minha avó e nós pintamos e fomos ao parque! — ele disse ao médico.

— Isso parece muito divertido. Qual é a sua coisa favorita para fazer no parque?

— Gostei das barras de macaco!

Eu sorri, lembrando como ele estava frustrado no início deste ano, quando não conseguia nem segurar as barras sem minha ajuda.

Ele conseguiu atravessá-las sozinho alguns meses atrás e estava realmente melhorando em se manter lá em cima.

— Você é forte então, hein?

Ira assentiu, concordando com seu médico.

— Tudo bem. Vê? Esta é a sua nova bomba. Parece igual, mas tem alguns botões diferentes para regular a insulina — explicou ele, falando comigo agora.

Olhei atentamente para não perder nenhuma informação importante para mim, e Ira apenas olhou para a bomba e observou o Dr. Cole para ter certeza de que ele não faria nada que pudesse machucá-lo.

Eu esfreguei suas costas suavemente para que ele soubesse que não iria doer, e ele se inclinou contra mim enquanto enfiava a mão em seu cabelo para enrolá-lo em seus dedos.

— O único botão que você precisa saber é o botão liga e desliga, e este em que você pode verificar o nível de insulina. Basta pressionar o botão por três segundos e os números aparecerão.

Ele o estendeu para mim para que eu pudesse tentar e, assim que funcionou, Ira quis tentar também.

— É fácil, né? E funciona exatamente como sua bomba antiga. Você troca toda semana, mas, como é só um teste, pode deixar com ele até sexta e veremos se deu certo e se ele se deu bem.

Fiquei feliz que Ira poderia escolher depois de experimentar a nova bomba porque, mesmo que esta fosse melhor, como disse o Dr. Cole, eu queria que fosse a mais confortável para Ira.

Não demorou muito para trocar as bombas e, apenas vinte minutos depois, Ira e eu saímos do hospital novamente, prontos para partir.

— Ainda quer ir à livraria? — perguntei enquanto o prendia em sua cadeirinha.

— Sim por favor!

Como eu poderia dizer não a isso?

— Tudo bem. Talvez depois possamos ir comer um jantar gostoso no *Divine*. Lembrar? O lugar onde compramos as deliciosas massas e os pãezinhos de canela.

Ira assentiu.

— Quando fomos a um piquenique com Rooney. Podemos fazer um piquenique com ela de novo?

Ele não tinha ideia do quanto eu queria isso, mas ainda tinha que lidar com minhas próprias merdas, e isso poderia demorar um pouco.

— Em breve, amigo.

Passamos quase uma hora na livraria e examinamos os livros que poderiam entrar na estante de Ira.

Tive de tirar alguns livros de Ira e colocá-los no carrinho de um atendente para que pudessem voltar às prateleiras onde pertenciam, pois não eram muito adequados para crianças.

Felizmente, Ira ainda não sabia ler, e as duas pessoas desenhadas no Kama Sutra não chamaram sua atenção como fariam com crianças mais velhas.

— Este? — ele perguntou, correndo de volta para mim com um livro que tinha uma árvore genealógica na capa, e eu apertei meus lábios em uma linha fina para me preparar para o que viria a seguir.

— Há uma vovó e um vovô, e uma mamãe e um papai, e esse sou eu — ele disse, apontando para o menino retratado na extremidade inferior dos galhos da árvore.

Estudei a capa do livro antes de olhar para Ira com um sorriso gentil.

— Você está se perguntando onde está sua mãe, hein? — Eu mantive minha voz baixa, tentando não parecer muito triste na frente dele.

Eu não queria que ele pensasse que era uma coisa triste que sua mãe não estivesse por perto, mas queria que ele entendesse que não era uma situação fácil.

Ele não respondeu a princípio e passou a abrir o livro.

Depois de um pouco de silêncio, ele falou novamente.

— Quando posso ver minha mãe? — ele perguntou, quebrando meu maldito coração em milhões de pedaços.

Eu segurei a parte de trás de sua cabeça e puxei-o entre as minhas pernas, tornando mais fácil ficar em seu nível enquanto estava sentado no sofá infantil.

Pressionei meus lábios contra sua testa e fechei os olhos, tentando o meu melhor para não deixar correr algumas lágrimas.

— Eu vou te contar tudo sobre sua mãe esta noite antes de você ir para a cama, ok, amigão?

— É uma história feliz?

Deixe que ele perceba que algo estava errado.

Eu sorri para ele, ajeitei seu cabelo para trás e beijei sua bochecha.

— Prometo que você vai adorar a história — eu disse a ele com uma voz gentil.

E vou dizer a ele como você era linda por dentro e por fora, Leah.

Capítulo 35

WELLS

Estávamos prestes a entrar em nosso prédio depois de jantar no *Divine* quando Grant estacionou. Ira reconheceu imediatamente o carro como sendo de seu melhor amigo e esperou pacientemente que ele saísse.

— O que você está fazendo aqui? — perguntei a Grant quando ele saiu do carro.

— Esperava conseguir uma cerveja. Mau momento? — ele perguntou, abrindo a porta de Benny e deixando-o sair para que os dois pequenos pudessem se cumprimentar.

— Ah, não. Ira e eu só temos que jantar.

— Tudo bem — ele falou, trancando o carro e olhando para nossos filhos. — Benny tem perguntado por Ira o dia todo, e sei que ele não vai dormir facilmente esta noite se não o vir.

Compreensível. Meu filho é um garotinho muito legal.

— Ganhei uma bomba nova! — Ira anunciou, exibindo-a para seu melhor amigo e depois para Grant.

— Que legal, Ira. Vai cuidar bem dela, hein?

— Sim, eu vou — Ira respondeu com um aceno de cabeça. Então pegou a mão de Benny para puxá-lo escada acima e para a entrada.

— Ele está bem?

— Sim, Ira não parece estar muito incomodado com a nova bomba — respondi.

— Meu filho já teria arrancado essa merda se fosse com ele. Você tem muita sorte por Ira ser tão bem comportado. Estou tentando levar Benny a um médico que pode me dizer se ele tem TDAH, mas a mãe dele disse que ele nunca fica tão hiperativo quando está com ela. Duvido. Essa criança nunca para e ela está apenas tentando evitar as sessões de terapia conosco.

Eu não era médico, mas até um cego poderia dizer que Benny tinha muita energia para sua idade.

— Não desista, cara. Além disso, não acho que uma criança como a minha daria certo com você. Você é muito duro, muito irritado com a vida para ter alguém como Ira. Ele iria aborrecê-lo pra caralho — eu disse com um sorriso, sem querer rude com Ira.

Eu adorava como Ira era calmo e doce, e não achava que conseguiria lidar com uma criança como Benny. Nós dois tivemos sorte de maneiras diferentes, ele só tinha que perceber isso.

Quando subimos, fiz Ira se sentar à mesa enquanto Benny já estava brincando com seus brinquedos.

— Esse é o meu Hulk favorito, Benny. Você pode brincar com ele até eu terminar, ok?

— Coma, amigão. Mas não se apresse, senão sua barriga vai doer mais tarde — eu disse a ele, colocando seu jantar em um prato e entregando um garfo.

Sentei-me ao lado dele e comecei a comer também, enquanto Grant se sentou no sofá para ficar de olho em Benny.

— Então... mais algum encontro com a sua vizinha? — Grant perguntou enquanto se inclinava para trás e virava a cabeça para olhar para mim.

— Ah, não. Nada à vista — respondi, tentando não mencionar o nome dela para que Ira não perguntasse. — Passamos o fim de semana juntos, mas as coisas não terminaram muito bem.

— Caramba, já? Qual é o problema? — ele perguntou.

— Precisamos entender algumas coisas antes de decidir o que queremos.

— Ela não se dá bem com seu filho? Achei que ela gostasse dele. Ela parecia uma garota que gosta de crianças.

Meu Deus, não!

Seu amor por Ira e vice-versa não era o problema.

— Ela gosta, esse não é o problema. Ela ainda é jovem e, embora saiba o que quer, está com dificuldade para se abrir e se comprometer. Mas eu luto com a mesma merda — eu disse.

— Palavra feia, papai! — Ira franziu a testa para mim.

— Desculpe, amigão. Eu não vou dizer isso de novo — prometi a ele.

— Você está brincando, né? Vocês dois já pareciam um casal e, de repente, estão inseguros sobre o que são ou querem ser? Caramba... se dependesse de mim, eu já teria me casado com ela.

Não tenho dúvidas. Ainda mais depois de todo o tempo que passou olhando para Rooney enquanto estávamos no parquinho...

— Estou dizendo, cara... se você não a quer, terei prazer em convidá-la para sair. Ela está lá em cima, certo?

Isso chamou a atenção de Ira.

— Rooney está em casa?

Suspirei e assenti.

— Sim provavelmente. Mas ela tem muito o que fazer para a faculdade, entende? Nós a veremos em breve.

— Para que eu possa pintar e brincar com ela novamente? — Ira acrescentou.

— Isso mesmo — respondi com um sorriso, então olhei para Grant. — Não se atreva a ir falar com ela. Eu sei que a quero, só tenho que ser homem e lidar com as minhas mer... — Parei antes que Ira ouvisse outro palavrão sair da minha boca. — Preciso me assegurar de que estar em um relacionamento não é uma coisa ruim.

Grant me observou por um tempo antes de concordar.

— Se você acha que ela é a pessoa certa, não a faça esperar muito. As garotas são loucas e suas mentes podem mudar em uma fração de segundo. Então, certifique-se de não brincar muito com a cabeça dela.

Rooney não era do tipo maluca, mas uma coisa era certa: eu não podia mexer com a cabeça dela do jeito que mexia com o seu coração. Mas meu coração estava tão confuso quanto o dela e, francamente, nós somos os responsáveis por isso.

— Acabei! — Ira exclamou, já se levantando da cadeira para me dizer que estava pronto para brincar.

Olhei para o seu prato e decidi que ele comeu o suficiente, mas apontei para a água para fazê-lo beber um pouco mais antes que pudesse ir brincar com Benny.

— Mais alguns goles e você pode ir — eu disse a Ira, e ele não hesitou em beber sua água.

Assim que terminou, levantei e o ajudei a ir até a pia para lavar as mãos e, depois disso, ele estava livre para brincar.

— Que tal uma noite no bar? Já faz um tempo e isso pode ajudá-lo a clarear a cabeça antes de tomar sua decisão final.

Olhei para Grant quando comecei a limpar a mesa.

Acho que poderia perguntar à minha mãe se ela poderia ficar com Ira mais uma noite esta semana.

— Quinta-feira está ok? — perguntei, e ele deu de ombros.

— Claro — ele respondeu, levantando-se do sofá e caminhando até mim. — Contanto que você prometa relaxar um pouco e não ficar com essa cara de bunda...

Eles foram embora depois de mais ou menos uma hora. Finalmente consegui colocar Ira na cama e ler para ele um dos novos livros que ganhamos.

Ele se aconchegou em minha cama, porque mesmo que eu quisesse que ele dormisse em seu quarto, sabia que esta noite não seria fácil para nenhum de nós. Ira havia escolhido o livro da árvore genealógica e, quando estávamos confortáveis, abri e comecei a ler para ele. Ira ouviu atentamente e olhou para as imagens enquanto eu esperava o momento em que ele perguntaria sobre as mães novamente.

Eu estava lendo a parte sobre os avós e como eles se relacionavam com as fotos dos meninos em todas as páginas e, logo após ler aquele parágrafo, Ira apontou para a avó e disse:

— A vovó é sua mamãe.

Eu assenti, beijando o topo de sua cabeça.

— Isso mesmo. Vovó é minha mãe.

— E esta é a mãe de Freddie? — ele perguntou, apontando para a mulher segurando a mão de Freddie na imagem.

— Exatamente. — E, em vez de fazê-lo perguntar sobre sua mãe de novo, decidi ir em frente.

Melhor agora do que quando for tarde demais. Ira tinha quatro anos e falar com ele sobre isso era inevitável.

— Lembra como Freddie explicou como os bebês nascem?

Ira assentiu, virando a cabeça para olhar para mim com os olhos arregalados. Ele estava um pouco confuso sobre por que as crianças precisavam de uma mãe para nascer, já que ele nunca viu sua mãe.

— Bem, você nasceu exatamente da mesma maneira.

Merda, isso era difícil.

Talvez fotos ajudassem.

Estendi a mão para a mesinha de cabeceira e abri a gaveta para pegar uma pilha de fotos que guardei de Leah. Olhei para elas por um segundo antes de segurar uma mais perto de Ira, para que ele pudesse olhar.

— Esta é a minha mãe? — ele perguntou, mantendo os olhos fixos em Leah sentada em um sofá comigo ao lado dela.

— Sim. E você sabe quem é esse ao lado dela? — perguntei, sorrindo.

— Não.
— Este sou eu. Pareço um pouco estranho quase sem cabelo, hein? Ele torceu o nariz e riu.
— Você parece engraçado na foto. Seu cabelo ficou mais comprido — ele apontou.
— Sim. Isso foi há seis anos. Sua mãe e eu éramos muito próximos, sabia? E agora vem a parte difícil...
Merda, eu não podia chorar.
Eu disse a ele que essa não seria uma história triste.
— Onde ela está agora? Posso vê-la e brincar com ela?
Eu gostaria que você pudesse, amigão.
Felizmente, não era a primeira vez que conversávamos sobre anjos no céu.
— Lembra quando você não pôde ir na casa da vovó porque ela estava se despedindo de uma amiga?
— Sim, a vovó disse que se despediu de sua amiga anjo que agora está no céu.
Graças a Deus ele se lembrou.
Eu não estava pronto para explicar tudo para ele novamente.
— Bem, quando você nasceu, há quatro anos, sua mãe também se tornou um anjo.
Seus lábios estavam entreabertos e seus olhos um pouco inseguros no início, até que ele falou:
— Então a mamãe também está no céu?
Incrível como esse menino era inteligente e compreensivo. Ele ouviu e absorveu tudo o que eu lhe disse, o que tornou tudo muito mais fácil. Para nós dois.
— Isso mesmo. Mamãe está no céu. Vê como ela é linda? — perguntei, apontando para Leah na foto, então mostrando a ele outra, na qual ela estava sentada em um elefante durante sua viagem para a Índia.
— Eu também estive em um elefante como a mamãe! — ele disse alegremente.
— Legal, né? Sabe, sua mãe amava os animais tanto quanto você, e ela queria protegê-los e cuidar deles para que ninguém pudesse machucá-los. Ela era como uma super-heroína, salvando animais! — eu disse, pensando que trazer super-heróis para a conversa seria uma boa forma de manter esta história feliz.
— Uau! Eu também quero ser um super-herói quando crescer!

Sorri e o puxei para mais perto, beijando sua têmpora e fechando os olhos. A vontade de chorar estava próxima, mas eu não podia fazer isso na frente dele. Eu queria que Ira soubesse que a morte de Leah não era uma coisa negativa. Eu queria que ele soubesse como ela era ótima e que não importava o que tivesse acontecido, ela sempre seria sua mãe.

— Você já é um, amigão.

Deixei que ele olhasse as outras fotos também e, depois de um tempo, achei que seria uma boa ideia avisá-lo de que ainda poderíamos visitar sua mãe.

— Se você quiser, podemos ir dizer oi para a mamãe algum dia. Há um lugar especial onde cada anjo tem seu lar, além do céu.

— Onde? — ele perguntou, seus olhos se arregalando de animação novamente.

— É um lugar chamado cemitério. É onde podemos ir visitar nossos anjos na terra e levar flores e presentinhos para eles.

— Posso levar flores para a mamãe e o Hulk?

Eu sorri.

— Eu sei que ela vai amá-lo. Quando você estiver pronto para ir, amigão, iremos visitá-la, ok? Apenas me diga quando e eu o levarei até ela.

Ira assentiu, ainda olhando para as fotos, guardando seus pensamentos para si mesmo. Eu queria dar a ele o tempo que precisasse para compreender tudo completamente. Enquanto ele olhava para as fotos, eu acariciava seus cabelos loiros e curtia sua companhia.

Se não fosse Leah, Ira não estaria comigo agora, e eu tinha que agradecer a Henry, o cara com quem ela estava quando teve Ira, por trazê-lo para mim.

Eu estava tão grato por tê-lo! Como tinha imaginado, não fui capaz de evitar que as lágrimas rolassem pelo meu rosto. Caramba! Saber que seu filho cresceria sem mãe também era difícil para mim, mas eu tinha muito amor para dar a ele e nunca deixaria de amá-lo. Nem mesmo quando ele estivesse pronto para se mudar para a faculdade. Eu seria um daqueles pais chatos que tinham que checar seus filhos vinte e quatro horas por dia, sete dias por semana.

— Papai? Você disse que esta é uma história feliz — Ira disse, a preocupação enchendo seus olhos.

Eu sorri, limpando minhas lágrimas e assentindo com a cabeça.

— E é, carinha. É uma história linda e não há problema em chorar quando algo é muito bonito — expliquei.

— Então… você chorou quando viu Rooney? Porque ela é linda igual à mamãe.

Não pude deixar de rir de seu comentário, e não havia como negar isso.

— Eu não chorei, mas foi quase — respondi, sorrindo.

Ira era expert em tornar uma conversa leve e divertida.

— Eu amo você, Ira — sussurrei contra sua cabeça, abraçando-o com força enquanto ele se inclinava mais para mim.

— Eu amo você, papai. E eu também amo a mamãe.

Capítulo 36

WELLS

Ira estava ansioso para dormir na casa da avó e já estava esperando na porta que eu terminasse de arrumar sua mala. Eu lhe disse que encontraria Grant à noite, e, quando ele perguntou por que não poderia ir conosco ao bar, tive que explicar que bares não eram lugares em que meninos de quatro anos podiam entrar.

Ele tentou me subornar dizendo que se comportaria e não falaria sobre seus super-heróis favoritos, mas tive que decepcioná-lo – ainda que a maioria dos adultos definitivamente adorava falar sobre coisas assim.

— Podemos ir agora? — ele perguntou, segurando a maçaneta enquanto olhava para mim com a cabeça inclinada para o lado.

Caminhei até ele e assenti, estendendo a mochila cheia de brinquedos em sua direção, para que ele pudesse pendurá-la em seus ombros.

Enquanto ele fazia isso, coloquei meus sapatos e casaco.

— Você está começando a ficar um pouco impaciente, hein? Que tal irmos mais devagar? Temos tempo.

Ele franziu a testa para mim e estendeu a mão para a maçaneta novamente.

— Eu tenho quatro anos — afirmou, como se isso justificasse o fato de estar mais impaciente do que nunca.

Eu ri quando peguei a pequena mochila e acenei para a porta.

— Vamos. Dá para perceber que você não se importa de ficar longe de mim esta noite.

Ele não respondeu enquanto abria a porta e saía, mas, assim que chegou à escada, virou-se e olhou para mim com um sorriso gentil.

— Mas só vou dormir uma vez na casa da vovó, papai. Não fique triste.

Esse garoto...

Seus traços estava mudando bem na frente dos meus olhos e eu adorava cada segundo disso, mesmo querendo que ele permanecesse o mesmo para sempre.

— Vou tentar não ficar — respondi com um sorriso, trancando a porta atrás de mim.

Quando descemos, Ira estava prestes a abrir a porta quando Rooney a puxou pelo lado de fora.

Nós dois ficamos surpresos por nos vermos depois da noite de domingo passado. Nenhum de nós disse uma palavra, mas continuamos olhando um para o outro.

— Rooney! — Ira exclamou, abraçando suas pernas.

Ela levou um momento para cumprimentá-lo de volta, mas, assim que desviou os olhos dos meus, ela olhou para baixo e colocou a mão na nuca de Ira com um sorriso.

— Oi, rapazinho. Vai sair esta noite? — ela perguntou, agachando-se para falar com ele depois que ele a soltou.

— Vou para a casa da vovó, para que o papai possa ir ao bar.

— Que legal! Você pegou brinquedos suficientes para se divertir? — ela perguntou, sorrindo para ele.

— Sim, todos eles! E um quebra-cabeça. Você sabia que eu tenho uma bomba nova?

Ira ainda estava um pouco inseguro sobre a bomba, mas gostava de exibi-la. Eu também, honestamente.

— Eu fiquei sabendo, sim. Como é a nova bomba?

Sua maneira de falar com meu filho era reconfortante, e eu sabia o quanto Ira queria vê-la nos últimos dias.

Meu Deus, vê-los juntos novamente era tão bom…

— É maior — Ira respondeu com um encolher de ombros.

— Desde que não incomode você, não é? Isso é ótimo, Ira.

— Você pode vir brincar comigo amanhã? Eu não vou para a casa da vovó amanhã — ele explicou.

Os olhos de Rooney se moveram de Ira para mim, e deixei escapar um suspiro, sabendo que isso a colocava em uma situação um tanto estranha.

— Rooney tem coisas para fazer para a faculdade, entende? Tenho certeza de que, em breve, ela encontrará um tempo para vir brincar — eu disse, mantendo meus olhos nos dela.

Ela apertou os lábios em uma linha fina, então olhou para Ira novamente com um sorriso suave.

— Vamos encontrar um tempo para brincar e pintar juntos em breve, ok? Eu prometo que não vai demorar muito — Rooney respondeu para ele.

Eu sabia que ela cumpriria essa promessa, mas não era fácil saber que ainda estava lutando para descobrir se um compromisso conosco, Ira e eu, era o que ela realmente queria.

Eu já havia me decidido, e agora vê-la novamente apenas fortaleceu essa decisão.

Rooney era quem eu queria.

— Ok. Papai disse que sou impaciente, então não me faça esperar muito.

Ela riu baixinho e eu ri, pensando se ele realmente entendia o que significava ser impaciente.

— Promessa de mindinho — Rooney disse, estendendo o dedo para que Ira enganchasse o seu no dela.

Ela o abraçou antes de se levantar, e, quando olhou para mim, não poderia deixá-la ir sem saber se estava bem.

— Como vai?

Ela deu de ombros, brincando nervosamente com os dedos.

— Bem — respondeu.

Observei seu rosto por um segundo e não acreditei muito nela.

— Como você está realmente se sentindo, Rooney?

Eu não poderia ser o único a odiar esse silêncio entre nós, e, embora tivesse concordado em dar a ela todo o tempo que precisava para pensar sobre nós, eu mal podia esperar para finalmente abraçá-la de novo.

Ela respirou fundo e deu de ombros novamente, mas, em vez de uma resposta simples, ela disse:

— Estou chegando lá. Não é fácil, sabe?

— Eu sei. Eu não quero pressionar você. — Olhei para Ira, que notou que a situação não estava tão tranquila quanto ele pensava. — Eu só vou tomar uma bebida com Grant. Estaremos em casa neste fim de semana, caso você queira...

— Ok — ela disse, olhando para Ira novamente e sorrindo. — Vejo você em breve, Ira, tudo bem?

Ela estendeu a mão para acariciar o cabelo dele, e Ira assentiu e acenou para ela.

— Até mais.

Dei a Rooney um último olhar antes de ela subir as escadas, deixando aquela carga pesada me empurrar para baixo novamente no segundo em que ela estava fora da minha visão. As coisas pareciam mais fáceis com ela por perto, mas, enquanto não estivesse pronta, eu não poderia dizer isso a ela.

Depois de deixar Ira na casa da minha mãe, dirigi até o bar que Grant me disse para encontrá-lo e, logo que entrei, descobri que o local estava lotado. Não era muito a minha praia, mas eu já havia dito que o encontraria aqui.

Eu o vi sentado em uma mesa que ele provavelmente não poderia reservar apenas para nós, pois duas mulheres estavam sentadas bem em frente a ele. Eu não gostava muito de falar sobre meus problemas com estranhos escutando, mas também poderia simplesmente não falar sobre meus problemas.

— Oi, cara — eu o cumprimentei ao chegar na mesa. Quando ele olhou para mim, sorriu.

— Aí está ele! Espero que não se importe em ter essas duas lindas senhoritas sentadas conosco. Elas não tinham outro lugar para sentar, então eu as convidei.

Olhei para as duas, observando seus lindos rostos cobertos de maquiagem. Bem, elas não eram tão ruins, mas eu sabia que era exatamente algo que Grant faria.

— Dreya e Mel — Grant as apresentou, me surpreendendo por saber seus nomes.

— Wells — eu disse, inclinando a cabeça e sentando ao lado de Grant.

Antes que pudesse começar a conversar com elas, levantei minha mão quando uma garçonete passou para pedir uma cerveja, então olhei para as garotas e as encontrei olhando para mim com sorrisos largos.

— Grant nos disse que você também é pai solteiro. Achamos isso muito fofo!

Achamos? Elas não tinham suas próprias bocas para falar e suas próprias opiniões para externar?

— Uhm, sim, eu tenho um menino de quatro anos.

— Qual o nome dele? — uma delas perguntou, e eu já queria ir embora.

— Ira.

— Ah, esse é o nome mais fofo de todos! E Grant também disse que seus filhos brincam juntos o tempo todo... — a loira falou.

Eu lancei um olhar para Grant por me botar naquela situação, mesmo sabendo que eu não gostava de falar com garotas aleatórias em bares.

— Ele não está de muito bom humor ultimamente. Talvez seja melhor nos concentrarmos mais em mim do que nele — Grant disse.

Seu comportamento idiota não me incomodava hoje, contanto que essas duas parassem de me fazer perguntas sobre minha vida pessoal quando esta era a primeira e última vez que nos víamos.

Além disso, eu poderia aproveitar um pouco de silêncio com uma cerveja na mão.

Ignorar as duas mulheres era o menor dos meus problemas agora.

ROONEY

Eu estava na minha quinta pintura inacabada desde que Wells e eu decidimos dar um tempo. Cada nova tela que eu arruinava me deixava com mais raiva de mim mesma por não ser capaz de lidar com meus sentimentos e vontades tão rápido quanto Wells.

Eu vi isso em seus olhos.

Ele sabia exatamente o que queria e tomou uma decisão. Agora apenas esperava que eu fizesse o mesmo.

Bem, eu tinha meus sentimentos sob controle, na verdade. Eu sabia que queria estar com ele e sabia que a pontada em meu coração hoje, quando tive que mentir para Ira e dizer que estava ocupada com a faculdade era algo que nunca mais queria experimentar. Aquele garotinho tinha um pedaço do meu coração em suas mãos, enquanto seu pai segurava o outro.

Então, qual era o meu problema?

Compromisso.

Porque relacionamentos nem sempre são divertidos e muitas vezes terminam mal – principal motivo de eu definitivamente querer evitá-los. Ainda assim, só porque eu estava com medo de me machucar, por que iria me fechar quando eu sabia muito bem que havia um homem bonito, amoroso e carismático esperando por mim?

Balancei a cabeça, inconformada comigo mesma, e deixei o pincel cair na tela possivelmente da pior obra de arte que eu já havia criado.

Minha mente estava confusa, e provavelmente era por isso que eu não conseguia me concentrar em apenas um esquema de cores e acabava misturando e usando as piores de todas na tela.

Eu me encostei no banquinho em que raramente usava, pois o chão era muito mais confortável para sentar e pintar. Meu reflexo no espelho chamou minha atenção e encarei meu reflexo, desejando que ele dissesse alguma coisa. Algo a que eu pudesse me agarrar e que finalmente me levasse para onde meu coração sempre quis estar desde que o conheci.

Ao lado de Wells.

E perto de Ira.

Eu tinha que sair dessa situação.

Eu não conseguia mais me entender, mas tinha que encontrar um caminho de volta para mim novamente. Eu me conhecia melhor do que qualquer outra pessoa, o que era bastante óbvio, então por que eu não conseguia parar de pensar demais, quando aquilo era a melhor coisa que eu poderia fazer nessa situação?

Esta não é você, Rooney.

— Quer pedir comida, assistir a um filme e beber vinho? — Evie perguntou quando entrou no meu quarto sem bater ou se anunciar.

Eu olhei para ela com as sobrancelhas arqueadas, então suspirei e dei de ombros.

— Certo. Sem Jonathan esta noite? — perguntei, empurrando a tela e a tinta para o lado para me levantar.

Enquanto ela falava, tirei o suéter que usava para pintar, que já estava todo manchado, e coloquei um limpo, para ficar igualmente confortável.

— Ele está fora da cidade, visitando o primo — ela explicou com uma sobrancelha arqueada.

Eu ri de sua expressão.

— Você não acha que ele realmente está visitando o primo?

— Não, não acho. Mas eu não deveria ter é ciúmes só porque não tenho ideia se é uma garota ou um primo. De toda forma, eu não gosto dele desse jeito.

— Certo. Você gosta que ele durma com você sempre que tem tempo — eu apontei, não acreditando em uma palavra que ela disse.

— Exatamente. E quanto ao seu homem...

— Não — eu a interrompi, deixando-a saber que eu não queria falar sobre Wells.

Eu estava no caminho certo, embora ainda precisasse de tempo.

— Caramba, tudo bem. Chega de falar sobre homens. Que filme você quer assistir? — Evie perguntou, saindo do meu quarto e indo para a cozinha.

— Eu não me importo. Nada de comédias românticas. Sem dramas.

Sentei no sofá e puxei o cobertor sobre as pernas para me aquecer.

— Não tenho certeza se conheço filmes fora desses dois gêneros — ela respondeu, voltando para mim com o menu de todos os lugares onde poderíamos pedir comida.

— Então talvez seja hora de mudar isso — comentei. — E estou com vontade de comer sushi.

Por mais que meu coração estivesse doendo por Wells e Ira, esta noite só de garotas me faria pensar em outras coisas e talvez até mesmo tomar uma decisão definitiva, para que eu não levasse mais de dois dias até que pudesse bater na porta de Well e dizer a ele exatamente o que eu queria dele.

Seu amor. E, em troca, ele teria o meu.

Capítulo 37

WELLS

— Se você vai propor outra noite no bar, eu não vou deixar você entrar — falei para Grant enquanto ele estava parado na frente da minha porta segurando Benny pela mão.

— Ainda está bravo por causa disso? Caramba, cara. Você poderia ter participado da conversa.

Nunca.

Não com as duas mulheres que já esqueci.

— Posso brincar com o Ira? — Benny perguntou, e, se não fosse por ele, eu não os teria deixado entrar.

— Claro, Benny. Ira está no quarto dele brincando — eu disse, me afastando para que ele pudesse correr para dentro.

— Os sapatos, Ben! — Grant gritou e o menino parou no meio do corredor para tirar os sapatos e depois correu para o quarto de Ira.

Ira não estava se sentindo bem desde a noite passada. Mas, como hoje era domingo, ele estava se recuperando por ter se sentido cansado e enjoado o dia todo.

Eu os ouvi rir quando se viram, imaginando como aqueles dois meninos seriam quando fossem mais velhos. Bem, eu tinha certeza de que Benny ainda causaria estragos onde quer que fosse, mas ainda não tinha certeza sobre Ira. Ele era calmo e sereno agora, mas isso poderia mudar em breve, pois ele já estava começando a ficar um pouco mais sarcástico e respondão.

— Ainda dando um tempo ou seja lá o que você chama isso? — Grant perguntou enquanto caminhávamos para a cozinha.

— Eu a vi na quinta-feira antes de deixar Ira na casa da minha mãe. Ela parecia triste e insegura, então acho que ainda precisa de tempo para perceber que quer ficar comigo.

Peguei duas cervejas na geladeira e dei uma para ele, depois nos sentamos no sofá.

— E estou supondo que é assim que você também se sente sobre ela? Não vejo você com uma mulher há anos.

Sim, provavelmente foi por isso que demorei um pouco para perceber que precisava de Rooney ao meu lado.

— Ela é jovem, e nossa diferença de idade é algo que pode atrapalhar muitas coisas, mas preciso aproveitar essa chance com ela.

— Sim, com certeza. Você está péssimo — Grant disse com um sorriso.

Revirei os olhos com seu comentário e balancei a cabeça.

— Estou indo muito bem, mas estou sentindo falta de alguma coisa. De alguém que me mostre que não estou aqui na Terra apenas para ser um pai trabalhador. Eu amo Ira, mas todo o amor que dou a ele deixa um vazio em meu maldito coração. E Rooney já começou a preenchê-lo com seu carinho.

Grant me olhou atentamente enquanto eu falava, e, depois que ficamos em silêncio por um minuto, ele arqueou uma sobrancelha e assentiu com a cabeça.

— Então vamos torcer para que ela veja o que está fazendo com você. Não acho que ela não tenha coração e que deixaria de lado tudo que vocês viveram. Ela parecia uma garota doce.

E tive sorte de ele não estar atrás dela quando descobriu que estávamos dando um tempo. Por mais idiota que Grant fosse, ele nunca tiraria uma garota de mim. Mas eu também não tinha certeza se Rooney tinha gostado tanto dele quando o conheceu.

— Ela é a mais doce de todas, o que torna isso ainda mais difícil. Eu sei o quanto Rooney está sofrendo, e tudo que eu quero fazer é subir e abraçá-la.

Grant arqueou uma sobrancelha para mim e suspirou.

— Em uma situação como esta... provavelmente é a única coisa certa a fazer, cara.

Sim, era. Mas prometi a mim mesmo deixá-la vir até mim, em vez de pressioná-la.

— Mais alguns dias — sussurrei, suspirando e passando a mão pelo meu cabelo.

Nenhum de nós falou por mais um minuto. Bebemos nossas cervejas ouvindo nossos filhos brincarem no quarto de Ira. Talvez, quanto menos eu pensasse, mais cedo ela estaria de volta aos meus braços.

— Mas continue... conte-me tudo sobre sua noite com aquelas garotas — eu disse, me inclinando para trás e olhando para ele.

Um sorriso se espalhou em seu rosto e Grant se preparou para me contar todos os detalhes.

Ficou claro que, depois que eu saísse do bar, ele levaria as duas para casa. Ele deve ter pensado que eu levaria uma comigo para clarear a mente e me divertir um pouco, mas, para não decepcionar a garota que deveria ser minha naquela noite, ele levou as duas para casa.

Como um verdadeiro cavalheiro, claro.

— Primeiro de tudo... foi bom eu ter ido para casa com as duas, porque uma não teria sido suficiente. Ambas eram boas em coisas diferentes.

— Claro — murmurei, me divertindo ao mesmo tempo em que achava aquilo um pouco estranho. — Quando você vai encontrar uma mulher que vale a pena ser a única em sua vida? Você está ficando velho também, sabia?

— Quarenta e cinco anos não é velho, filho da puta. E eu sou bom apenas com noites sem compromisso. É mais fácil — ele explicou.

Claro. O que fosse mais conveniente para você.

— Papai, posso dormir com Benny esta noite? — Ira perguntou, enquanto entrava na sala um pouco mais tarde.

Olhei para ele e franzi os lábios.

Ele ainda parecia um pouco fraco e cansado, mas, antes de responder eu mesmo à pergunta de Ira, olhei para Grant para ver o que ele pensava disso. Era domingo à noite, mas eu não me importaria de levar Benny para a casa de sua mãe, pois Grant teria que trabalhar.

— Não esta noite, Ira. Benny vai visitar a mãe amanhã de manhã, então temos que acordar cedo — Grant explicou.

Eu me virei para Ira e acariciei seu cabelo na parte de trás de sua cabeça.

— Outra hora, ok? Talvez seja melhor, porque você não está se sentindo bem neste fim de semana.

Ira fez beicinho por um segundo, o que raramente fazia, mas depois assentiu para que soubéssemos que havia entendido.

— Ok. Outra hora — ele repetiu, deixando-nos saber que ele não iria esquecer.

Quando ele saiu para voltar para seu quarto, Grant riu e balançou a cabeça.

— Meu filho teria feito uma maldita birra. Me ensine o segredo, papai — ele disse, sorrindo como um idiota.

Revirei os olhos para ele e ri alto.

— Vá para o inferno — murmurei, levantando e levando minha garrafa de cerveja vazia para a cozinha.

— Bem que eu queria. — Ele esvaziou a cerveja e se levantou, caminhando até mim e colocando sua garrafa ao lado da minha. — É hora de colocar o garoto na cama se eu não quiser que ele reclame amanhã de manhã por não deixá-lo dormir mais. E aí a mãe dele vai ficar chateada comigo porque ele fica mal-humorado o dia todo por dormir pouco.

Tive sorte de não ter esses problemas com Ira. Ele tornou a vida mais fácil do que qualquer outra coisa, o que foi uma verdadeira bênção.

— Benny, vamos — Grant chamou e, segundos depois, seu filho saiu correndo do quarto de Ira com um de seus bonecos na mão.

— Ira falou que posso levar isso para casa para brincar — ele nos disse, segurando o Flash no ar.

— Sim, mas depois eu o quero de volta — Ira acrescentou, parando no arco da cozinha.

— Isso é legal da sua parte, Ira. Você agradeceu, Ben?

Benny acenou com a cabeça e se virou para Ira, prometendo que ele traria o Flash de volta na próxima vez. Eu já os via pegando a bola um do outro ou mesmo os carros quando fossem mais velhos, dividindo tudo desde pequenos. Pelo menos eu esperava que eles fossem amigos para sempre.

Acompanhamos Benny e Grant até a entrada e nos despedimos. Depois de trancar a porta, virei para Ira e perguntei o que ele queria fazer pelo resto da noite. Não era tarde e ele ainda não parecia cansado. Então precisaria de mais ou menos uma hora para querer ir para a cama.

— Eu quero assistir televisão.

Essa coisa de de repente querer ficar na frente da televisão com mais frequência não estava me incomodando tanto quanto eu pensava no começo, já que era apenas algumas vezes por semana durante meia hora, e ele não seria capaz de manter os olhos abertos por mais tempo do que isso.

Além disso, eu adorava assistir televisão quando tinha a idade dele e não estava me sentindo bem.

— Que tal um filme? Não há muito o que assistir na televisão a esta hora do dia para as crianças — eu disse a ele.

Ira se acomodou no sofá enquanto eu enchia sua garrafa de água.

— Tudo bem — ele simplesmente respondeu, esperando pacientemente que eu me sentasse com ele.

— Aqui, amigão.

Entreguei a garrafa para ele e me sentei ao seu lado, então liguei a televisão e me inclinei para trás, mudando para um streaming e passando pelo canal infantil para encontrar algo para esta noite.

— Aquele! — Ira exclamou, apontando para a tela. — Aquele com o chapéu engraçado.

— "A Fantástica Fábrica de Chocolates"? — Eu franzi meus lábios e tentei lembrar se havia alguma cena que eu achava que não era muito apropriada para crianças. Mas, caramba... é um maldito filme infantil. — Tem certeza? Ou você quer ver se tem outro que você gosta?

— Não.

Entendido.

Apertei o *play* e coloquei o controle remoto ao meu lado, então deixei Ira se aninhar em mim enquanto eu o cobria com um cobertor.

— Podemos ir visitar a mamãe em breve? — ele perguntou do nada, mas isso me fez sorrir, pois ele não se esqueceu da minha oferta para levá-lo ao cemitério.

Acariciei seu cabelo e pensei sobre isso por um minuto, então assenti e beijei o topo de sua cabeça.

— Podemos ir amanhã, se você quiser.

— E podemos comprar flores para ela e levar um presente? — Ira perguntou, mantendo os olhos na tela enquanto conversava comigo.

Acho que ele herdou de mim a habilidade multitarefa.

— Claro que nós podemos. Vamos comprar as flores mais bonitas, combinado?

Ira assentiu.

— Combinado.

Demoraríamos uma hora para visitar o túmulo de Leah, já que seus pais a quiseram perto, em sua cidade natal, mas Ira finalmente conseguiria ficar perto dela.

Pelo menos era o que eu pensava.

Seus gritos me acordaram no meio da noite e, a princípio, parecia um sonho. Mas, quando sua voz suave de sempre se transformou em um rosnado pedindo ajuda, pulei da cama e corri para o quarto dele.

Ira estava enrolado como uma bola em sua cama, seu cabelo grudado em sua testa suada enquanto o cheiro de vômito lentamente enchia meu nariz.

— Ah, amigão — sussurrei, acendendo a luz para vê-lo melhor do que apenas com a luz noturna acesa. Quando olhei para ele, vi seu rosto, cama e chão cobertos de vômito.

Como podia um corpinho como o dele liberar tanto líquido de uma só vez?

— Papai! — Ira chorou, com lágrimas escorrendo pelo rosto.

— Estou aqui, amigão. Você vai ficar bem. Eu prometo — eu disse a ele, tentando acalmá-lo e ao mesmo tempo entender o que estava acontecendo.

A princípio, me senti impotente, sem saber o que fazer ou se poderia tocá-lo sem machucá-lo mais.

— O que foi, Ira? O que está doendo? Sua barriga?

Ele não conseguiu responder, pois mais lágrimas se seguiram e seu corpo estremeceu com os soluços pesados e intensos que o dominavam.

Merda, que porra eu faço?

— Shhh, amigão, você vai ficar bem, ok? Papai vai cuidar bem de você — prometi a ele, afastando seu cabelo para trás e olhando ao redor do quarto para encontrar algo que pudesse melhorar a situação.

Rooney foi a primeira pessoa que me veio à mente, mas eu não tinha o número dela para ligar, e gritar o seu nome também não ia me ajudar.

Puxei o cobertor sobre o corpo de Ira para mantê-lo aquecido, depois o peguei no colo e saí para o corredor para calçar os sapatos. Felizmente, fui para a cama com uma camisa e calça de moletom, porque estava muito cansado para me trocar. Então rapidamente calcei meus sapatos e destranquei a porta.

— Papai! — Ira gritou, aninhando o rosto em meu peito.

Eu odiava vê-lo assim.

Ele já havia ficado doente no passado, mas nunca havia chorado tão histericamente e tão sentido. Algo estava realmente errado, e, se eu não chegasse logo ao hospital, isso só iria piorar. Meu coração batia forte quando peguei as chaves da mesa ao lado da porta e saí sem pegar um casaco para mim. Isso não importava agora, porque tudo o que eu deveria fazer era levar Ira ao hospital infantil e me certificar de que ele estava bem.

— Você vai ficar bem — eu continuei sussurrando enquanto íamos para a porta para chegar ao meu carro, e, uma vez que eu o destranquei, não tinha certeza se deixá-lo sozinho no banco de trás era realmente uma boa ideia. — Merda — eu murmurei, olhando para o prédio na esperança de que alguém ainda estivesse acordado.

Já passava das quatro da manhã e não havia ninguém que pudesse me ajudar a levar meu filho ao hospital para que sua dor passasse.

ROONEY

Seus gritos me acordaram, e, por um segundo, me perguntei se já tinha ouvido falar de outra criança morando neste edifício. Então entendi. Rapidamente saí da cama enquanto os gritos diminuíam no corredor, mas continuavam do lado de fora, no estacionamento.

Acendi meu abajur e caminhei até a janela para olhar, e quando vi um Wells angustiado com um Ira muito agitado em seus braços, peguei meu suéter e o vesti. Saí do meu quarto para calçar os sapatos e descer as escadas.

Algo deveria estar muito errado.

Eu podia sentir isso e não conseguia imaginar o quão horrível esse sentimento deveria ser para Wells.

— O que aconteceu? — perguntei ao sair para a noite fria de outono e, quando Wells me viu, pude ver o alívio em seus olhos.

— Não sei o que há de errado, mas ele não consegue parar de chorar. Ele vomitou. Eu não sei o que é — Wells falou quando me aproximei deles.

— Ah, querido — sussurrei, acariciando sua cabeça antes de pegar a chave do carro da mão de Wells. — Vou levá-los ao hospital — eu disse a ele, já caminhando para o lado do motorista.

— Obrigado, Rooney. Meu Deus, eu queria ligar para você, mas não tenho seu número. Eu estava me sentindo perdido — ele disse.

Sorri ao pensar nele lembrando de mim nessa situação e, quando ele estava sentado no banco de trás com Ira no colo, olhei para trás pelo espelho retrovisor para dar mais uma olhada nas duas pessoas que eu nunca poderia deixar que passassem por aquilo sozinhos.

Os gritos de Ira diminuíram durante o trajeto, mas, em vez de ser uma coisa boa, senti o nervosismo de Wells crescer enquanto ele tentava falar com o filho.

— Ira! Ira, amigão, fique acordado, ok? Em breve estaremos no hospital. Não durma, filho — ele implorou, fazendo meu coração disparar.

Eu precisava me apressar e, felizmente, não havia carros no meio da noite.

— Ira, não durma, amigão. Por favor, fique com os olhos abertos —

Weels continuou a dizer a ele, mas os soluços e os gritos de Ira diminuiam a cada segundo que passava.

O pânico na voz de Wells era perceptível, e eu me xinguei por afastá-lo quase uma semana atrás. Eu deveria ter estado lá para ajudá-lo quando Ira estava começando a se sentir mal, e talvez estivéssemos aqui antes sem ele ter que ficar freneticamente do lado de fora e se perguntando como levar seu filho para o hospital sozinho.

— Chegamos, Ira. Fique acordado, amigão. Chegamos — ele repetiu enquanto eu saía do carro e o ajudava a sair com Ira ainda em seus braços.

Seu rosto estava pálido e sua boca toda seca. A visão do pequeno Ira assim era horrível, e era algo que nenhum pai jamais desejaria que seus filhos passassem.

— Eu verifiquei a bomba dele. Eu deveria ter verificado antes. Seu nível de insulina está muito alto — ele resmungou com a voz trêmula.

— Vamos entrar — eu disse a ele, acariciando seu braço antes de ir para a entrada.

Para nossa sorte, a recepcionista reconheceu Wells e Ira e imediatamente ligou para alguém. Eu não tinha ideia de como os hospitais funcionavam e não queria presumir coisas que não eram verdadeiras, então fiquei quieta enquanto a mulher nos apontava para o corredor onde um médico já caminhava em nossa direção.

— Ele não está respondendo. Seu nível de insulina está muito alto. Por favor, ajude meu garoto, doutor Cole — Wells implorou desesperadamente.

Fiquei feliz por ele conhecer o médico e, uma vez que Ira estava nas mãos seguras de médicos e enfermeiras, puxei Wells para mim e o abracei com força enquanto ele chorava na curva do meu pescoço, seus braços firmemente em volta do meu corpo.

— Ele vai ficar bem. Eles vão cuidar bem dele, Wells — sussurrei, acariciando sua nuca e mostrando a ele que não estava sozinho.

Capítulo 38

WELLS

Já fazia uma hora desde que eles tinham levado Ira para um quarto separado e, enquanto esperávamos na sala de espera, Rooney segurou minha mão e me garantiu que eles saberiam exatamente o que fazer para ajudar Ira a melhorar.

Fiquei grato por tê-la comigo, porque pelo menos um de nós estava calmo. Se eu tivesse ligado para minha mãe, ela estaria mais histérica do que eu, e isso só teria me deixado mais nervoso.

Rooney era uma fonte de serenidade e segurança que eu não queria abrir mão, mas, quando a porta do quarto de Ira finalmente se abriu, levantei da cadeira e caminhei em direção ao doutor Cole.

— Ele está bem? Posso vê-lo? — perguntei, olhando além dele para tentar ver meu filho.

— Ira está acordado e bem. Ele estava com hiperglicemia. Entrou em coma diabético, mas demos a ele todos os fluidos de que seu corpo precisava e ele já está se sentindo muito melhor.

Tudo o que pude ouvir foram as palavras *acordado e bem* e *se sentindo muito melhor*.

— Como isso aconteceu? Ele acabou de colocar a nova bomba de insulina, não? — perguntei, confuso e um pouco irritado.

Essa coisa deveria tornar a vida mais fácil para ele. Deixá-lo brincar como uma criança normal e não fazer com que ele fure o maldito dedo toda hora para verificar seu sangue. E para evitar aquelas malditas injeções de insulina que eu sabia que o machucavam toda vez que eu tinha que aplicar.

— Sim, e é aí que eu tenho que me desculpar com você. A nova bomba deve estar com algum defeito. Analisamos e descobrimos qual era o problema. Teremos que ligar de volta para os outros nove pacientes aos quais também demos a nova bomba de insulina, caso eles também tenham problemas. Lamento muito que isso tenha acontecido, mas posso garantir que Ira está melhor — ele disse com um olhar de desculpas.

Ele era médico e não havia motivo para eu ficar bravo com ele. Ele não criou aquela bomba e, se fosse o caso, eu teria que processar a maldita empresa que a fabricou.

Dei a ele um aceno rápido e olhei novamente para além dele.

— Posso vê-lo agora? — perguntei baixinho, lentamente perdendo minha paciência.

— É claro. Fique o tempo que quiser. Se você pretende dormir aqui, há uma segunda cama para você. Estaremos de volta para checar como ele está pela manhã.

Entrei rapidamente no quarto e vi Ira sentado na cama com uma intravenosa de algum líquido enganchada na mesma mão que segurava uma banana, enquanto ele a comia lentamente.

— Oi, amigão. Como você está se sentindo? — perguntei, sentando-me ao seu lado na cama e acariciando seu cabelo bagunçado enquanto as lágrimas ardiam em meus olhos.

Antes que ele pudesse responder, a enfermeira que verificava o monitor ao lado de sua cama sorriu para nós e disse:

— Ele tem sido muito corajoso, assim como seus super-heróis favoritos — ela disse.

Eu queria sorrir, mas não saiu como eu queria.

Claro que ele já tinha contado sobre seus super-heróis favoritos.

— Ele está acordado há muito tempo?

— Cerca de quarenta minutos agora. Como ele entrou em coma diabético, tivemos que melhorar os níveis de fluidos em seu corpo. Ele está recebendo fosfato para aumentar isso também, e a banana é ótima para ajudar com seu baixo nível de potássio — ela explicou, me contando muito mais do que o doutor Cole havia dito. Ele provavelmente se sentiu um merda deixando uma criança de quatro anos experimentar uma nova bomba.

Assenti com a cabeça para ela, então olhei de volta para Ira, que ainda parecia um pouco fraco, provavelmente por causa do cansaço.

— Você está se sentindo bem? — perguntei novamente, segurando sua outra mão e apertando-a suavemente.

— Estou bem — ele disse, imperturbável pelo fato de estar no hospital. Talvez Ira ainda não tivesse entendido o que tinha acontecido.

— Ele ainda vai conseguir uma bomba de insulina? — perguntei, sem saber se eu queria que ele pegasse a antiga de volta, caso a mesma merda acontecesse.

As bombas de insulina deveriam cuidar do açúcar no sangue, não fazer uma bagunça e colocar meu filho em coma diabético.

— O doutor Cole falará com você sobre isso ainda hoje. Por enquanto, demos a ele a insulina necessária e vamos checá-lo a cada hora para ver como está — a enfermeira informou.

Ela devia ter mais ou menos a minha idade, e a maneira como olhou para nós me disse que tinha seus próprios filhos, e sabia como era se preocupar com um filho.

— Pacientes que entram em coma diabético se recuperam rapidamente assim que seus corpos obtêm o que precisam. Não se preocupe, ele sairá daqui o mais tardar na hora do almoço.

Eu sorri para ela, desta vez conseguindo dar um sorriso real que chegou aos meus olhos.

— Essa é uma boa notícia. Obrigado — agradeci, olhando para Ira quando ela saiu do quarto. — Eu estava tão preocupado, amigão. Mas você foi tão forte e corajoso... — eu o elogiei, acariciando sua bochecha e deixando escapar um suspiro de alívio. — Sua barriga ainda dói? — perguntei, mas ele balançou a cabeça e deu outra mordida na banana.

— Rooney! — ele exclamou, e eu me virei para vê-la parada ali com os braços frouxamente cruzados à sua frente e um sorriso suave e gentil no rosto.

— Oi, rapazinho. Como você está se sentindo? — ela perguntou.

— Estou bem — Ira respondeu, segurando sua fruta. — Eles me deram uma banana.

— E está boa? — ela perguntou, e Ira, sendo o menino gentil e doce que era, estendeu a banana para ela dar uma mordida. — Ah, não. Coma tudo, assim você pode sair daqui mais rápido, ok?

Ele assentiu com a cabeça e, embora eu sentisse o constrangimento entre nós, assenti para dizer silenciosamente que ela deveria se aproximar. Rooney fechou a porta atrás de si e caminhou até a cama, parando bem ao meu lado e estendendo a mão para acariciar o cabelo de Ira.

— Estou feliz que você esteja bem, Ira. Você foi tão corajoso — ela elogiou, mas isso não me incomodou nem um pouco. Eu queria que ela mostrasse todo o seu carinho por ele todos os dias a partir de agora.

Coloquei minha mão na parte inferior de suas costas para agradecê-la por estar aqui e por me ajudar a levar Ira ao hospital a tempo, mas, em vez de dizer essas palavras, ela entendeu sem que eu precisasse falar.

Rooney sorriu para mim e passou o braço em volta dos meus ombros enquanto virava a cabeça para Ira, que havia terminado a banana. Eu peguei a casca e a coloquei na mesa ao meu lado para descartá-la.

— Talvez você devesse dormir um pouco, amigão. O que você acha?

Já eram cinco e meia, mas eu não estava com sono. O mesmo acontecia com Ira.

— Não estou cansado. Posso assistir televisão? — ele perguntou, me fazendo rir.

— Tão cedo de manhã?

— Eu não tenho meus brinquedos... — ele apontou.

— É justo — Rooney murmurou, incapaz de esconder um sorriso.

— Tudo bem, então é televisão o que você terá.

Deveria haver algum programa infantil começando cedo – pelo menos era assim quando eu tinha a idade dele e, realmente encontramos alguns desenhos animados.

— Você deveria voltar para casa — eu disse a Rooney, sabendo que suas aulas começavam às nove, como toda segunda-feira de manhã.

Ela estudou meu rosto por um tempo para tentar decidir se partir era o que queria fazer, mas acabou desistindo e concordou com a cabeça.

— Tenho uma apresentação, mas depois gostaria de voltar aqui — ela falou.

Seu amor e carinho por Ira aqueceram meu coração, mas ainda havia essa sensação estranha entre nós.

— Ok, tenho certeza de que ainda estaremos aqui até lá.

Rooney assentiu, apertando meu ombro com força antes de se virar e olhar para Ira.

— Tchau, Ira. Vejo você em algumas horas, ok? — E, para mostrar o quanto se importava com ele, ela se inclinou para beijar sua testa com ambas as mãos segurando seu rosto suavemente.

— Onde você está indo? — ele perguntou, já com saudades dela.

Fazia dias que Ira a queria por perto, e, no momento em que consegue, ela tem que ir embora de novo tão cedo.

— Tenho que ir para a aula e fazer uma apresentação, mas depois volto.

— Promessa de mindinho? — Ira perguntou, levantando o dedo e dando a ela um olhar sério.

Rooney riu baixinho, enganchando seu dedo no dele e assentindo com a cabeça.

— Promessa de mindinho.

Ela se virou para mim e me deu um sorriso rápido, e, com a mão na minha bochecha, passou o polegar ao longo da minha pele suavemente. Eu sabia que havia algo em seus olhos querendo me dizer tudo o que ela estava sentindo naquele exato momento, mas este não era o momento nem o lugar para isso.

— Vá com o meu carro — eu disse a ela. — Não vou sair daqui.

Ela assentiu, colocando a mão no bolso da frente de seu suéter para indicar que minhas chaves estavam lá, e, depois de outro sorriso doce, saiu.

— Ela vai cumprir a promessa, papai? — Ira perguntou, sua voz esperançosa.

Sorri para ele depois de ver Rooney ir embora e, com a maior certeza possível, assenti.

— Sim, amigão. Ela cumprirá sua promessa.

ROONEY

Durante a apresentação para minha turma de história da arte, não conseguia parar de pensar em Ira, desejando ter ficado com eles no hospital. Embora ele estivesse muito melhor, eu sabia que Wells ainda estava sobrecarregado com o que tinha acontecido esta manhã. Mas, apesar do choque que levou, ele lidou bem com isso.

Decidi dirigir até uma loja de brinquedos e comprar um presente para Ira antes de voltar para o hospital. Mas, a caminho do carro de Wells no estacionamento da faculdade, AJ me chamou e me fez virar para olhar para trás.

A aula acabou antes do esperado, e eu sabia que Ira não teria alta do hospital antes do meio-dia.

— Dirigindo o carro dele agora? — AJ perguntou quando me alcançou, e eu apertei meus lábios em um sorriso, esperando que isso não fosse um de seus ataques de ciúmes.

— Tive que pegar emprestado — eu disse simplesmente, não querendo contar a ele o que realmente tinha acontecido ou o por quê de eu não estar dirigindo meu carro. Ele não precisava saber de tudo.

— Entendo. Então... como vão as coisas? — perguntou, enfiando as mãos nos bolsos da frente e inclinando a cabeça para o lado.

— Bem. A faculdade é ótima — respondi. — E você?

— O de sempre — ele falou, encolhendo os ombros. — Há uma festa de gala que eu tenho que ir hoje à noite no clube de campo. Evie não lhe contou sobre isso?

— Uhm, não, ela não contou. Mas acho que não a vejo há dois dias. Ela saiu muito com Jonathan nos últimos dias — eu disse a ele.

— Então você não vai?

Balancei a cabeça e franzi os lábios.

— Não, desculpe. Mas tenho certeza de que você vai se divertir.

Ele riu e deu de ombros.

— Provavelmente. Ei, estamos bem, certo? Me desculpe pela última vez. Eu não queria machucar você nem nada. Acho que finalmente estou percebendo que às vezes tenho que abrir mão de coisas que não são para ser minhas.

Observei seu rosto por um tempo antes de assentir com a cabeça, então sorri.

— Posso não ter sido feita para você como sua namorada, Aiden, mas sempre disse que você é meu amigo. Você é um cara legal, e eu odiaria perder contato com você. Ainda podemos conversar, sabe?

— Seu namorado vai ficar de boa com isso? Ouvi dizer que homens mais velhos podem ser tão ciumentos quanto universitários...

Eu ri disso de todo coração.

— Eu acho que ele vai ficar de boa com isso.

Ei, você não negou que ele era seu namorado, minha mente disse, me fazendo sorrir como uma idiota.

Bem, tecnicamente, Wells não era meu namorado. Ainda.

— Olha, AJ.... — Coloquei minha mão em seu braço e apertei-o suavemente — eu tenho que ir, mas vamos conversar, ok? Obrigada por parar e falar comigo.

Em vez de esperar pelo seu tchau, dei meia-volta e caminhei em direção ao carro de Wells com passos rápidos, abrindo a porta e entrando para dirigir até a loja de brinquedos.

Meu coração estava disparado e felizmente não demorei muito para encontrar o presente perfeito para Ira. Logo eu estava de volta na estrada para dirigir até o hospital.

Assim que cheguei lá e estacionei, peguei a sacola com as mãos de hulk e entrei para finalmente vê-los novamente. Mas, quando virei o corredor para chegar ao quarto de Ira, Wells saiu de lá.

Quando ele me notou indo em sua direção em uma caminhada bastante confiante e rápida, inclinou a cabeça para questionar por que eu parecia tão determinada. Não houve tempo para explicar, pois um sentimento avassalador de amor e gratidão tomou conta de mim e, quando o alcancei, deixei a sacola cair aos meus pés antes de passar meus braços em volta de seu pescoço, beijando-o sem hesitar.

Ele ficou surpreso e não me beijou de volta no começo, mas, quando percebeu o que estava acontecendo, relaxou e colocou os dois braços em volta das minhas costas para me puxar ainda mais perto.

Eu estava indo rápido demais?
De jeito nenhum!
Fizemos muito mais do que nos beijar antes, e era hora de deixá-lo saber o quanto eu queria ser dele.

Senti as lágrimas ardendo em meus olhos quando seus dedos se curvaram ao redor de meus quadris, e sua língua roçou meu lábio inferior para pedir entrada. Separei meus lábios, deixando-o mergulhar sua língua em minha boca e se mover ao longo da minha enquanto minhas mãos iam para seu cabelo grosso.

Talvez este não fosse o lugar certo para uma sessão completa de amassos, mas eu não podia esperar mais. Eu não podia mais me torturar e sabia que ele sentia o mesmo.

Havia tantos pensamentos passando pela minha mente... alguns me diziam que aquilo era errado, mas a maioria deles torcia para que eu finalmente o deixasse entrar da maneira que deveria ter feito há muito tempo. Meu coração estava aberto para ele e Ira, e não importava o que pudesse acontecer no futuro, eu não me importava. Contanto que eu os tivesse ao meu lado.

— Para quê isso? — Wells perguntou, rindo baixinho depois que ele quebrou o beijo, mas ficou perto de mim com a testa encostada na minha.

Prendi a respiração depois daquele longo, apaixonado e necessário beijo, então sorri e puxei seu cabelo gentilmente.

— Eu precisava colocar isso para fora. Eu amo você, e sinto muito se este é o lugar e hora menos românticos para dizer isso, mas eu amo você demais, Wells. Eu quero você. Eu quero estar com você. E eu quero Ira por perto. Meu Deus, eu também o amo — falei para ele.

Foi difícil admitir tudo isso, sabendo que apenas algumas horas antes eu ainda não tinha ideia se estar em um relacionamento sério era a coisa certa a fazer.Mas a percepção reveladora de que este homem também me amava e colocaria seus próprios demônios de lado para me deixar entrar desabou minutos antes.

— É você quem eu quero, Wells — sussurrei, precisando que ele ouvisse mais uma vez.

Seus olhos vagaram por todo o meu rosto para encontrar respostas para as perguntas que flutuavam em seus olhos, e eu só podia imaginar o quão estranho isso deve ter sido para ele. Wells sorriu, segurando minha bochecha com uma mão enquanto me mantinha perto com a outra na parte inferior das minhas costas.

— E você tem certeza do que acabou de dizer, Rooney? — ele perguntou.

De onde ele tirou coragem para me perguntar isso?

Eu ri baixinho, minha felicidade se espalhando do meu peito para todo o meu corpo.

— Nunca tive tanta certeza sobre alguma coisa na minha vida antes, Wells — eu garanti.

Seus olhos continuaram vagando pelo meu rosto antes que ele finalmente percebesse que eu estava sendo cem por cento honesta.

— Eu também amo você, Rooney — ele disse, com a voz baixa e rouca. Ele deve ter ficado acordado desde que saí, pois parecia cansado.

Sorri com sua resposta e o beijei novamente, selando nossas palavras com nossos lábios.

Dessa vez, nosso beijo não durou muito, pois ouvimos passos se aproximando e estávamos praticamente parados bem no meio do corredor. Eu me afastei dele involuntariamente e peguei a sacola com o presente do chão.

— Já volto — ele sussurrou perto do meu ouvido e beijou minha têmpora antes de ir para o banheiro.

Eu o observei se afastar, então dei um passo para o lado para deixar as enfermeiras passarem, recebendo um olhar irritado de uma delas antes de abrir a porta do quarto de Ira e entrar.

Ele estava deitado de lado, de costas para mim, mas com a cabeça voltada para a televisão, que havia sido movida para o lado, para que ele ficasse um pouco mais confortável. Sorri e, quando cheguei à cama, vi seus olhos fechados. Ainda bem que ele estava dormindo um pouco depois de uma noite assustadora como a passada, mas era Wells quem precisava dormir em vez de Ira.

Coloquei o presente no final da cama, onde não iria incomodá-lo, pois seus pés chegavam apenas à metade, então tirei meu casaco e caminhei até a mesa onde havia dois balões e um grande e fofo ursinho de pelúcia.

Wells voltou rapidamente e, depois de fechar a porta atrás de si, sorriu para mim e acenou com a cabeça para o ursinho de pelúcia.

— Minha mãe e George estiveram aqui esta manhã, mas Ira dormiu durante toda a visita. Ele está exausto de ficar acordado até as sete e meia e assistir televisão — explicou.

Assenti e caminhei até Wells enquanto ele se sentava na cama que era para ele, e parei na sua frente para colocar minha mão em seu pescoço.

— Você dormiu?

— Na verdade, não. Deitei com Ira, mas mal fechei os olhos. O horror de ouvi-lo chamar por mim não me deixava dormir.

Eu senti pena dele, pois definitivamente teria problemas para adormecer a partir de agora.

— Você fez tudo certo, apenas saiba disso, ok? — falei baixinho, deixando-o me puxar entre suas pernas com as mãos na parte de trás das minhas coxas.

— Eu sei. Mas chegamos aqui graças a você. Como você...

— Eu o ouvi chorar — foi minha explicação simples, e ele me deu um aceno rápido antes de envolver seus braços em volta de mim e se inclinar para mim com a cabeça contra meu peito.

— Obrigado. Eu não teria conseguido sem você, Rooney — ele sussurrou.

Passei meus dedos em seu cabelo e me inclinei para beijar sua cabeça.

— Não há nada para me agradecer, Wells. Fico feliz por poder ajudar e por Ira estar melhor agora.

Eu faria qualquer coisa por eles.

Isso estava claro para mim agora.

Capítulo 39

WELLS

— Posso abrir? — Ira perguntou no segundo em que viu o presente de Rooney no pé de sua cama, e eu sorri ao ver sua expressão animada quando Rooney caminhou até ele com um aceno de cabeça.

— Claro que pode. Você está se sentindo melhor agora que dormiu um pouco? — ela perguntou, sentando-se ao lado dele na cama e tirando o presente embrulhado da sacola.

— Sim, estou bem — Ira respondeu com um sorriso, seus olhos arregalados para o papel de embrulho colorido.

Rooney não precisava dar um presente para ele, mas eu sabia que se eu a tivesse impedido de fazer isso, ela daria mais de um só para me provocar. Eu adorava como ela era atenciosa, não apenas com Ira, mas com todos ao seu redor.

Apesar de termos dito que nos amávamos, ainda precisávamos conversar sobre as coisas quando tivéssemos a chance. Mas, agora, ver Ira todo feliz e saudável era o que precisávamos fazer.

— O que poderia ser? — perguntei, levantando da cama extra e ficando ao lado de Rooney enquanto Ira rasgava o papel para revelar o que havia dentro.

— Uau! Mãos de Hulk!

Rooney deu a ele luvas parecidas com os punhos de Hulk, que ele poderia colocar como luvas e reencenar todas as cenas dos filmes.

— São incríveis, não são? Eu as vi e imediatamente pensei em você, para que possa usá-las com a fantasia que o papai lhe deu de aniversário — Rooney sugeriu.

Genial.

— Era isso que faltava na fantasia, hein? — comentei com um sorriso.

— Sim, elas são incríveis! Posso colocar? — Ira perguntou, tentando tirá-las da embalagem.

— Vamos colocar uma mão, ok? Você ainda está com a intravenosa na esquerda — eu apontei, não querendo arrancá-la acidentalmente.

— Tudo bem — ele concordou, estendendo a mão direita e esperando que Rooney colocasse a luva sobre ela.

— Apenas tome cuidado para não causar estragos por todo este lugar e destruir tudo — alertei em tom de brincadeira, e Ira estendeu a mão com uma carranca mal-humorada no rosto, mostrando sua expressão facial semelhante ao Hulk.

— Talvez eu devesse voltar e trocá-las por aquele dinossauro que vi na loja… — Rooney disse sarcasticamente, fazendo a carranca de Ira se transformar em um beicinho.

— Não! — ele choramingou, mas Rooney foi rápida para assegurar-lhe que ela estava apenas brincando.

— Eu não vou pegá-las de volta. Elas combinam com você e combinam com sua fantasia, não?

— Sim, e quando formos para casa, posso colocá-la e interpretar o Hulk — ele nos disse com determinação.

— Parece um ótimo plano — Rooney concordou.

A porta se abriu e o doutor Cole entrou, notando as novas luvas logo que olhou para nós.

— Você é um grande fã do Hulk? — o médico perguntou, verificando sua prancheta e, em seguida, andando ao redor da cama para chegar a intravenosa.

— Sim, ele é meu super-herói favorito — Ira disse com orgulho, exibindo suas novas luvas.

— Ele é ótimo, hein? Quer saber quem é meu super-herói favorito?

Ira olhou para ele com os olhos arregalados, surpreso que um adulto também gostasse de super-heróis.

— Meu favorito é Hellboy.

Ira franziu as sobrancelhas, olhando para mim com um olhar questionador. Ele não tinha ideia de quem era Hellboy, mas fiquei feliz por ele não saber, pois provavelmente era o mais assustador de todos os super-heróis já criados.

— É de um tipo diferente de super-herói, amigão — eu disse a ele, então olhei para o doutor Cole. — Ele só conhece os quadrinhos da Marvel e da DC — expliquei.

— Entendo. Bem, vamos verificar seu nível de insulina uma última vez antes de você voltar para casa, Ira? — o médico perguntou, e Ira assentiu com entusiasmo.

Doutor Cole se virou para olhar para o monitor onde o pulso de Ira, temperatura e outras coisas mostravam que eu realmente não tinha ideia do que estava vendo na tela.

— O açúcar no sangue dele está exatamente como deveria estar e, no geral, não vejo nada com o que tenhamos que nos preocupar. Agora, sobre a bomba de insulina… deixamos o sensor na barriga de Ira, mas tiramos o injetor que está preso à bomba. Depende de você decidir o que quer fazer. Mas, mesmo que seja difícil para você aceitar, a velha bomba que ele tinha pode ser uma solução melhor do que medir seu nível de insulina toda vez tirando sangue de seu dedo.

Eu sabia que a velha bomba nunca causava problemas, e fazer Ira tomar uma injeção toda vez que precisasse de insulina não era o que eu queria para ele.

Olhei para Rooney, que me observava atentamente enquanto eu tomava minha decisão.

— Se a velha bomba decidir fazer essa merda de novo, não posso prometer que voltarei a este hospital — eu disse a ele, falando um pouco sério.

— Papai, você disse um palavrão de novo! — Ira disse, frustrado, e eu passei a mão na sua cabeça para me desculpar.

— Me desculpe, amigão. Isso não vai acontecer de novo — falei para ele, olhando novamente para o doutor Cole.

— Eu garanto que a bomba velha não terá problemas. Não teve nenhum desde que começamos a dá-la aos pacientes, e lamento mais uma vez pelo que aconteceu.

Depois de todas essas desculpas, eu estava começando a me sentir mal por estar atacando ele em vez da empresa que fabricava aquelas novas bombas.

Rooney se levantou da cama enquanto o médico colocava um novo conjunto de injetores na barriga de Ira e então conectava o tubo e a bomba para que a insulina pudesse começar a fluir para seu corpo sempre que fosse necessária novamente.

— Tudo ok. Pronto para ir para casa, Ira? — ele perguntou, e Ira rapidamente assentiu com um largo sorriso. — Tenha um bom dia então, e vejo você em breve para um check-up, ok?

— Ok, obrigado.

Sorri para meu filho bem-comportado e me despedi do médico. Assim que ele saiu do quarto, deixei Rooney ajudar Ira a se vestir enquanto eu pegava todos os presentes e balões para levar para casa.

— Você está com fome, amigão? — perguntei, olhando para ele enquanto caminhávamos pelo corredor, ele segurando a mão de Rooney.

— Sim — Ira respondeu.

Ele não havia comido nada além de água e um smoothie do hospital desde o início da manhã, então pensei que uma ida até o *Divine* para comer uma massa deliciosa e talvez até mesmo uma sobremesa era muito necessária!

A tarde passou rápido e, em um piscar de olhos, Ira estava de volta na cama com seu Hulk favorito ao lado dele.

— Tem certeza de que não quer dormir na minha cama esta noite? — perguntei.

Se dependesse de mim, eu o manteria ao meu lado até os dezoito anos, mas, sendo o menino corajoso que era, Ira balançou a cabeça e disse:

— Quero dormir na minha cama com o Hulk.

— Tudo bem. Se precisar de alguma coisa, sabe onde me encontrar.

Eu me inclinei para beijar sua testa, então deixei Rooney, que estava sentada na beirada da cama comigo, dar a Ira um beijo de boa noite antes de nós dois nos levantarmos.

— Durma bem — Rooney sussurrou, e Ira acenou para nós antes de sairmos de seu quarto.

— Vou ver como ele está a cada meia hora — murmurei, entrando na cozinha com Rooney.

— Ele está bem, Wells. Você precisa relaxar um pouco e respirar fundo. Você está agitado — ela falou, esfregando meu braço para mostrar seu carinho.

Meu Deus, eu amava tanto essa mulher! Mas, apesar disso, ainda sentia que havia coisas que precisávamos discutir.

Puxei-a para mim e segurei seu rosto com as duas mãos, fazendo-a olhar nos meus olhos e ficar perto de mim com seu corpo pressionado contra o meu.

— Quer ir para a cama e conversar? Não conversamos muito hoje.

— Sim, parece bom — Rooney respondeu, sabendo que não poderíamos evitar isso.

Eu sorri, esperando mostrar a ela que eu não estava tão infeliz. Depois de me inclinar e beijar gentilmente a ponta de seu nariz, indiquei a direção do corredor.

— Vamos.

Peguei sua mão e deixei meus dedos se moverem entre os dela para segurá-la. Quando chegamos ao quarto, tiramos nossas roupas e pulamos na cama.

Depois de nos acomodarmos, virei minha cabeça para olhar para ela, afastando seu longo cabelo para trás para ver seu rosto ao luar. Olhamos um para o outro por um tempo antes de eu finalmente começar a falar:

— Há quanto tempo você sabe que me ama? — perguntei, precisando saber, não para aumentar meu ego, mas para descobrir se esse silêncio entre nós poderia ter sido evitado.

Mas não era só ela.

Eu estava lidando com a mesma merda, e se eu tivesse apenas me dado um tapa na cara, teria percebido antes que queria estar com ela.

— Na noite em que nos encontramos no corredor, quando você foi deixar Ira na casa de sua mãe... mais tarde naquela noite, eu lentamente comecei a ver as coisas com clareza — ela sussurrou.

Então eu a li direito naquele dia. Ela estava perto de tomar uma decisão, mas não fomos capazes de dar a porra do primeiro passo.

— Eu poderia estar abraçando você nos últimos quatro dias — eu respondi, mantendo minha voz baixa.

Um sorriso apareceu em seu rosto bonito e natural, e segurei seu queixo para manter sua cabeça no lugar enquanto me inclinei e beijei o canto de sua boca. Rooney não me fez a mesma pergunta, o que apenas mostrava o quanto ela vivia no presente e não gostava de pensar no passado.

Mas tudo bem, porque ela sabia muito bem que eu já a amava na época.

— Me prometa que seremos abertos sobre nossos sentimentos e pensamentos de agora em diante. Não quero adivinhar cada coisinha porque não consigo ler sua mente. Eu prometo a você que vou ser honesto. Você é minha, Rooney — sussurrei perto de seus lábios.

— Eu prometo a você, Wells.

Eu me lembraria dessas palavras agora e para sempre, e ela não tinha nada para se preocupar ou pensar demais, porque eu prometi a ela o mesmo.

Beijei seus lábios antes que qualquer um de nós pudesse dizer outra palavra, e imediatamente aprofundei o beijo para conseguir mais dela.

Provando sua doçura e sentindo sua língua dançar com a minha de forma tão suave, mas apaixonada. Mantive minha mão em seu pescoço para assumir o controle, inclinando-me sobre ela para empurrá-la de volta para o travesseiro e aprofundar o beijo.

Suaves gemidos deixaram seus lábios enquanto eu movia minha língua contra a dela suavemente, e Rooney agarrou meus ombros como se precisasse de algo para se segurar.

Ela estava segura em meus braços e eu queria que ela soubesse disso.

Não importava a nossa diferença de idade, não importava onde estivéssemos na vida neste momento, sabíamos que pertencíamos um ao outro e faríamos isso dar certo.

Por nós, incluindo Ira.

Se Rooney não fosse tão atenciosa com meu filho, eu não teria dado esse passo. Apenas um único descontentamento de Ira e eu não teria nem tentado com Rooney. Não parecia certo, mas, se Ira não concordasse, eu não queria ter uma nova mulher ao meu lado.

Inclinei minha cabeça mais para o lado para empurrar minha língua ainda mais fundo em sua boca, fazendo-a soltar outro daqueles doces gemidos, e meus dedos em torno de sua garganta se apertaram antes que ela puxasse meu cabelo com força.

Meu pau precisava de atenção, mas, não era tão fácil ter intimidade com um garotinho que também tinha que se ajustar ao fato de que uma nova mulher estava agora em sua vida. Tive que me livrar rapidamente da minha ereção ao ouvir seu passos se aproximam.

Terminei o beijo, dando a Rooney um olhar de desculpas pouco antes de Ira abrir a porta do meu quarto, parado ali de pijama e seus dedos girando em torno de seu cabelo.

— Mudou de ideia, cara? — perguntei, sabendo que não seria tão fácil adormecer esta noite. Mas parabéns a ele por tentar.

Ira balançou a cabeça e observou a cena à sua frente, os olhos semicerrados e brilhantes de cansaço.

— Vem aqui — eu o chamei, estendendo minha mão e me mexendo na cama para abrir um pouco mais de espaço entre Rooney e eu.

Ira caminhou até a ponta da cama e engatinhou por ela, então se aninhou bem no meio de nós.

— Tudo bem? — perguntei a Rooney.

Ela sorriu para mim e assentiu com a cabeça, puxando as cobertas sobre nossos corpos e certificando-se de que Ira estava confortável e aconchegado.

— Isto é perfeito — ela sussurrou, colocando uma mão no lado de Ira enquanto ele se virava para olhar para mim.

Eu sorri para eles, amando tudo o que estava vendo.

Leah pode não ter estado aqui conosco, e Ira agora sabia que sua mãe estava no céu, mas fiquei feliz em vê-los tão próximos.

Eu não esperava que Rooney fosse a nova mãe de Ira. Ela era jovem, estava na faculdade e ainda tinha tempo de descobrir se um dia ela mesma queria ser mãe. Mas, por enquanto, fiquei feliz por eles terem se encontrado dessa maneira.

Deitei ao lado de Ira e coloquei minha mão ao lado de sua cabeça. Depois de me inclinar e beijar sua testa, olhei de volta para Rooney enquanto ela continuava sorrindo para mim com aquele sorriso doce e gentil.

— Está tudo bem para você? — ela perguntou de volta.

Eu não poderia ter assentido com a cabeça mais rápido.

— Isso é perfeito — eu disse, repetindo sua própria resposta.

Olhamos um para o outro por um tempo, pensando que isso não poderia ficar melhor.

— Eu amo você — sussurrei, mas, antes que ela pudesse responder, Ira também tinha algo a dizer.

— Não visitamos a mamãe — ele falou, olhando para mim e depois virando a cabeça para olhar para Rooney. — Minha mãe é um anjo — ele explicou, fazendo meu maldito coração apertar com força.

Rooney sorriu para ele e assentiu.

— Ela é, hein?

— Sim, e o papai disse que podemos visitá-la no... uhm, não me lembro como se chama... — ele disse com uma careta.

— Cemitério. Vou ficar em casa com você amanhã e podemos ir visitar a mamãe, ok? — sugeri.

— Ok.

Por mais que isso não me incomodasse, não queria que Rooney fosse junto. Ira conhecer sua mãe pela primeira vez era algo que eu queria manter como uma lembrança apenas para nós dois. Uma memória especial, e eu sabia que Rooney compreendia.

— E, quando voltarmos para casa, vamos levar Rooney para um encontro especial — sussurrei para Ira.

Seus olhos se arregalaram.

— Ok! É uma surpresa — ele sussurrou um pouco alto demais, mas Rooney já tinha ouvido meu plano de qualquer maneira.

Ela riu baixinho, acariciando o braço de Ira enquanto eu piscava para ela.

Eu estava certo sobre ela se aninhar ao lado do meu filho e de mim, mesmo que não tivesse demorado tanto quanto eu pensava.

Eu estava feliz e Ira também.

E ver Rooney contente e serena, em vez de ter todas aquelas preocupações girando em sua cabeça, me fez sentir o mesmo.

Capítulo 40

ROONEY

— Estou pronto! — Ira gritou quando saiu correndo de seu quarto e foi para a cozinha.

Eu estava ajudando Wells a limpar a mesa depois de comermos juntos e, como tinha que ir logo para minha aula, ele foi gentil o suficiente para levantar cedo para preparar o café da manhã para nós.

— Você está incrível, Ira! — eu disse a ele, observando-o mostrar a roupa que ele colocou sozinho sem a ajuda de Wells. — Adorei os elefantes no suéter — falei, sorrindo.

— Mamãe gosta de elefantes porque ela os salvou na Índia! — ele falou com entusiasmo.

— Ela vai adorar, amigão! — Wells respondeu, depois olhou para mim para explicar melhor. — Leah fazia parte de uma organização de resgate de animais. Ele viu fotos dela montando um elefante na Índia.

— Isso é incrível! Ela vai adorar saber que você ama os animais tanto quanto ela — eu disse a Ira.

— Sim, e vai adorar as flores que compramos para ela.

Ele era o menino mais doce, e eu estava animada por ele finalmente ficar perto de Leah. Wells me contou sobre a conversa deles, como tinha explicado cuidadosamente a Ira que sua mãe não estava mais conosco, e ele aceitou muito bem, embora eu tivesse certeza de que ele logo perguntaria mais sobre ela e como aquilo tinha realmente acontecido. Ele era muito novo para entender que ela morreu de complicações em seu nascimento, mas, quando se estivesse pronto, Wells certamente lhe contaria tudo sobre isso.

— Você prendeu a bomba na calça? — Wells perguntou, estendendo a mão para verificar, mas Ira balançou a cabeça e puxou seu suéter ainda mais.

— Coloquei no pescoço, viu?

— É mais confortável para você? — Wells perguntou.

Ira deu de ombros.

— Provavelmente, né? Você sempre pode mudar de lugar, se quiser.

Vá calçar os sapatos para que possamos ir visitar a mamãe — Wells disse, e Ira foi calçar os sapatos.

— Tem certeza de que não quer que eu leve você para a faculdade? — Wells perguntou enquanto se virava para olhar para mim.

Assenti enquanto enxugava as mãos com uma toalha, depois envolvi meus braços em seu pescoço e sorri.

— Preciso levar algumas pinturas para a aula e voltar, mas obrigada.

Seus braços se moveram em volta das minhas costas para me segurar perto de seu corpo, e, depois de me olhar por um tempo, ele se inclinou para beijar meus lábios.

— Esteja pronta às seis da noite, ok?

Assenti com a cabeça, animada para ver onde ele e Ira iriam me levar.

— Mal posso esperar.

— Estou pronto! — Ira gritou de novo, nos fazendo sorrir e nos soltar.

Fomos no corredor para ver Ira se levantar do chão e, quando o alcancei, agachei e coloquei as duas mãos ao lado do corpo.

— Tenha um dia maravilhoso visitando sua mamãe e conte a ela tudo sobre seus brinquedos e animais favoritos.

Ira observou meu rosto por um tempo antes de inclinar a cabeça para o lado com um olhar questionador.

— Você acha que ela também gosta do Hulk?

— Eu tenho *certeza* de que ela gosta. Hulk é o mais legal de todos — falei com um sorriso, então o puxei para um abraço enquanto ele passava os braços em volta do meu pescoço.

— Vejo você esta noite.

— Tudo bem — Ira respondeu, e, assim que me soltou, dei um beijo em sua têmpora antes de me levantar e olhar para Wells.

— Dirija com cuidado. Me mande uma mensagem se precisar de alguma coisa.

— Com certeza. Tenha um bom dia — ele disse, me beijando e então abrindo a porta para mim.

— Tchau — eu me despedi, sorrindo para eles e então subindo as escadas para me preparar para a aula.

Meu coração estava cheio e não parava de bater acelerado desde a noite passada. Não havia mais nada para discutirmos ou revisarmos. Sabíamos que estávamos destinados a ficar juntos, e eu não conseguia mais ficar longe deles.

Quando entrei em meu apartamento, ouvi Evie conversando com alguém, mas, como ninguém respondeu enquanto ela estava quieta, imaginei que ela estivesse ao telefone. Decidi deixá-la em paz e tomar um banho rápido antes de incomodá-la com minha felicidade recém-encontrada. Mas ouvi-la dizer o nome de Michail chamou minha atenção.

Fui até a cozinha e vi Evie sentada à mesa com o que parecia ser um contrato na frente dela, seu polegar estalando a caneta nervosamente.

— Sei que ainda é cedo para nós, mas prometo a você e à sua esposa que seu investimento em nós vai valer cada centavo.

Parecia sério, e eu nunca a tinha visto assim antes.

Claro, ela vinha de uma família que sabia como os negócios eram feitos, mas ela só queria ir a festas em vez de seguir os passos de seus pais.

— Sim, ela sabe tudo sobre isso e estaremos prontas para a grande inauguração em um mês. Ótimo, muito obrigada, Michail. E diga a Morgana que mandei um oi! — Ela desligou o telefone e sorriu para mim, mas eu estava desconfiada e insegura para descobrir que tipo de promessa ela fez a ele.

Com os braços cruzados sobre o peito, arqueei uma sobrancelha esperando que ela explicasse tudo.

— Ok, não se desespere... mas vamos abrir a galeria em um mês e Michail já enviou algumas fotos de nossas pinturas para clientes em potencial que desejam vê-las em breve.

Meu queixo caiu.

— Evie... aquele prédio não está nem perto de ser reformado. Como diabos vamos apresentar nossas pinturas em apenas um mês?

— Relaxe, Rooney. Meus pais têm tudo sob controle. Enviei a eles as fotos de como queremos que o interior fique e eles já contrataram pessoas para começar a trabalhar nisso amanhã. Podemos finalmente vender nossas pinturas e ganhar dinheiro! — ela disse em um tom de voz cantante.

Eu não estava reclamando disso, mas não tinha certeza se conseguiríamos colocar tudo em funcionamento em apenas um mês.

— Pare de se preocupar, Rooney. Meu Deus, eles têm tudo sob controle e tudo o que temos a fazer é levar nossas pinturas para a galeria quando terminar.

— É a falta de clientes que está me preocupando, Evie.

Não tínhamos muitos contatos além de pessoas que gostavam de arte, mas nunca as compravam, e os contatos de Michail primeiro precisavam decidir se queriam nossa arte ou não.

Nada estava certo ainda.

— As pessoas falam e, antes que percebamos, formaremos uma fila do lado de fora do prédio com pessoas querendo comprar nossas pinturas. Eu prometo.

Respirei fundo e esperei pelo melhor.

Eu teria que enviar uma mensagem a Michail para agradecer por tudo que ele e sua esposa estavam fazendo por nós. Eu só torcia que ele não esperasse muito em troca, porque não havia muito que eu pudesse oferecer.

WELLS

Havia algumas pessoas no cemitério quando estacionei meu carro perto do portão da frente. Soltei o cinto de segurança e me virei no banco para olhar para Ira, que já observava as poucas lápides que podia ver de longe.

— Parece assustador — ele comentou.

— Bem, não é um lugar assustador, amigão. É aqui que estão todos os anjos. Vê quantas pessoas os visitam?

— Sim, há pessoas visitando seus anjos — ele contemplou de repente, se sentindo muito melhor sobre o fato de que não estávamos aqui sozinhos.

— Outra coisa, Ira... a gente tem que ficar bem quietinho pra não incomodar ninguém, ok? Podemos falar com a mamãe quando chegarmos até ela.

— Ok. Vou ficar bem quieto — ele me prometeu, sussurrando e levando o dedo aos lábios.

—Você está com o Hulk e as flores? — perguntei.

Ele queria segurá-los em nosso caminho até aqui, certificando-se de que ficariam bonitos para sua mãe.

— Aqui — ele respondeu, começando a desafivelar o cinto de segurança.

Saí do carro e o ajudei a sair, e, com as flores e Hulk em seus braços, começamos a caminhar pelo chão de cascalho para chegar a Leah. Eu estava começando a ficar emocionado, não só porque estaria perto de Leah novamente, mas por causa de Ira e de sua determinação em conhecê-la pela primeira vez. Ira ainda era novo, mas eu estava começando a pensar que ele realmente entendia o que era tudo isso.

Viramos à esquerda, onde folhas coloridas cobriam o caminho, e Ira sorriu ao pisar nelas e fazê-las estalar sob seus pés.

— É bonito aqui — ele sussurrou, e eu assenti com a cabeça para concordar com ele.

— Aqui, Ira — eu disse, parando na frente da lápide de Leah. Ira se virou para olhar a foto nela, sorrindo ao reconhecê-la.

— Oi, mamãe! — ele disse em um sussurro alto, acenando para ela e imediatamente fazendo meus olhos lacrimejarem.

Porra... eu sabia que ficaria emocionado, mas não tão rápido.

Agachei e o puxei entre as minhas pernas, ficamos ambos de frente para a lápide e olhando para ela.

— Este é o meu super-herói favorito. O nome dele é Hulk e ele quebra muitas coisas!

Era uma loucura como Ira simplesmente aceitava o fato de que sua mãe não estava mais fisicamente conosco, mas falava com ela como se estivesse. Isso aqueceu meu coração e eu acariciei seus braços enquanto ele continuava a falar com Leah da maneira mais doce de todas.

— E compramos flores, porque o papai disse que você gosta de flores. Elas são muito lindas — ele disse a ela, e eu sorri para o menininho que criamos.

Embora Ira não tivesse sido planejado, ele era muito, muito amado, e eu teria cometido o maior erro em não tomá-lo no dia em que o ex dela o trouxe para mim.

— Quer colocar as flores ali? — perguntei, apontando para as outras flores que eu sabia que os pais ou amigos de Leah deviam ter trazido.

— E o Hulk também? — ele perguntou, olhando para mim e franzindo a testa quando viu meu rosto. — Papai, você não precisa chorar, ok?

Isso era muito mais fácil de falar do que fazer, mas, por ele, eu faria qualquer coisa.

— Ok, amigão. Vou parar de chorar — falei baixinho, beijando sua bochecha. — Você pode colocar o Hulk ao lado das flores, sim.

Eu o observei colocar as duas coisas cuidadosamente na frente da lápide e, depois de um pouco de hesitação, ele olhou para mim com uma pergunta em seus olhos.

— Posso dar um beijo nela?

— Claro que você pode. Faça assim — eu disse, já que a lápide poderia estar suja.

Eu tinha certeza de que os pais de Leah se certificavam de que ela estivesse limpa o tempo todo, mas não queria que Ira pressionasse os lábios contra a pedra. Levei a mão aos lábios para beijar a ponta dos dedos e depois pressioná-los contra a foto de Leah.

Ira me observou e depois fez o mesmo, sorrindo.

— Ei, você sabe o que mais a mamãe gostava que você também gosta? — perguntei, puxando-o para mais perto de mim novamente.

— Não, o quê? — Ira perguntou animado.

— Suco do Hulk! Ela bebia um quase todos os dias para se manter forte e saudável, assim como você.

Bem, não era o suco do Hulk em si, mas um smoothie que ela sempre me dizia para beber também porque ajudava no nosso sistema imunológico.

— Uau, sério? Talvez possamos trazer um para ela na próxima vez — ele sugeriu.

— Parece uma otima ideia. Tenho certeza de que ela vai adorar.

Ver Ira assim e saber que ele não estava triste me mostrou que trazê-lo foi a coisa certa a fazer.

Passamos mais uma hora ali com Leah, conversando sobre tudo o que Ira queria falar. Não o forcei a ir embora e, se ele quisesse, até ficaríamos aqui o dia inteiro. Mas, para mudar um pouco as coisas e ficar perto de Leah, sugeri dar uma pequena caminhada até a cidade e comer alguma coisa antes de voltar para ela e dizer adeus por hoje.

Ele prometeu a Leah que estaríamos de volta em breve, e me fez prometer com o dedo mindinho que o traria aqui todos os dias. Como isso seria um pouco problemático porque eu tinha que trabalhar e era uma viagem de uma hora, prometi a ele que o traria uma vez por mês.

Ele concordou e, depois de acenar para a lápide de Leah uma última vez, entramos no carro para voltar para Riverton.

— Isso foi bom, hein? — comentei, olhando para ele pelo espelho retrovisor.

— Sim, foi muito divertido com a mamãe — Ira respondeu, sorrindo alegremente e depois voltando sua atenção para um dos livros que trouxera consigo.

Leah ainda estava conosco e eu sabia que Ira pensaria nela todos os dias de agora em diante.

CAPÍTULO 41

ROONEY

— Rooney! — Ira chamou meu nome quando me viu descer as escadas. Wells me mandou uma mensagem dizendo que eles estavam prontos para sair para jantar, e eu já estava em casa há quase duas horas, vestida e pronta para quando eles voltassem da visita a Leah.

Eu sorri para Ira e o peguei no colo quando ele me alcançou, estendendo os braços para mim e, em seguida, envolvendo-os em volta do meu pescoço para me abraçar.

— Oi, carinha. Como foi seu dia? — perguntei, beijando sua cabeça antes de olhar para ele.

— Foi muito divertido! Falei com a mamãe e dei flores e um Hulk para ela — ele me disse, com os olhos felizes e arregalados.

— Isso é maravilhoso. E sobre o que você falou com ela?

Ele obviamente adorava falar sobre Leah, e eu não iria impedi-lo de fazer isso, se fosse o que ele precisava e queria.

— Sobre super-heróis, Hulk e animais!

— Isso parece incrível. Estou feliz que você teve um ótimo dia — disse a ele, deixando-o no chão e olhando para cima enquanto Wells saía do apartamento.

— Oi, linda — ele disse com um sorriso digno de desmaio.

— Olá, bonitão — respondi, sorrindo e colocando a mão ao lado de seu pescoço enquanto ele se aproximava para me beijar. Senti muito a falta deles hoje, e estava animada para passar a noite em suas companhias.

— Com fome? Ira e eu vamos levá-la para um lugarzinho legal que temos certeza que você vai adorar — ele disse, com a mão na minha cintura.

— Muita fome — respondi.

— Vamos ao restaurante mexicano — Ira disse, e olhei para ele com um sorriso.

— Ah, eu amo comida mexicana! E você?

— Eu amo tacos.

Simples, mas um fato muito, muito importante.

— Concordo totalmente, amigão — falei, sorrindo, e então percebi que o havia chamado pelo apelido de Wells para ele.

Nenhum dos dois parecia se importar, e juntos descemos as escadas para chegar ao carro dele.

Enquanto estávamos dirigindo, ouvimos Ira nos contar tudo sobre o livro que estava lendo e aprendemos mais algumas coisas sobre a Idade Média. Era um áudio livro, então, ao invés de termos que ler, o que Ira ainda não sabia fazer, ouvimos o narrador falar sobre cavaleiros, roupas medievais e outras coisas.

Gostei da amplitude de seus interesses e, pela primeira vez, ele não estava falando sobre super-heróis. Não que ele incomodasse ninguém com isso, mas Ira era um garoto esperto e guardava muita informação em seu cérebro depois de ouvir algo novo.

— Tudo bem, amigão. Você pode levar um dos outros livros com você, mas não conseguirá ouvir nada lá dentro do livro medieval — Wells disse.

— Ok, vou levar este — Ira disse, mostrando seu livro sobre répteis.

Eu me perguntei se Wells já havia decidido que tipo de animal de estimação Ira teria, pois seria um belo presente de Natal para o garoto.

Assim que entramos e nos sentamos à mesa, já pedimos algo para beber e, depois, olhamos o cardápio para descobrir o que queríamos comer.

— Eu verifiquei no site deles para ver se tinham algum tipo de tabela nutricional para seus alimentos e, felizmente, eles tinham — Wells explicou, erguendo os olhos do menu.

Assenti com a cabeça e olhei para Ira enquanto ele levantava o dedo para nos avisar que estava prestes a falar.

— Posso comer um taco de carne e um taco de legumes — ele me disse.

Wells era muito cuidadoso com o que Ira comia e, embora pudesse ser supervisão demais, achei bom que ele monitorasse a dieta do filho.

— Isso parece realmente delicioso. Talvez eu peça um taco de carne também — comentei, sorrindo para ele.

Não demoramos muito para escolher nosso jantar e, para nossa surpresa, chegou mais rápido do que o esperado.

— Então, me conte. Como foi a aula hoje? — Wells perguntou enquanto puxava Ira para mais perto da mesa em sua cadeira.

— Foi divertida. Pudemos ver todas as pinturas dos outros alunos nas quais eles trabalharam nas últimas semanas, e foi bom ver os diferentes estilos e inspirações nas telas.

— Você precisa me mostrar todas as suas pinturas um dia. Tenho certeza de que você tem algum tipo de galeria de fotos em seu telefone, não?

— Na verdade, eu tiro uma polaroid de cada pintura e coloco a foto em uma caixa. A de Ira também está lá — eu disse com um sorriso.

— Traga essa caixa com você algum dia. Quero ver as fotos.

Assenti com a cabeça e dei uma mordida no meu taco, então me lembrei do que aconteceu esta manhã e suspirei.

— Lembra quando contei sobre aquele casal querendo investir em Evie e em mim? Bem, eles compraram o prédio e querem que fique pronto em um mês. Os pais de Evie investiram dinheiro nas reformas, mas não sei como Evie e eu poderíamos administrar uma galeria enquanto ainda estamos na faculdade — eu disse, começando a surtar um pouco.

— Bem, é apenas uma galeria, certo? Esteja lá sempre que tiver tempo. Ou quando precisar. Não acho necessário que uma galeria de arte esteja aberta vinte e quatro horas por dia, sete dias por semana, se os artistas não estiverem disponíveis naquele momento.

Concordei com a declaração dele, franzindo os lábios e pensando sobre isso antes de responder.

— Além disso, Evie e eu queríamos trabalhar lá depois de nos formarmos. Aceitar encomendas e talvez realizar alguns eventos para mostrar nossa arte.

— Parece uma boa ideia. Você ainda está na faculdade; terá tempo suficiente para resolver as coisas, mas acho ótimo que já tenha encontrado alguém que queira ajudá-la no futuro.

Concordei, apesar de achar que era demais.

— Podemos pintar de novo em breve? — Ira perguntou. Eu olhei para ele e assenti.

— Claro que podemos. Posso levar tintas e pincéis comigo na sexta-feira, então podemos pintar a noite toda, ok?

Ele assentiu antes de dar uma mordida em seu taco.

— Talvez possamos fazer o papai pintar também desta vez, o que você acha?

— Sim! — Ira exclamou, com os olhos arregalados.

Wells riu e tomou um gole de sua Coca-Cola.

— Vou tentar o meu melhor. Não sou tão bom quanto vocês dois nisso.

— Nós vamos ensinar, papai. Não é tão difícil — Ira assegurou a ele, nos fazendo rir.

— Vamos ver, amigão — ele disse, rindo e, em seguida, olhando para mim. Sem dizer uma palavra por um tempo, desfrutamos de nossa comida e da companhia um do outro, com nossos corações cheios de gratidão e amor.

WELLS

Eu tinha que ter Rooney só para mim pelo resto da noite. Então, para sua surpresa, mas Ira sabendo, nós o deixamos na casa de minha mãe para que ele pudesse passar a noite e o dia seguinte com ela. Eu precisava voltar ao trabalho pela manhã de qualquer maneira, e passar uma noite sozinho com Rooney era exatamente o que eu precisava.

Quando voltamos ao meu apartamento, dei a ela alguns segundos para tirar o casaco e os sapatos antes de empurrá-la contra a parede do corredor e beijá-la enquanto minhas mãos se moviam de seus quadris para sua bunda. Um sorriso se espalhou em seus lábios, e aprofundei o beijo logo em seguida para mostrar a ela o quão sério eu estava falando.

Minhas mãos apertaram sua bunda com força, então eu a levantei para fazê-la passar as pernas em volta dos meus quadris para se segurar enquanto suas mãos se moviam em meu cabelo.

— Eu preciso estar dentro de você — murmurei contra seus lábios, sentindo seu corpo estremecer em resposta.

E isso era tudo que eu precisava.

Eu a carreguei para o quarto e a coloquei na cama para que ela ficasse sentada na beirada enquanto eu a beijava com minhas mãos em concha em seu rosto.

Empurrei minha língua dentro de sua boca e brinquei com a dela enquanto suas mãos se moviam para cima e por baixo do meu moletom. Ela sabia exatamente para onde isso estava indo e, sem hesitar, desafivelou meu cinto e abriu o botão e o zíper da minha calça para empurrá-la para baixo, seguido por minha cueca boxer.

Quando meu pau estava para fora, já estava duro e pronto para seu toque e, rapidamente, Rooney envolveu a base com a mão e se inclinou para beijar a ponta antes que seus lábios se movessem sobre ela. Segurei a parte de trás de sua cabeça com uma mão e a puxei para mais perto de mim, mas a deixei assumir o controle logo depois. Sua mão e boca se moveram ao longo do meu eixo, me fazendo tensionar a mandíbula e agarrar seu cabelo com força.

— Porra... assim mesmo, linda. Mantenha essa boca bonita em volta do meu pau — murmurei, observando cada movimento dela para não perder nada.

Rooney era tão boa nisso, e eu não queria que ela parasse. Mas antes que eu percebesse, a tensão dentro de mim começou a aumentar rapidamente, fazendo meu corpo ficar tenso enquanto ela chupava com mais força.

— Você é tão linda, Rooney — sussurrei, ajeitando seu cabelo para trás com minha outra mão enquanto seus olhos olhavam para mim, brilhantes e cheios de malícia.

Ela sabia que não precisava fazer muito para me deixar duro, mas eu não queria gozar em sua boca.

— Você está me provocando de novo. Porra, linda. Você realmente quer fazer este jogo comigo esta noite? — perguntei, alcançando seu pescoço e segurando-a gentilmente.

Seus olhos brilharam com algum tipo de travessura, e, embora eu gostasse daquele olhar dela, eu realmente não queria gozar em sua boca.

Dei um pequeno passo para trás para que ela soltasse meu pau de sua boca e, antes que ela pudesse dizer qualquer coisa, virei-a de bruços com as pernas penduradas na beirada da cama e puxei sua calça para baixo para revelar sua bunda redonda. Dei um tapa gentil em sua bunda antes de separar suas pernas e me posicionar entre elas, e depois de puxar sua calcinha para baixo também, agarrei meu eixo e rocei a ponta ao longo de suas dobras antes de deslizar em sua umidade facilmente.

Rooney já havia se acostumado com o meu tamanho, mas seu choramingo baixinho me fez parar dentro dela para deixá-la se ajustar um pouco antes de começar a estocar para dentro e para fora dela.

Rápido e duro.

Exatamente como nós dois gostávamos.

Agarrei seus quadris com força e a puxei contra mim com cada impulso para me enterrar mais fundo em Rooney. Toda vez que eu batia naquela parede dentro dela, um gemido saía de seus lábios, deixando meu pau mais duro.

— Por favor — eu a ouvi implorar, estendendo a mão para trás para segurar meu pulso. — Mais forte — ela suspirou.

Ela não precisou dizer duas vezes.

Continuei a estocar para dentro dela e alcancei sua cabeça para agarrar seu cabelo novamente, empurrando o lado de seu rosto contra o colchão. Dessa forma, eu ainda tinha uma boa visão de seu rosto enquanto o prazer a invadia e, para fazê-la sentir ainda mais, alcancei seus quadris entre o colchão e seu corpo para esfregar meus dedos sobre seu clitóris latejante.

Seus gemidos ficaram mais altos e ela tentou abafá-los cobrindo a boca com a mão, mas, quanto mais eu a fodia, mais alto ela gritava.

Eu a amava assim. Despreocupada e necessitada.

— Continue apertando meu pau com sua doce bocetinha e eu vou gozar dentro de você, linda — eu encorajei, sabendo que era exatamente o que ela queria.

Suas paredes estavam quentes e molhadas ao meu redor, e a forma como sua boceta pulsava fazia meu pau pulsar mais forte após cada estocada.

Eu não consegui segurar por mais tempo, e apenas alguns segundos depois que ela gemeu meu nome, eu a segui, deixando meu gozo enchê-la até fluir para fora e descer pelo meu comprimento. Nós dois tínhamos que controlar nossas respirações, então não falamos nada naquele momento.

Mas, quanto mais ficávamos em silêncio, mais forte o amor entre nós ficava.

Ela era minha garota, e não havia como eu deixá-la ir embora.

Capítulo 42

ROONEY

Um mês depois

Eles realmente conseguiram fazer isso.

A galeria foi reformada e, em apenas trinta minutos, as pessoas entrariam para ver o que os pais de Evie fizeram com este antigo prédio. Parecia incrível e com certeza superou todas as minhas expectativas, mas nunca antes estive tão nervosa na minha vida. Minhas mãos estavam suadas e o vestido que eu usava era muito apertado, tornando ainda mais difícil respirar.

Todas as nossas pinturas finalizadas estavam penduradas nas paredes de tijolos à vista, e outras estavam exibidas em cavaletes para combinar com a aparência rústica de todo o edifício.

— Eu posso sentir o cheiro do seu nervosismo daqui de cima — Evie gritou, e eu me virei para olhar para ela, de pé na grande escada em espiral que levava ao nosso novo estúdio, onde já tínhamos colocado a maior parte de nossos suprimentos.

Eu ainda estava pintando em casa, pois não queria sair do apartamento depois de voltar da faculdade. Não havia necessidade de pintarmos no estúdio, mas era bom saber que estávamos preparadas para depois da formatura.

Pelo menos eu esperava que fosse esse o caso.

— E se eles não gostarem das nossas pinturas?

— Mais uma dessas perguntas idiotas e vou jogar meu trabalho favorito na sua cabeça — ela avisou, descendo as escadas graciosa como sempre. Ela estava incrível, mas isso era algo habitual para Evie.

Tive que me convencer de que não parecia uma batata com aquele vestido e, depois de me olhar no espelho por um tempo, decidi que não estava tão mal quanto minha mente dizia.

— Vai ser ótimo, Rooney. Michail prometeu que muitos de seus amigos virão esta noite e quem sabe... talvez já tenhamos alguns novos compradores interessados.

Eu esperava que sim.

De que adiantava ter uma galeria e talento, se ninguém comprava nossa arte?

Respirei fundo e assenti com a cabeça, mordendo meu lábio inferior.

— Ok, vai ser divertido — eu disse, tentando me convencer daquilo.

— Ótimo, então vamos abrir as portas e deixá-los entrar cedo. Já tem uma fila lá fora — ela disse, fazendo meus olhos se arregalarem.

— O quê?

Evie sorriu e se virou para o pessoal do bufê que esperava atrás da mesa redonda, pronta para que as pessoas ficasse ali em frente, bebessem e comessem alguma coisa.

— Preparem-se, pessoal. Estes convidados são muito importantes.

A equipe era a mesma do clube de campo de seus pais, então ela não se conteve em ser mandona. Todos pegaram suas bandejas recheadas com champanhe, suco de laranja ou canapés para os convidados aproveitarem.

— Relaxe, sorria e fale sobre sua arte. Isso é tudo que você precisa fazer esta noite.

Outra respiração profunda e Evie abriu a grande porta da frente para revelar nossos convidados do lado de fora, todos vestidos de forma apropriada para uma galeria de arte.

Deixei meus olhos vagarem por seus rostos animados, o que já me acalmou um pouco, mas então vi Wells segurando a mão de Ira, ambos vestidos com calça jeans preta, suéter azul marinho e camisa de colarinho branco por baixo.

Meu Deus, eles estavam lindos! Quando Ira me viu, acenou e puxou Wells para perto de mim com um grande sorriso.

— Olá, bonitão — eu disse, acariciando sua bochecha e me inclinando para beijar sua testa. — Uau, vocês dois estão incríveis! Papai arrumou seu cabelo hoje? — perguntei, e ele rapidamente assentiu.

Os dois estavam com o cabelo penteado para trás com gel, parecendo ainda mais um com o outro do que o normal.

— Eu gostei — falei para Ira. Então olhei para Wells, que estava olhando para o meu vestido.

— Você está maravilhosa, linda — ele me disse, colocando a mão na minha cintura e me beijando suavemente.

— Obrigada — sussurrei contra seus lábios antes de dar um passo para trás e agarrar sua mão. — Eu estou feliz por estarem aqui. Vocês acabaram com todo o meu nervosismo – embora eu ache que ele estará de volta em breve — falei, rindo baixinho.

— Você vai ficar bem, linda. Esta é uma grande oportunidade para conhecer pessoas novas e potenciais compradores. Faça o melhor possível.

— Farei! Dêem uma olhada ao redor, ok? Tem até uma pequena estação de pintura nos fundos para as crianças — eu disse.

Eu fiz aquilo especialmente para Ira, para que ele pudesse se divertir um pouco em vez de ficar olhando imagens que provavelmente não o interessariam muito. Mas, olhando em volta, vi mais crianças do que o esperado entrando com seus pais.

— Isso é ótimo. Vá fazer contatos. Nós vamos ficar bem — Wells disse, me beijando mais uma vez antes de pegar a mão de Ira novamente. — Vamos explorar.

— Ok. Tchau, Rooney!

— Tchau, amigão. Divirta-se!

Eu os observei desaparecer na multidão e me virei para procurar por Evie. Ela estava parada na entrada, conversando com Michail e Morgana, e achei melhor ir dizer olá também, já que agora não era apenas a galeria de Evie.

— Ah, aí está ela. Rooney, espero que você esteja bem — Michail falou com seu forte sotaque.

Apertei a mão dele, depois a de Morgana, e, com um sorriso, respondi:

— Estou ótima, obrigada. Isso é incrível. Ainda estou processando tudo, mas Evie e eu estamos muito, muito gratas. Obrigada por tudo que vocês fizeram por nós — falei, incapaz de manter minha gratidão em segredo.

— Vemos potencial em vocês duas. Esta noite é para vocês aproveitarem, então divirtam-se e conversem com as pessoas sobre sua arte. Deixem-os interessados, certo?

Evie e eu assentimos com a cabeça e, assim que nos despedimos, fomos cumprimentar alguns de nossos convidados.

Não foi tão ruim quanto pensei que seria e logo eu estava me aproximando de estranhos para contar a eles tudo sobre minhas pinturas.

WELLS

— Faz tempo que não vamos a uma galeria de arte, hein?

Ira assentiu, olhando para uma das pinturas de Rooney de uma mulher segurando flores, que estavam quase mortas. Era lindo, e adorei o rosa pastel complementando o amarelo claro da tela. Rooney sabia exatamente o que estava fazendo com as pessoas ao criar arte como aquela. Isso as acalmava, as fazia refletir sobre cada coisa que lhes vinha à mente quando olhavam para as pinturas.

— Isso é bonito — Ira disse, inclinando a cabeça para o lado.

— Sim, realmente é — concordei. — Lembra quando você era pequeno e eu o levava ao museu para ver quadros?

— Não, não me lembro — ele respondeu. Bem, claro. Ele tinha apenas cerca de um ano na época.

Eu sorri e me agachei ao lado dele, colocando minha mão na parte inferior de suas costas.

— Eu segurei você perto das pinturas para que você pudesse vê-las melhor e depois expliquei o que estava pintado naquelas telas.

Ira riu e franziu o nariz.

— Isso é bobo, papai — ele disse, inclinando-se contra mim.

— Por que isso é bobo?

— Porque quando eu era bebê eu não entendia o que você estava falando — ressaltou.

Touché.

Eu ri e me levantei.

— Quer dar uma olhada na área infantil?

— Sim.

Fomos até lá e, enquanto Ira escolhia as cores que queria usar, peguei a camisa enorme e já cheia de tinta que Rooney colocou nas cadeiras das crianças para que suas roupas não sujassem.

Ótima ideia, pensei.

— Coloque isso aqui, amigão.

Ajudei-o a vestir a camisa, depois o deixei começar a pintar enquanto estendi a mão para a mesa redonda para pegar uma taça de champanhe para mim.

Quando uma garçonete passou, eu a parei com a mão em seu braço.

— Posso, por favor, pegar um copo de água para o meu filho?

— Ah, claro. Eu já volto — ela respondeu, sorrindo.

Eu tive que dar parabéns a Evie e seus pais. Eles sabiam como organizar eventos.

— O que você está pintando, Ira? — perguntei, me sentando ao lado dele em uma cadeira infantil. Ninguém mais estava aqui, então eu não estava ocupando espaço.

— Uma mulher com flores — ele respondeu.

Eu sorri, observando-o copiar a arte de Rooney. Talvez eu devesse comprar uma pintura para o meu apartamento, pois Ira já tinha seus super-heróis pendurados na parede do quarto.

— Aqui está, senhor — a garçonete disse, segurando sua bandeja com água para mim.

— Obrigado. — Peguei o copo e coloquei na frente de Ira, dizendo-lhe para tomar alguns goles de vez em quando.

— Se precisar de alguma coisa, estarei por aqui em algum lugar.

Sua voz cheia de malícia foi imediatamente ignorada por mim, mas eu sorri e agradeci novamente antes de ela sair. Não havia necessidade de ela flertar. Eu tinha minha garota e queria que ela fosse minha para sempre.

— Wells, que bom ver você aqui — uma voz familiar disse logo depois, e eu me virei para ver os pais de Rooney, que estavam muito diferentes em um vestido e terno.

— Olá, Louise — cumprimentei, levantando e pegando sua mão. — Olá, Devon. Rooney não me disse que vocês dois estariam aqui esta noite.

Apertei a mão de Devon também com um aceno de cabeça.

— Nós não perderíamos. Estamos surpresos que este edifício seja tão grande — ele comentou.

— Sim, é incrível. Ei, amigão? Olha quem está aqui — eu disse, fazendo Ira sair de seu foco.

— Oi! — ele falou, levantando-se em sua cadeira e estendendo a mão para Devon. Ira definitivamente gostou do pai de Rooney, o que eu achei incrivelmente fofo.

— Olá, Ira. Uau, você está ótimo esta noite! Papai ajudou você a se vestir ou você escolheu essa roupa sozinho?

Ira olhou para mim por um segundo, então apontou para mim e disse:

— Papai ajudou. Rooney disse que estou bonito.

— Ah, você está, querido — Louise disse a ele com um sorriso, então colocou a mão em meu braço. — Rooney nos contou um pouco sobre o que aconteceu entre vocês dois depois que voltaram do rancho para casa. Percebemos que estavam um pouco tensos, mas estou feliz que tenham falado sobre isso.

Eu assenti com a cabeça.

— Ela é a pessoa certa para mim. Nós dois tivemos nossas lutas internas, mas estamos felizes — falei para ela, dando outra olhada em Devon, ainda abraçando Ira.

— Sabemos que você vai cuidar bem dela. Não que Rooney precise de cuidados, mas fico feliz que ela tenha alguém em quem se apoiar. Alguém que não seja Evie — ele disse, não querendo dizer isso de forma negativa.

Evie era apenas um pouco... rebelde. E Rooney precisava de alguém com quem pudesse desacelerar. Respirar e relaxar de vez em quando.

— Papai ama Rooney — Ira assegurou aos pais dela.

— Ah, nós sabemos que ele ama. E ela também o ama — Louise disse com uma piscadinha. Ela olhou para mim e sorriu. — Tenho certeza de que você já falou com ela esta noite. Ela está linda, não? Já faz um tempo que não a vejo com um vestido assim.

Olhei para a multidão e encontrei Rooney ali, conversando com um casal de idosos. Seu sorriso iluminou todo o ambiente, me fazendo sorrir também.

— Ela está incrível — respondi com uma voz rouca.

Enquanto eu a observava, pude ver seus olhos se iluminarem, e, depois que ela apertou as duas mãos, ficou em estado de choque por um segundo antes de olhar em volta para encontrar um rosto familiar. Evie caminhou até ela com os olhos arregalados e segurando as mãos com força.

Algo deve ter acontecido que as fez tentar ao máximo não surtar ali no meio. Quando o pai de Evie se aproximou delas com um pequeno bilhete na mão, elas não conseguiram mais conter a empolgação.

— Ah, meu Deus! — Evie exclamou, e Rooney acrescentou algo que não consegui entender.

— Posso ter a atenção de todos, por favor? — o pai de Evie, Dan, disse em voz alta.

Rooney olhou em nossa direção antes de Dan continuar a falar, e seu sorriso se iluminou ainda mais quando tudo ficou em silêncio.

— Obrigado a todos por terem vindo esta noite. Em primeiro lugar, gostaria de agradecer a Michail e Morgana por tornarem isso possível para minha filha, Evie, e sua melhor amiga, Rooney. Ambas tinham um sonho desde pequenas, e parecia que a pintura era a única coisa que as mantinha próximas. A amizade especial delas ajudou uma à outra a se tornarem melhores no que estavam fazendo, incentivando uma à outra a darem tudo de si e se tornarem a melhor versão de si mesmas. A arte delas é tão especial quanto a amizade, e sei que farão grandes coisas no futuro.

As bochechas de Rooney estavam ficando vermelhas quando todos os olhos estavam sobre ela e Evie, mas ela sorriu para nós e deu um pequeno aceno para Ira, que ainda estava nos braços de seu pai.

— E elas provaram que sua arte já é amada. O senhor e a senhora Andersson compraram uma das pinturas de Evie e uma de Rooney esta noite em sua grande inauguração!

A multidão aplaudiu, e a felicidade nos olhos de Rooney aqueceu todo o meu corpo.

— Isso é incrível! — Louise disse maravilhada, esperando que sua filha nos alcançasse e então a abraçou com força. — Isso é fantástico, querida. Você vendeu sua primeira pintura!

Lágrimas rolaram pelo rosto de Rooney quando ela deixou sua mãe abraçá-la. Quando Louise a soltou, ela se virou para o pai e o abraçou, deixando Ira também fazer parte disso.

— Estou muito feliz por você, querida — Devon falou, soltando-a novamente para que fosse a minha vez.

Eu a puxei para mais perto com minhas mãos em sua cintura, beijando seus lábios antes de abraçá-la com força.

— Estou tão orgulhoso de você, linda. Eu sabia que ia dar certo! — falei para ela, deixando-a aninhar o rosto na curva do meu pescoço.

— Estou tão feliz. Eu amo você — ela sussurrou.

— Eu também amo você — respondi baixinho antes de soltá-la e segurar seu rosto para enxugar suas lágrimas.

— Você está triste? — Ira perguntou com a voz preocupada.

Rooney riu baixinho e balançou a cabeça, então esfregou as costas dele para garantir que não estava chorando porque estava triste.

— Estou muito feliz. É por isso que estou derramando algumas lágrimas, sabe? — ela explicou.

Ira estudou o rosto dela por um tempo e tentou descobrir se ela estava sendo honesta ou não, mas depois de alguns segundos ele sorriu.

— Eu também estou feliz.

Nós rimos e eu acariciei a nuca dele.

— Todos nós estamos, amigão.

Epílogo

ROONEY

  Meu último ano na faculdade não foi tão ruim quanto pensei que seria. O estresse que outras pessoas esperavam não me afetou, e, desde que fizemos a primeira venda na inauguração de nossa galeria, as pessoas começaram a se interessar por nossa arte e nos telefonavam ou enviavam e-mails diariamente. As coisas deram mais certo do que imaginávamos e, em apenas um mês, Evie e eu estaríamos trabalhando em tempo integral na galeria, pintando, fazendo exposições e vendendo nossa arte. A vida era perfeita e, sem mais nada em nosso caminho, podíamos relaxar e viver um pouco. Já tinha se passado quase um ano desde a inauguração e nunca estive tão feliz em minha vida.

  Estacionei o carro em frente ao prédio depois de um longo dia na galeria e entrei para subir as escadas e parar em frente à porta de Wells. Ele me deu uma chave um tempo atrás, para que eu pudesse entrar e sair quando quisesse. Ele havia me pedido para morar com ele no mês passado, mas eu disse que ainda não estava pronta para isso ou para tomar uma decisão.

  No fundo, eu sabia que queria morar com ele e Ira, já que passava todas as noites aqui. No entanto, isso significava deixar Evie sozinha, e isso poderia resultar em festas novamente. Ela não mudou nada, e até tivemos algumas brigas e desentendimentos quando se tratava de nossa arte, mas estávamos bem agora. Nossa amizade era mais forte do que suas explosões de raiva quando algo não saía do jeito dela.

  — Alguém em casa? — chamei assim que entrei no apartamento e Ira correu pelo corredor para me cumprimentar.

  Ele havia crescido bastante nos últimos meses, assim como seu cabelo loiro, mas ainda era o menino mais doce de todos.

  — Oi, amigão! — eu o cumprimentei, abraçando-o com força enquanto ele passava os braços em volta dos meus quadris.

  — Olha o que temos!

  Ele mostrou um folheto sobre tartarugas, e eu já tinha uma ideia de onde eles tinham ido hoje.

— Caramba! Vocês foram buscar a tartaruga que visitamos? — perguntei, meus olhos cheios de emoção.

— Sim! Ela está nadando! Venha!

Era difícil vê-lo crescer. Pensar em seu quinto aniversário estava me deixando triste e feliz ao mesmo tempo.

Deixei que Ira me puxasse para a sala onde já havíamos colocado um reservatório em um suporte fixo. Era um tanque semi-aquático onde a tartaruga podia nadar, mas também subir nas rochas para tomar banhos de sol. Já havíamos montado o interior do tanque, então só faltava colocar uma tartaruga dentro.

— Veja! — Ira exclamou, parando bem em frente ao tanque para admirar a pequena tartaruga que acabaria dobrando de tamanho.

— Ah, ela é adorável! Você já deu um nome?

— Sim, o nome dele é Donatello por causa das Tartarugas Ninja, mas eu o chamo de Donny.

— Eu esperava que ele tivesse um nome das Tartarugas Ninja — falei com um sorriso, virando para ele e beijando sua cabeça. — Vamos cuidar bem de Donny. Ele terá a melhor vida de todas! — prometi.

— Sim!

— Vejo que você já conheceu Donny. — A voz de Wells me fez virar e olhar para ele, parado ali apenas com sua calça jeans enquanto seu cabelo molhado pingava por todo o chão.

— É uma tartaruga legal — eu disse, sorrindo e caminhando até ele para beijá-lo.

— Senti sua falta hoje — Wells sussurrou contra meus lábios, colocando as duas mãos na parte inferior das minhas costas.

— Também senti sua falta.

— Tudo bem se jantarmos aqui esta noite? Não estou com vontade de sair — ele falou, passando o polegar pelas minhas costas gentilmente.

— Sim, claro. Está tudo bem? — perguntei, preocupada.

— Estou bem. Só quero passar esta noite chuvosa com vocês dois aqui.

— Parece bom para mim — respondi, sorrindo para ele e pressionando mais um beijo em seus lábios.

— Alguma encomenda nova hoje? — ele perguntou enquanto eu caminhava de volta para o corredor para tirar meu casaco e sapatos.

— Sim, uma. É um projeto maior, então não vou pegar mais nada pelo resto do mês. Pode demorar um pouco — comentei.

Desejo LATENTE 295

— Isso é bom. E você pensou na minha oferta?

Wells quis dizer sobre morar com ele.

Eu me virei para olhar para ele e suspirei, sabendo que ele não aceitaria um não como resposta. Mas eu queria provocá-lo um pouco antes de lhe dizer minha resposta.

— Tem certeza de que quer todas as minhas roupas no seu armário? E todos os meus sapatos e casacos ocupando seu lindo espaço livre?

— Você não tem tantas roupas, linda — ele riu.

— Mas e se nós brigarmos? Não tenho para onde correr se eu acidentalmente irritar você — eu disse baixinho, não querendo que Ira me ouvisse falar assim.

— Não vamos brigar. Mas, se por acaso isso acontecer um dia, vou trancar você em um quarto comigo e esperar até que fale comigo de novo. Muito fácil.

Eu realmente esperava que nunca brigássemos, porque definitivamente não era uma maneira de aliviar a tensão.

Caminhei até Wells e passei meus braços ao redor de seu pescoço, seu cabelo molhando minhas mangas.

— Tem certeza de que quer que eu me mude? — perguntei em um sussurro.

Suas mãos se moveram de meus quadris até minha bunda, segurando-a suavemente antes de apertá-la.

— Cem por cento de certeza, Rooney. Quero você aqui comigo todos os dias e todas as noites. Oficialmente.

Franzi meus lábios e observei seu rosto por um momento, então inclinei minha cabeça para o lado com um sorriso malicioso.

— Não podemos esperar mais um ano ou algo assim?

Suas mãos apertaram minha bunda, me fazendo gritar.

— Estou ficando velho, mulher. É agora ou nunca. Tome uma decisão. Agora.

Sua voz mandona causou arrepios na minha pele, mas eu sabia que ele não ficaria tão bravo comigo se eu dissesse não.

— Ok, vou morar com você e Ira — eu disse, sorrindo e passando minha mão em seu cabelo.

Um sorriso presunçoso se espalhou em seu rosto, então ele me beijou enquanto suas mãos agora seguravam meu rosto.

Foi a coisa certa a fazer e, embora tenha demorado um mês para dizer sim, não tive que lutar com minha mente e coração sobre isso.

Graças a Deus.

WELLS

Enquanto preparava o jantar, eu já estava planejando o dia em que ela traria todas as suas coisas para o meu apartamento.

Ira estava lendo para Rooney, já que ele tinha começado o jardim de infância, e achei que era um bom momento para ensiná-lo. Ele adorou e lia pelo menos quatro tirinhas de uma história em quadrinhos ou qualquer livro que gostasse para mim e Rooney.

Adoramos a rapidez com que ele progrediu e, por causa disso, deixamos que ele tivesse uma tartaruga. Era um animal de estimação fácil de manter em casa, mas eu o fiz prometer que ajudaria a limpar o tanque de Donny sempre que fosse hora de limpá-lo.

Claro que ele não recusou.

Sua saúde não havia mudado muito desde o acidente com aquela bomba de insulina nova, e sua diabetes ainda estava sob controle. Não havia muita reclamação da parte de Ira, mas, de qualquer forma, ele já estava acostumado com a bomba.

— O jantar está pronto — anunciei, colocando os pratos na mesa e olhando para o sofá.

— Estou indo — Rooney respondeu, passando a mão no cabelo de Ira e o elogiando por ler bem. — Você está melhorando a cada dia. Em breve poderá começar a ler um dos livros do papai, hein?

Eu ri, pensando que aqueles livros eram um pouco profundos demais para uma criança de quatro anos. Psicologia e Filosofia... não achava que ele iria gostar muito.

Nós nos sentamos à mesa e nos servimos de um pouco de água.

— Está com uma cara deliciosa — Rooney me disse com um sorriso, e agradeci depois de colocar a garrafa de água na mesa novamente.

— Experimentei algo com os temperos que sua mãe me deu semana passada no rancho. Espero não ter estragado o sabor acrescentando demais.

— Tenho certeza de que está delicioso, papai — Ira disse, soando mais velho do que era, mas como ele ainda me chamava de *papai*, me garantiu que ainda era meu garotinho.

— Obrigado, amigão. Experimente — eu disse, dando uma mordida no arroz misturado com legumes.

— Está muito bom — Rooney disse, assentindo com a cabeça e depois sorrindo para mim.

— Sim, está muito bom — Ira repetiu.

Que bom.

Eu estava lentamente ficando melhor em novas receitas.

— Alguma ideia do que você quer fazer neste fim de semana, Ira? — perguntei.

— Podemos visitar a mamãe? — ele perguntou.

Eu olhei para ele e assenti. Fomos no mês passado, mas prometi a ele que o levaria uma vez por mês, sempre que ele quisesse.

— Claro que podemos.

— Quer vir também, Rooney? — Ira perguntou a ela.

Rooney já tinha vindo conosco antes, mas, no começo, ela não queria nos incomodar enquanto Ira visitava Leah. Por respeito, mas eu sabia que Ira não se importava.

— É claro. Eu adoraria ir — ela respondeu com um sorriso.

Ficamos em silêncio por um tempo enquanto terminamos nosso jantar. Quando me levantei para pegar mais para Rooney e para mim, Ira perguntou:

— As pessoas podem ter duas mães?

Franzi os lábios e dei de ombros.

— Claro que podem. Algumas pessoas têm duas mães ou dois pais. Talvez até três mães — respondi, encolhendo os ombros novamente.

— Então... Rooney pode ser minha mãe também? Então eu teria uma no céu e outra aqui comigo.

Suas palavras me fizeram querer apertá-lo com força e nunca mais soltá-lo. Meu Deus, aquele garoto era de outro mundo!

Olhei para ele e sorri.

— Isso é com ela, amigão.

Quando olhei para Rooney, ela já estava com lágrimas nos olhos, tentando não chorar com as palavras de Ira, que devem tê-la atingido com força. No bom sentido, claro.

Ira olhou para Rooney com um olhar questionador.

— Você pode ser minha mãe para que eu possa ter duas? — ele perguntou.

E isso trouxe lágrimas aos meus olhos também.

Rooney estendeu a mão para pegar a mão de Ira e, depois de dar um aperto suave, ela assentiu.

— Claro que posso. Eu adoraria, Ira.

— São lágrimas de felicidade? — ele perguntou, inseguro. Quando ela assentiu novamente, Ira sorriu e se levantou da cadeira para abraçá-la com força.

— Eu amo você, Ira. E sempre estarei aqui para apoiá-lo — ela sussurrou, segurando-o firmemente contra seu corpo e beijando o topo de sua cabeça.

— Eu também amo você, mamãe.

E, naquele momento, eu sabia que esse vínculo entre eles e o amor que tinham um pelo outro era para sempre.

Eles eram minha família, meus amores, e eu não poderia desejar alguém melhor.

A The Gift Box é uma editora brasileira, com publicações de autores nacionais e estrangeiros, que surgiu no mercado em janeiro de 2018. Nossos livros estão sempre entre os mais vendidos da Amazon e já receberam diversos destaques em blogs literários e na própria Amazon.

Somos uma empresa jovem, cheia de energia e paixão pela literatura de romance e queremos incentivar cada vez mais a leitura e o crescimento de nossos autores e parceiros.

Acompanhe a The Gift Box nas redes sociais para ficar por dentro de todas as novidades.

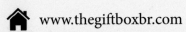 www.thegiftboxbr.com

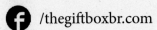 /thegiftboxbr.com

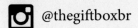 @thegiftboxbr

 @GiftBoxEditora

Impressão e acabamento